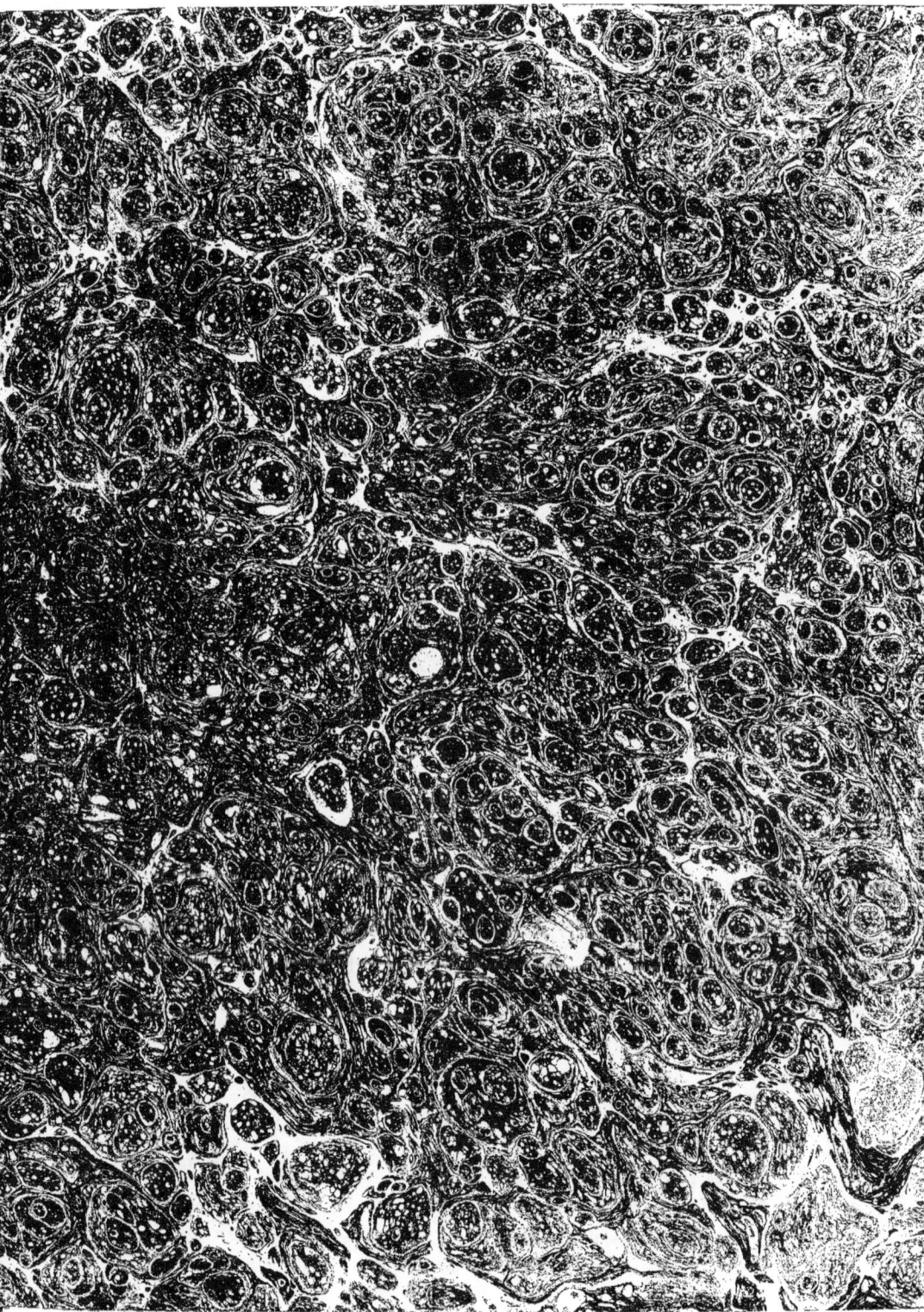

RELATION

DU VOYAGE A LA RECHERCHE

DE LA PÉROUSE.

TOME PREMIER.

RELATION

DU VOYAGE A LA RECHERCHE

DE LA PÉROUSE,

FAIT

PAR ORDRE DE L'ASSEMBLÉE CONSTITUANTE,

Pendant les années 1791, 1792, et pendant la 1ère. et la
2de. année de la République Françoise.

PAR LE Cᴱᴺ. LABILLARDIÈRE,

Correspondant de la ci-devant académie des sciences de Paris , membre
de la société d'histoire naturelle , et l'un des naturalistes de l'expédition.

TOME PREMIER.

A PARIS,

CHEZ H. J. JANSEN, IMPRIMEUR-LIBRAIRE,
RUE DES MAÇONS, Nᵒ. 406, PLACE SORBONNE.

AN VIII DE LA RÉPUBLIQUE FRANÇOISE.

INTRODUCTION.

On n'avoit point de nouvelles , depuis trois ans, des deux vaisseaux la *Boussole* et l'*Astrolabe*, commandés par la Pérouse, lorsque, vers le commencement de 1791, la société d'histoire naturelle de Paris éveilla l'attention de l'assemblée constituante sur le sort de ce navigateur et de ses compagnons d'infortune.

L'espoir de retrouver au moins quelques débris d'une expédition entreprise pour le progrès des sciences , détermina l'assemblée à envoyer deux autres vaisseaux sur la route qu'avoient dû suivre ces navigateurs depuis leur départ de Botany-Bay. Quelques-uns d'entre eux pouvoient avoir échappé au naufrage , et être relégués dans une île déserte, ou jetés sur des côtes habitées par des peuples sauvages ; peut-être vivoient-ils dans ces climats lointains, et portoient-ils continuellement leurs regards sur la mer, dans l'espoir que leur patrie leur enverroit un jour les secours qu'ils avoient droit d'en attendre.

Voici ce qui fut décrété à ce sujet, le 9 février 1791:

« L'assemblée nationale, après avoir entendu ses comités réunis, d'agriculture, de commerce et de marine, décrète :

« Que le roi sera prié de donner des ordres à tous les ambassadeurs, résidens, consuls, agens de la nation, auprès des différentes puissances, pour qu'ils aient à engager, au nom de l'humanité, des arts et des sciences, les divers souverains auprès desquels ils résident, à charger tous les navigateurs et agens quelconques qui sont dans leur dépendance, en quelque lieu qu'ils soient, mais notamment dans la partie australe de la mer du Sud, de faire toutes recherches des deux frégates françoises la *Boussole* et l'*Astrolabe,* commandées par M. de la Pérouse, ainsi que de leurs équipages, de même que toute perquisition qui pourroit constater leur existence ou leur naufrage ; afin que dans le cas où M. de la Pérouse et ses compagnons seroient trouvés ou rencontrés, n'importe en quel lieu, il leur soit donné toute assistance, et procuré tous les moyens de revenir dans leur patrie, comme d'y pouvoir apporter tout ce qui seroit en leur possession; l'assemblée nationale prenant l'engagement d'indemniser et même de récompenser, suivant l'importance du service, quiconque prêtera secours à ces navigateurs, pourra procurer de leurs nouvelles, ou ne feroit même qu'opérer la restitution à la France des papiers et des effets quelconques qui pourroient appartenir ou avoir appartenu à leur expédition.

« Décrète en outre, que le roi sera prié de faire armer un ou plusieurs bâtimens, sur lesquels seront embarqués des savans, des naturalistes et des dessinateurs, et de donner aux commandans de l'expédition la double mission de rechercher M. de la Pérouse, d'après les documens, instructions et ordres qui leur seront donnés, et de faire en même tems des recherches relatives aux sciences et au commerce, en prenant toutes les mesures pour rendre, indépendamment de la recherche de M. de la Pérouse, ou même après l'avoir recouvré ou s'être procuré de ses noùvelles, cette expédition utile et avantageuse à la navigation, à la géographie, au commerce, au arts et aux sciences. »

Collationné à l'original, par nous président et secrétaires de l'assemblée nationale. A Paris, le 24 février 1791. *Signé* DUPORT, président; LIORÉ, BOUSSION, secrétaires.

Je m'étois livré, dès ma plus tendre jeunesse, à l'étude de l'histoire naturelle; persuadé que c'est dans le grand livre de la nature qu'on doit étudier ses productions, et se former une juste idée de ses phénomènes, sitôt que j'eus fini mes études en médecine, je fis un voyage en Angleterre; il fut bientôt suivi d'un autre dans les Alpes, dont les hautes montagnes, exposées à des températures si différentes, offrent une prodigieuse variété de végétaux curieux et utiles.

Je visitai ensuite une partie de l'Asie mineure, où je résidai deux ans, afin de reconnoître les plantes dont les médecins grecs et arabes nous ont laissé des descriptions quoique fort incomplettes. J'eus le plaisir d'en rapporter de très-belles collections.

Il n'y avoit pas long-tems que j'étois de retour de ce dernier voyage, lorsque l'assemblée nationale ordonna l'armement de deux vaisseaux, pour tâcher de sauver au moins une partie des débris de l'expédition commandée par la Pérouse.

Il étoit glorieux d'être du nombre des navigateurs qui alloient tout entreprendre pour rendre à leur patrie des hommes si dignes de sa reconnoissance.

Ce voyage étoit d'ailleurs bien capable de tenter un naturaliste.

naturaliste. De nouvelles terres alloient ajouter à nos connoissances des produits nouveaux, qui pourroient contribuer à l'avancement des sciences et des arts.

Mon goût pour les voyages n'avoit fait que s'accroître jusqu'alors, et trois mois de navigation dans la Méditerranée, lorsque j'allai dans l'Asie mineure, m'avoient déja servi d'essai pour un voyage de long cours. Aussi je saisis avec avidité cette occasion d'aller parcourir les mers du Sud.

S'il en coute beaucoup pour satisfaire cette passion d'étudier la nature dans des contrées éloignées, les produits variés d'une terre nouvelle dédommagent amplement de toutes les souffrances inévitables dans les grands voyages.

Je fus choisi par le gouvernement pour faire, comme naturaliste, le voyage dont je vais donner la relation.

Mon journal, fait avec soin pendant tout le cours de la campagne, contenoit beaucoup d'observations nautiques; mais je dois cependant avertir que cette partie eût été fort incomplette, sans le travail suivi qui m'a été fourni par un des meilleurs officiers de l'expédition, le citoyen Legrand.

Je saisis l'occasion d'en témoigner ma reconnoissance

à cet habile marin, dont nous avons eu à pleurer la perte dans cette guerre.

Lorsque je quittai Batavia pour me rendre à l'Ile-de-France, le citoyen Piron, peintre de l'expédition, me pria d'accepter un double des dessins de costume et de paysage qu'il avoit faits dans le cours de la campagne. Je ne crains pas d'assurer que ce travail est d'une vérité frappante.

J'ai tâché de rapporter, de la manière la plus exacte, les faits dont j'ai été témoin pendant ce voyage pénible, à travers de mers parsemées d'écueils, et au milieu de Sauvages contre lesquels il nous falloit être continuellement en garde.

Le général Dentrecasteaux reçut le commandement de l'expédition. Il demanda au gouvernement deux flûtes du port d'environ cinq cents tonneaux; elles fûrent doublées en bois et ensuite mailletées. On ne craignit pas de leur faire perdre de leur vîtesse, dans l'espoir de leur donner plus de solidité dans la construction; il est cependant reconnu que des vaisseaux doublés en cuivre et chevillés avec la même matière, peuvent être construits tout aussi solidement, et qu'ils ont de plus l'avantage de la marche. Ces deux flûtes reçûrent des noms analogues au but de l'entreprise. Celle que montoit le général Dentrecasteaux, fut nommée la *Recherche*, et l'autre, commandée par le major de vaisseau Huon Kermadec, reçut le nom de l'*Espérance*.

La Recherche avoit cent treize hommes au moment de son départ; l'Espérance n'en avoit que cent six: voici leurs noms.

A bord de la Recherche.

Etat-major.

Bruny Dentrecasteaux, commandant de l'expédition.
Dauribeau, lieutenant.
Rossel, *idem*.
Crétin, *idem*.
Saint-Aignan, *idem*.
Singler Dewelle, sous-lieutenant.
Willaumez aîné, enseigne.
Longuerue, élève.
Achard Bonvouloir, *idem*.
Dumérite, volontaire.
Renard, chirurgien-major.
Hiacinthe Boideliot, second chirurgien.

———

Bertrand, astronome.
Labillardière, naturaliste.
Deschamps, *idem*.

Louis Ventenat, naturaliste, faisant les fonctions d'aumônier.
Beautems Beaupré, ingénieur géographe.
Piron, peintre.
Lahaie, jardinier.

Officiers mariniers.

Goulvain, maître d'équipage.
Joseph Gourbel, second maître.
Olivier Chaouen, contre-maître.
Thomas le Gal, *idem*.
Michel Calvez, quartier-maître.
François Chevanton, *idem*.
Jean-Marie Tanguy, *idem*.
François Gourneuf, *idem*.

Canoniers et fusiliers.

Jacques Devers, maître canonier.
Nicolas Bastien, *idem*.

b ij

Jean-Baptiste Ferbus, capitaine d'armes.

Jean-Baptiste Croisé, sergent.
Laurent Jacot, caporal.
Michel Ferry, *idem.*
Benoit Dupont, fusilier.
Silvestre Bourdenet, *idem.*
Laurent Hechou, *idem.*
Jean-Louis Ferron, *idem.*
Louis Deschamps, *idem.*
Jean-Baptiste Guy, *idem.*
Simon Bonnot, *idem.*
Antoine Tournois, *idem.*
Edme Côme Dauvissat, *idem.*
Pierre-Augustin Avignon, *idem.*
Denys Leduc, *idem.*
Louis-Marie Ingouf, *idem.*

Charpentiers.

Louis Gargan, maître.
Antoine Chaffener, second maître.
Olivier Troadec, aide.

Calfats.

Allain Livmec, maître.
Jean Ropars, aide.

Voilliers.

François Saliot, maître.
Jean-Joseph Lastenec, second maître.

Pilotes.

Joseph Raoul, premier pilote.
Pierre-Guillaume Gicquel, second pilote; fait enseigne le 6 février. 1793.
Ange Raoul, aide pilote.

Armurier.

Jean-François Hardy.

Forgeron.

Jean-Marie Marhadour.

Matelots.

Jean Morvan.
Pierre Legagneur.
Jean Louis.
Joseph Seguin.
François Feuregard.
Louis Leblanc.
Thomas Joseph Perrès.
Mathurin Leon.
Sanson Philipe.
Pierre Louis Nicole.
Jean Jacques Moulin.
Louis Barthelemy Daulioules.
Antoine pierre Lebugle.
François Lebert.
Jean-Marie Lebeven.
Corentin Jezequel.
Guillaume Lecail.
François Grezel.
François Huon.
Antoine Kleveau.
Pierre-Antoine Lelard.
Joseph villemin.
Joseph Marie Gallo.
François-Louis Lahot.

Jacques Nouvel.
Pierre Pichot.
Jean-Marie Guiquiou.
Joseph-Marie Troemé.
Thomas Roujeux.
Jean Legal.
Yves Legallou.
Mathurin-Pierre Dupont.
Vincent Henry.
René-Joseph Maurice.
Jacques-François Dubos.
Pierre-Gaspard Saint-André.

Novices.

Fabien Crepin.
François-Germain-Marie Forestier.
Vincent-Rolan Margeat.

Mousses.

Gabriel Abalen.
Guillaume Usson.

Jacques-Henry Lambert.
Charles-François-Hypolite Deslacs.

Gens du munitionnaire.

Louis Girardin, commis.
Jean Leroy, tonnelier.
François Lebrun, cuisinier de l'équi-
   page.
Jean Hervé, boucher.
Pierre-François Rippert, boulanger.

Domestiques.

..... Villeneuve.
..... Bênard.
Pierre Broussé.
Joseph Jourdan.
Joseph Jure.
..... Redée.
Louis Ferran.
Jean Martineau.

A bord de l'Espérance.

Etat-major.

Huon Kermadec, capitaine.
Trobiant, lieutenant.
Lasseny, *idem*.
Lagrandière, *idem*.
Lusançay, *idem*.

Lamotte Duportail, sous-lieutenant.
Legrand, enseigne.
Laignel, *idem*.
Jurien, volontaire.
Boyne, élève.
Jouanet, chirurgien-major.
Gauffre, second chirurgien.

Pierson, astronome, faisant les fonctions d'aumonier.
Riche, naturaliste.
Blavier, *idem.*
Jouvency, ingénieur-géographe.
Ely, peintre.

Officiers mariniers.

Tonnère, maître.
Manach, second maître.
Dubois, contre-maître.
Guivarch, *idem.*
Pelouet, quartier-maître.
Désert, *idem.*
Bethany, *idem.*
Pond, *idem.*

Armuriers.

Martin Henry.
Filtz.

Forgeron.

Grégoire Annet.

Canonniers et fusiliers.

Guyard, maître.
Aubin, second maître.
Sullerot, aide.
Zeler, sergent.
Coulaux, *idem.*
Guilloux, caporal.
Valentin, *idem.*
Antoine, fusilier.

Couillez, *idem.*
Schmit, *idem.*
Guy, *idem.*
Fort, *idem.*
Boucher, *idem.*
Mercier, *idem.*

Charpentiers.

Jouanot, maître.
Ralond, second maître.

Calfats.

Bizien, maître.
Sanscœur, second maître.

Voiliers.

Sthephany, maître.
Leguel, second maître.

Pilotes.

Rault, premier pilote.
Lucas, second pilote.
Ledanseur, aide pilote.
Heurtaut, pilote côtier.

Matelots.

Guerin.
Lacroix.
Caron.
J. Legoff.
Riou.
Hubert.
Kos.

INTRODUCTION.

Cadiou.
Kanguiader.
Lepen.
Blaise.
Lefebvre.
Diveres.
Lapanouse.
Savin.
Villemer.
Forget.
Bellec.
Merdy.
Mahot.
Briant.
Laverge.
Defienne.
Kouas.
Bourée.
S. Legoff.
Dubosc.
Ladroux.
Bescon.
Niseaux.
Leprat.
Gigouseau.
Lecorps,
Jacob.
Souffes.
Toullec, novice.

Mousses.

Guymar.
Alexandre André.
Pihan.
J. Legoff.
François André.

Gens du munitionnaire.

Fleuriau, commis.
Coutray, tonnelier.
Leroy, cuisinier de l'équipage.
Adam.
Peigné, boulanger.

Domestiques.

Sirot.
Probassy.
Josse.
Creno.
Duvillers.
Haim.
Serpoy.
Legal.

Il est fâcheux d'ajouter que sur ces deux cent dix-neuf personnes parties de Brest, il en étoit déja mort quatre-vingt-neuf avant mon arrivée à l'Ile-de-France ; mais il faut observer que nous avions perdu peu de monde dans le cours de la campagne, et que ce ne fut qu'à notre long séjour dans l'île de Java, que nous dûmes cette effrayante mortalité.

———————

RELATION

RELATION

DU VOYAGE A LA RECHERCHE

DE LA PÉROUSE.

CHAPITRE PREMIER.

Départ de Brest. Arrivée à Sainte-Croix de Téné-riffe. Voyage au Pic. Un matelot qui venoit de se noyer fut rappelé à la vie. De hardis filoux lui volèrent ses vêtemens. Deux naturalistes pris d'un crachement de sang qui les empécha de parvenir jusqu'au sommet du Pic. Vaisseaux anglois dans la rade de Sainte-Croix. Divers résultats d'observations faites pour connoître la variation de l'aiguille aimantée. Nouveau volcan au sud-ouest du Pic.

L'ARMEMENT des deux vaisseaux destinés au voyage que nous allions entreprendre étoit fort avancé vers la fin du mois d'août, lorsque le général Dentrecasteaux

1791.
Août.

nous avertit de nous rendre à Brest. J'eus le plaisir de faire cette route avec trois personnes de la même expédition, les citoyens Riche, Beaupré et Pierson.

10.
Nous arrivâmes à Brest le 10 septembre. Les plus beaux vaisseaux de France, tels que le Majestueux, les Etats de Bourgogne, l'América, etc., étoient alors dans le port.

Tandis que les astronomes étoient occupés des observations qui devoient leur faire connoître la marche des montres et des horloges marines, les naturalistes s'empressoient de completter les objets nécessaires à la préparation des collections qu'ils se proposoient de faire dans les nouvelles contrées que nous allions visiter.

Comme mon dessein étoit de me livrer particulièrement à l'observation des végétaux, j'avois besoin de beaucoup de papier, et je désirois d'en trouver d'un très-grand format. J'eus bien de la peine à m'en procurer vingt-deux rames, parce qu'on venoit de donner pour le service de l'artillerie presque tout ce qui en restoit dans les magasins.

Une partie des momens dont je pouvois disposer fut employée à aller voir le jardin de botanique, qui est très-bien tenu. On trouve dans le même local un petit cabinet d'histoire naturelle, où l'on remarque plusieurs pièces d'anatomie qui ont été données par le citoyen Joannet, chirurgien-major de l'Espérance.

21.
La revue des équipages fut passée dans le port le 21

de septembre. Nos vaisseaux furent mis en rade le 25.
Il n'y avoit alors aucun bâtiment étranger, et peu de
bâtimens françois.

1791.
Septemb.
25.

Nous étions fortement chargés. Aussi notre tirant
d'eau étoit-il, au moment de notre départ, de quatre
mètres quarante-six centimètres et demi de l'arrière, ou
treize pieds neuf pouces ; et de quatre mètres dix-sept
centimètres de l'avant, ou douze pieds dix pouces.

Il y avoit à bord de la Recherche :

6 canons de huit.

2 caronades de trente-six.

6 pierriers d'un demi-kilograme.

12 pierriers d'un double hectograme.

45 fusils.

35 pistolets.

5o sabres.

3o haches d'armes.

1o espingoles.

L'Espérance avoit à peu près les mêmes moyens de
défense, et cela suffisoit pour nous mettre à l'abri de
toute entreprise de la part des Sauvages.

Les deux vaisseaux étoient fournis d'une grande quantité d'objets destinés à être distribués parmi les naturels
des mers du Sud. Des outils en fer, des étoffes de différentes couleurs, et particulièrement de couleur rouge,
faisoient la base de nos objets d'échange.

Chacun de nos vaisseaux portoit pour dix-huit mois

de vivres. Nous n'attendions qu'un vent favorable pour mettre à la voile. Un vent d'est assez frais nous permit d'appareiller vers une heure après midi, le 28 septembre. Dès que nous fûmes sortis de la rade, on reconnut deux matelots et un mousse qui, enflammés du désir de faire cette campagne, et bien fâchés de n'être pas compris dans le nombre des équipages, s'étoient cachés à bord. Comme il nous restoit à peine l'espace nécessaire pour ceux qui étoient destinés à ce voyage, le général fit manœuvrer pour entrer dans la rade de Bertheaume, d'où l'on fit transporter à terre ces trois hôtes sur lesquels on n'avoit point compté.

L'Espérance nous avoit bien dépassé, parce qu'elle avoit continué sa route ; mais nous la rejoignîmes avant la nuit, car nous avions une marche bien supérieure à la sienne.

Notre point de départ à six heures du soir fut par la latitude nord de 48^d 13′, et 7^d 15′ de longitude occidentale.

Nous relevions la tour d'Ouessant au nord 2^d ouest du compas.

Le Bec de la chèvre au sud-est 4^d est.

Le Bec du raz au sud 2^d est.

La pointe Matthieu nous restoit alors à la distance d'un myriamètre.

La route fut mise à l'ouest-nord-ouest ; on la dirigea ensuite à l'ouest vers minuit.

Le commandant Dentrecasteaux apprit le 29, par l'ouverture de dépêches dont il ne devoit prendre connoissance qu'en mer, que le major Huon-Kermadec, commandant de l'Espérance, venoit de recevoir le grade de capitaine de vaisseau, et que lui-même étoit élevé au grade de contre-amiral. Le porte-voix fit part sur-le-champ de cette nouvelle à l'Espérance.

1791.
Septemb.
29.

Nos pavillons de poupe furent aussitôt arborés avec les marques distinctives du grade qui venoit d'être conféré au général.

On fit encore la découverte de deux soldats de marine et d'un mousse qui n'étoient pas compris au rôle d'équipage. Ceux-ci s'étoient tenus cachés jusqu'alors Il n'y avoit plus moyen de les renvoyer à terre, parce que nous en étions à une trop grande distance; aussi le général leur permit de faire la campagne.

Comme j'avois déja fait quelques voyages de mer, je m'étois imaginé avoir acquis assez d'habitude de la navigation pour ne plus être incommodé du mouvement du vaisseau; mais cette habitude étoit perdue depuis long-tems : aussi j'eus le mal de mer pendant les trois premiers jours depuis notre départ de Brest. J'ai eu occasion de remarquer bien de fois, dans le cours de ce voyage, qu'il me falloit peu de tems de séjour à terre pour me faire perdre l'habitude de la mer; de sorte que toutes les fois que nous remettions à la voile, même après une très-courte relâche, j'étois pendant deux ou trois jours presqu'aussi incommodé qu'à mon départ de Brest. Les marins conseillent dans ce cas de manger, malgré le dégoût que donnent les nausées propres à ce genre d'affection. Il est difficile de se ranger de cet avis ; car, outre une grande difficulté de déglutition, le séjour des alimens dans l'estomac augmente les nausées; c'est un mal de plus lorsqu'il s'agit de les rendre.

Les boissons délayantes prises en petite quantité à la fois, afin de ménager la contractilité de l'estomac, m'ont constamment soulagé : de l'eau tiède, légérement sucrée, étoit la boisson dont je faisois alors le plus communément usage, parce que c'est celle qu'on se procure le plus facilement dans un vaisseau.

Nous avions cependant plusieurs personnes qui, n'ayant jamais navigué auparavant, n'éprouvèrent aucun effet de la vague. Une pareille constitution est bien désirable lorsqu'on entreprend des voyages de long cours : car il est difficile d'exprimer le mal-aise occasionné par cette affection spasmodique qui, se portant dans toutes les parties du corps, vous jette dans un si grand abattement, que vous ne tenez à la vie, que parce que vous entrevoyez un terme à vos souffrances.

Les vents furent foibles et variables de l'ouest au nord, depuis notre départ jusqu'au 5 d'octobre..... Ils furent ensuite assez frais, variant du nord-est au nord jusqu'à notre arrivée à Ténériffe. Nous n'étions pas sans

inquiétude sur ce renforcement du vent, car dans notre
position, il pouvoit nous devenir funeste. Encombrés
de toutes parts, avec un chargement beaucoup trop considérable au-dessus de la flottaison, nous pouvions cha-
virer par un gros tems; l'arrimage étoit très-incomplet.
C'étoit dans ce désordre que nous étions partis, quoique l'assemblée nationale eût arrêté, depuis près de
huit mois, que ce voyage auroit lieu.

Il y eut, le 11 d'octobre vers dix heures cinquante- 11.
cinq minutes, une éclipse de lune. Il est bien difficile
de tirer parti de l'observation qu'on peut en faire à la
mer. Le citoyen Willaumez déduisit cependant de la
sienne 18ᵈ 59′ 45″ de longitude occidentale.

L'Espérance nous signala la terre le 12 vers huit heu- 12.
res du matin.

Nous nous estimions vers midi à quatorze myriamètres du Pic de Ténériffe, qui se voyoit dans le sud-ouest
quart sud, élevant majestueusement sa tête au-dessus
des nuages.

Nous n'étions plus, aux approches de la nuit, qu'à
deux myriamètres de distance de la pointe nord-est de
l'île. On courut sous les huniers des bords que l'on
changea de trois heures en trois heures en attendant le
jour. Dès qu'il commença à paroître nous nous appro- 13.
châmes de la côte, que nous longeâmes à un kilomètre
de distance.

On laissa tomber l'ancre vers neuf heures et demie

du matin dans la rade de Sainte-Croix, sur un fond de sable noir vaseux, à un double décamètre et demi de profondeur.

Le citoyen Fonspertuis, consul de France, vint aussi-tôt offrir au général de faire tout ce qu'il pourroit pour fournir aux besoins de notre expédition.

Je descendis à terre dans l'après-midi, afin de pren-dre connoissance des environs de la ville. Quoique la saison fût déja avancée, la reverbération des rayons du soleil par les pierres volcaniques occasionnoit une cha-leur d'autant plus incommode que le grand calme leur laissoit toute leur force.

Je remarquai parmi les plantes qui croissent aux en-virons de Sainte-Croix une mélisse ligneuse, connue des botanistes sous le nom de *melissa fruticosa*, le *sac-charum teneriffæ*, le *cacalia kleinia*, le *datura me-tel*, le *chrysanthemum frutescens*, etc.

Le bel arbre connu sous le nom de poincillade, *poin-ciana pulcherrima*, faisoit l'ornement de quelques jar-dins.

Ce même soir le citoyen Ely, frappé de l'accoutre-ment bizarre de quelques femmes de la ville, qui, dans le tems même des plus grandes chaleurs, portent une espèce de mantelet de laine fort grossière, étoit occupé à en crayonner une esquisse, lorsqu'un factionnaire vint l'interrompre, croyant qu'il prenoit le plan de la rade. Il eut beau lui montrer qu'il ne s'agissoit que de cos-

tume,

tume, le soldat ne voulut jamais lui laisser finir son dessin.

1791.
Octobre.

Nous avions mouillé trop près d'un petit bâtiment, c'est pourquoi l'on porta dans l'après-midi une ancre vers la terre au moyen de laquelle nous nous en tînmes à une distance convenable.

Les relèvemens pris de ce point nous donnèrent:

La redoute du nord de la ville, au nord quart nord-est 4 ^{d} est.

La grande tour, située vers le milieu de la ville, à l'ouest-sud-ouest.

Au lever du soleil chacun des forts nous rendit par neuf coups de canon le salut que nous avions fait du même nombre de coups. Nous en avions tiré quinze pour la place qui nous les rendit coup pour coup vers midi.

14.

Un paquebot, arrivant d'Espagne, vint mouiller dans la rade.

Nous avions formé le projet d'entreprendre, dès le lendemain, le voyage du Pic, et de visiter successive-ment les hautes montagnes de l'île. Le consul de France nous procura avec empressement toutes les facilités qui étoient en son pouvoir, et il nous donna une lettre de recommandation pour M. de Cologant, négociant esti-mable, résidant à l'Orotava.

Nous nous rendîmes, vers les quatre heures du ma-tin, sur le môle, au nombre de huit; savoir, Develle,

15.

TOME I.   B

un des officiers de notre bord, Piron, Deschamps, La-
haye, trois domestiques et moi : un des domestiques savoit assez la langue espagnole pour nous servir d'interprète. Nous trouvâmes sur l'emplacement qui borde la
mer une partie des mules qui nous étoient destinées ;
mais il se passa plus d'une heure avant de pouvoir nous
acheminer ; car ce ne fut pas chose facile que de ras-
sembler quelques-uns des conducteurs, qui, sachant
bien qu'on ne partiroit pas sans eux, ne craignoient
point de nous faire attendre. Dès qu'ils furent arrivés,
nous crûmes pouvoir nous mettre en marche ; mais il
leur fallut discourir longuement entre eux, avant de se
charger du peu d'effets dont nous avions besoin dans ce
voyage.

Il est bon de se rappeler qu'à bord on nous avoit muni
de provisions, comme si nous devions voyager dans quelque pays sauvage. Rossel, chargé de la table de l'état-
major, avoit donné les ordres au cuisinier de nous faire
un excellent pâté de saumon. Je n'en aurois pas parlé
s'il ne contrastoit singulièrement avec le biscuit ver-
moulu et le fromage, dont on nous régala dans la plupart des relâches que nous fîmes par la suite.

M. de Cologant, prévenu par le consul françois de
notre projet de voyage, nous fit inviter à descendre
chez lui au port de l'Orotava. Ce lieu, qui n'est qu'à
trois myriamètres et demi de Sainte-Croix, est une
des meilleures stations, lorsqu'on va au Pic : car il

est au pied des montagnes qui en sont le plus près.

Nous mîmes trois heures pour arriver à la Lagouna. Cette ville n'est distante de Sainte-Croix que d'un my- riamètre ; mais le chemin n'en est pas facile, parce qu'il faut presque toujours monter : elle est mal bâtie et fort peu peuplée. Les couvens y sont très-multipliés. Nous apprîmes que les moines composoient au moins la moi- tié de ses habitans.

Nous venions de franchir, avant d'arriver à la La- gouna, des montagnes arides, couvertes de quelques plantes grasses, parmi lesquelles nous avions remarqué l'euphorbe des Canaries *(euphorbia canariensis)*, l'*eu- phorbia dendroides*, le *cacalia kleinia* et l'espèce de raquette à laquelle les botanistes ont donné le nom de *cactus opuntia*, etc. Ces végétaux, qui vivent pres- qu'entièrement aux dépens de l'atmosphère, s'accom- modent assez de la stérilité de ces pentes rapides. Arri- vés dans la petite plaine où est bâtie la ville, nous eû- mes le plaisir de voir que ce n'étoit pas en pure perte que la terre végétale des montagnes environnantes avoit été entraînée par les pluies, puisqu'elle étoit venue fer- tiliser ce petit coin de terre, où l'on récolte beaucoup de froment, de maïs, de millet, etc.

Je recueillis une espèce de *periploca*, que j'avois déja rapportée de mon voyage du Levant. Je l'ai publiée dans ma seconde décade des plantes de Syrie, sous le nom de *periploca angustifolia*. Le citoyen Desfontaines

B 2

avoit aussi rapporté la même espèce des côtes de Bar-
barie.

Toutes les pierres que nous avions trouvées jusqu'alors
avoient subi l'action du feu. Comme ces montagnes, de
moyenne élévation, sont composées de grandes masses,
qui, dans le tems de leur fusion, ont dû conserver fort
long-tems un très-grand degré de chaleur, je devois bien
m'attendre à trouver ces laves fort compactes. Elles le
sont en effet; leur grain est très-fin, et leur couleur la
plus ordinaire est d'un brun foncé.

Au milieu de ces débris volcaniques, nous éprouvions de fortes chaleurs, dont nos guides s'accommo-
doient beaucoup moins que nous; aussi employèrent-ils
tous les moyens de persuasion pour nous engager à faire
halte pendant tout le jour, afin de ne voyager que de
nuit. Ils s'imaginoient probablement que nous n'avions
d'autre dessein que de voir le sommet du Pic. Ce plan
de voyage n'avoit pas déplu à plusieurs d'entre nous ;
mais il ne fut pas difficile de leur faire sentir que cette
visite nocturne des montagnes ne pouvoit convenir à des
naturalistes.

Les habitans de cette île sont environnés dès leur
naissance des préjugés religieux. Des enfans sortoient
de leurs demeures pour nous demander si nous étions
de leur religion : nous nous bornâmes à plaindre ces
malheureux, sur lesquels le fanatisme et l'intolérance
monacale exercent, avec tant de pouvoir, leur dangereux empire.

La jolie fougère, connue sous le nom de *trichoma-nes canariense*, tapisse la plupart des murs qui servent d'entourage aux jardins que nous trouvâmes au-delà de la Lagouna.

1791.
Octobre.

Nous descendions par des pentes assez douces, en nous approchant du port de l'Orotava; ce n'étoient plus ces montagnes arides des environs de Sainte-Croix, dont les plantes grasses annoncent la stérilité, mais des char-mans côteaux recouverts de vignes, qui font la princi-pale richesse de l'île.

L'arbuste connu sous le nom de *bosea yervamora*, croissoit dans les bas-fonds.

Il étoit cinq heures du soir, lorsque nous arrivâmes à l'Orotava, où M. de Cologant nous reçut on ne peut mieux.

Deux vaisseaux, l'un hollandois et l'autre anglois, étoient alors mouillés dans la rade pour y prendre un chargement de vins. Le débarcadaire y est encore plus difficile qu'à Sainte-Croix. Aussi cette rade est-elle la moins fréquentée.

La cave de M. de Cologant devoit bien exciter notre curiosité; car le commerce de ce riche négociant s'étend particulièrement sur les vins de l'île.

Parmi les différentes qualités de vins qu'on y trouve, il y en a de deux sortes bien distinctes; savoir, le vin sec et celui qu'on nomme malvoisie, dans la prépara-tion duquel on a eu soin de concentrer fortement la par-tie sucrée.

La pipe du meilleur vin coutoit alors cent vingt piastres, celui de la qualité la plus inférieure en coutoit
soixante. Il est bon de remarquer que je ne parle que du
prix auquel on le vend aux étrangers ; car ce même vin
de soixante piastres est donné pour trente-six aux habitans de l'île.

Lorsque la fermentation de ces vins est bien avancée,
on est dans l'usage d'y mêler beaucoup d'eau-de-vie,
afin de pouvoir les conserver. Aussi sont-ils très-capiteux. Beaucoup de personnes ne peuvent en boire, même
en assez petite quantité, sans ressentir sur le genre ner-
veux les effets désagréables qu'y cause ce mélange.

On nous assura que l'île fournit communément trente
mille pipes de vin par an.

Comme il n'y croît pas assez de blé pour la consommation des habitans, une partie du produit des vins qui
sont vendus chez l'étranger pour du vin de Madère,
dont ils diffèrent d'ailleurs fort peu, est employée à
l'acquisition de cette denrée de première nécessité.

L'olivier, qui se plaît assez dans cette île, y est cependant peu cultivé. Le papayer et le dattier que l'on
cultive dans quelques jardins n'y sont que des objets de
curiosité.

On nous avoit assuré, avant notre départ de Sainte-
Croix, que les neiges recouvroient le sommet du Pic.
Je n'avois pas voulu me charger d'un baromètre, mais
nous apprîmes à l'Orotava qu'on nous avoit induit en

erreur, lorsque je n'avois plus la facilité de me procurer
ce moyen d'observation [a].

Nous devions nous acheminer, le lendemain de fort
bonne heure, vers le Pic. Mais c'étoit un jour de fête;
et nos guides n'auroient pas voulu partir sans avoir as-
sisté à la messe; quelques-uns en avoient même entendu
jusqu'à trois : quant à nous, nous attendions avec la
plus vive impatience, lorsque notre inquiétude redou-
bla, en apprenant que c'étoit par une faveur toute particulière qu'ils vouloient bien se mettre en route dans
un aussi grand jour. Ils se trouvèrent cependant prêts à
partir vers neuf heures du matin.

Dès que nous fûmes sortis de la ville, nous montâ-
mes par des chemins souvent fort rapides, d'où nous
appercevions d'énormes entassemens de montagnes po-
sées les unes sur les autres, et s'élevant en amphithéâtre
jusqu'à la base du Pic. Leur croupe nous offroit par fois
des endroits assez applanis, qui nous servoient comme
autant de points de station, où, après avoir gravi par
des sentiers fort escarpés, nous prenions haleine pendant un instant, afin d'attaquer avec plus de courage
les montagnes supérieures.

[a] On voit dans le *Voyage de la Pérouse*, lors de son mouillage dans la
rade de Sainte-Croix, que Lamanon ayant porté le baromètre sur le sommet du Pic de Ténériffe, le mercure y étoit descendu à 18 ^{P} 4^1, le thermomètre indiquant alors 9 ^{d} $\frac{3}{10}$ au-dessus de 0; tandis qu'à Sainte-Croix le mercure dans le baromètre étoit au même instant à 28 ^{P} 3^1, le thermomètre donnant au même lieu 24 ^{d} $\frac{1}{2}$.

1791.
Octobre.

Nos guides furent étonnés de voir quelques-uns de nous faire ce chemin à pied, contre l'habitude de la plupart des voyageurs qui viennent visiter le Pic, au point qu'ils ne cessèrent pendant long-tems de nous répéter de monter sur les mules qu'ils nous avoient amenées.

Après avoir traversé de belles plantations de vignes, nous nous trouvâmes au milieu de chataigniers qui croissent dans des régions plus élevées.

Des ravins m'offrirent le polipode de Virginie *(polipodium virginicum)*, et plusieurs nouvelles espèces de lauriers, parmi lesquels on remarque celui qui est connu sous le nom de laurier de l'Inde (*laurus indica ,* L.)

Quoique ce voyage ne dût pas être prolongé au-delà de quelques jours, on avoit eu bien raison de nous engager à porter plusieurs paires de souliers : car les meilleurs résistent peu de tems à la lave sur laquelle il faut marcher continuellement.

Il étoit à peine midi que nous avions atteint les nuages qui répandoient une forte rosée sur les arbustes, au milieu desquels il nous falloit passer.

L'affluence des pluies que porte sur ces hauteurs la pente naturelle de l'air [a], devroit donner naissance à un

[a] Il est à remarquer que lorsque de hautes montagnes se trouvent fortement échauffées par les rayons du soleil, elles deviennent une espèce de foyer au-dessus duquel s'élève l'air environnant à cause de la dilatation qu'il en éprouve ; d'où résulte l'affluence de l'air plus éloigné qui, venant remplacer celui qui s'élève, amène avec lui les nuages dont il est chargé, comme j'ai eu occasion de le remarquer fort souvent au mont Liban , où ce phénomène

grand

grand nombre de fontaines. Elles y sont cependant fort 1791. Octobre. rares; car la terre n'est pas assez atténuée pour retenir les eaux pluviales, qui, se filtrant à travers ces débris volcaniques, vont pour la plupart se rendre à l'Océan, sans avoir formé de ruisseaux.

Dès que nous eûmes traversé ces nuées épaisses, nous jouîmes du plus beau spectacle dont il soit possible de se former une idée. Les nuages qui venoient s'amonce-ler au-dessous de nous, alloient se confondre dans le lointain avec les eaux de la mer, nous dérobant la vue de l'île; nous jouissions du ciel le plus pur; le piton paroissoit alors comme une île dont la base sembloit se plonger dans un vaste Océan.

A peine sorti des nuages, je vis un instant un phé-nomène que j'avois eu occasion d'observer plusieurs fois, lors de mon séjour dans les hautes montagnes du Kesroan, dans l'Asie mineure. Ce fut avec une nou-velle surprise que j'apperçus tous les contours de mon corps dessinés avec les belles couleurs de l'arc-en-ciel, sur des nuages qui étoient au-dessous de moi du côté opposé au soleil.

Les rayons solaires, qui se décomposent en passant à la surface des corps, donnent une explication fort

---

ne manquoit jamais d'arriver vers les cinq heures de l'après-midi dans les chaleurs du mois de fructidor, lorsqu'une trop forte agitation de l'atmos-phère ne contrarioit pas cette pente naturelle. C'est peut-être la seule cause de l'attraction apparente des nuages par les montagnes.

juste de ce brillant phénomène. Il représente en grand l'expérience connue des physiciens, par laquelle les rayons qu'on vient de faire passer à la surface d'un corps opaque situé à l'ouverture d'une fenêtre, représentent tous les contours de ce corps sous les couleurs de l'arc-en-ciel, après avoir été concentrés au moyen d'une lentille, pour être ensuite reçus sur un papier blanc.

Nous venions de traverser des amas prodigieux de pierres ponces, parmi lesquelles nous remarquâmes peu de végétaux, encore étoient-ils fort languissans. Quelques *spartium* étoient les seuls arbustes qui s'accommodassent d'une pareille élévation.

Nous marchions assez difficilement à travers ces débris volcaniques, car on y enfonçoit jusqu'à mi-jambe.

Des blocs de pouzzolane s'y trouvoient disséminés à une assez grande distance les uns des autres.

Il étoit neuf heures du soir, lorsque nous prîmes gîte au milieu des laves dont quelques gros fragmens étoient le seul abri que nous eussions contre le vent d'est qui souffloit alors avec assez de force. Le froid étoit fort grand à cette hauteur où la nature n'a pas consulté le besoin des voyageurs, car le bois y est fort rare; aussi le peu de feu qu'il nous fut possible de faire, ne nous empêcha pas d'y passer une fort mauvaise nuit.

17.   Le jour enfin commença à paroître.

Nous laissâmes alors une partie de nos guides avec

leurs mules dans l'endroit où nous venions de passer la
nuit, et nous prîmes la route du Pic, dont nous ne devions pas tarder d'atteindre le sommet.

1791.
Octobre.

Notre marche fut continuée pendant une heure sur
des amas considérables de fragmens de lave grisâtre,
parmi lesquels on voyoit épars çà et là des blocs de
pouzzolane et de grosses masses d'un verre noirâtre très-
compacte, qui ressemble assez à du verre de bouteille.
Quoique fabriqué dans les vastes creusets de ces montagnes lors de leur combustion, ce verre n'en seroit pas
moins propre à devenir utile dans les arts, puisque tout
formé par la nature, il n'auroit besoin que du coup de
feu nécessaire pour le mettre en fusion, afin de devenir
propre à recevoir de la main de l'homme toutes les formes dont il est susceptible.

La caverne sur les bords de laquelle nous arrivâmes,
se nomme *la Queve del ana*. Elle a bien un mètre et
demi d'ouverture. Comme sa profondeur a plus de deux
mètres dans une direction presque verticale, nous ne
pûmes en atteindre le fond, qu'en y descendant au
moyen d'une corde. Nous y trouvâmes de l'eau, dont la
surface, comme nous devions bien nous y attendre à
cette élévation, étoit recouverte d'une glace de près d'un
demi-décimètre d'épaisseur. Elle fut brisée sur-le-champ,
et nous nous désaltérâmes avec de fort bonne eau. Je
n'en éprouvai aucune sensation désagréable sur la gorge,
comme je l'avois remarqué tant de fois dans les Alpes

de la France, en appaisant ma soif avec l'eau qui sourd au pied des glaciers, quoique le froid de l'eau de cette caverne fût d'un degré au-dessous de celui qu'indique communément l'eau des glaciers; car le thermomètre que j'y plongeai descendit au point de la congelation. Il sembleroit donc que c'est à la privation d'air atmosphérique qu'est dû le picottement désagréable que l'eau prise au pied des glaciers cause sur l'intérieur de la gorge.

Des flocons de nitre tapissoient le dedans de cette grotte.

Piron étoit incommodé depuis plusieurs jours; il se sentit trop fatigué pour venir plus loin : Deschamps jugea à propos de ne pas dépasser la caverne, tandis que nous continuâmes de nous élever vers le sommet du Pic.

Parvenus à sa base, qui forme le couronnement des plus hautes montagnes, nous le voyions s'élancer, sous la forme d'un cône, à une prodigieuse élévation. C'est de-là que notre vue planoit au-dessus de toutes les montagnes, qui forment comme autant de degrés qu'il nous avoit fallu franchir pour arriver à ce point.

Le lieu appelé *la Ramblette,* situé vers le nord-ouest, offrit à notre curiosité quelques ouvertures faites dans le rocher, les unes d'un décimètre de large, d'autres étoient de simples fentes d'ou sortoit une vapeur aqueuse sans odeur, quoique leurs bords fussent garnis de cristaux de soufre posés sur une terre fort blanche qui avoit toutes les apparences de l'argille.

1791.
Octobre.

Un thermomètre à mercure, gradué d'après l'échelle de Réaumur, fut introduit dans quelques-unes de ces ouvertures, où il indiqua, dans l'espace d'une minute, 43 ^{d} au-dessus de o. Le mercure ne s'éleva, dans plusieurs autres, qu'à 3o ^{d}.

Nous étions arrivés à l'endroit le plus difficile à gravir, car le Pic est fort escarpé. Parvenus vers le tiers de son élévation, quoique la surface de la terre n'eût pas plus de chaleur que celle qu'on éprouve communément à une pareille hauteur, je m'avisai de creuser dans le sol un trou d'environ un double décimètre de profondeur, d'où sortit aussitôt une vapeur aqueuse et inodore, où le thermomètre plongé donna 5 1 ^{d} au-dessus de o.

Le *spartium supra nubium* fut bien le dernier arbuste que je trouvai avant d'arriver au pied du cône ; mais il est une plante herbacée qui, malgré sa délicatesse apparente, végète encore à une plus grande élévation. C'est une violette à feuilles un peu alongées, dentées légèrement sur les bords ; sa fleur étoit déja passée : elle croît tout près de la sommité du Pic, où nous ne tardâmes pas à arriver. Les vapeurs de l'atmosphère ne pouvant s'élever à cette hauteur, le ciel s'y montre dans toute sa pureté et brille d'un azur plus vif et plus éclatant que dans les plus beaux jours de nos climats : quelques nuages épars çà et là, bien au-dessous de nos pieds, ne nous déroboient point la vue des îles voisines.

Cette sommité est terminée par une crête dont la plus grande élévation est vers le nord-ouest. On remarque au sud-ouest une forte dépression, qui semble avoir été produite par l'affaissement des terres.

On voit tout près de sa pointe plusieurs ouvertures d'un décimètre au plus de largeur, d'où sort une vapeur fort chaude qui fait élever le thermomètre de Réaumur à 67 ^{d} au-dessus de o, en produisant un bruit à peu près semblable au bourdonnement des abeilles. Lorsque, dans la saison avancée, les neiges viennent blanchir le sommet du Pic, celles qui se trouvent près de ces trous ne résistent pas long-tems à un semblable degré de chaleur. De beaux cristaux de soufre, la plupart en aiguilles, parmi lesquels on en voit de forme régulière, ornent les bords de ces soupiraux. L'acide sulphurique joint à l'eau, a occasionné dans les produits volcaniques voisins une telle altération, qu'on les prendroit pour une argille fort blanche, rendue très-ductile par l'humidité qui sort constamment de ces ouvertures. C'est sur cette terre que se trouvent fixés les beaux cristaux de soufre dont je viens de parler.

La décomposition du soufre et des produits volcaniques y donne un sel alumineux en aiguilles extrêmement déliées qui recouvre la surface de la terre.

Le thermomètre observé à l'ombre pendant plus d'un quart-d'heure, sur le sommet du Pic, à un mètre au-dessus du sol, monta à 15 ^{d} au-dessus de o : il ne varia

pas sensiblement, soit qu'il en fût plus près ou plus
éloigné, même de deux à trois mètres; ce qui me por-
teroit à croire que la chaleur intérieure de cette terre,
quoique fort grande, a peu d'influence sur celle de l'air
atmosphérique. D'ailleurs, l'air atmosphérique peut bien
recevoir des rayons du soleil 15^d de chaleur à cette élévation, puisqu'on en éprouve souvent une plus grande
au pied de nos glaciers. Le thermomètre, porté au mont
Liban, tout près des neiges, m'y a donné souvent 20^d
au-dessus de o.

1791.
Octobre.

La pente de la montagne favorisa notre retour, et
nous descendîmes beaucoup plus vîte que nous n'étions
montés.

Le jour étoit sur son déclin, lorsque nous nous rendîmes au lieu où nous avions passé la nuit précédente.
La privation presque totale de sommeil, occasionnée par
le grand froid que nous y avions éprouvé, nous avoit
ôté le désir d'en faire encore notre lieu de repos. Nous
eussions bien voulu pouvoir faire route sur-le-champ,
afin d'aller chercher un meilleur abri sur quelque montagne moins élevée; mais nos guides ne voulant pas
bouger avant le lever de la lune, il nous fallut rester là
jusque vers minuit, pour attendre qu'elle parût sur l'horison. Ce fut à la faveur de la foible lumière de cet astre que nous descendîmes à travers les pierres ponces
par un chemin peu éloigné de celui que nous nous étions
frayés en gravissant sur ces hautes montagnes.

18.

Après quatre heures de marche, les arbustes qui se trouvoient fort rapprochés, rendîrent le chemin assez difficile pour nous obliger à faire halte en attendant le jour. Nous n'étions plus dans ce lieu privés de bois, comme la nuit précédente ; aussi nous nous dédommageâmes amplement par un grand feu qui fut allumé sur-le-champ. La conversation roula sur ce qui nous restoit à faire. La plupart, fatigués de cette course pénible, n'eûrent d'autre désir que de se rendre à Sainte-Croix par le plus court chemin. Nous étions cependant convenus à l'Orotava que nous suivrions à notre retour le revers de ces montagnes. Mais nous n'avions pas tous les mêmes vues ; aussi nous laissâmes aller à bord ceux qui n'avoient plus rien à désirer, et nous restâmes, le jardinier et moi, dans le dessein de continuer nos recherches. Tous les guides voulûrent suivre ceux qui s'en retournoient à bord. Il me fut très-difficile d'en déterminer un à nous accompagner.

J'eus le plaisir de trouver parmi les plantes qui tapissoient la pente des rochers, la belle campanule à fleurs de couleur d'or (*campanula aurea*), le *prenantes pinnata*, l'*adiantum reniforme*, une espèce de *cétérac,* remarquable par un feuillage beaucoup plus grand que celui d'Europe.

Comme l'eau étoit fort rare sur ces hauteurs, nous tournâmes nos pas vers une petite habitation, près de laquelle nous présumions bien qu'il devoit couler quelque

1791.
Octobre.

que ruisseau. Nous y trouvâmes en effet une belle fontaine, dont l'eau aussi délicieuse que limpide se perdoit dans l'intérieur de la terre, après avoir paru un
instant à sa surface.

Des pommiers chargés de fruits décoroient le jardin
de ces paisibles habitans : ces fruits firent tant de plaisir à un domestique de notre vaisseau, qu'il s'avisa,
tandis que nous étions occupés à visiter les environs de
ce petit établissement, de faire un échange qui nous
donna une fort mauvaise idée de sa prévoyance. Il venoit de donner pour des pommes presque toutes nos
provisions de viande, sans s'inquiéter si des pommes seroient un bon approvisionnement pour courir les montagnes. Nous nous promîmes bien de nous servir une
autre fois d'un économe plus intelligent. Il est à propos
de remarquer que les domestiques de vaisseau sont généralement peu capables d'aucun service à terre.

Nous étions fort éloignés de toute habitation, aux
approches de la nuit. Il étoit près de neuf heures du
soir, lorsque nous arrivâmes dans un village où l'hos-
pitalité n'est certainement pas la vertu favorite des habitans. Ce ne fut qu'avec la plus grande difficulté que
nous y trouvâmes un abri. Comme nous n'entendions
point la langue espagnole, nous ne pouvions nous exprimer que par signes, et, la nuit sur-tout, ce langage
est d'un foible secours ; mais notre guide, qui désiroit
autant que nous de trouver où coucher, s'en alloit frap-

pant en vain à toutes les portes, lorsqu'après avoir traversé presque tout le village, nous rencontrâmes deux
braves gens qui voulûrent bien nous donner asile.

On nous servit sur-le-champ un repas frugal, pendant lequel nous fûmes éclairés à la manière de quelques habitans de nos Alpes : de petits éclats de bois de
sapin très-résineux fichés dans la muraille, brûloient en
donnant assez de lumière, mais beaucoup trop de fumée. Un de nos hôtes prenoit soin de remplacer ces petits morceaux de bois à mesure qu'ils se consumoient.

Nous avions plus besoin de dormir que de manger ;
aussi nous ne tardâmes pas à nous livrer à un sommeil
d'autant plus doux, qu'il n'étoit plus troublé par le froid
des hautes montagnes.

19.   Je me rendis le lendemain à bord, chargé de productions volcaniques et de fort jolies plantes, parmi lesquelles se trouvoient le *teucrium betonicum*, l'*echium
frutescens*, etc.

Les oiseaux appelés *canaris* sont très-communs dans
les régions inférieures de ces montagnes ; ils sont tous
d'un brun mélangé de diverses couleurs, et leur plumage n'est pas aussi beau que dans l'état de domesticité.
Des voyageurs ont assuré qu'il se trouvoit dans l'île une
espèce de perroquet qui y est indigène. Je n'en ai jamais
rencontré dans aucune de nos excursions, et plusieurs
habitans dignes de foi m'ont dit que cette assertion étoit
dénuée de fondement.

Ce jour même un vent très-frais avoit fait grossir la
mer au point qu'elle jeta sur le rivage le canot de l'Espérance mouillé près de la calle, après l'avoir fait cha-
virer sur un matelot qu'on ne pût dégager qu'au bout de
quelques minutes : il étoit déja fortement asphixié; mais
heureusement les moyens qu'on emploie en pareil cas,
le rappelèrent à la vie.

1791.
Octobre.

En témoignant ici ma reconnoissance à la garnison
de Sainte-Croix, pour l'empressement qu'elle mit à se-
courir ce malheureux, je ne puis passer sous silence une
escroquerie de quelques habitans de la ville.

On avoit mis sécher les vêtemens de ce matelot, tandis qu'on lui administroit des secours; personne d'entre
nous n'eût pu se méfier de ce qui arriva. Quelques gens
de la ville, le prenant peut-être déja pour mort, cru-
rent que ses habits devoient tourner au profit des vivans;
ils furent enlevés sans qu'il ait été possible de découvrir les voleurs.

Les citoyens Riche et Blavier avoient entrepris, un
jour après nous, le voyage du Pic; mais ces deux naturalistes n'eûrent pas le plaisir de monter jusqu'au sommet; ils en étoient encore bien éloignés lorsque leurs
poumons ne pouvant s'accommoder d'un air trop rare-
fié, ils crachèrent le sang et fûrent obligés de renoncer
à leur entreprise.

Les jours suivans fûrent employés à visiter les environs de Sainte-Croix, où la campagne est généralement
fort aride.

La ville offre, même proportionnellement à son peu d'étendue, une assez foible population, quoique sa rade soit la plus fréquentée de l'île. Les Espagnols y ont apporté leur manière de bâtir; la distribution de l'intérieur de leurs maisons est la même que celle qu'ils ont adoptée en Europe, sans aucune des modifications qu'eût peut-être dû faire naître la différence du climat.

Le gouverneur-général des Canaries fait à Sainte-Croix sa demeure habituelle.

Il y a plusieurs couvens d'hommes et de femmes. Une église paroissiale où la dorure est répandue avec toute la profusion du mauvais goût, se fait remarquer aussi par le mauvais choix de ses tableaux.

On voit sur la place publique une jolie fontaine; l'eau est conduite de fort loin à travers les montagnes par des canaux en bois. Les rues sont mal pavées: la plupart des fenêtres sont sans vitrages; elles sont fermées par des jalousies que les femmes élèvent fort souvent, lorsque la curiosité ou quelqu'autre motif les engage à se laisser appercevoir.

Les femmes riches sont vêtues à la françoise: les autres recouvrent leurs épaules d'une pièce d'étoffe de laine grossière, qui forme une espèce de mantelet très-incommode sous un ciel fort chaud; un chapeau de feutre noir, à larges bords, les garantit des rayons du soleil: leur teint est rembruni par le mélange avec les naturels de l'île, et leurs traits sont, en général, peu agréables.

La multiplicité des pratiques religieuses introduites
parmi les habitans, n'empêchoit pas que plusieurs de
ces femmes n'allassent, un chapelet à la main, au-devant de nos matelots toutes les fois qu'ils descendoient à
terre : plusieurs ont eu long-tems à se repentir de s'être
laissé séduire par tant de charmes.

1791.
Octobre.

Le vin de Ténériffe, qui, comme je l'ai déja remarqué, est très-capiteux, pensa devenir funeste à un de
nos soldats ; il commit dans l'ivresse un délit fort grave
à l'égard d'une sentinelle. Notre consul se servit du crédit dont il jouissoit auprès de l'officier commandant en
l'absence du gouverneur-général, pour arrêter toutes
poursuites contre cet homme plus à plaindre que cou-
pable.

La discipline établie à bord des vaisseaux anglois les
met à l'abri de semblables inconvéniens.

Le sloop le Scorpion, de seize canons et de cent hommes d'équipage, commandé par le capitaine Benjamin
Hallowell, étoit venu mouiller dans la rade le 18, de
conserve avec un petit cutter, après être sorti depuis cinq
jours de Madère : il y avoit laissé un vaisseau de cinquante canons qui devoit se rendre sous peu à Ténériffe. Le commodore Englefield étoit commandant de
cette petite expédition destinée pour la côte d'Afrique.
Ces navigateurs connoissant le danger du séjour à terre
pour les matelots, les retînrent à bord. Il n'y avoit que
le service du vaisseau qui pût engager le capitaine à les

1791.
Octobre.

laisser aller à terre Le commodore comptoit bien ne pas se relacher de cette règle pendant toute sa station à la côte d'Afrique.

La variation de l'aiguille aimantée observée à bord et déduite de seize observations, dont quatorze d'azimut et deux d'amplitude ortive, fut trouvée de $18^d\,7'\,7''$ vers l'ouest.

Le résultat de deux observations faites à Sainte-Croix sur la terrasse d'une des maisons de la ville, par le citoyen Bertrand, l'un des astronomes de l'expédition, fut de $21^d\,33'$ à l'ouest.

Une autre observation, faite sur le môle avec un compas azimutal, donna pour variation $23^d\,43'$ ouest. Tant de différence à d'aussi petites distances ne tient probablement qu'à la quantité de matières ferrugineuses distribuées inégalement dans ces montagnes volcaniques.

De ces observations, celles qui fûrent faites à bord semblent inspirer plus de confiance, puisqu'elles s'accordent avec le décroissement progressif de la déclinaison observée depuis notre départ de Brest, et avec ce qui a été observé depuis long-tems par beaucoup d'autres navigateurs.

L'inclinaison de l'aiguille aimantée (c'étoit une éguille plate) fut de $62^d\,25'$. La même aiguille avoit donné $71^d\,30'$ d'inclinaison à Brest, et $72^d\,56'$ à Paris.

$28^d\,29'\,35''$ de latitude nord, et $18^d\,36'$ de longitude occidentale, étoient le point de notre mouillage dans la rade de Ténériffe.

Le thermomètre et le baromètre observés à bord vers
midi varièrent peu dans cette relâche; le premier ne dé-
passa pas 20 $^{d}\frac{2}{10}$, et le second 28 ^{P} 2 ^{l}.

L'eau, qui est très-bonne à Sainte-Croix, s'y fait facilement lorsque la houlle n'est pas forte.

Cette relâche est excellente par la facilité avec laquelle on s'y procure en abondance tous les légumes
d'Europe, à l'exception des choux, qui, quoique très-
petits, y sont fort chers. On y trouve généralement tous
les fruits d'Europe, et les mêmes animaux domestiques
que dans nos ports de France.

L'expérience nous apprit que leurs moutons ne résistent pas si bien que les nôtres au séjour du vaisseau ;
l'air pur qu'ils respirent sur les montagnes où ils vont
chercher leur pâture, les rend peu propres à supporter
l'air infect d'un entrepont.

On peut se procurer à Ténériffe du poisson conservé
par la dessiccation ; on y fait particulièrement un grand
commerce de l'espèce connue sous le nom de *bonite*.

Les parties de l'île qu'on a pu mettre en culture sont
d'une grande fertilité ; c'est le propre des îles volcaniques. La chaleur intérieure de ces sortes de terres élève
jusqu'à leur surface une partie des eaux dont elles sont
imbibées par les pluies, et donne ainsi à la végétation
une vigueur peu ordinaire.

La décomposition trop lente de quelques-unes de ces
pierres volcaniques et la sécheresse de quelques monta-

gnes contribuent à rendre beaucoup de terrains peu propres à la culture : l'action du feu qui s'est portée successivement, à des époques très-éloignées les unes des
autres, sur les diverses parties de l'île, comme l'attes-
tent les monumens historiques, et la conservation des
plantes qui lui sont particulières, a éloigné dans ces
différens endroits le terme d'une décomposition sans laquelle la végétation ne peut avoir lieu.

Il n'y avoit point eu d'éruption volcanique depuis
quatre-vingt-douze ans sur l'île de Ténériffe, lorsqu'au
mois de prairial an VI, il s'ouvrit un nouveau volcan
au sud-ouest du Pic, comme je l'appris du citoyen Gicquel, officier de la marine, qui relacha à Sainte-Croix
lors de son retour de l'Ile-de-France sur la frégate la
Régénérée.

Voici le détail que lui en donna le citoyen le Gros,
consul de la république françoise :

« Ce fut le 21 de prairial an VI que les habitans de
« Sainte-Croix entendirent des coups sourds et multi-
« pliés qui ressembloient assez au bruit du canon en-
« tendu de loin ; il y eut dans la nuit un léger tremble-
« ment de terre, et l'on sut le lendemain qu'un volcan
« s'étoit ouvert au sud-ouest du Pic. On comptoit jus-
« qu'à quinze bouches dans les premiers jours de l'érup-
« tion : elles ne tardèrent pas à se réduire à douze, et
« au bout d'un mois on y en voyoit seulement deux d'où
« sortoient continuellement de grosses roches qui, lan-
« cées

« cées avec la lave, suivoient leur mouvement de pro-
« jection, souvent pendant quinze secondes, avant de
« retomber à terre. »

Nous avions été tellement encombrés jusqu'à notre arrivée dans cette relâche, qu'on n'avoit pu parvenir à placer convenablement tous les hommes de l'équipage.

E

CHAPITRE II.

Départ de Ténériffe pour nous rendre au Cap de Bonne-Espérance. Différentes observations. Brillant phénomène de la mer singulièrement phosphorique. Expérience qui me fit connoître la cause la plus ordinaire de la phosphorescence des eaux de la mer. Quatre des moutons de Ténériffe jetés à l'eau, et pourquoi. Foible degré de chaleur tout près de la ligne. Bien plus grande variation du compas au sud de l'équateur qu'au nord. Moyen très-facile dont on se servit pour purifier l'eau douce qui venoit de se corrompre. Brume fort épaisse qui occasionna l'élévation du mercure dans le baromètre. Arc-en-ciel lunaire. Arrivée au Cap de Bonne-Espérance.

1791.
Octobre.
23.

Une très-grosse houlle nous avoit empêché pendant près de deux jours d'embarquer nos approvisionnemens. Nous ne fûmes prêts à partir que le 23 d'octobre.

On travailla de fort grand matin à appareiller. Toutes les embarcations avoient été mises à bord dès le jour précédent, après avoir désaffourché, car il falloit tâcher de profiter du vent de terre qui manque rarement de se faire sentir tous les matins. Il étoit d'ailleurs à propos de devancer l'heure du flot qui devoit avoir lieu vers cinq heures et demie.

Nous tenions par un grélin à la corvette angloise. Je ne dois pas laisser échapper l'occasion de faire l'éloge des procédés honnêtes du capitaine, qui se prêta de la manière la plus obligeante à nous donner tous les secours dont nous avions besoin pour appareiller. Notre commandant avoit employé de son côté tous les moyens de lui être utile lorsqu'il étoit venu, quelques jours après nous, mouiller dans cette rade.

Une ancre du sloop anglois nous servit à abattre, et après avoir déployé nos voiles, nous nous écartâmes de la côte, au moyen d'un léger souffle de vent, qui dura trop peu pour que l'Espérance en profitât; quoiqu'elle eût mis sous voiles quelques minutes après nous. Entraînée par le flot, qui se fit sentir aussitôt, elle fut obligée de mouiller une petite ancre sur laquelle elle se hâla, afin de s'éloigner de la côte en se dégageant des navires au milieu desquels elle se trouvoit.

Il étoit neuf heures et demie lorsqu'elle se rallia à nous. La route fut mise alors au sud quart sud-ouest.

Nous étions à midi par 28^d 5′ 40″ de latitude nord, et 18^d 36′ 40″ de longitude occidentale.

E 2

1791.
Octobre.

Ce fut de ce point que nous relevâmes le Pic de Ténériffe à l'ouest 28^d nord, et la partie orientale de l'île
de Canarie à l'est 24^d sud.

La route par un vent d'est assez frais fut dirigée vers
une heure après midi au sud-ouest quart sud, afin de
passer entre les îles du Cap-Vert et la terre ferme.

L'île Gomère nous restoit, vers six heures du soir, au
nord 38^d ouest.

26.   L'Espérance nous fit connoître sa longitude le 26,
après nous avoir demandé la nôtre. La grande différence qui se trouva entre celle qu'on avoit eu par l'es-
time et celle qu'avoit donné l'observation, nous laissa
quelques incertitudes qui nous déterminèrent à arriver
de deux rhumbs sur tribord de la route sud-ouest quart
sud que nous tenions auparavant; mais des observations
ultérieures nous fîrent reprendre notre première direction. Le ciel étoit fort beau; nous n'avions rien à craindre en nous approchant de la côte d'Afrique : d'ailleurs,
la sonde nous eût averti de sa distance à plusieurs myriamètres en mer.

27.   Le lendemain matin nous ne vîmes point de terre,
ce qui ne nous laissa plus de doute sur l'erreur de la
longitude indiquée par les horloges de l'Espérance.

Nous coupâmes le tropique du cancer vers une heure
après midi, par 20^d de longitude occidentale.

Le baromètre étoit alors à 28^p 2^{l}$\frac{8}{10}$, et le thermomètre à 19^d$\frac{5}{10}$.

Le premier poisson qui vint mordre à l'hameçon d'un de nos pêcheurs fut une très-belle dorade (*coryphaena hyppurus*). Il n'en fallut pas davantage pour mettre tout l'équipage en mouvement ; mais le pêcheur l'ayant tirée avec trop de précipitation, eut la douleur de ne trouver qu'une portion de la mâchoire au bout de son hameçon.

1791.
Octobre.

Les vents depuis notre départ de Ténériffe s'étoient peu écartés du nord-est.

Une hirondelle de cheminée (*hirundo rustica*, L.), sans doute nouvellement arrivée d'Europe, nous suivit pendant quelque tems sans vouloir se reposer sur notre vaisseau : elle ne tarda pas à diriger son vol vers la côte d'Afrique où elle étoit assurée de trouver les insectes dont elle se nourrit. Nous étions alors par environ 20^d de latitude nord, et 22^d 3o$'$ de longitude occidentale.

29.

Comme il faisoit peu de vent, l'on voyoit flotter en grand nombre, à la surface des eaux, la méduse connue sous le nom de *medusa caravella*, L. Cette espèce ne doit pas être touchée sans précautions, car elle occasionne, comme plusieurs orties de mer, des ampoules à la suite d'un picotement douloureux.

Le poisson connu sous le nom de remore (*echeneis remora*, L.), suit ordinairement le requin, parce qu'il trouve des moyens de subsistance dans les déjections de cet animal vorace. Il ne l'accompagne cependant pas d'une manière assez exclusive, pour ne pas suivre aussi fort souvent d'autres gros poissons et même les vaisseaux, auxquels il s'attache lorsqu'il est fatigué de nager. Nous en vîmes plusieurs le long du bord qui alloient de tems en tems s'y fixer.

Nous rencontrâmes pendant la nuit un banc fort nombreux de dorades qui accompagnèrent notre vaisseau : comme elles avoient une marche bien plus rapide que nous, elles faisoient plusieurs fois le tour du navire en nageant d'une grande vîtesse. Il étoit aisé de les suivre de l'œil quoique la nuit fût très-obscure ; car dans leur route elles laissoient toujours derrière elles une trace lumineuse : cette lumière phosphorique étoit d'autant plus brillante que les ténèbres étoient plus grandes et que le poisson avoit plus de vîtesse ; c'étoit alors qu'on distinguoit parfaitement sa marche, même à plusieurs mètres au-dessous de la surface de l'eau.

30.   Nous étions dans les parages où se plaisent les poissons voraces, tels que les bonites, les tons et autres du même genre, parce qu'ils trouvent une nourriture abondante dans la chasse qu'ils font à diverses espèces de poissons, et en particulier au poisson volant (*exocaetus volitans*, L.). Les bonites qui nous suivoient se laissèrent prendre à l'appât que leur offrirent nos pêcheurs ; ce n'étoit cependant que quelques plumes disposées de manière qu'elles présentoient aux yeux de cet animal l'apparence d'un poisson volant et lui masquoient l'hameçon.

Nous avions eu un peu de calme depuis quelque tems, mais les vents alisés ne tardèrent pas à reprendre de la force. Ils fûrent encore interrompus le 3 de novembre par un orage qui dura toute la nuit, et ils soufflèrent dès le lendemain comme les jours précédens.

1791.
Novemb.
3.

6.

Ce fut le 6 qu'ils nous abandonnèrent par 9 ^{d} 6 ' de latitude nord, et 21 ^{d} de longitude occidentale.

Nous éprouvions une chaleur étouffante, quoique le thermomètre (c'étoit toujours celui de Réaumur) ne donnât que 23 ^{d} au-dessus de o.

Le goeland noir de Buffon (*larus marinus*, L.), qui étoit venu se reposer sur une de nos vergues, échappa à un des hommes de l'équipage au moment où il étoit sur le point de le saisir.

Une prodigieuse quantité de bonites ne nous quittoient ni jour ni nuit; il étoit bien étonnant que ce poisson pût nous suivre si long-tems sans se reposer.

La pêche étoit fort heureuse à bord de l'Espérance, tandis que le poisson sembloit fuir nos lignes.

Le motteux de Buffon (*motacilla œnanthe*, L.), qui, comme l'on sait, est un oiseau de passage, fatigué d'avoir traversé les mers, vint se faire prendre à bord.

Nous éprouvâmes dix-sept jours de calmes dans une zone de 5 ^{d} en latitude, et nous n'en sortîmes que par des orages suivis de vents qui soufflèrent par grains depuis l'est-nord-est jusqu'au sud-sud-ouest, après avoir passé par le sud.

L'oiseau de tempête (*procellaria pelagica*, L.) n'annonce pas l'orage si certainement, que son apparition ne soit quelquefois suivie de calmes pendant plusieurs jours. Nous prenions plaisir à voir ces petits oiseaux venir à peu de distance de la poupe de notre vaisseau chercher leur pâture à la surface de la mer.

Nous nous apperçûmes avec douleur que les légumes et les fruits achetés à Ténériffe ne se conservoient pas ; les chaleurs et l'humidité qu'on éprouve dans la zone de calmes où nous étions retenus hâtoient bien rapidement leur décomposition : il eût été à présumer que, cueillis sous un ciel assez chaud et fort sec, ils se fussent mieux conservés que ceux d'Europe.

7.

Un petit requin (*squalus carcharias*, L.), qui n'avoit pas plus d'un mètre de long, devint victime de sa voracité. Tout est bon pour cet animal lorsqu'il est pressé par la faim. Dès qu'on l'eut hâlé sur le pont, il ne tarda pas à être dépecé, et chacun emporta son morceau. Le requin n'est cependant pas un bon mets; outre la répugnance qu'inspire naturellement son goût pour la chair humaine, il est d'une assez difficile digestion ; mais à la mer on ne choisit pas ses alimens, et des vivres frais sont toujours préférés aux viandes salées.

Je trouvai fixés en assez grand nombre aux parois internes, et à l'ouverture supérieure de son estomac, des vers du genre *doris* qui avoient deux centimètres de longueur : quoique le requin fût mort, ils ne lachoient

pas

pas prise facilement; on voyoit sortir par fois les deux tentacules qui font un des caractères distinctifs de ce genre.

La bouche du requin, située au-dessous d'un museau allongé, le met dans la nécessité de se retourner presque sur le dos pour saisir les objets qu'il apperçoit au-dessus de lui: son ventre blanchâtre, qui se distingue alors, même à une grande profondeur, à cause de la limpidité des eaux de la mer, fait connoître au pêcheur le moment où il doit retirer l'hameçon pour piquer cet animal vorace.

La nature a bien pourvu à ce qu'il ne laisse pas échapper sa proie; car, outre plusieurs rangs de dents conformées de la manière la plus propre à couper les corps les plus durs, l'intérieur de la bouche est garni d'aspérités qui s'opposent à la sortie des corps dont il vient de se saisir.

Les vaisseaux qui font le commerce de l'Inde n'eussent pas manqué l'occasion de ramasser les nageoires de cet animal, fort recherchées des Chinois, parce qu'ils les regardent comme un puissant aphrodisiaque.

La chaleur étoit accablante lorsqu'il ne faisoit pas de brise; le thermomètre n'indiquoit cependant que 23^d au-dessus de o, quoique nous ne fussions qu'à 9^d dans le nord de l'équateur par 20^d $50'$ de longitude occidentale. Il sembleroit que le thermomètre est dans ces parages une mesure très-infidelle de la chaleur sensible,

car, quoiqu'il indiquât quelques degrés au-dessous de
ce qu'il marque souvent en Europe dans une belle saison, nous n'en éprouvâmes pas moins une transpiration
excessive qui donna naissance à des ébullitions fort incommodes.

Le mercure dans le baromètre éprouve, comme l'on
sait, peu de variation entre les tropiques : la plus grande
ne fut pas au-delà de $1\frac{1}{2}$. Il s'étoit peu écarté de la hauteur de $28^{p} 2^{l}$, quoique nous eussions eu de fort grands
orages qui, formés sur les terres d'Afrique, dont nous
étions au plus à soixante myriamètres de distance, nous
avoient été amenés par des vents de nord-est et d'est-
nord-est.

12.   On prit le poisson connu des ichtyologistes sous le
nom de *balistes verrucosus.*

Nous étions entourés de souffleurs, suivis dans leur
marche lente de requins attirés par l'appât de leurs déjections.

Une forte houlle du sud-est indiquoit des vents qui
souffloient au loin vers l'équateur de ce point de l'horizon, quoique cependant l'on y observe plus généralement des vents de nord-est dans cette saison où le soleil est rentré depuis près de deux mois dans le tropique du capricorne.

14.   Un requin précédé de quelques poissons connus sous
le nom de pilotes (*gasterosteus ductor*, L.) vint se
faire prendre : plusieurs remores se croyant en sûreté

parce qu'ils étoient attachés au corps de cet animal, y restèrent fixés quelque tems encore après qu'il eût été hissé à bord.

Comme il faisoit fort chaud et que la mer étoit très-calme, le désir de se baigner l'emportant sur toute autre considération, Piron et Saint-Agnan se jetèrent à l'eau quelques heures après, aux risques de devenir la proie de quelqu'autre requin.

Il avoit fait calme presque tout le jour. Le ciel chargé, vers huit heures du soir, de nuages épais dans le sud-est, nous menaçoit d'un violent orage. La nuit étoit fort sombre; aussitôt une colonne lumineuse d'une grande étendue sortit de dessous ces nuages et vint éclairer la surface des eaux : la mer scintillante laissoit encore beaucoup d'intervalles obscurs, lorsque tout à coup elle parut comme une nappe de feu qui se déploya vers nous ; elle étoit poussée par un vent très-fort qui silonnoit les flots ; nous nous voyions entourés d'une mer de flammes, et nous jouissions alors du spectacle d'un des plus brillans phénomènes de la nature. Il ne dura pas long-tems ; mais la mer fut pendant le reste de la nuit bien plus lumineuse que de coutume dans tous les points où elle étoit agitée, particulièrement dans le sillage du vaisseau et vers le sommet de la vague.

La force du grain nous avoit contraint d'amener les huniers et même d'arriver, dans la crainte d'être masqués.

La chaleur avoit été accablante pendant tout le jour.

Nous étions par le travers de l'ouverture du golfe immense que forme l'enfoncement des terres de la Haute-Guinée, dont la côte se porte à près de trois cents myriamètres dans l'est.

La mer est bien plus phosphorique dans le voisinage des côtes sous les tropiques que par-tout ailleurs, parce que la nature y a répandu avec plus de profusion les animalcules dont dépend sa phosphorescence, comme j'ai eu occasion de le remarquer dans des parages fort éloignés les uns des autres : je ne tarderai pas à donner quelques détails sur ce phénomène.

Comme nous étions placés sous le vent de ce golfe, les courans en avoient apporté les corps lumineux qui y sont très-multipliés ; mais il falloit une circonstance particulière pour produire une lumière aussi vive. Les nuages d'où étoit sorti le vent qui venoit d'agiter la vague, avoient répandu dans l'atmosphère une surabondance de matière électrique, qui contribua à donner à la mer l'éclat dont nous l'avions vue briller. Ce fut par le grand écartement des deux petites balles de mon électromètre exposé à l'air, que je pus juger combien notre atmosphère étoit devenue électrique.

15.   Un vent foible de sud-est nous donna l'espoir de nous tirer des calmes qui se rencontrent ici dans une bien plus grande étendue que dans toute autre partie des mers : c'est sur-tout en allant dans l'Inde que ces con-

trariétés sont plus grandes; elles paroissent dépendre du
voisinage de la côte dont on approche beaucoup plus
en allant au Cap de Bonne-Espérance, que dans la
route du Cap en Europe; aussi les traversées du Cap en
Europe sont-elles généralement plus courtes que celles
de l'Europe au Cap.

1791.
Novemb.

Plusieurs habiles marins pensent qu'il y a de l'avantage, lorsqu'on va au Cap de Bonne-Espérance, de couper l'équateur beaucoup plus à l'ouest qu'on ne le fait
ordinairement.

Les calmes qu'on éprouve dans le nord de l'équateur
tiennent à la configuration de la côte d'Afrique qui dans
le nord, à quelques degrés de la ligne, s'avance de près
de trois cents myriamètres vers l'ouest, tandis que la
grande distance à laquelle on se trouve de ces terres,
lorsqu'on est au sud de l'équateur, empêche que les
vents généraux de ces parages n'en éprouvent quelques
modifications.

J'avois conservé quelques bouteilles d'eau de mer
prise la veille pendant sa phosphorescence, afin d'exa-
miner les petits corps lumineux qui sont la cause de ce
phénomène. Cette eau, versée dans un verre, fut mise
en mouvement dans l'obscurité. Je vis aussitôt des globules lumineux qui ne différoient en rien de ceux qu'on
remarque ordinairement lorsque la mer est agitée. Il me
parut tout simple de tâcher de séparer ces corps, afin
de voir si l'eau conserveroit encore sa propriété phos-

phorique. Je la filtrai au moyen d'un papier gris : de petites mollusques, très-gélatineuses, transparentes, de
forme globuleuse dont la dimension étoit tout au plus
d'un tiers de millimètre, restèrent sur le filtre, et dès-
lors cette eau de mer perdit toute sa phosphorescence ;
je la lui rendis à volonté en y plongeant les petites mollusques. Il ne falloit pas laisser ces petits animaux exposés long-tems à l'air, car ils ne tardoient pas à perdre
toutes leurs propriétés phosphoriques.

J'ai répété bien des fois la même expérience dans des
parages fort éloignés les uns des autres, et j'ai trouvé
constamment les mêmes animalcules que je regarde
comme la cause la plus ordinaire de la phosphorescence
des eaux de la mer. Cependant ils n'ont pas seuls la propriété de rendre la mer lumineuse ; plusieurs espèces de
crabes, de fort grandes mollusques, etc., quittent quelquefois le fond des eaux pour venir en éclairer la surface : j'ai souvent vu de ces mollusques phosphoriques
dont la dimension étoit d'un double décimètre ; mais
j'ai toujours trouvé en même tems les petits corps lumineux dont j'ai parlé.

Nous apprîmes dans ce jour qu'à bord de l'Espérance
quatre des moutons embarqués à Ténériffe avoient été
jetés à la mer, parce qu'on avoit cru appercevoir dans
ces animaux quelques-uns des symptômes de la maladie
qu'on dit nous avoir été apportée d'Amérique. Il se fit à
ce sujet sur les moines de l'île beaucoup de mauvaises

plaisanteries que je crois dénuées de fondement : je pense,
au contraire, que si on en eût fait un examen plus ri-
goureux, l'équipage n'eût pas été privé de cette provision de vivres frais.

Des vents de sud-sud-est qui commencèrent à souffler le 21 de novembre par 4ᵈ 31′ de latitude nord, et
18ᵈ 36′ de longitude occidentale, nous tirèrent enfin
des calmes qui dans cette saison se font ordinairement
sentir à quelques degrés plus au sud, avant qu'on n'at-
teigne les vents généraux.

L'oiseau connu sous le nom de frégate (*pelecanus
aquilus*, L.) fut dans ce jour l'objet de notre admiration. Nous en appercevions deux qui, planant à une
prodigieuse hauteur, épioient leur proie, et attendoient
qu'elle parût à la surface des mers.

24

Ces oiseaux se tiennent sans doute à cette grande élévation pour embrasser d'un coup-d'œil un espace immense ; mais il est bien étonnant qu'ils puissent voir
d'aussi loin les petits poissons dont ils se nourrissent le
plus ordinairement ; une vue aussi perçante tient peut-
être encore plus à la disposition des humeurs de l'œil
qu'à la grande sensibilité de la rétine : cet examen est
bien digne de la recherche des physiciens.

La frégate est, comme l'on sait, très-avide de poissons volans. Aussitôt qu'elle en apperçoit, elle descend
du haut de l'atmosphère et vient voler à environ un hectomètre au-dessus de la surface de la mer ; là elle se tient

à portée de les saisir sitôt qu'ils s'élancent hors de l'eau. Tous les mouvemens de la frégate sont dirigés avec une adresse admirable : elle ne se précipite pas la tête la première, comme les oiseaux qui vont chercher leur pâture sous les eaux ; les pattes et le cou placés horisontalement sur le même plan, elle frappe la colonne supérieure de l'air avec ses aîles ; puis les relevant et les fixant l'une contre l'autre au-dessus de son dos, pour qu'elles n'opposent plus de résistance à l'air, elle fond sur sa proie et la saisit à peu de distance de l'eau.

Chacun de nous, tout en admirant l'adresse étonnante de cet oiseau, faisoit des vœux pour le poisson volant ; mais il est rare qu'il lui échappe. Comme il ne s'élève pas beaucoup au-dessus de la mer, la frégate seroit exposée à s'y précipiter, si elle ne savoit s'arrêter dans sa chûte en abaissant ses aîles pour se relever aussitôt et poursuivre une autre proie.

Malgré la faculté que la nature a donné aux poissons volans de vivre dans l'eau et d'en sortir à volonté, il leur est difficile d'éviter leurs nombreux ennemis : s'ils échappent à la voracité des bonites, des tons et des dorades, en s'élevant au-dessus des eaux, la frégate les attend dans les airs ; quelques-uns pendant ce désordre venoient se jeter dans le vaisseau.

La frégate poursuit aussi les gros poissons. Un jour nous vîmes une dorade qui donnoit la chasse à un poisson volant, et s'élançoit de tems en tems hors de l'eau

pour

pour le saisir. Une frégate fondit à chaque fois sur elle
et à coups de bec lui enlevoit des morceaux de chair,
jusqu'à ce que le poisson, effrayé de cette terrible attaque, se fut replongé au fond de la mer.

Je trouvai dans l'estomac de plusieurs bonites un
grand nombre de vers qui doivent être rangés parmi
ceux du genre *fasciola* de Linné, quoique leur extrémité inférieure, presque cylindrique, ait un renflement
très-marqué. Leur dimension est de deux centimètres;
ils sont terminés par un tube, qui a la moitié de leur
longueur.

Les vents de sud-est et de sud soufflèrent avec tant
d'opiniâtreté, que nous ne pûmes couper l'équateur que
le 28 vers onze heures du soir par 26^d de longitude occidentale, tandis qu'on s'étoit proposé de le couper 8 à
10^d plus à l'est.

Il n'est pas ordinaire d'éprouver à cette époque dans
ces lieux, des vents qui tiennent tant du sud et du sud-
est; car, le soleil étant déja fort avancé dans le tropique du capricorne, les vents généraux se rapprochent
ordinairement de l'est. Les six à huit minutes dont nous
avions été jetés chaque jour dans le nord, lorsque nous
étions retenus par les calmes, et la houlle qui venoit du
sud et du sud-est, nous firent connoître la constance
inattendue de ces vents.

Le thermomètre observé à midi, depuis huit jours,
n'avoit pas donné plus de 22^d et souvent 21^d, quoique

G

nous fussions bien près de l'équateur : on est étonné de voir, qu'à si peu de distance de la ligne, cet instrument n'indique pas une plus forte chaleur; mais, outre les causes générales, comme la perméabilité des eaux de la mer aux rayons du soleil, le peu de densité de l'eau et son évaporation, qui s'opposent à ce que l'atmosphère ne prenne autant de chaleur qu'à terre par la même latitude, nous avions eu depuis quelques jours un petit vent qui n'avoit pas peu contribué à refroidir l'air.

Les marins sont dans l'habitude de baptiser, à leur manière, les personnes qui passent la ligne pour la première fois : ce baptême se donne en les inondant de plusieurs seaux d'eau de mer; cela se pratique quelquefois de manière à égayer ceux qui sont sûrs de ne point être inondés. Un des matelots, qu'on appelle le bon homme la ligne, descend de la grande hune, avec une barbe d'étoupe, et vient présider à ce divertissement des gens de mer.

Le commandant, dans la crainte que nous ne nous accommodassions pas tous également de cette farce, défendit de baptiser personne.

29.   L'eau de mer me donna, le 29 de novembre, à l'aréomètre de Beaumé pour les sels, $3^{d}\frac{4}{5}$, lorsque nous étions à un demi-degré de latitude dans le sud.

Les courans nous portoient vers l'ouest. Les vents, comme l'on sait, sont, dans une vaste mer, la cause principale de la différente direction des eaux.

Nous avions tout lieu de craindre une longue traversée ; l'Espérance tenoit d'ailleurs le vent beaucoup
moins bien que nous. Nous craignions que le défaut
d'eau nous obligeât de relâcher à la côte du Brésil : cette
circonstance eût été d'autant plus fâcheuse qu'elle eût
dérangé totalement le plan de notre campagne, car il
nous falloit suivre les saisons pour faire la reconnoissance d'une partie des terres que nous devions visiter.

Ce fut le 17 de décembre que nous passâmes sous le
tropique du capricorne, par 28^d de longitude occidentale.

On prenoit souvent à bord de l'Espérance plus de cent
bonites par jour, tandis que nos plus habiles pêcheurs
réunis n'en prîrent jamais plus de dix, encore cela leur
arriva-t-il bien rarement. Il n'étoit cependant pas indifférent pour la santé des équipages, qu'ils vécussent de
provisions fraiches ou de viandes salées.

Lorsque nous étions, le 18 de décembre, par 25^d
20′ de latitude sud , et 28^d 42′ de longitude occidentale, le thermomètre observé à midi ne donna que 19^d
au-dessus de o, et 17$^{d\frac{1}{2}}$ avant le lever du soleil, quoique cet astre fût peu distant de notre zénith. Le froid
avoit été assez grand pendant la nuit pour obliger les
gens de l'équipage à prendre leurs vêtemens de laine.

Nous avions compté sur des vents d'ouest en nous
approchant de la côte du Brésil ; ils étoient venus , au
contraire, de l'est ; mais ayant adonné , l'on avoit pu por-

G 2

1791.
Décembre.

ter asséz plein pendant quinze jours, jusque par les 28^d de latitude sud, et 24^d de longitude occidentale.

Il étoit à présumer qu'à cette hauteur nous trouverions des vents variables, qui favoriseroient notre route vers le Cap de Bonne-Espérance; mais ils ne varièrent que pour nous contrarier davantage.

26. Nous avions encore des vents de sud-est le 26 de décembre, quoique nous eussions dépassé le 29$^{me\,d}$ $\frac{1}{2}$ de latitude sud. Le soleil, qui portoit, depuis plusieurs mois, sa plus grande chaleur dans cet hémisphère, avoit reculé la lisière des vents généraux.

La longueur de notre traversée nous fit réduire à une bouteille d'eau par jour.

27. Dès que les vents eûrent passé au nord-est et au nord, les courans, qui portoient auparavant dans l'ouest, devinrent à peine sensibles.

Quoiqu'encore fort éloignés du Cap de Bonne-Espérance, nous appercevions déja l'albatros (*diomedea exulans*), qui s'y trouve en grand nombre.

Un fait digne de remarque, c'est la variation du compas beaucoup plus grande au sud de l'équateur que dans le nord; car depuis le 14$^{me\,d}$ de latitude nord jusqu'à l'équateur, dans l'espace compris entre les 23^d et 26^d de longitude occidentale, la différence ne fut que de 3^d, ou du 14$^{me\,d}$ au 11$^{me\,d}$; tandis que dans le même espace en latitude vers le sud, et 4^d de longitude occidentale, depuis le 26$^{me\,d}$ jusqu'au 30$^{me\,d}$, la variation de l'aiguille aimantée se porta du 11^{med} au 3^{med} vers l'ouest, ce qui fait 8^d de variation au sud de l'équateur; tandis qu'au nord l'aiguille aimantée n'avoit varié que de 3^d, dans un espace presqu'aussi grand.

La proximité des côtes du Brésil ne seroit-elle pas une des principales causes de cette différence ?

La moindre variation observée fut de $1^d 5o'$ par 25^d de latitude sud, et 29^d de longitude occidentale. Il n'y a aucun doute que le changement de longitude n'ait dans ces parages beaucoup plus d'influence sur la variation de l'aiguille aimantée, que les différences en latitude. La variation augmentoit sensiblement à mesure que nous avancions vers l'est.

Un des officiers prenoit des distances de la lune au soleil dans une position un peu gênante avec un sextant de cuivre de Dollon, dont le rayon étoit de deux doubles décimètres : il s'apperçut d'une cause d'erreur que l'on eût difficilement soupçonnée. Les rayons de cet instrument, quoique déja très-pesant, étoient encore trop foibles pour ne pas fléchir, et causer ainsi du dérangement dans le parallélisme des miroirs, lorsqu'on l'appuyoit avec un peu de force sur la poitrine. Le même effet n'eut point lieu sur les sextans en bois, parce que leurs rayons, beaucoup plus forts, ne cèdent pas à la force qui influe sur ceux de cuivre.

Cette source d'erreurs est une raison de plus pour donner une préférence exclusive au cercle de réflexion du citoyen Borda. La facilité avec laquelle on fait disparoître, au moyen d'observations croisées, l'erreur qui pourroit provenir de la graduation, lui donne une supériorité bien marquée sur tous les autres, lorsqu'on veut avoir la longitude par l'observation des distances de la lune au soleil ou à quelqu'autre astre.

Je suis fâché que ce précieux instrument, quoique d'un usage extrêmement facile, soit encore peu répandu. Chacun de nos officiers en avoit un, qui devint, dans le cours de la campagne, d'un usage sûr entre les mains de tous.

Un observateur un peu exercé peut avoir la longitude à deux ou trois myriamètres près. Nous avons lieu d'espérer, qu'à mesure que les tables de la lune acquerront une plus grande perfection, le calcul des longitudes, d'après ces observations, sera encore bien plus approximatif.

Les plantes que j'avois recueillies à Ténériffe, quoique fort sèches au moment de mon départ, s'étoient recouvertes, pendant que nous avions séjourné sous les tropiques, d'une moisissure fort épaisse attachée à la partie inférieure des feuilles, où les pores absorbans se trouvent, comme l'on sait, en très-grande quantité, et mes collections avoient été fort endommagées.

L'eau tenue en dissolution par l'air, au moyen de la chaleur directe du soleil, est en pleine mer, sous les tropiques, si surabondante à celle dont il peut se charger sans une pareille chaleur, que tout ce qui n'est pas exposé au soleil se couvre d'une grande humidité ; c'est pourquoi il est bien difficile d'y garantir de la rouille les instrumens de fer, et même l'acier le mieux poli.

Pendant tout le tems que nous avions séjourné sous les tropiques, le mercure dans le baromètre ne s'étoit pas élevé au-dessus de 28^P 4^1, et il n'étoit pas descendu au-dessous de 28^P 1^1 $\frac{1}{10}$.

Nous savions bien que notre approvisionnement d'eau ne conserveroit pas sa pureté, par les chaleurs étouffantes que nous éprouvions ; mais il eût été difficile de présumer, qu'ayant à bord des moyens très-faciles de purifier l'eau, avant d'en distribuer à chacun sa provision journalière, ces moyens n'eûssent pas été employés complettement.

L'eau conservée à bord éprouve dans les longues traversées la même décomposition que les eaux stagnantes, et cette décomposition est singulièrement accélérée par la chaleur du climat. Il s'en dégage alors une si grande quantité d'air inflammable, qu'on court risque d'être asphixié en descendant dans la calle où elle est déposée. Cet accident est cependant fort rare, parce que l'ouverture qui y conduit laisse échapper une partie de ces miasmes malfaisans. Il n'en est pas moins vrai, qu'ils donnent souvent naissance à des fièvres nerveuses, dont la malignité est en raison du degré de chaleur qui décompose l'eau.

Comme ce gas, dont Priestley a le premier fait connoître la pesanteur spécifique, est beaucoup plus léger que l'air de l'atmosphère, et qu'il a d'ailleurs peu d'adhérence avec l'eau, il est facile de l'en séparer, et de rendre à cette boisson sa pureté primitive; il suffit pour cela de l'agiter pendant un quart d'heure.

Nous avions à bord une machine qui remplissoit parfaitement ce but; c'étoit un grand baquet d'un double hectolitre : lorsqu'il étoit rempli d'eau aux trois quarts, on faisoit tourner vers son milieu, au moyen d'une manivelle et d'une roue de rencontre, quatre grandes palettes de fer, disposées en croix; l'eau recevoit alors une forte agitation qui, en dégageant le gas inflammable dont elle se trouvoit imprégnée, lui rendoit en même tems l'air pur dont elle avoit été privée en partie; et toute infecte qu'elle étoit auparavant, elle ne différoit pas, en très-peu de tems, de la meilleure eau.

Ce procédé, d'une exécution très-facile, résout complettement la nombreuse série de questions que quelques physiciens ont proposées aux navigateurs sur les moyens de rendre potable l'eau douce, lorsqu'elle vient à se corrompre à bord des vaisseaux.

On aura de la peine à croire qu'avec un moyen si simple de purifier l'eau, on nous en distribuât souvent dont la puanteur différoit peu de celle qu'elle avoit au sortir de la calle; mais l'étonnement cessera, lorsqu'on saura que l'officier de quart chargé de surveiller cette opération, l'abandonnoit ordinairement aux soins d'un

matelot,

matelot, qui, bien vîte ennuyé de tourner la manivelle, trouvoit presque toujours l'eau suffisamment agitée avant qu'elle fût potable : il eût été plus convenable
de confier cette surveillance au chirurgien en chef,
comme plusieurs d'entre nous l'observèrent ; car il n'é-
toit pas indifférent pour la santé de tous, que cette opération fût bien ou mal exécutée. On n'en continua cependant pas moins à laisser l'officier de quart chargé de
cette inspection.

Le 29 de décembre, par un ciel très-découvert, le
thermomètre donnoit $17^{d}\frac{8}{10}$, et le baromètre $28^{p}\ 3^{l}\frac{9}{10}$,
lorsqu'un vent de nord quart nord-est nous amena tout
à coup, vers midi, une brume fort épaisse, qui nous dé-
roba, pendant un quart d'heure, la vue du soleil. Il est
bien remarquable qu'au lieu d'occasionner un abaissement du mercure dans le baromètre, cette brume le fit
élever de $1\frac{1}{2}$ pendant tout le tems qu'elle nous enve-
loppa. Je n'ose hasarder aucune conjecture pour tâcher
de donner une explication de ce phénomène : il éton-
nera d'autant plus les physiciens qu'il sembleroit que
cette circonstance eût dû diminuer l'élasticité de l'air
au lieu de l'augmenter ; rien n'annonçoit d'ailleurs que
cette brume eût pour cause l'explosion d'un volcan.

29

Nous eûmes, le 3 de janvier, le spectacle d'un arc-
en-ciel produit par les rayons de la lune : cet astre fut
environné, vers dix heures du soir, de deux cercles
concentriques ; ils offroient toutes les couleurs de l'iris

dans un ordre opposé l'un à l'autre. Le plus grand de
ces cercles n'occupoit pas plus de cinq degrés dans le
ciel. Comme ce phénomène, produit par la décomposition de la lumière de là lune, paroissoit entre elle et
nous, les couleurs de l'iris devoient bien se présenter
dans un ordre inverse de celles que donne le soleil, puisque dans ce dernier cas, le spectateur est entre l'arc-en-
ciel et l'astre; aussi le plus petit cercle qui donnoit à
son bord interne la couleur rouge, étoit-il terminé ex-
térieurement par la couleur violette, tandis que le vio-
let formoit le bord interne du plus grand cercle, et le
rouge son bord externe.

Nous étions alors par $32^d 42$, de latitude sud, et 7^d
de longitude occidentale.

7.   Ce fut le 7 de janvier dans l'après-midi que nous
passâmes sous le méridien de Paris par 33^d de latitude
sud.

8.   Après avoir plongé l'aréomètre de Beaumé pour les
sels dans l'eau de mer, afin d'en connoître la pesanteur
spécifique, j'eus $3^d \frac{4}{5}$, ce qui donna le même résultat
que j'avois déja obtenu dans le voisinage de l'équateur.
Il paroîtroit donc que la salure de l'eau de mer ne diffère pas sensiblement, même à de grandes distances,
dans des parages si inégalement échauffés par les rayons
du soleil.

9.   On commença le 9 de janvier à exercer les équipages
de chaque vaisseau à tirer la balle : un prix de peu de

valeur étoit la récompense de ceux qui touchoient au
but fixé à l'extrémité d'un des boute-hors de misaine.
L'on remarqua avec plaisir que la plupart ajustoient assez bien, quoiqu'ils n'eussent aucunement l'habitude
des armes à feu. Il n'étoit pas indifférent pour une pareille expédition, où nous pouvions être quelquefois dans
la nécessité de nous défendre contre les Sauvages, que
tous sussent se servir des armes que nous avions à bord.

Le capitaine de l'Espérance ayant fait attacher à une
bouée la moitié d'un fort beau ton qu'il envoyoit au général, la manœuvre ne nous en rapprocha pas assez
pour l'atteindre : un matelot se jeta à la mer, afin d'aller la chercher, quoiqu'on eût su qu'un requin avoit été
pris dans la matinée à bord de l'Espérance, et que le
peu de vent qui souffloit alors eût dû augmenter les
craintes d'en trouver un autre qui peut-être nous eût enlevé un de nos meilleurs matelots.

Elevés déja jusqu'au 33^d de latitude sud, après être
arrivés par 5^d de longitude orientale, les bonites ne
nous suivoient pas moins par bancs fort nombreux,
quoiqu'il soit peu ordinaire d'en rencontrer autant par
une si haute latitude. Les vents du nord étoient probablement une des principales causes qui éloignoient ces
poissons de leur séjour habituel.

Je remarquerai que si nos pêcheurs étoient moins habiles que ceux de l'Espérance, ils étoient aussi moins fa-
vorisés. C'étoit du maître d'équipage qu'on obtenoit

H 2

1792.
Janvier.

10.

les lignes pour la pêche. Le nôtre mit dans cette distribution, pendant toute la campagne, une si grande par-
cimonie, qu'il éloigna par la suite de l'esprit des matelots tout désir de pêcher. L'officier chargé du détail auroit dû lui faire sentir les funestes effets de cette mauvaise combinaison ; mais il n'en fit rien.

La méduse, connue sous le nom de *medusa velella*,
profitoit du calme pour venir flotter en grand nombre
à la surface de la mer. Cette espèce ne différoit en rien
de celle que j'avois rencontrée tant de fois dans la Méditerranée, où elle est un mets recherché des marins.

Il étoit de la plus grande importance que nous eussions des bâtimens qui ne fissent pas d'eau ; cependant
à peine fûmes-nous sortis de la rade de Brest, qu'il nous
fallut recourir à la pompe. Comme nous faisions deux
centimètres d'eau par heure, on fut obligé de pomper
deux fois par jour. Cette précaution étoit d'autant plus
indispensable que l'eau eût gagné notre provision de sel,
objet de la plus grande importance dans le voyage que
nous entreprenions. La quantité d'eau qui entroit dans
la calle ne fit heureusement pas de progrès.

L'entrepont étoit si encombré qu'il se passa plusieurs
mois avant qu'on pût reconnoître la source de cette infil-
tration. On s'apperçut enfin qu'elle venoit de derrière
une courbe. Le bâtiment s'étant allégé, on reconnut
qu'une gournable avoit été oubliée, et que le trou où
elle auroit dû être placée n'avoit été recouvert que de

goudron. L'eau n'avoit pas tardé à se faire jour à travers cet enduit; la cheville fut replacée sur-le-champ, et le bâtiment ne fit plus d'eau.

1792.
Janvier.

Les albatros du Cap de Bonne-Espérance, que nous voyions en assez nombre, annonçoient le voisinage de cette extrémité méridionale de l'Afrique. Nous en apperçûmes en effet les terres le 16 de janvier, vers huit heures du matin. La baie de la Table nous restoit alors à quatre myriamètres de distance.

16.

Les courans qui, lors des vents généraux, nous avoient fait perdre bien du chemin, ayant heureusement pris une direction opposée lorsque nous avions rencontré les vents variables, le chemin perdu dans l'ouest se trouva à peu près compensé vers l'est. Notre attérage au Cap de Bonne - Espérance confirma cette observation. On conçoit facilement qu'à quelques irrégularités près de la part des vents variables, la tendance des eaux à se mettre de niveau doit déterminer celles qui se trouvent dans les parages de ces vents à refluer vers l'est à mesure que les vents généraux portent dans l'ouest celles dont ils dirigent le cours.

La proximité de la terre nous avoit encore été annoncée par un changement de couleur des eaux de la mer, que leur donne le fond élevé sur lequel elles reposent.

Des veaux marins, de l'espèce que Buffon a nommée petit phoque (*phoca pusilla*, L.), venoient à peu de distance de notre vaisseau chercher leur subsistance dans les grandes masses du goemon appelé *fucus pyri-ferus*, L., qu'on voyoit flotter à la surface de la mer : ces animaux fuyoient souvent en s'élevant par bonds au-dessus des eaux ; c'étoit alors que leurs deux pattes de derrière, réunies sous la forme de nageoires, leur servoient à prendre un point d'appui sur l'eau, dont la surface étoit pour eux ce qu'est une vaste plaine pour un quadrupède agile.

Nous tombâmes un peu sous le vent de l'entrée de Table-Baay, ce qui nous donna peu d'espoir d'atteindre dans la journée le mouillage.

On pouvoit désirer un plus beau jour pour atterrir ; car il tomba beaucoup de pluie, et la terre nous fut souvent cachée par une forte brume.

Nous étions vers sept heures du soir à un myriamètre et demi de la montagne de Hout-Baay : elle nous restoit à l'ouest 3 ^{d} 45 ' nord.

La pointe du Cap se voyoit au nord quart nord-ouest.

La Tête du Lion à l'ouest 3 ^{d} nord.

La sonde indiqua vers ce point de relèvement un fond de corail par une profondeur de deux tiers d'un double hectomètre.

La mer fut extraordinairement phosphorique pendant toute la nuit que nous passâmes à peu de distance de la côte. On remarquoit une multitude de points lumineux dans tous les endroits où l'eau étoit agitée : cette

phosphorescence ne diffère de celle qu'on observe ordinairement à la mer, que par sa plus grande intensité,
à cause d'un plus grand nombre de globules phosphoriques. Ces petits corps sont, comme je l'ai déja dit,
beaucoup plus multipliés près des côtes qu'en pleine
mer, par la même latitude. Je les examinai encore après
avoir filtré l'eau qui les contenoit; ils ne différoient en
rien de ceux que j'avois déja observés : c'étoient toujours les mêmes petites mollusques globuleuses, transparentes, dont la dimension étoit d'environ un tiers de
millimètre.

1792.
Janvier.

Un vent léger de sud-ouest nous permît le lendemain
dans l'après-midi de diriger notre route vers l'entrée de
Table-Baay. Dès qu'il fut devenu un peu plus frais,
nous gouvernâmes sous toutes voiles au sud-est quart est
sur la pointe des Pendus, que nous rangeâmes de très-
près, la sonde nous indiquant assez régulièrement un
décamètre à quelques doubles décimètres près.

17.

Il étoit cinq heures et demie lorsque nous jetâmes
l'ancre par une profondeur de huit mètres sur un fond
de sable gris vaseux à la distance d'un kilomètre du rivage.

Le clocher de la ville nous restoit à l'ouest 38 ^{d} sud.

Le mât de pavillon de la Croupe du Lion à l'ouest 3 ^{d}
nord.

Le pavillon du fort le plus nord à l'ouest 43 ^{d} nord.

L'île Roben au nord 1 ^{d} ouest.

Nous n'avions aucun malade à bord, quoique la longueur de notre traversée nous eût réduit à une bien foible quantité d'eau par jour ; mais on avoit tâché de
compenser cette privation par un grand usage de diverses sortes d'anti-scorbutiques. Une espèce de punch très-
salubre et fort agréable, composé avec de l'eau-de-vie,
du vinaigre, du sucre et de l'eau, avoit été distribué
tous les jours aux équipages vers la fin de cette traversée.
Des fumigations avoient eu lieu deux fois par jour. On
avoit eu le plus grand soin de faire changer de vêtemens
les matelots, toutes les fois qu'ils étoient mouillés ; et il
étoit satisfaisant de voir que tant de précautions n'a-
voient pas été prises en vain.

CHAPITRE

CHAPITRE III.

Séjour au Cap de Bonne-Espérance. Dépositions de deux capitaines françois, par lesquelles on voit, qu'étant à Batavia, ils avoient appris du commodore Hunter, qu'il avoit vu aux îles de l'Amirauté des naturels vêtus d'uniformes de la marine françoise. Le capitaine Bligh, expédié d'Angleterre pour aller chercher l'arbre à pain aux îles de la Société. Violence des vents de sud-est. Cause locale qui en augmente l'impétuosité. Vaisseau négrier. Diverses excursions dans les montagnes voisines de la ville. Impudence du fiscal. Voyage à Fransche-Hoek.

Deux officiers de santé de la ville du Cap vînrent à bord pour s'assurer que nous n'apportions point de maladies contagieuses : c'est sur-tout la petite vérole qu'on y redoute ; car cette maladie, qui n'y est point endémique, y cause, de même que dans toute l'Inde, les plus grands ravages, lorsqu'elle est apportée du dehors.

1792.
Janvier.

Un capitaine de vaisseau marchand arrivé de Bordeaux quelques jours avant nous, vînt nous dire que le commandant des forces navales de l'Ile-de-France, après avoir eu des renseignemens sur le sort de la Pérouse, avoit expédié au Cap une frégate pour en apporter la nouvelle au commandant de l'expédition envoyée à la recherche de cet infortuné navigateur. La frégate étoit partie depuis quelques jours pour se rendre à l'Ile-de-France.

Le général Dentrecasteaux envoya un officier chez le gouverneur du Cap pour traiter du salut. Cet officier reçut du chargé d'affaires de France, les dépêches que le citoyen Saint-Felix, commandant de nos forces navales dans les mers de l'Inde, avoit envoyées au général Dentrecasteaux par la frégate l'Attalante, capitaine Bolle, qui avoit fait voile presque sur-le-champ pour l'Ile-de-France.

Voici la lettre adressée au général, avec les dépositions de deux capitaines de navires marchands, qui s'étoient trouvés à Batavia lors du séjour qu'y fît le commodore Hunter, à son retour de Botany-Bay sur un vaisseau hollandois, après avoir fait naufrage sur l'île de Norfolk.

Lettre du citoyen Saint-Felix, commandant la sta-
tion des mers de l'Inde, au général Dentrecas-
teaux.

J'APPRENDS, par des lettres particulières, que vous
ne comptez passer à l'Ile-de-France qu'au retour de l'im-
portante expédition que vous allez entreprendre. Privé
de l'espérance dont je m'étois flatté, d'avoir l'honneur
de vous voir, je m'empresse de vous faire parvenir au
Cap de Bonne-Espérance deux rapports relatifs à l'objet de votre mission, qui viennent de m'être faits par des
capitaines de deux bâtimens françois arrivant de Batavia. Vous y verrez par quelle circonstance un bâtiment
hollandois, ayant à bord le commodore Hunter, commandant de la frégate angloise le Syrius, ainsi que son
équipage, a vu, près des îles de l'Amirauté dans la mer
du Sud, des hommes couverts d'étoffes européennes, et
particulièrement d'habits qu'il a jugés uniformes françois. Vous y verrez aussi que le commodore n'a pas douté
que ce ne fussent les débris du naufrage de M. de la Pérouse, qu'il avoit beaucoup vu à Botany-Bay.

J'ai jugé que la connoissance de ces rapports devoit
vous intéresser, et je les ai trouvés assez importans pour
me déterminer à vous les faire parvenir directement par
une frégate, que j'envoie au Cap uniquement pour cet
objet. Le major du vaisseau, Bolle, qui la commande,

y laissera ma dépêche, s'il ne vous y trouve pas, au chargé d'affaires de la nation, pour qu'elle vous soit remise à votre arrivée. Quoiqu'aucunes connoissances officielles de votre expédition ne m'autorisent à cette destination d'une frégate, je suis sûr de l'approbation de S. M. dans le parti que j'ai pris à cet égard, autant par la considération de l'intérêt public, que par le vœu de mon cœur. Il vous étoit réservé d'acquérir des droits à la reconnoissance de toute la nation, en acceptant le commandement d'une expédition qui honore également le souverain qui l'ordonne, et le chef qui l'exécute. Quelle que soit la route que vous fassiez, vous y serez suivi par mes vœux pour vos succès et l'inviolable et parfait attachement avec lequel je suis, etc.

Signé SAINT-FELIX.

Ile-de-France, le 9 de novembre 1791.

———

Compte rendu au chef de division des armées navales, Saint-Felix, commandant la station des mers de l'Inde, par le capitaine Préaudet, commandant le navire le Jason, arrivant de Batavia.

LA frégate angloise le Syrius, commandée par le commodore Hunter, expédiée pour la Nouvelle-Hollande, s'est perdue sur l'île de Norfolk dans la mer du

Sud, vers la fin de 1790. L'équipage a passé sur la corvette qui la suivoit dans sa mission, et s'est rendu à Botany-Bay, où le commodore Phillip a frêté un petit navire hollandois pour transporter en Angleterre l'équipage naufragé, avec le commandant, le commodore Hunter.

Parti de Botany-Bay sur ce bâtiment, et voulant toucher à Batavia, le commodore Hunter a été contrarié par les vents et les courans, et porté dans l'est jusque par les 167 d de longitude, méridien de Greenwich. Voulant passer par le détroit de Saint-George, il a eu connoissance des îles de l'Amirauté, situées par les 147 d de longitude du méridien de Greenwich, et les 3 d 25 ′ de latitude sud. Près de celle située le plus à l'est, il a apperçu plusieurs bateaux remplis d'hommes couverts d'étoffes et de morceaux de drap européens; on y distinguoit même l'uniforme des troupes de la marine de France. Ces gens faisoient, avec des pavillons blancs, le signe d'approcher. Le commodore Hunter en avoit le plus grand désir; mais il lui fut impossible de l'effectuer par la contrariété des courans, des vents et le danger des écueils nombreux.

Le commodore Hunter avoit beaucoup vu à Botany-Bay la Pérouse, avec lequel il s'étoit lié particulièrement. Il en avoit appris que son projet étoit de passer par le détroit de Saint-George pour se rendre dans le nord en sortant de Botany-Bay. Il ne doute pas que ce ne soit sur ces îles que se sont perdus l'Astrolabe et la Boussole, par l'effet des calmes et des courans violens qui règnent dans cette partie. Il me dit que lui-même avoit été porté à l'est de six cents milles en dix jours par leur effet : ce qui est prouvé par des observations de longitude répétées, par les montres marines et la vue de terre. En un mot, le commodore Hunter, qui étoit à Batavia, et que j'y ai vu dans le voyage que viens d'y faire, m'a paru intimement persuadé que les vêtemens d'Europe qu'il a apperçus dans les bateaux qui venoient des îles de l'Amirauté, sont les débris du naufrage des bâtimens aux ordres de la Pérouse.

Le commodore Hunter est actuellement en route pour se rendre en Angleterre, d'où la France recevra probablement de lui des détails plus circonstanciés à cet égard.

D'après ce que ce commandant anglois a éprouvé en approchant des îles de l'Amirauté, il croit qu'un bâtiment qui voudroit s'y rendre, devroit prendre la précaution de se mettre en latitude de très-bonne heure, pour éviter d'être dépouillé par les courans, qui portent à l'est avec une vîtesse prodigieuse.

Fait à l'Ile-de-France, le 6 de novembre 1791.

Signé PRÉAUDET, capitaine du vaisseau le Jason.

Compte rendu par Pierre Magon Lépinay, capitaine
du navire la Marie-Hélène, arrivant de Batavia,
au chef de division des armées navales, Saint-
Felix, commandant la station des mers de l'Inde.

LE commandant et les officiers de la frégate angloise
le Syrius, après le naufrage de cette frégate sur l'île de
Norfolk, ont été transportés à Botany-Bay, d'où ils
sont partis sur un petit vaisseau hollandois, qui les a
apportés à Batavia à la fin de septembre de cette année,
après une traversée d'environ six mois.

Un ou deux jours après avoir doublé le canal de
Saint-George, ils ont eu de grand matin connoissance
des deux îles de l'Amirauté, dont ils se sont trouvés
très-près; ils ont aussitôt sondé sans trouver fond.

Ils ont vu partir de ces îles deux pirogues contenant
environ douze hommes, qui n'ont pas voulu aborder le
bâtiment, mais qui en ont approché de très-près. Il faisoit alors très-petit tems. Le bâtiment avoit contre lui
un courant assez fort qui l'éloignoit de l'île; d'ailleurs
le capitaine hollandois ne se soucioit pas d'en approcher. On a remarqué que deux des hommes qui étoient
dans ces pirogues avoient des ceinturons pareils à ceux
que portent les officiers en Europe; ils faisoient des signes comme s'ils eussent voulu se faire raser: plusieurs
d'entre eux avoient sur leurs habits des morceaux de

drap rouge et bleu, qui prouvoient qu'ils ont communiqué avec des Européens. Comme avant son départ de Botany-Bay le capitaine Hunter, commandant du Syrius, avoit appris de la Pérouse lui-même que son projet étoit de passer par le canal de Saint-George, les officiers de cette frégate sont tous persuadés qu'il aura inopinément rencontré ces îles sur lesquelles il se sera perdu.

Je soussigné, certifie cette relation conforme à ce que j'ai recueilli de différentes conversations avec les officiers de la frégate le Syrius, arrivés à Batavia, après le naufrage de cette frégate, sur un petit vaisseau hollandois avec lequel je m'y suis trouvé dans le mois d'octobre.

Signé MAGON LÉPINAY.

De l'Ile-de-France, le 31 octobre 1791.

Comme le commodore Hunter, de retour de Batavia avec son état-major pour se rendre en Angleterre, étoit au Cap de Bonne-Espérance au moment où nous y arrivâmes, nous devions nous attendre à y avoir tous les renseignemens possibles sur ce qu'il avoit vu aux îles de l'Amirauté. Nous fûmes assez surpris que ce commodore eût fait voile de la rade du Cap deux heures après que nous y eûmes laissé tomber l'ancre. Il connoissoit

noissoit bien probablement l'objet de notre mission; car
nous étions attendus au Cap, et le pavillon du général
ne laissoit aucun doute que ce ne fussent les vaisseaux
destinés à la recherche de la Pérouse. Il nous parut fort
étonnant qu'il n'eût pas cherché à nous donner lui-même
les notions que les capitaines Préaudet et Magon Lépinay avoient recueillies de lui et de son état-major à Batavia. Nous eûmes lieu d'être bien plus surpris que le
commodore Hunter, non-seulement n'eût laissé trans-
pirer au Cap aucune nouvelle qui pût faire croire qu'il
eût rencontré des Sauvages vêtus d'uniformes de la marine françoise ; mais qu'il eût dit à plusieurs membres
de la régence et même à son ami, M. Gordon, qu'il
n'avoit aucune notion des faits annoncés à l'arrivée de
l'Attalante. Rien n'indiquoit que les détails laissés au
Cap par le major de vaisseau Bolle vinssent du commodore Hunter.

Le capitaine Bligh, commandant la corvette angloise
la Providence, destinée à aller chercher l'arbre à pain
aux îles de la Société, étoit venu mouiller dans la rade
de la Table, peu de tems après le départ de l'Attalante.
Il paroît que Bligh n'apprit de Hunter rien qui fût rela-
tif aux dépositions des deux capitaines françois ; mais
d'après des renseignemens communiqués par les personnes qui avoient vu le commandant de l'Attalante, il assura le colonel Gordon, qu'à son retour des îles de la
Société, il feroit des recherches dans les parages où l'on

annonçoit que la Pérouse s'étoit perdu, afin de tâcher de sauver quelques débris de sa malheureuse expédition.

C'étoit la seconde fois que Bligh alloit pour chercher l'arbre à pain aux îles de la Société ; car lors du premier voyage que ce capitaine avoit fait pour procurer cet arbre précieux aux colonies angloises des Indes occidentales, il fut mis hors de son vaisseau à la suite d'une révolte qui avoit éclaté à bord, comme il le fît connoître par le récit qu'il publia lors de son retour en Angleterre.

Nous apprîmes que la Pandore, frégate angloise, commandée par le capitaine Edward, avoit été depuis aux îles de la Société, où elle s'étoit emparée de quatorze des rebelles. Elle en avoit perdu quatre en échouant sur les récifs de l'île de Norfolk. Christian, master du vaisseau enlevé à Bligh et l'auteur de la révolte, avoit été se réfugier avec neuf matelots dans une autre île, où il avoit emmené avec lui plusieurs naturels. Un officier de la Pandore arrivé au Cap, assura que Bligh avoit eu de très-grands torts à l'égard de Christian, et qu'un abus d'autorité de la part de ce capitaine avoit été la cause de ses malheurs. Christian, malgré son grade de master, avoit été maltraité par les ordres de Bligh, comme le dernier des matelots. Si le fait est vrai, Bligh n'a pas été sincère, en assurant qu'il avoit eu toujours pour lui les plus grands égards.

Il y avoit dans la rade du Cap dix-huit vaisseaux,

dont douze hollandois, deux françois, deux américains
et deux anglois.

1792.
Janvier.
18.

Dès que le soleil fut levé nous saluâmes la place de
treize coups de canon ; elle nous rendit notre salut par
le même nombre de coups.

Le commandant de l'expédition descendit à terre vers
neuf heures ; la place tira quinze coups de canon, que
nous rendîmes coup pour coup. Le gouverneur avoit envoyé plusieurs voitures avec un grand nombre de mu-
siciens pour attendre le général Dentrecasteaux au lieu
du débarquement. Ce fut au son d'une bruyante musique qu'il se rendit au gouvernement, accompagné de
quelques officiers. Il y fut reçu par le conseil assemblé,
qui lui rendit sa visite presque aussitôt chez le chargé
d'affaires de France, où il étoit descendu.

La majeure partie des officiers prîrent des logemens
à terre. On sait que les Hollandois du Cap de Bonne-
Espérance se font un plaisir de loger chez eux les étrangers. Le prix le plus ordinaire est d'une piastre par jour.
Je descendis avec quelques-uns de mes compagnons de
voyage chez M. de Lettre.

Le sommet de la montagne de la Table étoit chargé de
nuages épais ; c'est dans cette saison un présage certain
des vents impétueux de sud-est, qui soufflent ordinairement pendant deux ou trois jours. La brise fut en effet si
forte jusqu'au lendemain au soir, que pendant tout ce
tems aucune chaloupe ne put communiquer avec la terre.

19.

K 2

Quoique les nuages parussent fixés sur le sommet de la montagne, lors même que le vent souffloit avec la plus grande force, ils se renouvelloient sans cesse; mais l'impulsion qu'ils recevoient en quittant cette sommité les rendant plus dissolubles, ils se dissipoient dans les airs. On voyoit souvent de grandes parties de ces nuées se détacher et disparoître aussitôt.

Le vent de sud-est ne tarda pas à se précipiter du haut de cette montagne vers la ville du Cap, avec une telle impétuosité qu'on ne pouvoit que difficilement parcourir les rues situées dans cette direction; il étoit presque impossible de marcher à l'opposé du vent, car il chassoit devant lui, à hauteur d'homme, de petits cailloux d'un centimètre et plus d'épaisseur, avec tant de violence qu'on étoit contraint de chercher un abri dans les maisons.

Ce vent impétueux, dont beaucoup de voyageurs ont parlé, me paroît tenir à la position des terres qui, élevées sur les bords de la mer depuis la ville du Cap jusqu'à la pointe occidentale de l'entrée de False-Baie, opposent une barrière aux vents de sud-est. Lorsque ces vents viennent à s'engouffrer dans False-Baie, ils ne peuvent suivre la même direction qu'en franchissant cet obstacle placé à l'extrémité sud de l'Afrique. L'air inférieur, en s'élevant jusqu'au sommet de ces montagnes, est comprimé par la colonne supérieure qui s'oppose à sa dilatation: il doit donc, dès qu'il a franchi ces hau-

teurs, réagir en raison de la liberté qu'il a de s'étendre.
Alors son impétuosité est telle qu'il fait quelquefois dé-
raper les vaisseaux mouillés dans la rade, et les force
de gagner la pleine mer.

C'est à la chûte de ces hautes montagnes que ce vent
a toute sa force ; aussi celui qui se fait sentir à une petite distance dans l'intérieur des terres est-il beaucoup
moins violent, comme j'ai eu occasion de le remarquer
dans quelques excursions que j'ai faites à différentes distances de la ville.

Les nuages dont se couvrent alors les sommets des
montagnes sont naturellement produits par cette grande
masse d'air qui, après s'être chargée de beaucoup d'eau
sur la vaste mer qu'elle vient d'agiter, s'élève pour franchir ces sommités, où la différence de température fait
paroître sous la forme de nuages l'eau qu'elle ne peut
plus tenir en dissolution.

La biscayenne de l'Espérance, que la force du vent
avoit détachée pendant la nuit de l'arrière de ce vaisseau, fut perdue. Pour la remplacer, on acheta d'un
vaisseau américain un balaeau, espèce d'embarcation
légère destinée à la pêche de la baleine.

Quoique le vent de sud-est continuât à souffler avec
impétuosité, je sortis dans les environs de la ville, où
je trouvai en grande quantité les espèces de *chironia*,
désignées sous les noms de *tinervia* et *linoides*. Le *gor-
teria ciliaris* croissoit aussi au pied de ces montagnes.

20.

Le joli arbuste que l'on connoît sous le nom de *brunia paleacea*, garnissoit les premières collines par lesquelles je commençai à m'élever.

On croira facilement qu'avec un pareil vent les insectes avoient entièrement disparu.

Je visitai le jardin de la compagnie, dont plusieurs voyageurs ont parlé avec enthousiasme. Ce n'est cependant qu'un vaste enclos, où l'on remarque des allées d'assez beaux chênes. Quelques carrés sont entourés de myrtes au milieu desquels on cultive des légumes et et bien peu de fleurs étrangères. On y a mis aussi des arbres fruitiers d'Europe. On y voit le bananier, dont les feuilles n'ont pu résister à la violence du vent qui les a toutes découpées par lanières.

L'oiseau appelé le secrétaire, *falco serpentarius*, L., étoit fort apprivoisé dans une maison appartenant au gouverneur.

La ménagerie, située au bout de ce jardin, ne renfermoit plus qu'un petit nombre d'animaux rares, l'autruche, le zèbre, le porc-épic, le chacal, et quelques oiseaux, parmi lesquels on remarquoit le courlis à tête nue de Buffon, *tantalus calvus*, L.

Le vent qui perdit le soir beaucoup de sa force, nous annonça le retour du beau tems.

Il y avoit en rade un vaisseau négrier, récemment arrivé de Mozambique ; quatre cents Noirs, formant sa cargaison, étoient pourlors à terre. C'étoit un bien

triste spectacle de voir ces misérables, la plupart scorbutiques après une traversée fort courte, entassés dans
trois petites chambres, d'où ils devoient être sous peu
transférés à bord, pour aller entretenir de leurs sueurs
le luxe de quelque riche Américain. Cette traite avoit
été faite dans un lieu où les chiens sont fort recherchés.
Les gens qui trafiquent de la vie de ces hommes, ne
craignent pas d'avouer qu'il leur arrive fort souvent de
se procurer deux ou trois Noirs pour un beau chien.

1792.
Janvier.

J'employai la journée du 22 à visiter la montagne du
Lion. Cette montagne, qui tire son nom de la figure
qu'elle présente à quelques myriamètres de distance en
mer, offre un sol bien peu favorable à la végétation. On
y remarque presque par-tout, même jusque sur les bords
de la mer, une stéatite dure, grisâtre, et si aride que
cette excursion ne me procura qu'un très-petit nombre
de plantes.

22.

Je visitai le lendemain la montagne du Diable. Les
vents impétueux de sud-est, dont la force est bien plus
grande à la chûte de cette montagne que par-tout ailleurs, lui ont valu cette dénomination. La charmante
vallée qui la sépare de la montagne du Lion est ornée
de la belle espèce de *protea* à feuilles argentées, *protea
argentea*, L., dont les sommets touffus résistent aux
vents qui se précipitent par fois avec violence du haut
de ces montagnes : les feuilles de ces arbres sont recouvertes d'un duvet d'autant plus épais, qu'ils sont plus

23.

exposés à l'agitation de l'air. On remarque la même chose dans presque toutes les plantes battues par les vents ; ce qui fait présumer que ce duvet sert à les garantir du dommage qu'ils pourroient leur causer.

Ce n'étoit plus la stérilité de la montagne du Lion ; les productions végétales se présentoient en foule. La tulipe du Cap, *haemanthus coccineus*, L., tapissoit les pentes les moins rapides : un grand nombre d'espèces de bruyères sortoient des fentes de rochers escarpés, et la jolie composée connue sous le nom de *stœbe gnaphaloides*, croissoit avec plusieurs autres plantes vers leur base.

24. Obligé de passer beaucoup de tems à la préparation des plantes que j'avois recueillies le jour précédent, il me fut impossible d'entreprendre une longue course : je me bornai à parcourir les environs de la ville.

Le faux aloès, connu sous la dénomination d'*agave vivipara*, étoit alors en pleine fleur. J'admirai pendant quelque tems la légéreté avec laquelle la mésange noire, *parus ater*, L., venoit recueillir la liqueur sucrée que distillent les glandes situées au fond des corolles. Je tuai à regret quelques-uns de ces charmans oiseaux pour en conserver la dépouille.

Nous étions trois de la même expédition qui suivions un petit sentier à peu de distance de la maison de campagne du fiscal, nommé Deness. Cet homme, habitué à commander en despote, voulut nous empêcher de passer

1792.
Janvier.

ser dans un terrain en friche, qu'il eut grand soin de nous dire être sa propriété : nous fûmes étrangement surpris d'une pareille défense. M. le fiscal ne pouvoit se persuader que nous eussions la témérité de passer outre. Cependant, après lui avoir observé que nous ne pouvions occasionner aucun dommage dans des champs incultes et couverts de pierres, nous poursuivîmes notre chemin. Ce petit visir, voyant le peu de cas que nous faisions de ses ordres, et ne pouvant répondre à nos observations, se mit fort en colère, et nous dit, dans son mauvais jargon, qu'il nous avoit avisé et qu'il n'étoit pas besoin d'autre explication.

Deux Noirs de la ville nous accompagnoient : ces malheureux tremblèrent à la voix du fiscal, et ne nous suivirent qu'avec beaucoup de difficulté ; ils nous dîrent en frissonnant que c'étoit M. Deness qui faisoit donner les coups de bâton qu'on distribue dans la ville du Cap par ordre de la police.

Il est à remarquer que cet officier, chargé du fisc, a droit d'inspection sur tous les employés de la compagnie : ses fonctions d'ailleurs sont indépendantes. C'est une monstruosité de voir un pareil titre accordé au chef de la police, qui peut se livrer impunément aux extorsions dont sa place lui donne toutes les facilités ; car il fixe les amendes et il en perçoit le produit : aussi la peine pécuniaire est-elle la seule qu'il inflige à ceux qui peuvent payer ; les coups de bâton sont pour les autres.

TOME I.   L

J'employai ce jour à visiter la montagne de la Table, ainsi nommée à cause du plan horisontal que présente son sommet lorsqu'on la voit de loin.

Je traversai plusieurs fois un ruisseau qui descend de cette montagne. Les grosses pierres usées qu'on rencontre sur ses bords, prouvent que les eaux y roulent en torrens dans la saison des pluies.

J'étois déja parvenu vers le milieu de la montagne, lorsque je trouvai le *thesium strictum.* Dès que je fus élevé un peu davantage, je rencontrai la magnifique espèce d'ombelle, connue des botanistes sous les nom de *hermas depauperata;* vinrent ensuite la jolie fougère, nommée *acrostichum pectinatum,* le *bubon galbanum,* le *restio simplex,* etc.

Je venois de gravir par des pentes composées d'un grès fort dur, au-dessus duquel on trouve des blocs de quartz d'un beau blanc; ces masses servent de base à du schiste micacé disposé par couches très-rapprochées.

Après m'être élevé à plus des deux tiers d'un kilomètre de hauteur perpendiculaire, je gagnai enfin une coupure, qui, vue de la ville, ne sembloit pas devoir offrir un passage pour arriver au sommet de cette montagne; mais l'éloignement m'avoit induit en erreur, car il s'y trouve un chemin dont l'accès n'est pas difficile pour des personnes habituées à parcourir les montagnes; c'est d'ailleurs la route la plus fréquentée pour arriver à cette sommité, où l'on ne parvient que difficilement par toute autre voie.

Quoiqu'à près d'un kilomètre d'élévation perpendiculaire, la chaleur de l'atmosphère n'en faisoit pas
moins monter à 20 ^{d} le thermomètre placé à l'ombre.

1792.
Janvier.

Le bois de chauffage est fort rare au Cap de Bonne-
Espérance : si la douceur du climat dispense les habitans
d'avoir recours à la chaleur artificielle pour se préserver
des injures de l'air, ils ont du moins besoin de feu pour
préparer leurs alimens : des esclaves sont employés à aller chercher, même beaucoup au-delà de la montagne
de la Table, le peu de bois qui leur est nécessaire. Nous
rencontrâmes plusieurs Nègres qui portoient à la ville
des charges de branches de divers arbustes, parmi lesquels je remarquai le *cunonia capensis*, et plusieurs
espèces de *protea*. J'éprouvai un grand plaisir en voyant
ces belles plantes ; mais il fut bientôt troublé, en son-
geant qu'elles n'avoient été recueillies que pour être brû-
lées : j'en pris quelques échantillons; et ces Noirs, dont
je n'avois pas beaucoup allégé le fardeau, continuèrent à
descendre vers la ville du Cap. Nous étions affligés de
voir ces malheureux marcher sans s'arrêter, quoique la
pente rapide de la montagne semblât devoir leur en imposer la nécessité.

Les montagnes voisines de la ville servent de retraite
aux esclaves fugitifs qu'un traitement barbare a forcé de
s'y refugier : c'est à la faveur de la nuit que, pressés par
la faim, ils s'approchent des habitations pour venir y
chercher furtivement, au péril de leur vie, quelques foi-

L 2

bles moyens de subsistance. On peut juger de toute l'horreur que leur inspire le traitement qu'on leur fait éprouver dans la ville, par la misérable existence qu'ils lui préfèrent. Il ne seroit pas sans danger de s'engager seul et sans armes vers les creux des rochers où ces malheureux, poussés par le désespoir, se dérobent à la lumière du jour pour fuir l'esclavage.

Quelques gouttes d'eau qui suintent sur ces hauteurs d'entre les couches d'un schiste micacé, offrent au voyageur les moyens de se désaltérer.

Les bords élevés de la coupure par où nous montions étoient tapissés de plusieurs belles liliacées, parmi lesquelles l'*antholiza aethiopica* se faisoit remarquer à l'éclat de ses belles fleurs de couleur écarlate.

Parvenus sur le haut de la montagne de la Table, nous avions déja commencé à entamer nos provisions, quand nous vîmes arriver vers nous quelques personnes du bord de l'Espérance, qui s'étoient engagées sur ces hauteurs sans s'être munies de vivres; nous nous fîmes un plaisir de partager avec elles notre frugal repas.

Les nuages qui s'étoient arrêtés les jours précédens sur le sommet de la montagne de la Table, avoient donné assez de pluies pour former de petites mares dans des creux de roche entre lesquels je trouvai un grand nombre de jolies plantes.

On découvroit presque toute l'étendue de False-Baie, du haut de cette montagne dont je visitai avec soin tous

les contours. Je redescendis avec une abondante récolte
de végétaux par le même chemin que nous avions suivi
en montant. Il étoit déja nuit lorsque nous arrivâmes à
la ville.

Dès que j'eus fait toutes les préparations nécessaires à
la conservation des objets recueillis la veille, je me portai dans l'est.

26.

Au-delà du fond de la baie est une vaste plaine de
sables, au milieu desquels on est étonné de voir une
prodigieuse quantité de végétaux; ceux qu'on y rencontre le plus fréquemment sont diverses espèces de *diosma,*
de *polygala* et de *borbonia;* ils ne pourroient résister
à une si grande aridité, si leurs racines ne s'enfonçoient
profondement dans la terre pour y chercher l'humidité
si nécessaire à l'entretien de leur vie.

Il me fallut quelquefois traverser de petits ruisseaux,
dont les eaux fournies par les montagnes voisines se
perdent en partie dans les sables avant de se rendre à
la mer. C'est dans ces lieux humides que croît la jolie
liliacée, connue sous le nom de *gethyllis spiralis.*

Des trous creusés dans le sable servent de repaire aux
serpens qu'on trouve souvent endormis sur leurs bords,
et qui s'y réfugient aussitôt qu'on en approche.

Je retournai visiter, pour la seconde fois, la montagne de la Table. Je m'écartai un peu de la route qu'on
suit ordinairement, et j'enrichis ma collection de beaucoup de plantes que je n'avois point encore trouvées.

27.

Il faudroit bien du tems pour épuiser toutes les richesses végétales d'une terre qui en produit une si grande variété.

Une forte brume recouvrit presque sur-le-champ le sommet où j'étois et m'obligea à descendre. Enveloppé d'un brouillard aussi épais, il m'eût été impossible de me diriger dans ma route, si je n'eusse pas été tout près du chemin qui conduisoit au pied de la montagne. Quoique le vent ne fût pas fort sur la montagne de la Table, les nuages ne s'en précipitoient pas moins dès qu'ils l'avoient dépassée, et se resolvoient de même que par les vents impétueux de sud-est.

28.   Je parcourus les environs de la ville, et j'augmentai encore ma collection de plantes.

Je n'avois trouvé jusqu'alors qu'un petit nombre d'insectes, car ils ne se plaisent pas dans des lieux si souvent battus par les vents.

29.   Je fis le 29 une excursion derrière la montagne de la Table, en suivant le chemin qui la sépare de celle du Lion.

La *cyanella capensis* croissoit tout près des bords de la mer.

Dès que nous eûmes atteint les hauteurs, j'eus le plaisir de voir la pente des rochers tapissée de diverses espèces de bruyères, entre lesquelles l'*erica halicacaba* se faisoit remarquer par la forme ovale et la beauté de ses fleurs.

La *disa grandiflora*, une des plus belles plantes de

la famille des orchis, croissoit au bord des petits ruisseaux qui coulent sur ces lieux élevés.

Cette course me fut d'autant plus agréable que j'étois avec M. Masson, dont les voyages ont beaucoup ajouté aux connoissances des botanistes.

Les jours suivans fûrent employés à faire de nouvelles recherches dans les lieux que j'avois déja parcourus; la végétation y est si variée, que je trouvois toujours de nouvelles richesses.

Une frégate angloise, venant de Talichery, mouilla pendant cinq jours dans la rade du Cap; elle s'en alloit en Angleterre rendre compte d'un combat qui s'étoit engagé entre la frégate françoise la Résolue, portant du douze, capitaine Calaman, et la frégate angloise le Phœnix, portant du dix-huit. Le capitaine de la frégate angloise avoit voulu visiter quelques vaisseaux françois protégés par notre frégate.

Les Anglois, selon leur coutume, affectoient de laisser répandre des bruits désavantageux sur le compte du capitaine Calaman, qui, d'après les détails que nous eûmes de l'Ile-de-France, s'étoit conduit dans cette affaire avec autant de fermeté que de grandeur d'ame. Le commandant de la frégate le Phœnix eût dû faire cesser ces bruits, en donnant connoissance des faits; mais il paroît qu'il avoit intérêt à les déguiser; car il est inouï que sous le pavillon d'une frégate du gouvernement, les

Anglois aient pu se permettre de visiter des bâtimens qu'elle escortoit.

Le vaisseau anglois la Couronne, arrivé un jour après la frégate, tint la même conduite.

Je ferai remarquer que notre commandant ayant envoyé un officier à bord de ces deux bâtimens pour satisfaire à la politesse d'usage, les deux capitaines eûrent la malhonnêteté de ne tenir aucun compte de cette visite.

J'avois déja recueilli la plupart des productions végétales qu'offroient dans cette saison les environs du Cap. Je ne pouvois plus me promettre d'abondantes moissons, qu'en me portant au loin. Des montagnes désignées par les Hollandois sous le nom de Fransche-Hoek, situées vers l'est à une bien plus grande distance de la ville que leur apparence ne semble l'indiquer, m'inspiroient depuis quelques jours le désir de les visiter : leur aspect m'y faisoit espérer des productions très-variées.

Le jardinier de notre expédition fut de la partie.

Un Hottentot menoit par la bride un cheval chargé de notre bagage. Nous avions pour interprète un jeune Noir qui savoit à peine quelques mots de françois.

Un passe-port, dont il avoit fallu nous munir, me fut remis par M. Berg, un des hommes les plus aimables et les plus instruits de la colonie.

M. Gordon, colonel des troupes du Cap, m'avoit donné des lettres de recommandation pour plusieurs colons.

Le

Le colonel Gordon est ce voyageur distingué qui
donna à Buffon les premières notions exactes sur la gi-
raffe, animal peu connu jusqu'alors. Ce militaire, excité par le désir de faire des découvertes en histoire naturelle, s'est avancé dans ses voyages de l'intérieur de
l'Afrique jusqu'au 21^d de latitude sud. Il m'a raconté
plusieurs fois qu'il a fait à cette distance de plus de 12^d
au nord du Cap, des observations barométriques qui lui
ont prouvé que le sol se trouvoit à plus de deux kilomètres d'élévation perpendiculaire au-dessus du niveau
de la mer, sans qu'il se fût apperçu dans sa marche
d'aucune élévation sensible du terrain; il se croyoit, au
contraire, dans une plaine fort peu élevée. Ces observations, qu'il répéta à des distances de plusieurs jour-
nées, semblent indiquer que le sol s'élève par une pente
insensible à une hauteur qu'on ne retrouve ailleurs que
sur les grandes montagnes.

Je laisse aux physiciens à décider si dans ce cas l'a-
baissement du mercure dans le baromètre ne tiendroit
pas à une autre cause qu'à celle qui produit un semblable effet lorsqu'on le porte sur des lieux élevés.

Nous rencontrâmes beaucoup de chariots attelés de
trois à quatre paires de bœufs; ils s'en retournoient à
vide, conduits chacun par un Hottentot, qui, debout
vers le milieu de la voiture, un long fouet à la main,
dirigeoit son attelage avec une adresse merveilleuse.
Quoique les bœufs de devant fûssent très-éloignés de

lui, il n'en atteignoit pas moins dans la partie où il vi-
soit le bœuf qu'il vouloit stimuler.

Notre Hottentot cheminoit en fumant sa pipe et se
remplissoit de tems en tems l'estomac avec la figue des
Hottentots, *mesembrianthemum edule*, qui croît sur
le bord des chemins au milieu des sables, sans penser
à la charge de notre cheval, dont il se faisoit suivre;
aussi nos effets tombèrent-ils plusieurs fois, et ils seroient restés au milieu du chemin, si nous n'eussions
averti le fumeur, qui continuoit toujours sa route; il
nous fallut l'épouvanter par des menaces pour le tirer
de son apathie et le rendre plus attentif.

Différentes espèces de *geranium*, de *polygala*, de
lobelia, etc., couvroient la plaine de sables que nous
traversions.

Arrivés dans des lieux un peu élevés, nous commençâmes à voir quelques gazelles, mais elles partîrent à
une trop grande distance pour qu'il nous fût possible
de les tirer.

Il faisoit nuit depuis deux heures, lorsque nous arrivâmes à Bottelary, chez M. Bosman. La lettre de recommandation que m'avoit donné M. Gordon pour ce
brave cultivateur, nous procura une réception très-ami-
cale. C'étoit l'heure du souper; il étoit à table au milieu de sa nombreuse famille. Il nous invita sur-le-
champ à prendre place à côté de lui, et nous fit servir
un vin fort agréable du cru de Bottelary, que quelques

marchands de la ville vendent fort cher, pour du vin de Constance, auquel il est cependant bien inférieur; aussi M. Bosman nous observa qu'on pouvoit se le procurer à un prix douze fois moindre que le premier.

1792.
Février.

M. Bosman, isolé au milieu des sables sur un petit coin de terre propre à la culture, devoit être bien avide de nouvelles; mais la manière dont nous nous faisions entendre étoit vraiment pénible, car notre interprète Noir étoit encore moins habile que nous ne l'avions cru jusqu'alors. Après avoir passé beaucoup de tems à dire bien peu de choses, nous allâmes prendre le repos dont nous avions le plus grand besoin. Il n'y avoit aucun de nous qui n'enviât la vie paisible que menoit ce respectable colon au milieu d'une famille qui réunit à une grande simplicité des mœurs la plus grande amabilité.

Dès que le jour commença à paroître, nous parcourûmes les environs de cette charmante habitation. Le jardin de M. Bosman offroit à notre vue la plupart des légumes et des fruits d'Europe; de belles plantations d'amandiers s'élevoient en face de la maison, et elle étoit entourée de vignobles qui font la principale richesse de ce cultivateur.

10.

Aussitôt que le soleil parut sur l'horison, les jeunes filles de M. Bosman nous voyant occupés à ramasser des insectes, voulûrent contribuer à enrichir notre collection. Elles parcourûrent le jardin avec une légéreté incroyable, et nous firent en peu de tems un fort bon

M 2

choix parmi les espèces dont les couleurs sont les plus brillantes.

Comme nous ne devions pas tarder à faire voile de la rade du Cap, il nous restoit à peine le tems d'aller visiter les montagnes de Fransche-Hoek. Ce fut avec un vif regret que nous quittâmes si vîte ces hôtes aimables, pour continuer notre route.

Nous arrivâmes de bonne heure à Stellenbosch, où nous descendîmes chez M. Hoffman.

La manière dont nous fûmes reçus à Stellenbosch faisoit un contraste frappant avec l'accueil plein de franchise et de cordialité qu'on nous avoit fait à Bottelary. Nous étions ici dans un fort joli village, mais il ne falloit pas trop compter sur cette aménité franche qui caractérise si bien les cultivateurs du Cap. Je croyois qu'une lettre de recommandation de M. Gordon, adressée à M. Hoffman, auroit suffi pour nous faire connoître; ce ne fut cependant qu'après un fort long examen de notre passe-port que M. Hoffmann nous offrit de rester chez lui. Il n'y a pas plus d'auberges à Stellenbosch, qu'à la ville du Cap; mais les Hollandois s'y chargent aussi de fournir aux besoins des voyageurs moyennant un prix qui ne les rend point à charge à leur hôte. Nous fûmes chez M. Hoffman à peu près sur le même pied qu'au Cap.

11. J'allai le lendemain visiter les collines des environs de Stellenbosch.

Le bel arbre connu sous le nom de *brabeium stellu-* *lifolium*, remarquable par ses fruits, dont la forme approche de ceux de l'amandier, croissoit sur les bords d'une petite rivière qui traverse le village.

Quelques *orchis* et les espèces de *protea mellifera*, *pallens, speciosa*, vînrent avec beaucoup d'autres plantes grossir ma collection.

Nous partîmes le 12 dans le dessein d'arriver vers le soir à Fransche-Hoek.

Ce lieu, dont la dénomination indique le séjour de quelques François, sert de retraite à des familles protestantes, qui, persécutées en Europe à cause de leurs opinions religieuses, traversèrent les mers en 1675 pour aller s'établir dans cette partie de l'Afrique, où le gouverneur Simon Van der Stel les accueillit et leur donna tous les moyens de se livrer à l'agriculture.

La brise du sud-est souffloit avec assez de force pour gêner notre marche. Elle étoit cependant bien éloignée d'avoir la même violence que celle qui se faisoit sentir dans le même tems à la ville du Cap, où nous apprîmes lors de notre retour que le vent avoit été très-impétueux. La grande différence dans la force de ces brises tient sans doute à une cause locale, comme j'ai tâché de l'expliquer ci-dessus.

Ce fut le même jour que le canot de l'Espérance, commandé par le citoyen le Grand, ne pouvant atteindre le bord, à cause de l'impétuosité du vent;

fut obligé d'aller chercher un abri derrière l'île Rob-
ben.

Il nous avoit fallu marcher la nuit pendant près de
deux heures avant d'arriver à Fransche-Hoek, chez Gabriel Deprat, pour qui j'avois une lettre de recommandation. Comme il étoit absent, un de ses voisins, Jacob
de Villiers, vint nous inviter à descendre chez lui : nous
y fûmes très-bien reçus.

Les noms de ces colons nous faisoient espérer que
nous allions trouver avec qui parler notre langue; mais
ces François d'origine, obligés de parler le hollandois,
n'ont conservé de leur langue maternelle que les noms
de leurs pères. La seule personne qui sût encore le françois, étoit une femme âgée de quatre-vingt ans.

On ne sera pas fâché de connoître les familles françoises qui vivent au milieu de ces montagnes. Voici
leurs noms :

Lombart, Faure, Rotif, Blignant, Duplessis, Marée,
Ponté, Naudé, Cronier, Hugo, de Villiers, Marais,
du Buisson, le Roux, Deprat, Rousseaux, Villiers, Ter-
rons, Hubert.

Nous étions dans un beau vallon, où les rayons du
soleil concentrés par les montagnes environnantes mû-
rissent rapidement le raisin, qui fait la principale richesse des habitans : on y cultive aussi du froment.

13 et 14. Les deux jours suivans fûrent employés à gravir sur
les hauteurs voisines : les *protea florida* et *serraria* se

trouvèrent au nombre des plantes que j'y recueillis en
grande quantité.

1792.
Février.

Ces montagnes sont composées en grande partie de
granit et d'un grès fort dur. La terre végétale qui les
recouvre va fertiliser les vallées où se sont établis les colons ; c'est de là qu'il leur faut traverser les sables dont
ils sont environnés, pour aller porter à la ville le produit de leur culture : cette position est commune à tous
les établissemens éloignés du Cap. Des cultivateurs ont
été obligés d'aller chercher à plus de cent myriamètres
dans l'intérieur de l'Afrique quelques plateaux de terre
cultivable, semés comme autant d'îlots au milieu d'une
mer de sables, où chacun a adopté le genre de culture
qui lui a paru le plus approprié au coin de terre qu'il
est venu défricher. Des Noirs esclaves, quoique chargés des travaux les plus rudes, y sont généralement
traités avec douceur. Il est à remarquer que, bien différens des Espagnols, qui ont toujours essayé de faire
des prosélytes, les Hollandois laissent ici leurs esclaves
dans l'ignorance la plus parfaite de leur religion.

Nous vîmes plusieurs fois, sur les arbres, des serpens, que les habitans du pays redoutent beaucoup ;
ils y épioient les oiseaux qui deviennent souvent leur
proie.

Le zèbre est fort commun sur ces hauteurs ; il fuit
avec une prodigieuse rapidité dès qu'il apperçoit l'homme.

Le singe appelé magot par Buffon, *simia inuus*, L.;
s'approchoit quelquefois de l'habitation où nous res-
tions. Je fus témoin d'un fait bien singulier, qui me
donna une preuve de l'autorité de ces animaux sur leurs
petits. Un gros singe suivi d'un très-jeune, croyant n'ê-
tre vu de personne, le prit avec une de ses pattes de
devant et le tenant élevé au-dessus de la terre, le frappa
long-tems avec son autre patte. Si les singes savent pro-
portionner la peine au délit, il falloit que le cas fut
grave ; car ce petit magot fut rudement fustigé.

Le merle olive du Cap de Bonne-Espérance, la veuve,
l'étourneau du Cap, quelques grimpereaux, etc., fûrent
les oiseaux que je trouvai le plus souvent dans ce petit
voyage.

L'époque très-rapprochée de notre départ nous obligea de quitter Fransche-Hoek beaucoup plus vîte que
nous n'eussions voulu. Nous étions si pressés de nous
rendre à la ville, que nous fîmes nos adieux le 14 vers
dix heures du soir à notre brave Jacob de Villiers,
pour nous mettre en route sur-le-champ. Nous marchâmes toute la nuit, et nous n'arrivâmes à la ville
que le lendemain à la même heure, après avoir suivi le
chemin de Paarl-Berg et de Paarde-Berg. Ce trajet ne
laissoit pas d'être fatigant pour des gens qui, depuis
plusieurs jours, prenoient à peine quelques heures de
repos ; aussi un des domestiques du bord de l'Espérance
(Emard Serpoy), qui nous avoit accompagné, parce
qu'il

qu'il aimoit la chasse, fut si accablé de sommeil vers le milieu de la nuit, qu'il lui fallut dormir dans le chemin pendant une demi-heure, avant de pouvoir continuer à nous suivre. Quoique cet homme fût très-robuste, le besoin de dormir avoit tellement absorbé toutes ses facultés, qu'il lui eût été impossible d'aller plus loin sans ce moment de repos.

J'appris avec douleur à mon retour de Fransche-Hoek que nous allions perdre trois compagnons de voyage : ils venoient de demander au général leur débarquement, ne pouvant pas suivre plus loin l'expédition pour des raisons de santé : c'étoient l'astronome Bertrand, le naturaliste Blavier et le peintre Ely. Bertrand étoit allé, quelques jours auparavant, faire des observations barométriques sur la montagne de la Table; il y avoit fait une chûte dont il étoit fort incommodé. J'ai appris à mon retour en France qu'il n'avoit pas joui du bonheur de revoir sa patrie; il mourut au Cap peu de tems après que nous en fûmes partis.

La ville du Cap, bâtie de manière que tous les toits sont en terrasse, présente un assez beau coup-d'œil. On a augmenté depuis quelques années ses moyens de défense du côté de la mer.

Le commandant de nos vaisseaux m'engagea, vu l'encombrement que nous avions à bord, à déposer chez l'agent du gouvernement françois, nommé Gui, les collections d'objets d'histoire naturelle que j'avois faites pendant notre séjour au Cap. Ce dernier me promit de les faire passer en France par la première occasion. Elles ne sont point parvenues à leur destination, et j'ai appris à l'Ile-de-France, à mon retour des mers du Sud, que les naturalistes Macé et Aubert Petit Thouars, les avoient vues reléguées dans un grenier, chez cet agent, long-tems après notre départ du Cap; il s'étoit cependant présenté beaucoup d'occasions dont il eût pu profiter, s'il avoit voulu être fidèle à ses engagemens.

Le Cap de Bonne-Espérance est un des points du globe qui mérite le plus de fixer l'attention d'une nation commerçante. Il forme, par sa position, une relâche presque nécessaire aux vaisseaux qui font le voyage des Indes orientales. Les provisions qu'il fournit sont abondantes; mais le régime prohibitif diminue de jour en jour le nombre des vaisseaux qui tâchent d'arriver à leur destination sans aborder dans cette rade: d'autres vont à Sainte-Hélène, où ils s'approvisionnent à meilleur compte.

L'esprit mercantile de la compagnie hollandoise a fait souvent imaginer au Cap la ruse de feindre une grande disette, afin d'augmenter le prix des denrées. Les cultivateurs n'ont pas la permission de traiter directement avec les étrangers des produits de leur culture; ils sont obligés de les livrer à la compagnie, qui leur en donne un prix souvent quatre fois moindre

que celui auquel elle s'est réservée le droit de les
vendre.

Les vexations des agens supérieurs à l'égard de leurs
subordonnés, tournent encore au désavantage des voyageurs qui ne peuvent échapper à l'avidité de tant de
gens réunis contre leurs intérêts. L'éloignement que
cette cupidité doit naturellement amener pour la relâche du Cap, entraîne ce pays à sa perte. Un luxe rui-
neux introduit depuis quelques années parmi les femmes, a bien changé les mœurs des habitans : les modes
européennes y sont recherchées avec avidité.

Il est fâcheux qu'il y ait eu des gouvernemens assez
peu instruits de leurs intérêts, pour laisser si long-tems
à la disposition d'une compagnie de marchands, un
des points les plus importans pour la navigation de
l'Inde. D'ailleurs, les vues politiques sont, dans une
pareille association, très-subordonnées à l'esprit de lu-
cre qui la domine, et qui s'oppose souvent à l'intérêt
national.

Des commissaires venant d'Europe étoient attendus
pour mettre les affaires sur un meilleur pied ; mais, quoiqu'on en eût déja envoyé plusieurs fois, les choses n'en
alloient pas mieux.

Nous remplaçâmes au Cap de Bonne-Espérance les
provisions que nous avions consommées avant d'y arriver. Il étoit à désirer que ce remplacement s'étendît
aussi aux objets de mauvaise qualité dont on nous

N 2

avoit approvisionnés avant notre départ d'Europe. Les fournisseurs nous y avoient trompés sur la qualité du vin : il leur avoit été payé le double du prix ordinaire pour en avoir de meilleur et pour qu'il se conservât long - tems ; une partie étoit cependant déja gâtée à notre arrivée au Cap : il eût été d'autant plus important de le changer, qu'il nous étoit impossible de nous en procurer désormais. Nous avions à choisir entre le vin du pays et du vin de Bordeaux, dont étoit chargé un vaisseau mouillé dans la rade. Je ne puis concevoir pourquoi on ne prît pas ce parti : notre mauvais vin se gâta de plus en plus, et l'on fut obligé dans le cours de la campagne d'y substituer de l'eau - de - vie. Cette négligence nous priva d'un des plus puissans moyens de conserver la santé des équipages dans un voyage où l'on s'exposoit d'ailleurs à toutes sortes de privations.

Les observations faites à bord de la Recherche donnèrent pour point de son mouillage dans la rade du Cap, $33^d\,54'\,24''$ de latitude sud, et $16^d\,4'\,25''$ de longitude orientale.

La déclinaison de l'aiguille aimantée y fut de 24^d $30'$ vers l'ouest.

L'astronome Bertrand avoit eu pour le lieu de son observatoire situé dans la ville, $33^d\,55'\,22''$,8 de latitude sud, et $16^d\,3'\,45''$ de longitude orientale.

Il avoit observé $24^d\,31'\,52''$ de déclinaison occidentale de l'aiguille aimantée.

Une aiguille plate d'inclinaison lui avoit donné 47^d 25'.

La plus grande élévation du thermomètre, pendant tout le tems de notre mouillage, ne fut pas au-delà de 25^d au-dessus de o.

CHAPITRE IV.

Départ du Cap de Bonne-Espérance. Mort du maî-
tre charpentier de la Recherche. Divers événemens.
Vol extraordinaire de l'albatros. Vue de l'île Saint-
Paul. Ses forêts en combustion. Prodigieuse quan-
tité d'insectes sortis de notre biscuit. Violent effet
de la vague. Le général est blessé dangereusement.
Points lumineux à l'extrémité de nos paratonner-
res. Grandes mollusques phosphoriques. Un faux
relevement donné par Willaumez nous fait entrer
dans la baie des Tempêtes, la prenant pour celle
de l'Aventure. Observations générales sur la va-
riation de l'aiguille aimantée. Diminution de la
phosphorescence des eaux de la mer à mesure que
nous nous éloignons des terres. Direction des cou-
rans. Mouillage dans le port Dentrecasteaux.

1792.
Février.
16.

Nous n'attendions plus qu'un vent favorable pour quitter la rade du Cap, lorsqu'une brise de sud-est s'éleva
vers dix heures du matin, et nous détermina à appa-

1792.
Février.

reiller. A peine étions-nous sous voiles, qu'un grain se précipita du haut des montagnes avec tant de violence, qu'il nous empêcha pendant quelque tems de gouverner, de sorte que nous courûmes les risques d'aborder plusieurs vaisseaux qui étoient au mouillage. Nous les eûmes bien vîte dépassés, et nous ne tardâmes pas à gagner la pleine mer.

18.

Nous perdîmes vers huit heures du matin notre maître charpentier (Louis Gargan) : il périt victime des excès auxquels il s'étoit livré pendant notre mouillage au Cap. Une fièvre légère dans le principe, avoit acquis par la suite un caractère de malignité à laquelle il venoit de succomber. Cette perte fut d'autant plus vivement sentie, qu'un habile charpentier est un des hommes les plus utiles, sur-tout dans un voyage dont l'objet est de faire des découvertes au milieu de mers semées d'écueils, où, sans cesse exposés au naufrage, on peut perdre avec ses vaisseaux tout espoir de jamais revoir sa patrie, si on n'a pas les moyens de construire un bâtiment pour s'y transporter.

Deux hommes qui s'étoient cachés à bord au moment de notre départ du Cap, ne parûrent sur le pont que lorsqu'il n'étoit plus possible de les renvoyer à terre. Il fallut bien leur permettre de suivre l'expédition. L'un étoit un soldat, déserteur de la garnison du Cap; l'autre un Allemand, fort habile ouvrier en instrumens de mathématiques, et qui avoit exercé pendant neuf ans son métier en Angleterre. Les Anglois, nous dit-il, l'emmenoient à Botany-Bay, avec un grand nombre d'autres déportés sous la dénomination de *convicts*. Il nous assura qu'il s'étoit trouvé là pour dettes. Après avoir saisi l'occasion de s'échapper du vaisseau où il étoit détenu, il s'étoit refugié dans les montagnes voisines de la ville du Cap. Il y passoit le jour dans une caverne, et le soir il descendoit à la ville pour acheter de quoi subsister, en attendant le départ des autres déportés. Les talens de cet artiste ne pouvoient être employés à bord; on ne put en faire qu'un armurier, et ensuite un forgeron. L'armurier du vaisseau avoit été débarqué au Cap, pour cause de maladie.

20.   Nous doublâmes le 20 de février, par des vents de sud-ouest et d'ouest, le cap des Aiguilles à environ deux kilomètres de distance.

22.   Nous étions le 22 par 35^d de latitude sud, et 20^d de longitude orientale, lorsque la sonde indiqua à la profondeur de cent vingt-quatre mètres un fond de sable calcaire grisâtre.

         Les courans nous avoient portés jusqu'alors dans le
25.   nord-ouest; mais le 25, ils nous firent dériver vers le sud-ouest, parce que nous étions par le travers du canal de Mozambique, dont les eaux sont dirigées dans cette saison vers le sud-ouest, le long de la côte de Natal qui nous restoit à vue.

26.   La vague étoit tellement agitée le 26, qu'un moulin
                                                                    à

à vent, quoique fortement attaché sur la dunette, fut jeté à la mer. Comme notre vaisseau étoit beaucoup trop chargé, nous nous trouvâmes dédommagés de cette perte par l'avantage d'être délestés d'un poids de soixante-quatre myriagrammes. Je ne sais pourquoi nous nous étions chargés de cette machine à peu près inutile, parce que dans les relâches où nous aurions pu trouver du froment, nous aurions aussi trouvé de la farine. D'ailleurs, un moulin à bras, six fois plus léger, eût été moins embarrassant et eût produit plus d'effet.

1792.
Février.

Le roulis étoit si fort que nos horloges marines touchoient sur les bords de leurs boîtes, auxquelles on auroit dû avoir donné un peu plus de largeur.

On voyoit encore beaucoup de poissons volans, quoique nous eussions dépassé le $35^{me\ d}$ de latitude sud.

Les bouteilles de nos deux vaisseaux étoient trop basses, sur-tout pour des navires qui s'élevoient difficilement à la lame. Il étoit à craindre qu'elles n'eussent été enlevées par la vague, si nous fussions restés long-tems dans une mer si rude : celles de bas-bord de l'Espérance avoient été déja fortement endommagées.

Il est rare dans cette saison de passer par le travers du canal de Mozambique à peu de distance de la terre, sans éprouver de violens orages. Le vent de nord-est souffloit de cette large ouverture, lorsque l'abaissement graduel de 8^l du mercure dans le baromètre, nous en annonça un qui fut de la plus grande force. La matière

29.

TOME I.   O

électrique apportée par les nuages fut si abondante, que, malgré l'écoulement que lui facilitoient nos paratonnerres, la foudre tomba plusieurs fois à quelques mètres de distance du vaisseau. Le vent d'ouest qui ramena le beau tems fut précédé d'une élévation de 2^1 du

mercure dans le baromètre. Ce vent avoit élevé le 1er de mars une si grosse mer que notre conserve se trouvoit souvent cachée par la hauteur de la lame. Ce vaisseau, vu à quelques hectomètres de distance, nous offroit un beau spectacle; on le voyoit se perdre sous les flots, en sortir un instant, puis s'élever sur le sommet de la vague, en montrant à découvert une grande partie de sa quille.

Nous sentions bien, par la diminution de la vague, que nous avions dépassé l'ouverture du canal de Mozambique; car, malgré que le vent continuât de souffler à peu près avec la même force que les jours précédens, nous voguions sur une mer à peine agitée, parce que nous étions abrités par les terres de Madagascar. On voyoit flotter des amas prodigieux du plus grand de tous les goemons, le *fucus pyriferus;* il avoit sans doute été détaché des rochers qui bordent cette grande île. Ce fucus, long de plusieurs décamètres, a pour pétiole de ses feuilles supérieures, un renflement rempli d'air qui sert à le tenir vers la surface des eaux; c'est ce moyen que la nature emploie pour le faire tendre à s'élever du fond des mers à mesure qu'il croît.

Nous fûmes environnés, vers les cinq heures du soir, d'un grand nombre de baleines qui s'approchèrent à moins d'un hectomètre de distance. Les Anglo-Américains viennent quelquefois pêcher dans ces parages ces énormes cétacées; l'huile qu'ils en retirent suffit pour les dédommager avec usure de leur armement.

Les dépositions des capitaines Magon Lépinay et Préaudet, avoient déterminé le général à se rendre le plus promptement possible aux îles de l'Amirauté, où il croyoit pouvoir arriver avant le retour de la mousson d'est, après avoir passé au nord de la Nouvelle-Hollande; mais nous avions fait bien peu de chemin, puisque nous n'étions pas encore parvenus, le 6 mars, au 44me d de longitude orientale. La crainte d'être retenus dans les Moluques pendant tout le tems de la mousson d'est, qui devoit commencer au mois de germinal, fit prendre le parti de doubler le cap de Diemen, pour entrer dans les mers du Sud.

On envoya, vers six heures et demie du matin, un canot à bord de l'Espérance pour faire part au capitaine de cette détermination. Le vent cessa tout à coup dès que nos vaisseaux fûrent très-près l'un de l'autre. Une forte vague augmentoit le danger de cette position. Le mât de beaupré de l'Espérance étoit sur le point de se briser contre notre dunette, lorsque des embarcations qu'on venoit de mettre à la mer, nous éloignèrent.

O 2

On trouva que les courans portoient au nord. L'anneau auquel étoit suspendue la biscayenne chargée de cette observation, se brisa au moment où on la hissoit à bord; elle tomba dans la mer, et la boussole dont on venoit de se servir fut perdue.

Eloignés de plus de deux cents myriamètres du Cap de Bonne-Espérance, nous appercevions plusieurs albatros, *diomedea exulans*, dont quelques-uns reposés sur les eaux de la mer se laissoient approcher à une petite distance. On les voyoit enfoncer de tems en tems leur tète profondement sous l'eau, pour y chercher leur pâture.

La manière de voler de ces oiseaux est bien étonnante. On n'apperçoit le battement de leurs aîles qu'au moment où ils prennent leur vol, et fort souvent ils emploient en même tems leurs pattes qui, étant palmées, leur servent à frapper l'eau à plusieurs reprises pour s'élever : cette impulsion une fois donnée, ils n'ont plus besoin de battre des aîles; ils les tiennent très-développées et cherchent leur proie en se balançant alternativement de droite à gauche, et en rasant d'un vol rapide la surface de la mer. Le balancement sert sans doute à accélérer leur marche; mais il ne semble pas devoir suffire pour les soutenir dans l'air. Peut-être un trémoussement imperceptible de leurs plumes est-il la cause principale de ce vol extraordinaire : dans cette supposition il faudroit qu'ils eussent des muscles particuliers; c'est pour-

quoi je pense que l'anatomie de ces oiseaux mérite la
plus grande attention.

Les puffins de Buffon, *procellaria puffinus*, L.,
étoient fort nombreux dans ces mers. Le vol de cet oiseau s'exécute par un mécanisme analogue à celui de
l'albatros, car il vole souvent long-tems sans laisser appercevoir aucun battement des aîles ; c'est seulement
lorsqu'il s'incline d'un côté sur l'autre qu'on le voit frapper l'air avec l'aîle la plus abaissée pour se retourner à
l'instant.

La route fut indiquée au sud-est quart est, afin de
passer entre les îles de Saint-Paul et d'Amsterdam ; mais
les vents ayant tourné au sud-est, il nous fallut prendre
la bordée du sud-sud-ouest.

Le vent nous apporta, vers neuf heures du soir, une
forte odeur de marine ; notre latitude étoit alors de 34^d
45' sud, et notre longitude de 44^d 5' vers l'est. Dans
des parages moins connus, nous aurions pu craindre
le voisinage de quelque terre. Il est probable que cette
odeur venoit d'un amas de fucus détachés de la côte
sud de Madagascar, et portés à cette grande distance
par les courans.

7.

Un de nos matelots ivre se jeta à l'eau; il faisoit heureusement calme et on le remit à bord : cette immersion
ne fit qu'augmenter son ivresse, et dans son délire il se
fût de nouveau jeté à la mer, si on ne l'eût retenu.

19.

Nous continuions depuis douze jours avec de petits

vents variables du sud-sud-ouest au nord-nord-ouest passant par l'est, de tenir la bordée qui nous rapprochoit le plus de la route directe pour nous porter entre les îles d'Amsterdam et de Saint-Paul. Si cette marche étoit la plus courte relativement au chemin à parcourir, elle étoit aussi la plus lente à cause des petits tems que nous éprouvions, tandis qu'en nous élevant plus directement au sud, nous n'eussions pas tardé à trouver des vents d'ouest très-frais, qui nous eussent poussés rapidement vers le cap de Diemen.

28.   Ce ne fut que le 28 de mars, qu'étant parvenus au $37^{me\,d}\frac{1}{2}$ de latitude sud, le vent de nord-nord-ouest commença à souffler avec force. Un grand nombre de diverses espèces de mouettes et de fous, nous annoncèrent la proximité de la terre, parce que ces oiseaux ne s'en écartent jamais beaucoup. Nous la vîmes en effet au sud-est vers une heure et demie après midi; c'étoit l'île de Saint-Paul, dont nous étions éloignés de quatre myriamètres: cette île, découverte par le capitaine Valming, en 1696, fut nommée l'île d'Amsterdam, et celle qui est plus au sud reçut le nom d'île Saint-Paul. Cook, qui les reconnut dans son dernier voyage, s'est servi d'une dénomination toute opposée, en appelant île d'Amsterdam celle qui est la plus au sud, et île de Saint-Paul celle qui est la plus au nord: c'est cette nomenclature que j'ai suivie.

L'île Saint-Paul paroissoit dans le lointain couverte

de nuages épais au-dessus desquels s'élevoient les sommets des montagnes. Nous en étions assez rapprochés
vers quatre heures pour distinguer parfaitement que ces
nuages étoient formés sur l'île, d'où s'élevoit une épaisse
fumée qui la recouvroit presqu'en entier, sur-tout vers
le nord ; on voyoit des flammes sur différens points, et
l'on ne tarda pas à reconnoître que les forêts étoient en
combustion ; les traces du feu et la fumée qui paroissoient successivement dans plusieurs endroits faisoient
connoître les progrès de l'incendie. La route fut dirigée
de manière à passer au vent et le plus près possible de
l'île : les mêmes espèces d'oiseaux que nous avions vus
quelques heures avant d'en prendre connoissance, voloient en grand nombre autour des rochers qui leur servent de retraite. Beaucoup de veaux marins nageoient
au milieu de grands amas de fucus détachés de la côte
que nous rangeâmes dans le sud à un demi-kilomètre
de distance. Cette côte escarpée est très-sûre ; la vague
en suivoit la direction, et nous auroit avertis du danger
de l'approcher si elle eût été bordée de hauts fonds. Des
rochers, qui me parûrent de grès, formoient les montagnes du sud-ouest, et offroient de grands escarpemens
jusque sur les bords de la mer ; on voyoit leurs couches
inclinées d'environ 50^d du nord au sud : plus loin vers
le sud, on remarquoit des couches horizontales de la
même espèce de pierre ; il en sortoit un petit ruisseau
dont les eaux tomboient dans la mer en formant une

cascade. Des pans de roches offroient en grand ces formes bisarres connues sous la dénomination de *ludus*.
Nous voyions une légère fumée sortir par bouffées d'une
petite ouverture souterraine à peu de distance du rivage : nous ignorions si ces forêts avoient été embrasées
par des feux souterrains ou par la main des hommes.
J'appris à l'Ile-de-France, lors de mon retour dès mers
du Sud, qu'un vaisseau américain avoit conduit aux
îles d'Amsterdam et de Saint-Paul des hommes chargés
de retirer de l'huile des veaux marins qui y sont très-
nombreux. Malgré notre attention pour découvrir si nos
secours ne seroient pas réclamés, nous ne vîmes aucun
signal qui nous fît connoître que cette île fût habitée. Il
auroit été d'ailleurs impossible d'y relacher, car nous
ne pouvions chercher un abri que sous le vent de cette
terre où l'épaisse fumée nous auroit mis en danger d'être
suffoqués. L'odeur de cette fumée n'indiquoit que des
végétaux en combustion.

Les montagnes s'abaissent vers le sud-est, de sorte
que par un tems favorable il seroit aisé d'y descendre.
Nous y voyions de petits ruisseaux qui vont en serpen-
tant mêler leurs eaux à celles de la mer.

Nous n'étions qu'à une petite distance de l'île, lorsque la nuit arriva. Cette terre parut alors toute en feu
et la fumée qui en recevoit la clarté, donnoit au ciel
une teinte cuivrée, comme aux approches d'un ouragan.

L'île

L'île Saint-Paul, qui a environ deux myriamètres de
circuit, est située par $37^d\ 56'$ de latitude sud, et 75^d
$2'$ de longitude orientale.

1792.
Mars.

La variation de l'éguille aimantée y fut de $17^{d}\frac{1}{2}$ vers
l'ouest.

Le vent qui continua à souffler du nord-ouest au sud-
ouest fit descendre graduellement de 8^1 le mercure dans
le baromètre; il s'étoit fixé à $27^p\ 7^1$ le 1er d'avril, lorsque
de très-fortes rafales nous firent filer jusqu'à dix nœuds
vent arrière, sous la mizaine et le grand hunier qu'on
avoit amenés à cause de la force du vent; c'est le seul
jour de toute la campagne où nous ayons fait un aussi
grand sillage. Nous étions déja élevés au $40^{me\ d}\frac{1}{2}$ de latitude sud par 85^d de longitude orientale.

Avril.

1.

Nous avions cru jusqu'alors qu'au moins on ne nous
avoit pas trompé à Brest sur la qualité du biscuit; mais
on s'apperçut trop tard qu'une partie avoit déja fait campagne; aussi étoit-il, au bout de cinq mois de navigation, rempli d'un nombre prodigieux de larves qui donnoient de petits dermestes de l'espèce connue sous le
nom de *dermestes paniceus*. Ces insectes, dont nous
étions infestés, étoient devenus fort incommodes; ils
venoient le soir se brûler à la lumière, en si grand nombre, qu'ils l'éteignoient fort souvent. Les larves quittoient le biscuit pour se répandre dans tous nos alimens;
elles sautoient, en se repliant, comme celles qui vivent
ordinairement dans le fromage. Il se passa bien du tems

avant de voir s'affoiblir la répugnance qu'elles nous occasionnoient.

Des grains violens et souvent répétés nécessitoient de fréquentes manœuvres ; Cretin, commandant le quart, oublia de mettre en ralingue le grand hunier avant de le carguer ; il fut déchiré sur-le-champ.

Etant le 4 d'avril par 41^d de latitude sud, et 92^d de longitude orientale, nous vîmes un très-grand nombre d'oiseaux, parmi lesquels étoient des goelands et des fous, qui s'écartent peu de la terre. Il est très-probable que nous n'étions pas éloignés de quelqu'île ou de quelque rocher. Quoique nous fissions un bon sillage, nous vîmes encore le lendemain les mêmes espèces d'oiseaux. On découvrira un jour les terres qui leur servent de refuge, lorsque ces parages seront plus fréquentés par les navigateurs.

Le mercure dans le baromètre étant descendu de 28^p 3^l à 27^p 7^l, nous annonça des vents impétueux ; ils soufflèrent de l'ouest et du sud-ouest, en élevant une vague affreuse qui souvent se précipitoit à bord : il en vint une, vers les cinq heures de l'après-midi, qui, s'engageant en partie sous les port-haubans d'artimon, frappa l'arrière du vaisseau avec une telle violence que plusieurs de nos marins crûrent que nous avions touché sur un rocher ; la secousse fut terrible, et quelques soutes firent eau au même instant.

Lorsqu'une forte lame vient à prendre un bâtiment

par le travers, les port-haubans ne laissent pas de souffrir, l'eau s'engageant sous les larges planches qui les
tiennent écartés du bord. Ne seroit-il pas à propos de
substituer à ces planches des barres de fer, sur lesquelles les chaînes des port-haubans seroient appuyées, ou
si on laisse les planches, ne pourroit-on adapter un souf-
flage pour empêcher la vague d'agir sur elles ?

1792.
Avril.

La violence du roulis avoit fait tomber le Général
contre un des angles d'une serinette organisée destinée
pour quelque chef de Sauvages. Le chirurgien crut que
la première des fausses côtes avoit été fracturée : la douleur fut si vive, qu'en éternuant il perdit connoissance;
mais il fut bientôt rétabli.

Il y eut dans l'atmosphère, pendant la nuit, une
surabondance d'électricité dont une partie venoit se perdre par la voie de nos paratonnerres ; on remarqua à
leur extrémité supérieure un point lumineux qui s'y fixa
à plusieurs reprises ; la mer fut plus phosphorique que
de coutume.

Pendant la nuit une très-grosse vague vint remplir
l'entrepont, après avoir passé par l'ouverture du gail-
lard où l'on tenoit les embarcations. Je fus réveillé en
sursaut par l'eau dont ma chambre étoit inondée, et je
crus un instant que le bâtiment s'engloutissoit. Il fallut
bien du tems pour vider cette masse d'eau. Trois à quatre vagues comme celle que nous venions de recevoir,
nous eussent infailliblement submergés. Nous n'au-

★ P 2

rions pas couru ce danger, si l'on s'étoit procuré les moyens de fermer avec un caillebotis une aussi grande ouverture.

17.

La variation de l'aiguille aimantée fut nulle le 17 d'avril, lorsque nous étions par 43^d de latitude sud, et 129^d de longitude orientale.

19.

On annonça à l'Espérance que le rendez-vous, en cas de séparation, seroit au cap de Diemen, dans la baie de l'Aventure, au lieu de la baie aux Huitres.

20.

On mit à la cape sous la mizaine pendant la nuit du 20, parce que la proximité à laquelle notre point nous rapprochoit de la côte, ne nous permettoit pas de faire voile. La sonde jetée, vers neuf heures du soir, à un hectomètre et demi de profondeur, n'indiqua point de fond : en la retirant, on amena un grand nombre de mollusques phosphoriques dont la dimension étoit depuis un jusqu'à deux décimètres. A présent que la compressibilité de l'eau est bien démontrée, on connoît la principale cause qui fait tenir à une plus ou moins grande profondeur ces différens corps, en raison de leur pesanteur spécifique.

21.

Dès que le jour parut on déploya les voiles pour se diriger à l'est-nord-est.

Nous apperçûmes, vers neuf heures et demie, un rocher fort pointu, connu sous le nom de *Mew - Stone ;* quelques autres rochers et des terres d'une moyenne élévation s'appercevoient dans l'est. La côte présentoit

par fois de légers enfoncemens; des montagnes d'une
élévation moyenne se voyoient à peu de distance du rivage, et on distinguoit les grands arbres qui en couronnoient le sommet.

Nous ne tardâmes pas à arriver à l'entrée d'une baie
ouverte au sud-est. Une île se remarquoit dans l'est;
plus près on appercevoit des brisans vers l'est quart
nord.

Le Général avoit dessein d'aller mouiller dans la
baie de l'Aventure. Sa blessure ne lui permettoit pas
encore de sortir de sa chambre; il ne pouvoit diriger
la route que sur les relevemens qui lui étoient remis
à mesure qu'on les prenoit. Un faux relevement communiqué par le citoyen Willaumez[a], lui fit donner
les ordres de manœuvrer pour entrer dans la baie qui
nous restoit à bâbord. Ce fut en vain qu'on chercha
l'île aux Pinguins, croyant être dans la baie de l'A-
venture, tandis que nous étions dans celle des Tempêtes, ainsi nommée par Tasman, parce qu'après y
être entré, en 1642, au mois de novembre, il éprouva
un coup de vent de sud-est qui, le battant en côte, le

* A notre attérage au cap de Diemen, Willaumez étoit chargé de faire les
relevemens: le chef de l'expédition demanda qu'on lui donnât le gisement
d'*Eddy-Stone*; Willaumez fit dire que ce rocher étoit au sud 19 ^{d} ouest, tandis qu'il nous restoit au sud 19 ^{d} est. Alors le Général fit donner dans la baie
que nous avions à bâbord devant bien croire que nous étions vis-à-vis de la
baie de l'Aventure.

mit dans le plus grand danger, lorsqu'il voulut gagner le large.

Déja très-enfoncés dans cette baie, nous étions parfaitement à l'abri du vent d'ouest. La sonde indiquoit un fond de coquillages brisés, par une profondeur de trente à cinquante mètres. Le Général étoit sur le point d'en sortir pour aller passer la nuit au large ; cependant il se décida à envoyer deux embarcations, l'une au nord et l'autre au nord - ouest, pour tâcher de découvrir quelqu'abri. L'embarcation qui s'étoit dirigée vers le nord, trouva une anse où nos vaisseaux pouvoient entrer : le fond y étoit d'une bonne tenue ; on pouvoit aisément s'y procurer de l'eau et du bois : on avoit vu des débris de cases, tout près desquelles s'étoient trouvés des monceaux de coquillages grillés par les naturels.

Il étoit trop tard pour atteindre ce mouillage avant la nuit. Comme il faisoit un beau tems, on se décida, vers cinq heures, à laisser tomber l'ancre dans la baie des Tempêtes par un double décamètre de profondeur sur un fond de sable gris. Il y avoit soixante - quatre jours que nous étions sortis du Cap. La plupart des navigateurs qui nous ont précédé, n'ont employé que cinquante à cinquante-cinq jours pour faire le même trajet. Il est à remarquer qu'ils se sont portés au sud le plus vîte possible, afin d'atteindre les vents d'ouest. La route est un peu plus longue ; mais en mer, ce n'est pas communément en suivant le plus court chemin qu'on arrive plus vîte. On doit s'attacher à bien connoître la direction la plus ordinaire des vents, afin d'aller chercher ceux qui sont favorables. La nuit continua d'être très-belle quoique l'air fût chargé d'une grande humidité. Nous étions à l'abri du vent régnant de nord-ouest et d'ouest-nord-ouest dont nous éprouvâmes cependant quelques légères rafales.

On prit à la ligne beaucoup de poissons et d'espèces très-variées, parmi lesquels le plus nombreux de tous étoit une espèce de *gadus*.

La variation de l'aiguille aimantée lors de notre passage sous le méridien de l'Ile-de-France, et à plus de cent cinquante myriamètres de distance dans le sud, avoit été de 12^d plus forte que celle qu'on observe aux approches de cette île : c'est une très-grande variation en raison de la différence de latitude.

Le point le plus élevé de la variation occidentale observée, fut le 3 de mars à $30^d\frac{1}{2}$, notre latitude étant pour-lors de $34^d\ 30'$ sud, et notre longitude de $37^d\ 45'$ vers l'est; elle n'avoit fait que diminuer depuis ce point, et étoit devenue nulle par les 43^d de latitude sud, et 129^d de longitude orientale avant de passer à l'est, où elle avoit augmenté à mesure que nous nous étions avancés vers l'Orient.

La variation occidentale de l'aiguille aimantée observée jusqu'au point où elle fut la plus forte, avoit tenu davantage au changement de longitude qu'à celui de latitude ; tandis qu'ensuite elle sembla dépendre jusque sous le méridien de l'Ile-de-France beaucoup plus des degrés de latitude ; car depuis le point où elle avoit été la plus forte, jusqu'au méridien de cette île, après avoir fait 17^d en longitude, et 2^{d}½ en latitude, la différence de variation n'avoit été que de 4^d, tandis que par une latitude de 17^d plus sud, la déclinaison s'étoit trouvée de 12^d plus forte qu'à l'Ile-de-France.

La phosphorescence des eaux de la mer avoit diminué dans cette traversée en raison de notre éloignement des terres ; de sorte que long-tems avant de voir l'île Saint-Paul, on remarquoit à peine quelques corps phosphoriques lors de l'agitation de l'eau.

Le thermomètre ne descendit pas dans cette traversée plus bas que 8^d au-dessus de o, et il ne s'éleva pas au-dessus de 20^d.

Le mercure dans le baromètre étoit monté jusqu'à 28^p 7^l, et il n'étoit pas descendu plus bas que 27^p 7^l.

Lorsque dans ce trajet nous eûmes atteint les vents variables, les courans avoient porté 10′ à 20′ dans le nord ; mais parvenus par le travers de la côte sud-ouest de la Nouvelle-Hollande, nous avions été portés dans l'est : ces différentes directions tiennent à la position des terres.

Nos tables pour la correction de la marche irrégulière des horloges marines occasionnée par la différence de température,

température, ne s'étendoient que jusqu'au 15$^{me\,d}$ du thermomètre de Réaumur, et l'arc du balancier pour l'hor-
loge à poids n'étoit déterminé que depuis le 105$^{me\,d}$ jusqu'au 115$^{me\,d}$. Il s'étoit trouvé constamment de plus de
115^{d}, et la température de l'atmosphère avoit été fort
souvent au-dessous du 15$^{me\,d}$ du thermomètre. Il étoit
nécessaire d'avoir au moins ce degré de chaleur dans le
lieu où nos horloges étoient déposées. Une simple lampe
pouvoit remplir ce but; on préféra une lampe à courant
d'air pour n'avoir point de fumée.

1792.
Avril.

Les mêmes embarcations retournèrent le lendemain
sonder à l'entrée de l'anse où nous avions le projet d'aller mouiller; car on n'avoit pas eu le tems, la veille,
d'achever ce travail. Nous reçûmes, vers neuf heures
et demie, l'agréable nouvelle que c'étoit un port très-
bien fermé, dont le fond de sable vaseux offroit un ancrage sûr; il n'avoit pas moins de sept mètres de profondeur vers le milieu de la marée. La sonde avoit indiqué de
cinq à huit mètres dans une grande étendue du port qui
s'enfonce dans les terres de près d'un demi-myriamètre;
il étoit en tout préférable à la baie de l'Aventure; on
pouvoit s'y approvisionner d'eau et de bois avec la plus
grande facilité.

22.

Un vent contraire, mais foible, ne nous empêcha
pas de nous avancer au moyen de la touée; à peine
avions-nous fait un kilomètre de chemin, que ce vent
renforça, et nous fit prendre le parti de mouiller une

Q

ancre ; l'Espérance n'en continua pas moins sa manœu-vre, et avant la nuit elle étoit très-près de l'entrée du port.

Le canot envoyé à la pêche avoit amené d'un seul coup de filet assez de poisson pour que chacun se trou-vât content de la distribution qu'on en fit aussitôt.

On fut assez étonné de voir parmi différens poissons pris à la ligne pendant la nuit, quelques requins d'en-viron deux mètres de long ; ils étoient tous de l'espèce désignée sous le nom de *squalus cinereus*. Ce requin ne quitte pas le fond de la mer ; nous ne l'avons jamais vu se montrer à la surface des flots pendant tout le tems de notre séjour au cap de Diemen. Il ne paroît pas qu'il soit dangereux pour l'homme : nos matelots se baignè-rent bien des fois, et il ne leur arriva aucun accident. Ce poisson trouve si abondamment sur ces côtes de quoi assouvir sa voracité, qu'il n'attaque point les hom-mes ; sans cela les naturels de cette terre, qui plongent à de grandes profondeurs pour aller chercher les crus-tacées et les coquillages dont ils se nourrissent, seroient sans cesse exposés à être dévorés par ces animaux.

Des montagnes, dont l'élévation perpendiculaire sem-bloit être au moins d'un kilomètre, se voyoient à trois myriamètres de distance vers le nord. Leurs sommets étoient couverts de grands arbres dont la verdure ajou-toit encore à la beauté du spectacle majestueux qu'elles nous offroient.

Un officier de notre vaisseau ayant été sonder dans la matinée vers le fond du port, et étant descendu à terre, avoit trouvé quelques cases, et près d'elles des débris de coquillages grillés qui avoient évidemment servi au repas des naturels du pays.

Comme il faisoit presque calme, on leva l'ancre quelques heures avant le jour, pour virer sur une touée. Le calme continuoit toujours ; il étoit plus expéditif de se faire remorquer : les embarcations ne tardèrent pas à nous faire entrer dans le port. Une roche située au milieu de la passe fut laissée sur bâbord et rangée de très-près. La sonde nous y avoit indiqué un fond de cinq mètres et demi à sept mètres ; on l'avoit trouvé de neuf à onze mètres dans les autres endroits de la même passe.

23

Nous laissâmes tomber l'ancre vers huit heures par six mètres de profondeur, après nous être enfoncés d'environ trois quarts de kilomètre dans le port auquel on donna le nom de port Dentrecasteaux. Le rivage le plus voisin nous restoit vers l'est à un demi-kilomètre de distance.

Il est difficile d'exprimer la sensation que produisit sur nous ce havre solitaire, situé aux extrémités du globe, où nous trouvions enfin un abri sûr après avoir été battus si long-tems par des vents impétueux.

Les mêmes bateaux allèrent remorquer l'Espérance : elle mouilla vers une heure après midi au sud de la

1792.
Avril.

Recherche, à environ trois hectomètres de distance.

On voulut se rapprocher du rivage sans avoir fait sonder exactement ; mais nous ne tardâmes pas à nous enfoncer dans la vase, et il fallut promptement virer au cabestan pour s'éloigner.

CHAPITRE V.

Séjour dans le port Dentrecasteaux. Indices de la fréquentation de ses bords par les Sauvages. Diverses excursions dans l'intérieur des terres. Arbres d'une prodigieuse élévation. Bonté du sol. Cignes noirs. De gros troncs d'arbres creusés par le feu servent de retraite aux naturels. Kangourou. Diverses observations d'anatomie comparée. Abat-vents élevés par les naturels. Charpente de leurs cases. Une violente rafale fait briser notre chaîne. Nous échouons sur la vase. Rencontre d'un jeune Sauvage. Annonce d'un détroit par lequel on peut se rendre de la baie des Tempétes dans celle de l'Aventure. Huttes des Sauvages. Phoque appelé phoca monachus. *Le cœur de cet amphibie n'a point de trou botal. Divers autres points d'anatomie comparée. Indices de bêtes féroces au cap de Diemen. Huttes qui nous parûrent habitées depuis peu. Arbres propres à la construction des vaisseaux. Mouche vivipare dont les larves faisoient tomber rapidement les chairs en putréfaction. Ossemens humains grillés que trouve le citoyen Riche. Le maître voilier de la Recherche se perd dans les bois. Les deux vaisseaux échouent sur la vase. Quelques ustensiles des Sauvages. Point du lieu de l'observatoire. Variation de l'aiguille aimantée. Etablissement du port. Départ du port Dentrecasteaux pour passer par le détroit du même nom. Divers feux. Naturels vus sur la grève. Un d'eux portoit le feu dans divers endroits. Mouillage dans une vaste baie à l'entrée du détroit Dentrecasteaux. Excursion sur les terres voisines. Naturels surpris auprès de petits feux préparant leur repas. Le détroit reconnu par nos chaloupes fut appelé le détroit Dentrecasteaux. Divers mouillages dans ce canal. Excursions sur les terres situées le long de ses bords. Quelques naturels le traversent sur un catimarron. Diverses rencontres de Sauvages. Sortie du détroit Dentrecasteaux.*

———

1792.
Avril.

Le port Dentrecasteaux, situé au fond de la baie des Tempêtes, est un bassin de forme à peu près ovale, qui s'avance d'environ un demi-myriamètre vers le nord-nord-est, et dont la plus grande largeur est d'environ un kilomètre et demi. Les grandes forêts dont nous étions environnés de toutes parts, et les montagnes peu

éloignées qui défendoient plus de la moitié des contours
de ce havre, ajoutoient encore à la sûreté de notre
mouillage. Les plus gros tems n'empêchoient pas nos
chaloupes d'y naviguer sans crainte. Un fond de vase
d'environ sept mètres ne laisse aucun risque à courir si
l'on vient à échouer. Plus de cent vaisseaux de ligne y
mouilleroient sûrement et y trouveroient toute l'eau et
le bois dont ils auroient besoin.

1792.
Avril.

Vers le nord-nord-est, au fond de ce havre, vient se
jeter une petite rivière qu'un de nos canots ne put remonter très-loin, parce que son cours étoit obstrué de
gros arbres couchés en travers ; on y apperçut quelques
canards sauvages.

De foibles abris d'écorces d'arbres disposés le long de
ses rives faisoient connoître qu'elles étoient fréquentées
par les naturels. On y trouva une portion de l'algue
marine connue sous la dénomination de *fucus palmatus*, taillée à peu près dans la forme d'une bourse à jetons. C'étoit un vase à eau. Il en étoit encore rempli,
lorsqu'on le découvrit.

C'est principalement à la rive occidentale du port
qu'on peut s'approvisionner d'eau avec le plus de facilité. Nous fîmes la nôtre à l'ouest-sud-ouest. Notre bois
fut pris à la rive opposée.

Un feu allumé vers le sud, à un myriamètre de distance, nous apprenoit que près de nous il habitoit des
Sauvages ; quoiqu'on n'en eût encore apperçu aucun.

Je descendis à terre dans l'après-midi avec le jardinier et deux hommes de l'équipage, pour m'avancer
vers le nord-est. Nous fûmes saisis d'admiration à la vue
de ces antiques forêts que la hache n'avoit point encore
dégradées. L'œil étoit étonné de la prodigieuse élévation
de ces arbres ; quelques-uns de la famille des myrtes
avoient plus d'un demi-hectomètre (plus de cent cinquante pieds) de haut ; leurs sommets touffus sont cou-
ronnés d'un feuillage toujours vert : plusieurs, tombant
de vétusté, trouvent un appui sur leurs voisins, et ne
sont rendus à la terre qu'à mesure qu'ils se détruisent.
La végétation la plus vigoureuse forme un admirable
contraste avec cet état de dépérissement, et l'on voit
dans toute sa grandeur l'imposant tableau de la nature,
qui, livrée à elle-même, ne détruit que pour recom-
poser.

Les arbres de cette forêt n'étoient pourtant point assez serrés pour nous en défendre l'entrée. Nous marchâmes pendant long-tems sur une terre où les eaux, par
fois gênées dans leur cours, avoient formé des marécages : nous en visitâmes les bords. Nous trouvâmes plus
loin quelques petits ruisseaux de fort bonne eau. On
voyoit presque par-tout une excellente terre végétale,
souvent de plus de quatre décimètres de profondeur ;
elle repose sur un grès rougeâtre et quelquefois gris. On
rencontroit çà et là une terre argilleuse qui, s'imbibant
d'eau avec la plus grande facilité, forme des fondrières :

ailleurs

1792.
Avril.

ailleurs cette argille, emportée par les eaux qui se filtrent à travers les terres, a laissé de petites cavités et
quelquefois de grandes mares dont la surface recouverte
de plantes cache le danger. Un moment d'inadvertence
peut vous y faire tomber ; c'est ce qui arriva, quelques
jours après, au chirurgien-major de l'Espérance. Etant
à la chasse, il s'enfonça dans une mare très-profonde,
croyant mettre le pied sur un terrain solide, et il disparut aussitôt ; heureusement il savoit nager.

Nous trouvâmes dans les bois quelques commencemens de huttes. De jeunes branches d'arbres étoient
disposées pour recevoir l'écorce dont les naturels recouvrent leurs cases.

Cette excursion nous procura diverses espèces d'*eucalyptus*, au nombre desquelles étoit celle que White
a désignée sous le nom d'*eucalyptus resinifera*. C'est un
fort grand arbre dont l'écorce fongueuse se détache avec
facilité et a souvent près d'un décimètre d'épaisseur. Il
donne une gomme-résine de couleur rougeâtre, astringente et dont on peut faire usage en médecine. Nous
recueillîmes avec plusieurs *philadelphus*, une espèce
nouvelle d'*epacris*, et le *banksia integrifolia*, etc.

Nous rencontrâmes sur les bords du rivage le domestique du citoyen Riche, fort content d'avoir tué quelques oiseaux qu'il portoit à son maître. Ce domestique,
relevant de maladie, étoit encore sous l'empire du chirurgien-major de l'Espérance, qui croyoit avoir droit

TOME I. R

sur la chasse de son malade ; mais ni les menaces d'être purgé, ni même celles d'être mis à une diète rigoureuse ne pûrent lui arracher un seul oiseau : aussi le chirurgien lui tint parole; il l'obligea de faire diète et d'avaler un purgatif. Ce domestique fit la triste expérience du danger de résister à un chirurgien - major. Depuis ce tems lorsqu'il alloit chasser, il fuyoit à toutes jambes du plus loin qu'il le voyoit.

Nous nous dirigions depuis quelque tems vers le nord-est, et nous parvînmes avant la nuit sur les bords du rivage voisin de nos navires où nous comptions nous rendre sur-le-champ, car on avoit promis de nous envoyer un canot aussitôt que nous le demanderions. On pouvoit nous mettre à bord dans cinq minutes; mais il fallut prendre patience pendant deux heures sur le rivage. Il eût été à propos d'avoir une embarcation uniquement destinée au service des naturalistes.

On tua sur un lac un oiseau fort étonnant par la singularité de son plumage ; c'étoit une nouvelle espèce de cigne, un peu plus gros que les nôtres : il en a toutes les belles formes ; sa couleur d'un noir luisant est aussi remarquable que la couleur blanche de notre cigne ; il a seulement six grosses plumes blanches à chaque aîle : caractère que j'ai remarqué constamment dans plusieurs autres qui furent tués par la suite. La mandibule supérieure du bec est de couleur rouge avec une bande

transversale blanchâtre vers l'extrémité. On remarque
à la base de celui du mâle un renflement formant deux
protubérances à peine sensibles dans celui de la femelle. La mandibule inférieure est rouge sur les bords,
et blanchâtre en dessous. Les pattes sont d'un gris foncé.
(*Voyez planche 9.*)

Je ne pus avoir décrit et préparé avant dix heures du
matin les objets recueillis la veille. J'allai visiter les terres situées vers l'est de notre mouillage.

24

Après m'être avancé plusieurs fois dans les bois à un
kilomètre au plus des bords de la mer, je fus obligé de
retourner vers le rivage, tant il étoit difficile de pénétrer dans ces forêts; non-seulement les arbustes en défendoient l'entrée, mais les passages en étoient souvent
fermés par les grands arbres tombés à terre. La direction du sud-ouest au nord-est qu'ils ont généralement
pris dans leur chûte, prouve que les vents impétueux
de sud-ouest les ont abattus. Ces arbres, dont les racines sont presque horizontales, tiennent peu au sol;
quelquefois ils emportent dans leur chûte une grande
étendue de terre, qui de loin offre toutes les apparences
d'un mur élevé par la main des hommes.

Les plus beaux arbres de cette contrée sont des espèces d'*eucalyptus;* leur grosseur la plus ordinaire est de
six mètres; j'en ai mesuré plusieurs qui avoient jusqu'à
huit mètres et demi de circonférence. L'écorce spon-
gieuse de l'*eucalyptus resinifera,* devenue glissante par

R 2

l'humidité qui règne constamment au milieu de ces épaisses forêts, augmentoit encore la difficulté d'y pénétrer. Cette écorce s'enlève avec la plus grande facilité par morceaux extrêmement souples, dont les naturels se servent pour couvrir leurs cases; ce sont des lanières souvent de quatre décimètres de large, qui se détachent d'elles-mêmes de la partie inférieure du tronc; on peut en arracher facilement des morceaux de huit à dix mètres de longueur.

La plupart des gros arbres voisins de la mer ont été creusés par le feu vers leur pied. Ces ouvertures, situées presque toutes au nord-est, sont à l'abri du vent de sud-ouest, qui paroît être le vent dominant et le plus impétueux. On ne peut douter qu'elles ne soient l'ouvrage des hommes; car si le feu avoit été mis par accident, comme par la combustion des arbustes croissant à l'ombre de ces forêts, l'arbre seroit attaqué dans le contour. Ces creux d'arbres servent de retraite aux naturels qui viennent y prendre leur repas; nous y trouvâmes des restes de crustacées et de coquillages dont ils s'étoient nourris : nous vîmes encore dans plusieurs la cendre des petits feux qu'ils avoient allumés pour faire cuire leurs mets. Les Sauvages ne sont pas trop en sûreté sous ces gros arbres minés en partie par le feu, un vent fort peut les abattre; ils n'y sont pas non plus trop mollement couchés, car le sol est souvent fort inégal, et nous n'apperçûmes aucune disposition propre à en diminuer

la dureté. Anderson parle de foyers d'argille faits dans
ces arbres par les naturels. L'argille que j'y ai trouvée
ne m'a jamais paru disposée par la main de l'homme ;
elle s'y rencontre quelquefois naturellement engagée entre les racines à une plus ou moins grande élévation.
D'ailleurs, comme nous le verrons par la suite, ces Sauvages ne construisent point de foyers ; leur feu se fait
sur un sol uni, et c'est sur les charbons qu'ils préparent
leurs alimens.

1792.
Avril.

Quelques-uns des plus gros arbres, creusés par le feu
dans toute leur longueur, formoient des espèces de che-
minées et n'en continuoient pas moins de végéter.

Plusieurs grands arbres que nous abattîmes pendant
notre séjour se trouvèrent, malgré les plus belles apparences, gâtés dans leur intérieur.

Après avoir suivi la grève, qui s'étend vers le sud-est,
en formant diverses sinuosités, nous voulûmes pénétrer
à travers quelques marécages et passer sur les endroits
consolidés par les racines des plantes ; mais une nouvelle
espèce de *scleria* de deux à trois mètres de haut, dont
les feuilles nous coupoient les mains et le visage, nous
empêcha de passer outre.

Je tuai dans cette excursion quelques oiseaux du
genre *motacilla*, et différens perroquets parmi lesquels
on remarquoit celui de la Nouvelle-Calédonie, décrit
par Latham.

Nous nous rendîmes vers l'entrée du port, où l'on

venoit de dresser les tentes de l'observatoire; nous étions assurés d'y trouver une chaloupe pour nous rendre à bord.

Les observateurs attendoient vers huit heures et un quart le premier satellite de Jupiter; mais, malgré leur activité, ils ne fûrent pas prêts à tems, et l'observation ne put avoir lieu. Bonvouloir, un des officiers du bord, qui avoit fait de longue-main les calculs préliminaires, fut si affecté de ce contretems qu'il ne put retenir ses larmes.

Un de nos chasseurs trouva un jeune kangourou sur les bords de la mer. Cet animal, après avoir parcouru une centaine de mètres sur le sable, se jeta à l'eau et fut tué. Il est à remarquer que dans sa course il s'étoit très-bien servi de ses quatre pattes, s'appuyant sur celles de devant, qui, comme celles de derrière, sont dénuées de poil en dessous, quoiqu'à la manière dont on l'a représenté il semble ne devoir se servir dans sa fuite que de ses pattes de derrière. Comme il court beaucoup plus la nuit que le jour, la nature l'a pourvu d'une membrane connue des zoologistes sous la dénomination de *membrana nictitans*, située à l'angle interne de l'œil et s'étendant à volonté sur tout le globe. Son estomac, rempli d'herbes, étoit divisé par trois grandes cloisons fort distinctes; ce caractère paroîtroit le rapprocher des quadrupèdes ruminans. Il avoit les testicules en dehors. Ces animaux trouvent probablement quelque nourriture sur

le bord de la mer, car on voyoit fréquemment les empreintes de leurs pattes sur le sable.

Après avoir remis au peintre quelques plantes pour
les dessiner, je m'avançai vers le sud-est en suivant les
sinuosités de la grêve; de gros cailloux fort glissans et
amoncelés sur ses bords, en rendoient le chemin très-
difficile.

Nous ne tardâmes pas à trouver à l'entrée du bois un
abat-vent fait par les naturels pour se mettre à l'abri des
vents de large; il étoit composé de lanières d'écorces
d'*eucalyptus resinifera,* entrelacées dans des piquets fichés perpendiculairement dans la terre et disposés de
manière à former un arc du tiers de la circonférence
d'un cercle ayant trois mètres d'étendue sur un mètre
de hauteur; sa convexité étoit tournée du côté de la
mer: un petit emplacement de forme circulaire recouvert de charbons, et tout près des débris de coquillages,
marquoient le lieu où les naturels avoient préparé leur
repas. Ces sortes d'abat-vents sont très-utiles pour empêcher leurs feux de s'éteindre lorsque les vents de large
soufflent avec force.

Après avoir traversé une langue de terre, nous marchâmes avec difficulté au milieu des sables mouvans
d'une vaste plage sur les bords de laquelles les eaux de
la mer venoient s'étendre.

Nous trouvâmes à l'entrée du bois un autre abat-vent
de même forme que le premier et de la même éléva-

tion ; mais il étoit du double plus long : on y voyoit des débris de vases à eau. C'étoient des portions du *fucus palmatus*, qui avoient été déchirées et ne pouvoient plus être d'aucun usage pour les habitans.

Nous étions sur les bords d'un lac dont les eaux communiquent avec la mer lors du flot. Ce lac n'a pas plus d'un kilomètre et demi de long, sur un demi-kilomètre dans sa plus grande largeur.

A notre retour par un chemin plus direct à travers les bois, nous trouvâmes des commencemens de cases. Des branches fichées en terre par les deux bouts étoient appuyées les unes sur les autres pour former des huttes hémisphériques d'un mètre et demi de haut : les feuilles d'une graminée servoient de liens et consolidoient cette charpente presque assez avancée pour recevoir la couverture d'écorces qui rend ces cases imperméables à la pluie.

Il paroît que l'espèce humaine est ici fort rare ou très-sauvage. Quoiqu'un grand nombre de personnes des deux vaisseaux se soient écartées au loin, elles n'ont rencontré aucun habitant.

Il règne au cap de Diemen, à raison de sa haute latitude, des vents impétueux, qui tombent par rafales du sommet des montagnes. Dans la crainte d'exposer nos cables à se pourrir dans le fond vaseux où nous étions à l'ancre, on avoit pris le parti de les remettre à bord et de tenir sur notre chaîne. Une violente rafale

de

de nord-ouest dérangea notre position , et nous allâmes échouer à la côte orientale en nous enfonçant dans la vase. Après avoir retiré la petite portion de cable atta- chée à la chaîne , on fut très-étonné de voir qu'un des anneaux s'étoit brisé. On ne remarqua aucune paille dans le fer. Il paroît qu'on avoit employé dans la fabri- cation de cette chaîne un fer aigre. Il fut heureux pour nous d'en avoir fait l'essai dans un port où nous ne cou- rions que les risques de nous envaser ; ailleurs cette chaîne , sur laquelle nous eussions fondé notre salut , eût causé notre perte.

Il me fallut rester à bord toute la journée pour prépa- rer et décrire les nombreux objets d'histoire naturelle que j'avois recueillis jusqu'alors.

Le lendemain, au point du jour, nous partîmes dans le dessein de nous éloigner le plus que nous pourrions. On nous débarqua au sud-est. Après avoir suivi les con- tours du rivage , un chemin fréquenté par les naturels nous facilita les moyens de traverser la forêt dans le sud. Nous parvînmes ensuite sur une belle plage de sable qui s'étend d'environ deux kilomètres dans la même di- rection.

Une charmante espèce d'*erigeron ,* dont la tige li- gneuse étoit recouverte de très-petites feuilles charnues, croissoit dans ces lieux arides. Quoique le vent fût assez foible , la vague brisoit avec force et se déployoit sur une grande étendue de la plage : sur trois vagues qui se succédoient, on en remarquoit assez régulièrement une qui, après s'être élevée beaucoup plus que les autres, déferloit plus au loin et nous forçoit de nous éloigner davantage de la rive.

Un petit tertre qui s'avance du côté de la mer me procura la jolie espèce de *banksia*, que Gaertner a désignée sous le nom de *banksia gibbosa*.

Nous faisions route au travers de la forêt assez près de la mer, lorsqu'un de nos compagnons de voyage vit un jeune naturel qui fuyoit effrayé d'un coup de fusil tiré sur un oiseau. Avertis aussitôt de cette rencontre, chacun de nous accourut dans le dessein de jouir d'une entrevue avec les habitans de cette terre ; mais nos recherches fûrent vaines ; le jeune Sauvage avoit disparu en s'enfonçant avec précipitation dans les lieux les plus fourrés, au risque de se déchirer la peau, car il ne portoit aucun vêtement. Nous trouvâmes au lieu d'où il étoit parti un abat-vent opposé aux brises de large.

Assez près d'une fontaine d'où sortoit une eau bien pure, je trouvai des vertèbres dont le corps avoit sept centimètres d'épaisseur, et un os coronal assez volumineux que je crus appartenir à quelqu'amphibie.

L'espoir de rencontrer des Sauvages nous fit prendre le parti de continuer à nous avancer dans les bois et d'y passer la nuit. Nous marchâmes pendant une heure vers le sud-est, en nous frayant un chemin difficile, avant de parvenir dans une grande plaine qui s'étend jusque sur les bords de la mer. Il y croissoit une belle espèce de *mimosa* à longues feuilles simples, de forme ovale, dont les nervures sont saillantes et longitudinales : cet arbre porte des gousses demi-circulaires, et sa hauteur est communément de huit à dix mètres.

La nuit nous força de chercher un abri. Nous ne pouvions profiter de ceux qu'offrent les gros troncs d'arbres creusés par les naturels : nous en étions à une trop grande distance ; il fallut recourir à une hache-d'armes dont un de nous avoit eu la précaution de se munir. Des branchages coupés sur-le-champ servîrent à élever une case sur un terrain dont la dureté fut adoucie par un lit de fougère d'une espèce qui diffère très-peu du *polypodium dichotomum*.

Placés sur les bords du rivage, notre vue s'étendoit au loin, et nous n'apperçûmes rien qui nous indiquât la présence des naturels. Nous allumâmes du feu, car le froid étoit très-piquant.

Nos provisions ne nous rassuroient pas trop sur nos moyens de subsistance : avant de quitter le bord nous n'avions pris que pour un jour de vivres ; mais les hommes de l'équipage qui nous accompagnoient, accoutumés à ne pas voyager sans biscuit, en avoient encore. Avec un pareil approvisionnement nous avions le plus grand besoin d'eau ; on alla en chercher à deux kilomètres de distance. Il falloit avoir beaucoup d'appétit pour s'accommoder d'un pareil souper.

S 2

Nous étions sept, et nous n'avions pas beaucoup à craindre de la part des naturels. Cependant nous nous arrangeâmes pour être de garde chacun à tour de rôle, afin d'être avertis de leurs mouvemens, si quelques-uns venoient nous visiter.

Le froid nous obligea à abandonner notre case, et à aller dormir auprès du feu.

28.

Dès que le jour parut, nous allâmes à la chasse pour chercher notre déjeûner; deux d'entre nous ne tardèrent pas à apporter une corneille et un huitrier. Ces oiseaux fûrent grillés sur-le-champ et mangés comme s'ils eussent été un mets délicieux.

Il avoit fallu la veille au soir nous réduire à une bien modique portion, afin de pouvoir vivre le lendemain; mais nous nous apperçûmes trop tard que nos provisions avoient été confiées à des mains peu sûres : car nous ne trouvâmes plus que quatre galettes de biscuit de six que nous avions données à conserver; une plus grande infidélité nous eût forcés de retourner à bord sur-le-champ, et nous eussions eu la douleur de nous voir privés de l'avantage d'étendre plus loin nos recherches.

Nous ne tardâmes pas à arriver sur les bords d'un grand lac qui communique avec la mer par une ouverture d'environ quarante mètres de large. Nos tentatives pour le passer à gué fûrent vaines, il étoit trop profond vers le milieu.

1792.
Avril.

Parmi un grand nombre de plantes qui croissoient dans les bois voisins, on voyoit le *schefflera repens*, et plusieurs espèces d'un nouveau genre de la famille des pédiculaires et très-rapproché des *polygala.* On remarquoit parmi les arbustes qui décoroient ces terres avancées vers la mer, une belle espèce de sensitive à feuilles simples, dont le légume étoit contourné en forme d'S.

Nous voyions avec envie une bande nombreuse de cignes noirs qui nageoient en s'éloignant de nous. Quelques îlots recouverts d'arbustes se remarquoient au sud-est vers le bord opposé du lac. Diverses espèces de becassines fûrent tuées lorsque nous nous portâmes au sud-ouest pour atteindre l'extrémité la plus éloignée de la mer; le fond du lac est si uni qu'on y trouve à peine un demi-mètre d'eau dans un espace de plus d'un hecto-mètre. Il est recouvert d'une prodigieuse quantité de coquillages en partie détruits par le tems.

La criste marine se rencontroit sur ses bords. Je trouvai à peu de distance une nouvelle espèce de persil que je nommai *apium prostratum*, à cause de la disposition de sa tige toujours couchée par terre. L'analogie avec les espèces connues du même genre, me la fit regarder comme un bon aliment, et mon espoir ne fut pas déçu. Nous en emportâmes à bord une ample provision que reçûrent avec joie des navigateurs qui sentoient le besoin de détruire, par l'usage des végétaux, les mauvais effets des viandes salées dont nous avions vécu dans la traversée du Cap de Bonne-Espérance au cap de Diemen. Un ruisseau situé à l'ouest du lac y portoit ses eaux limpides, où nous fîmes ramollir le peu de biscuit qui nous restoit.

Il étoit difficile, après une marche aussi longue, d'aller rejoindre nos vaisseaux en passant à travers des forêts que nous n'avions point encore visitées. Il y eût eu du danger à se tromper, n'ayant qu'une petite quantité de vivres. Le soleil, déja avancé dans sa course, servit à nous diriger. Une belle plaine facilita d'abord notre marche : il y croissoit plusieurs arbrisseaux de la famille des bruyères et des plaqueminiers. Des bois taillis très-fourrés ralentîrent ensuite nos pas. Les inégalités du terrain embarrassoient par fois le cours des eaux : il nous falloit souvent traverser des marécages ; mais les plantes nombreuses dont ils étoient couverts nous faisoient oublier la difficulté de ces passages. Parmi celles que j'y recueillis se trouvèrent deux nouvelles espèces de rossolis, dont une, que j'appelle *drosera bifurca*, est remarquable par la forme singulière de ses feuilles ; ce sont deux longues pointes situées à l'extrémité de chaque pétiole qui part de la racine de la plante.

C'étoit beaucoup, après deux jours de courses, d'arriver au port où nos vaisseaux étoient mouillés. Nous parvînmes à son extrémité nord, d'où nos navires se voyoient dans un grand éloignement. La difficulté du

chemin nous ôtoit tout espoir d'y arriver dans la journée, lorsque nous trouvâmes heureusement une chaloupe qui nous transporta à bord.

Crétin, un des officiers de notre vaisseau, avoit été
envoyé par le général avec l'ingénieur-géographe, pour
visiter, dans le grand canot, la baie des Tempêtes. Ils
annoncèrent à leur retour, après s'être avancés à plusieurs myriamètres dans un canal laissé à tribord lors
de notre entrée dans la baie, que tout concouroit à faire
croire que c'étoit un détroit. Les divers points sondés
avoient offert par-tout un bon ancrage.

Je m'écartai peu les deux jours suivans. La matinée
étoit employée à décrire et à préparer la récolte abondante que j'avois faite dans ma dernière excursion.

Les environs que je visitai dans les après-midi, me
procurèrent différentes plantes de la famille des *orchis*.
J'en remis quelques-unes au peintre pour être des-
sinées.

On alloit assez régulièrement tous les soirs pêcher au
filet, et l'on apportoit beaucoup de poisson. Les repas
qu'on servoit à bord faisoient un contraste bien frappant avec ceux que nous étions obligés de faire dans
nos courses.

Il est bon de remarquer que les naturalistes ayant ré-
clamé pour emporter dans leurs excursions les vivres
frais auxquels ils avoient droit, ils ne pûrent en obtenir la moindre portion; du biscuit, du fromage, de

l'eau-de-vie, et par fois du lard salé, n'en composoient pas moins tout notre approvisionnement. Les raisons que nous alléguâmes firent bien reconnoître nos droits, mais on n'en continua pas moins à nous approvisionner de la même manière pendant toute la campagne. Je m'abstiendrois de rapporter ce fait, s'il ne devoit pas être de quelque utilité aux naturalistes qui entreprendront de pareils voyages.

Je fus le 1er. de mai de l'autre côté du port vers l'ouest. Le peu de fond retint l'embarcation à une assez grande distance du rivage ; il fallut se mettre à l'eau pour parvenir à terre.

Je suivis la côte vers le nord, m'enfonçant par fois dans les bois. Comme c'étoit le moment de la basse-mer, les bords du rivage étoient faciles à parcourir. Des enfoncemens creusés dans le sable, en forme d'enton-noir, receloient chacun un petit crabe globuleux qui avoit fait ce trou ; dès qu'on venoit à l'en retirer, il ne tardoit pas à regagner sa demeure habituelle ; il me sembla que ces trous, dont ceux de nos fourmis-lions donnent une juste idée, lui servoient aussi de piège pour attraper sa proie.

Je fus agréablement surpris de la forme singulière d'un nouveau genre de champignon qui sortoit du milieu des mousses dont la terre étoit couverte. La disposition de ses rayons me l'a fait nommer *aseroe*.

Ses racines sont de petits filamens attachés à un tu-bercule

bercule fongueux, sur lequel repose un *volva* globuleux, 1792. Mai. blanchâtre, gélatineux, marqué de sept stries en dedans et en dehors.

Du milieu de ce *volva* sort un pédoncule *(stipes)* rougeâtre, à peu près cylindrique, creux dans toute sa longueur et ouvert à son extrémité supérieure qui est évasée, d'une belle couleur rouge et divisée en sept rayons bifurqués, jaunâtres à leur extrémité.

Ce champignon est lisse dans toutes ses parties.

Ce nouveau genre doit être placé à côté du genre *phallus* de Linné.

Explication des figures. Planche 12.

Figure 1. Le champignon vu de grandeur naturelle.

Figure 2. Le *volva* fendu en deux, pour qu'on voie l'intérieur.

Figure 3. Le pédoncule *(stipes)* ouvert dans toute sa longueur.

Des montagnes situées vers l'ouest adoucissant leur pente formoient une belle vallée où les eaux, après s'ê- tre réunies en un grand nombre de petits ruisseaux, al- loient se perdre dans la rade. Le détritus des grands ar- bres dont les terres sont couvertes avoit donné à ces eaux une légère teinte brune.

Les bois devenoient moins épais et nous ne tardâmes

TOME I.   T

pas à appercevoir une vaste clairière ; elle s'étendoit à plus de deux kilomètres vers l'ouest. Les arbustes fort rapprochés et les bas-fonds occupés par des marécages en rendoient l'accès difficile : non-seulement nous courions les risques de nous enfoncer dans la vase, mais souvent nous nous trouvions arrêtés par une nouvelle espèce de *scleria*, que j'appelle *scleria grandis*, parce qu'elle s'élève quelquefois jusqu'à quatre mètres ; ses feuilles sont aussi coupantes qu'un morceau de verre : ses graines ovales et rougeâtres, contiennent une petite amande huileuse, dont les perroquets sont très-friands, malgré la grande dureté de son enveloppe.

L'arbuste le plus répandu dans ces bas-fonds étoit une nouvelle espèce d'*embothrium* remarquable par la dureté de son feuillage. Chaque feuille présente une forme ovale et a un décimètre de long sur une largeur de trois centimètres.

Nous suivions une route difficile dans le dessein de nous rendre vers le lieu où se faisoit l'eau. La nuit nous prit à moitié chemin, et pour comble d'infortune, un vent d'ouest très-impétueux amena une pluie si abondante, qu'il nous fallut chercher, à la manière des Sauvages de la Nouvelle-Hollande, un abri dans des troncs d'arbres qu'ils avoient creusés. Il étoit à craindre qu'un aussi mauvais tems rendît inutiles les signaux que nous faisions pour qu'on nous envoyât un canot. Nous nous disposions à passer une très-mauvaise nuit au milieu de

ces forêts, lorsque nous entendîmes la voix de quelques
matelots qui venoient nous chercher pour nous conduire à bord.

On étoit enfin parvenu après bien de tentatives à retirer l'ancre à laquelle tenoit la chaîne qui s'étoit brisée
le 25 d'avril. La drague avoit été employée en vain,
car la chaîne étoit trop enfoncée dans la vase. La tenue
étoit d'ailleurs si forte que les deux chaloupes réunies
s'étoient constamment remplies d'eau en hâlant sur l'o-
rin. L'ancre étoit à une si grande profondeur dans la
vase que les plongeurs n'en avoient jamais pu découvrir
le bec : il avoit fallu employer le grand cabestan. On
sentit dès-lors la nécessité de doubler par la suite l'orin,
et de lever de tems en tems les ancres, pour les empêcher de s'enfoncer trop profondement.

On avoit expédié pour la seconde fois deux embarcations, afin de reconnoître la partie nord-est de la baie des
Tempêtes jusqu'au cap Tasman; elles revînrent au bout
de quatre jours ; il parut résulter de leurs découvertes
que le cap Tasman et la baie de l'Aventure faisoient
partie d'une île séparée de la terre de Diemen. Après
avoir remonté dans le canal jusque par 43^d 17′ de latitude sud, le défaut de vivres les avoit empêché d'aller
plus loin.

Les travaux qu'il me fallut faire à bord ne me per- 2.
mîrent pas de m'écarter beaucoup.

Nous traversâmes le lendemain une clairière située 3.

T 2

au nord-est, qui nous conduisit vers le grand lac. Nous en avions bien vu dans une excursion précédente la partie sud, mais il falloit en visiter la rive septentrionale, dont les sites variés nous avoient fait espérer une abondante récolte, et notre espoir ne fut pas déçu. Ses bords souvent escarpés étoient d'un accès difficile ; l'eau venoit dans beaucoup d'endroits jusqu'au pied de ces digues. Diverses espèces de *mimosa* à feuilles simples croissoient à l'ombre des grands arbres.

Il nous parut que les naturels venoient de tems en tems s'établir sur les bords du lac, dont les coquillages leur assurent une nourriture abondante. Nous ne tardâmes pas à voir une cabane qu'ils avoient construite à quelques pas du rivage ; elle offroit à peu près la forme d'un demi ovale de quinze décimètres d'élévation sur seize de largeur à sa base. Des bois fichés en terre par les deux bouts et courbés en demi-cercle se soutenoient les uns les autres, de manière à former une charpente assez solide qui étoit revêtue d'écorces.

Parmi les nombreux objets recueillis je fus frappé de la beauté des fleurs d'une nouvelle espèce d'*aletris ;* elles étoient remarquables par leur couleur d'un rouge éclatant.

La saison, déja fort avancée, s'opposoit à la multiplication des insectes, aussi étoient-ils très-rares.

Nous avions encore quelques heures de jour : nous avançâmes vers le sud pour nous rapprocher du mouil-

lage ; mais il étoit déja nuit lorsque nous atteignîmes
une plage sablonneuse qui nous servit de point de reconnoissance. Nous étions fort éloignés des vaisseaux, et
nous n'arrivâmes que vers neuf heures et demie du soir
aux tentes de l'observatoire, où nous eûmes toutes facilités pour gagner le bord.

1792.
Mai.

Je m'éloignai peu les deux jours suivans, parce qu'il
me fallut préparer la dépouille de beaucoup d'oiseaux
et décrire les objets que j'avois recueillis.

4 et 5.

L'espace trop limité du navire me mettoit dans la nécessité de faire sécher au four le papier qui me servoit à
la préparation des plantes.

Ma chambre étant déja pleine, je n'avois pas d'autre
lieu que la grande chambre pour déposer une partie des
échantillons de végétaux avant leur entier dessèche-
ment. Dauribeau, faisant fonction de premier lieutenant, jugea que des objets d'histoire naturelle ne devoient pas encombrer ce local, et fit mettre dehors mes
deux presses avec les plantes qu'elles contenoient. Il me
fallut recourir au commandant en chef, qui condamna
cet acte d'autorité et donna ordre qu'on rentrât les objets déplacés.

On trouvoit à la marée basse sur les bords du rivage
une grande variété de nérites et de buccins. Nous avions
l'avantage dans ce port de nous procurer de fort bonnes
huîtres.

La rive orientale offroit des pyrites d'une crystallisa-

tion très-variée. On voyoit au même endroit des morceaux de silex dont les couches rapprochées présentoient
les apparences de bois pétrifié.

Un de nos charpentiers avoit tué un phoque de l'espèce désignée sous la dénomination de *phoca monachus*. Il étoit de vingt-quatre décimètres de long ; ses
extrémités postérieures sont entièrement dénuées d'on-
gles, et formées de deux appendices dont chaque bord
est à peu près de la même longueur.

Les physiologistes ont expliqué d'une manière fort in-
génieuse, au moyen du trou botal, comment les amphibies pouvoient se tenir si long-tems sous l'eau ; mais
ayant examiné avec la plus grande attention le cœur de
ce phoque, je n'y vis point de trou botal. Il en est probablement de même de beaucoup d'autres amphibies.
Ces recherches feront peut-être découvrir un jour la
vraie cause d'où dépend l'étonnante faculté qu'ont ces
animaux de vivre également sous les eaux et dans l'air.

Chaque poumon est comme divisé en deux par une
fissure transversale.

L'estomac, dont la forme approche de celui du porc,
étoit rempli d'une grande quantité de sable calcaire dans
lequel on voyoit des becs de sèches et quelques coquillages encore tous entiers. Le premier travail de la digestion semble être de détruire l'enveloppe de ces coquillages, d'où résulte un sable qui ne paroît pas suivre le trajet du canal intestinal. Ces amphibies le vomissent pro-

bablement de même que plusieurs reptiles rejettent les ossemens des animaux dont ils vivent. Ce sable est peut-être un lest qui leur facilite les moyens de se tenir au fond de la mer, à de très-grandes profondeurs.

Les alimens dont ils se nourrissent étant très-faciles à saisir, la nature leur a donné une bouche très-peu ouverte.

L'eau dans laquelle ils vivent le plus ordinairement nécessite de la part des humeurs de l'œil une grande refrangibilité, aussi l'humeur vitrée étoit-elle très-dense.

Ces animaux peuvent laisser entrer dans l'œil, à volonté, une plus ou moins grande quantité de lumière au moyen d'une membrane nommée *membrana nictitans*.

Les différens travaux dont j'étois chargé m'empêchèrent de pousser plus loin ces sortes de recherches.

Les excrémens desséchés donnèrent une poussière très-fine d'une belle couleur de soufre un peu foncée. Le peintre de l'expédition la regardoit comme très-propre à être employée dans les arts.

Je n'avois encore pu me procurer les fleurs d'une nouvelle espèce d'*eucalyptus*, remarquable par son fruit qui ressemble assez à un bouton d'habit.

6.

Cet arbre, un des plus élevés de la nature, puisqu'il y en a d'un demi-hectomètre, ne porte de fleurs que vers sa sommité. La tige ressemble parfaitement à celle de l'*eucalyptus resinifera* dépouillé de son écorce fon-

gueuse, et d'ailleurs ces deux arbres ont à peu près les
mêmes dimensions. Le tronc, très-bien filé au moins
dans la moitié de sa longueur, est propre aux construc-
tions navales et pourroit servir à la mâture, quoiqu'il
ne soit pas aussi léger, ni aussi élastique que le pin.
Peut-être seroit-il avantageux d'en faire des mâts de
plusieurs pièces, et même de creuser ces gros troncs
d'arbres dans toute leur longueur pour leur donner plus
de légéreté, en les fortifiant par des cercles de fer placés de distance en distance. Il semble qu'on obtiendroit
par ce moyen toute la solidité qu'on peut désirer, puisque de l'aveu des mécaniciens un cylindre conserve
une grande force lors même qu'il est creusé dans son
milieu.

Il nous fallut abattre un de ces arbres pour en avoir
des fleurs : comme il étoit très-penché, il tomba assez
vîte. Le soleil étoit alors très-brillant : la sève montoit
avec abondance, et au moment de la chûte de l'arbre,
elle sortit en grande quantité du milieu de la partie inférieure du tronc.

Ce bel arbre, de la famille des myrtes, est recouvert
d'une écorce assez lisse : les branches se contournent un
peu en s'élevant ; elles sont garnies vers leur extrémité
de feuilles alternes légérement arquées, longues d'environ deux décimètres sur un demi-décimètre de large.

Les fleurs sont solitaires, et partent de l'aisselle des
feuilles.

Le

Le calice, en forme d'urne renversée, est d'une seule pièce ainsi que dans les autres espèces du même genre, et il tombe de même lorsque les étamines se développent. Il est, comme tout le fruit, un peu tuberculeux.

1792. Mai.

Il n'y a point de corolle.

Les étamines nombreuses sont attachées sur les bords du réceptacle.

Le style est simple. Il n'y a qu'un stigmate.

La capsule, ouverte à sa partie supérieure, est ordinairement à quatre loges qui contiennent plusieurs semences anguleuses; elle a en dessous quatre angles dont deux sont plus saillans que les autres. Sa forme de bouton d'habit m'a engagé à donner à cet arbre le nom d'*eucalyptus globulus*.

Explication des figures. Planche 13.

Figure 1. Rameau de l'*eucalyptus globulus*.
Figure 2. Fleur.
Figure 3. Fruit.
Figure 4. Calice.

L'écorce, les feuilles et le fruit sont des aromates qui pourrôient être employés dans les usages économiques, au défaut de ceux que les Moluques nous ont long-tems fournis exclusivement.

Il me fallut employer presque toute la journée du 7 à la préparation de mes collections qui s'accroissoient prodigieusement de jour en jour. Je ne pus étendre mes recherches qu'à une petite distance de notre mouillage. Mais le lendemain je partis dans l'après-midi avec le dessein de passer trois à quatre jours dans les bois sans revenir coucher à bord. J'étois obligé de suivre cette marche pour recueillir les productions qui croissoient dans un grand éloignement de nos vaisseaux.

Nous avions à bord une grande variété de graines d'Europe, qu'il étoit utile de propager à cette extrémité de la Nouvelle-Hollande. Le degré de température qu'on y éprouve nous faisoit espérer qu'elles y réussiroient. Le jardinier s'occupa à préparer un petit coin de terre au-quel il devoit confier ce dépôt. Un jardin fut bêché tout près de la rive orientale du port, à l'est-nord-est de no-tre mouillage.

Nous allâmes coucher sur les bords d'un ruisseau si-tué à l'extrémité occidentale du grand lac, dont nous longeâmes le lendemain la côte méridionale. Nous y vîmes quelques pélicans que nous ne pûmes approcher assez pour les tirer.

Le citoyen Piron, peintre de l'expédition, étoit de la partie : il prit différentes vues de ces lieux. Des monticu-les arrondis et couverts d'arbres fort élevés qui se rémar-quoient au loin ajoutoient singulièrement à la beauté du paysage.

Il nous fallut revenir sur nos pas pour nous porter
vers l'autre rive. Piron s'en retourna à bord.

1792.
Mai.

Je ne tardai pas à trouver un arbre toujours vert dont
l'amande est comme la noix d'acajou située sur un réceptacle charnu beaucoup plus gros qu'elle. J'ai donné,
par cette raison, à ce nouveau genre le nom d'*exocarpos*.

On voit, sur le même pied, des fleurs hermaphrodites avec des fleurs mâles et femelles distinctes.

Les fleurs mâles ont un calice à cinq feuilles arron-
dies; elles n'ont point de corolle : les étamines, au nombre de cinq, sont petites et attachées au calice entre ses
divisions; le germe avorte.

Les fleurs femelles ont un calice semblable; elles
n'ont ni corolle ni étamines : l'ovaire globuleux a un
style court; le stigmate est en forme de bouclier circulaire.

Les fleurs hermaphrodites ont le calice, les étamines
et l'ovaire comme je viens de les décrire.

Le fruit est une noix presque ronde, un peu noire,
implantée sur un réceptacle charnu, rouge, creux dans
son milieu, dont la longueur est d'environ trois fois
celle de la noix.

L'amande est huileuse et a la même forme que son
enveloppe.

Les caractères principaux de ce nouveau genre me le
font placer parmi les térébintacées à côté de l'*anacar-
dium*.

V 2

J'ai nommé cette espèce *exocarpos cupressiformis.*

Explication des figures. Planche 14.

Figure 1. Un rameau de l'*exocarpos cupressiformis.*
Figure 2. Portion de branche chargée de fleurs, de grandeur naturelle.
Figure 3. Germe avec son style et son stigmate.
Figure 4. Fruit de grosseur naturelle.
Figure 5. Fruit coupé verticalement. On apperçoit un vide au milieu du pédoncule charnu.
Figure 6. Amande.
Figure 7. Portion du corps ligneux qui enveloppe l'amande.

La nuit approchoit lorsque nous arrivâmes sur les bords d'un ruisseau où nous fixâmes notre lieu de repos. Je remarquai à cette extrémité sud de la Nouvelle-Hollande plusieurs espèces d'*ancistrum*, dont les analogues croissent à l'extrémité sud de l'Amérique.

Nous étions environnés de charmans bosquets formés en grande partie par une jolie espèce de *thesium* à feuilles étroites.

Le froid nous avoit obligés d'allumer un grand feu; quelques-uns d'entre nous commençoient à peine à se livrer au sommeil, lorsque nous entendîmes à quelques pas de distance le cri d'une bête féroce : ce cri nous pa-

rut assez semblable à celui du léopard. Il est probable
que notre feu nous avoit servi beaucoup plus que nous
ne l'avions présumé, en empêchant cet animal de s'approcher davantage.

1792.
Mai.

J'avois trouvé les jours précédens la mâchoire supérieure d'un assez grand quadrupède de la classe des
carnivores.

Dès que le jour parut nous suivîmes les bords du lac,
tout près desquels se remarquoient cinq îlots couverts
d'arbres qui contrastoient agréablement avec la surface
unie de cette grande étendue d'eau.

10.

Nous vîmes pour la première fois sur cette terre des
cailles qui volèrent à une grande distance.

Après quelques heures de marche au nord-est, nous
trouvâmes sur une petite élévation à l'ombre d'arbres
fort élevés deux cases de la forme de celles que nous
avions déja vues ailleurs ; celles-ci étoient parfaitement
bien tenues, et il nous parut qu'elles avoient été habitées depuis peu.

Je recueillis une belle plante d'un genre nouveau
très-distinct de tous ceux qui ont été décrits jusqu'à
présent. C'est une iridée à deux étamines. Je lui ai
donné, à cause de cette singularité, le nom de *diplarrena* ; son affinité avec le genre *morœa* me l'a fait désigner sous le nom de *diplarrena morœa*.

Le spathe à deux valves renferme plusieurs fleurs qui
sortent les unes après les autres, lorsqu'elles sont prêtes

à s'épanouir. Elles se fanent encore plus vîte que celle des *iris* et des *morœa*, et j'aurois perdu tout espoir de les faire dessiner si de nouvelles fleurs n'eussent pas succédé à celles qui disparûrent presqu'aussitôt que j'eus recueilli la plante.

Comme les autres iridées, elles n'ont point de calice.

La corolle est à six divisions profondes, dont trois situées intérieurement sont beaucoup plus petites que les extérieures ; de ces divisions internes la supérieure est un peu moins longue que les deux autres et plus renflée vers sa base.

Ayant examiné un grand nombre de fleurs, je n'ai constamment trouvé que deux étamines dont les filets terminés en pointe portent des anthères de couleur blanche, marquées de deux sillons. J'ai toujours vu à la place d'une troisième étamine, un commencement de filet qui n'a pas plus de deux millimètres de long ; il ne porte point d'anthère, et il est situé au-dessous de la division interne et supérieure.

L'ovaire est inférieur : il a trois angles et est porté sur un long pédoncule.

Le style, un peu plus long que les étamines, est cylindrique et terminé par un stigmate qui a la forme d'une houlette de berger.

La capsule est à trois loges et contient plusieurs semences globuleuses, attachées à un réceptacle qui s'élève du milieu des loges jusqu'à leur sommet.

1792.
Mai.

Ce genre, qui va se placer naturellement après les *iris*
et les *morœa ,* a tout le port de ces plantes : les feuilles
sont de même en lance, formant une gaine sur le côté
vers leur base.

Explication des figures. Planche 15.

Figure 1. La plante de grandeur naturelle.

Figure 2. Fleurs naissantes mises à découvert, le
spathe ayant été enlevé. On voit une fleur épanouie dont
les trois pétales extérieurs ont été détachés.

Figure 3. Pétale extérieur vu en dedans.

Figure 4. Le même vu en dehors.

Figure 5. Pétales intérieurs développés pour faire voir
les étamines et le style.

Figure 6. Etamine grossie.

Figure 7. Style avec son stigmate.

Figure 8. Une partie du germe, les étamines et le
style étant enlevés pour faire voir le commencement de
filet qu'on trouve à la place d'une troisième étamine.

Figure 9. Partie inférieure de la capsule coupée trans-
versalement pour qu'on voie les trois loges.

Figure 10. Portion supérieure de la capsule coupée
verticalement pour faire voir les graines.

Je traversois un petit bois très-fourré, lorsqu'un grand
kangourou quitta son gîte à l'instant où j'en étois très-

proche : il suivit d'abord, dans un espace de plus de trente pas, une des petites galeries que ces quadrupèdes se fraient à travers les broussailles ; il ne pouvoit se dispenser de se servir de ses quatre pattes dans ces passages étroits. Dès qu'il en eut atteint l'extrémité, il s'élança par bonds, franchissant les arbustes avec une si grande légéreté que nous ne tardâmes pas à le perdre de vue.

Une nappe d'eau où se rendoit un charmant ruisseau, étoit recouverte d'une prodigieuse quantité de canards sauvages qui partîrent tout près de nous ; nous nous attendions si peu à cette rencontre que nous ne pûmes en tuer aucun.

Une forte brise s'éleva aux approches de la nuit et parut nous menacer de la pluie. Nous étions éloignés de tout abri ; il nous falloit dormir en plein air : une haie que nous construisîmes avec des branchages nous servit d'abat-vent, et sous cet abri il nous fut aisé d'allumer un grand feu.

11. En nous portant vers l'ouest nous traversâmes une vaste plaine où se trouvoient çà et là des marécages couverts de plantes qui nous cachoient le danger d'avancer : l'eau sourd des parties les plus basses, et va former de jolis ruisseaux.

Un fort grand kangourou sortit à quatre pas de moi du milieu d'une cépée ; l'amorce de mon fusil brûla sans que le coup partît ; l'animal s'éloigna fort lentement en

prenant

prenant un des sentiers pratiqués à travers les bosquets; ce sont autant de chemins couverts qui se croisent dans tous les sens et sont fort rapprochés les uns des autres. Les empreintes multipliées des pas de ces quadrupèdes annoncent qu'ils doivent être fort nombreux : comme ils se tiennent dans les endroits les plus fourrés, il faudroit des chiens pour les lancer. Ces petits sentiers aboutissent communément à des ruisseaux.

1792.
Mai.

Nos provisions étoient épuisées, il falloit nous rendre à bord avant la nuit. Nous errions dans les bois en tâchant de nous rapprocher du mouillage, lorsque nous arrivâmes à l'extrémité nord-est du port d'où nous appercevions nos vaisseaux dans le lointain. Ce ne fut pas sans peine que nous y parvînmes; il avoit fallu passer par des endroits d'un accès difficile.

La journée du 12 suffit à peine pour préparer et décrire ce que j'avois recueilli les jours précédens.

12.

J'avois fait veiller par un domestique resté à bord pendant mon absence, à la conservation des objets qui exigeoient des soins journaliers, et j'eus la satisfaction de les trouver en bon état.

Le citoyen Riche découvrit des ossemens humains dans les cendres d'un feu allumé par les Sauvages. Il reconnut à l'évasement des os du bassin ceux d'une jeune fille; ils étoient en partie recouverts de morceaux de chair grillée. Je ne ferai point à ces peuples l'injure de les placer au rang des cannibales; je présume qu'ils

TOME I.   X

sont dans l'usage de brûler leurs morts ; et ce sont les
seuls ossemens humains qui aient été vus pendant cette
relâche.

13. J'allai le 13 au lieu où se faisoit notre eau. Elle étoit
fournie par un petit ruisseau qui venoit se rendre sur
les bords de la mer, après avoir coulé à travers les débris des grands arbres dont cette terre est couverte. Leur
décomposition avoit coloré cette eau d'une teinte rem-
brunie. Il falloit rouler les barriques à environ un hectomètre, car le peu de fond obligeoit de tenir la chaloupe à cette distance du rivage.

Nous y vîmes les charpentiers occupés à élever les
bords de notre grande chaloupe, parce qu'elle avoit chaviré depuis peu dans le port, étant à la voile. Les personnes qui la montoient avoient été obligées de nager
en attendant qu'on leur donnât du secours. L'officier
chargé du détail y avoit fait adapter une mâture trop
élevée et une voile carrée beaucoup trop grande. Il fut
aisé de rectifier ces mauvaises proportions.

Le bois qu'on employoit étoit de la nouvelle espèce
d'*eucalyptus*, que j'ai nommée *eucalyptus globulus*.
Nos charpentiers le jugèrent très-propre à la construction navale.

Une humidité constante régnoit au milieu des épaisses forêts où je m'enfonçai vers le sud-ouest. Là croissoient, avec la plus grande vigueur, beaucoup de mousses et de fougères. J'y tuai la belle espèce de *merops*,

indiquée par White sous la dénomination de *Wattled*
bee eater, dont il a donné une bonne figure. Cet oiseau
est remarquable par deux grands appendices de chaque
côté de la tête.

1792.
Mai.

Il me falloit préparer promptement la dépouille des
oiseaux que je voulois conserver, car les chairs exposées à l'air étoient bien vîte couvertes de petites larves
vivantes qu'y venoient déposer des mouches de couleur
fauve ; elles sont vivipares ainsi que la nôtre connue
sous le nom de *musca carnaria*. Ces larves hâtoient singulièrement la putréfaction des chairs.

On devoit faire voile le lendemain; je tâchai de mettre à profit ces derniers momens, et je me fis débarquer
à la rive orientale sur la côte la plus voisine du navire.

14.

J'arrivai, avec le jardinier, sur le terrain où il avoit
semé différentes graines d'Europe. Cet emplacement,
fort bien bêché dans une étendue de neuf mètres sur
sept, avoit été distribué en quatre planches ; il offroit
une terre où l'argille dominoit trop pour rassurer sur la
réussite des semences qui venoient de lui être confiées.

Après nous être enfoncés dans les bois, un quadrupède de la taille d'un gros chien sortit d'un buisson tout
près d'un de nos compagnons de voyage. Cet animal,
de couleur blanche, tacheté de noir, avoit l'apparence
d'une bête féroce. Il n'y a aucun doute que ces contrées
n'ajoutent par la suite plusieurs espèces au catalogue
des zoologistes. Une vertèbre dont le corps avoit plus

de onze centimètres d'épaisseur, trouvée dans l'intérieur des terres, fait espérer qu'on y rencontrera de fort
gros quadrupèdes.

Une pluie abondante nous assaillit vers le milieu du
jour et nous força de nous arrêter. Le gros tronc d'arbre creusé, qui nous servit d'abri, avoit plus de huit
mètres de circonférence. Nous crûmes pouvoir y allumer du feu, à la manière des Nouveaux - Hollandois;
mais la fumée ne tarda pas à nous chasser de cette retraite.

Nous tâchions de pénétrer dans les endroits que nous
n'avions point encore visités. Une clairière sembloit devoir nous conduire dans la plaine de nord - est. Il nous
restoit au plus trois heures de jour. Une pente rapide
ralentit notre marche : de grands arbres entassés les uns
sur les autres obstruoient les passages, et des arbustes
auxquels l'humidité de ces forêts donnoit la plus grande vigueur, augmentoient les difficultés de notre marche. Parmi ces arbustes croissoit une belle espèce de po-
lypode en arbre [a], dont le tronc avoit plus de quatre
mètres d'élévation.

Nous reconnûmes aux approches de la nuit que nous
étions sur les bords du petit lac à son extrémité la plus
enfoncée dans les terres. Les bois nous empêchoient d'en

---

[a] On doit bien s'attendre que je ne fatiguerai point le lecteur d'une longue
nomenclature des productions que j'ai rencontrées dans ce voyage ; ce sera
l'objet d'un travail à part.

suivre à pied sec les contours. L'eau qu'il nous fallut
traverser n'étoit heureusement pas profonde. L'obscurité de la nuit ne m'empêcha pas d'y recueillir une nouvelle espèce de *restio*, que je rencontrois pour la première fois.

Ce lac, quoique communiquant avec la mer dans les
hautes marées, n'est pas poissonneux : on y étoit venu
du bord de l'Espérance pêcher à la seine et l'on n'y avoit
rien pris.

Arrivés au bord de la mer, il nous restoit encore
beaucoup de chemin à faire. Il étoit nuit, et des nuages
épais redoubloient l'obscurité ; il falloit souvent franchir de gros blocs de grès contre lesquels la vague venoit se briser. Nous marchions à tâtons, au risque de
nous précipiter dans la mer, et nous avions beaucoup
de peine à nous soutenir sur les pierres baignées par les
eaux et recouvertes de fucus et d'autres productions marines qui les rendoient extrêmement glissantes.

Un grand nombre de vers phosphoriques de différentes grandeurs, apportés par les eaux de la mer, étoient
la seule lumière qui guidoit nos pas.

Nous arrivâmes enfin au lieu qu'on avoit choisi pour
faire les observations astronomiques. Il n'y avoit plus
personne, les observateurs venoient de plier bagage.

Notre maître voilier ayant été seul à la chasse le jour
précédent, s'étoit égaré dans les bois où il avoit été
obligé de passer la nuit. On avoit tiré plusieurs coups

de canon pour lui faire connoître le lieu du mouillage;
enfin, il s'étoit rendu à bord dans l'après-midi exténué
de faim et de fatigue. Parti sans vivres, il avoit été un
jour et demi sans manger. Il raconta que dans l'obscurité de la nuit divers quadrupèdes étoient venus le flairer
à quelques centimètres de distance. Beaucoup de personnes le crûrent sur parole : pour nous, qui avions passé
bien des nuits au milieu des bois sans rencontrer des
animaux aussi familiers, nous ne fûmes pas si aisés à
persuader; bien éloignés de croire qu'il voulût en imposer, nous vîmes dans ce récit l'effet de l'imagination d'un
homme privé de nourriture et égaré seul au milieu d'im-
menses forêts.

15.

On avoit levé, le jour précédent, la grosse ancre sur
laquelle nous tenions pour en mouiller une petite, afin
d'appareiller plus facilement : l'Espérance avoit fait la
même manœuvre. De très-fortes rafales venues du nord-
ouest pendant la nuit, firent chasser les deux vaisseaux; ils allèrent à la côte et s'enfoncèrent dans la
vase, où ils n'éprouvèrent aucun dommage : on les remit aisément à flot. Il étoit surprenant qu'on se fût cru
en sûreté sur une petite ancre nouvellement mouillée
dans un fond vaseux : cette espèce de fond n'est d'une
bonne tenue que lorsque l'ancre a atteint une certaine
profondeur. On devoit bien prévoir que la petite ancre
jetée nouvellement n'avoit pas eu le tems de s'enfoncer
assez pour tenir contre d'aussi fortes rafales.

Nous n'attendions plus qu'un vent propice pour mettre à la voile. Celui qui souffla nous contraria pendant tout le jour : il fut impétueux la nuit suivante, et, malgré que le vaisseau vint déchouer, Dauribeau vouloit qu'on tînt seulement sur un grélin ; mais on sentit la nécessité de mouiller une grosse ancre.

1792.
Mai.

Pendant notre relâche au cap de Diemen nous n'avions vu les naturels qu'à une certaine distance : ceux qui nous avoient apperçus s'étoient toujours éloignés avec précipitation ; quelques-uns avoient abandonné leurs ustensiles de ménage, qui nous donnèrent une bien foible idée de leur industrie ; c'étoient des paniers grossièrement faits avec l'espèce de jonc connu sous le nom de *juncus acutus* : ils avoient aussi laissé fort souvent leur vase à eau, qu'ils font avec un grand morceau de *fucus palmatus,* coupé circulairement et plié comme une bourse à jetons. On ne trouva jamais d'armes dans les lieux qu'ils venoient de quitter ; sans doute ils les emportoient ou les cachoient soigneusement dans la crainte que nous ne pussions nous en servir contre eux.

Quelques huttes disséminées indiquoient une bien foible population ; des coquillages entassés par petits monceaux à peu de distance du rivage ne laissèrent aucun doute que les bords de la mer fournissoient principalement à la nourriture de ces Sauvages.

Comme on ne trouva qu'une seule fois des ossemens humains, qui même étoient en partie grillés, il paroît qu'ils ne laissent pas leurs morts exposés en plein air. Il est difficile de savoir s'ils sont dans l'usage constant de les brûler ; peut-être aussi qu'ils les enterrent ou qu'ils les jettent dans la mer.

La multiplicité des sentiers où l'on reconnoissoit les traces de divers quadrupèdes, atteste qu'ils y sont en grand nombre ; ils se tiennent sans doute pendant le jour dans les fourrés inabordables de ces épaisses forêts.

De petits ruisseaux fort nombreux venoient apporter leurs eaux dans le port. La terre étoit si humide intérieurement que dès qu'on la creusoit à une petite profondeur, l'eau ne tardoit pas à remplir la cavité.

La pêche à la ligne et à la seine fut généralement abondante ; elle l'étoit encore beaucoup plus lorsque des vents d'est et de sud-est amenoient le poisson dans la baie.

Tasman découvrit la terre de Diemen au mois de novembre de l'année 1642. Lorsque le capitaine Cook y mouilla quatre ans après Furneaux, en 1777, il crut être le troisième des navigateurs européens qui abordoient à cette terre. Cook ne savoit pas alors que le capitaine Marion, après y avoir séjourné quelque tems, en étoit parti le 10 de mars de l'année 1772. Les naturels tînrent une conduite bien différente à l'égard de ces deux navigateurs. Peut-être que la douceur de caractère qu'ils montrèrent vis-à-vis de Cook, fut l'effet de l'idée qu'ils

avoient

avoient prise de nos armes à feu , lorsque Marion fut dans la nécessité de s'en servir contre eux.

1792.
Mai.

Le lieu de l'observatoire, situé à tribord vers l'entrée du havre, étoit par 43ᵈ 32′ 24″ de latitude sud, et 144ᵈ 46′ de longitude orientale.

La variation de l'aiguille aimantée fut de 7ᵈ 39′ 32″ vers l'est.

Une aiguille plate donna pour inclinaison 70ᵈ 30′.

Les marées ne se firent sentir qu'une fois par jour. L'établissement du port étoit de neuf à onze heures, l'eau s'élevant perpendiculairement d'environ deux mètres. Les vents influoient beaucoup sur les marées qu'ils avançoient ou retardoient souvent de quelques heures.

Ce port est, à cause du calme dont on y jouit, un des plus commodes qu'il soit possible de désirer pour réparer les vaisseaux. D'ailleurs, les vastes forêts qui l'entourent donnent un bois que nos charpentiers regardèrent comme très-propre à la construction ; ils en employèrent qui fit un très-bon usage.

Le ciel pendant près d'un mois de relâche favorisa bien peu les observations astronomiques. La reconnoissance de ces côtes seroit peu facile dans cette saison ; d'ailleurs la violence des vents y mettroit de grands obstacles.

Pendant notre séjour au Cap de Diemen , les vents du nord-ouest au sud-ouest soufflèrent avec force ; ceux de nord - ouest amenoient presque toujours des orages et de la pluie.

Dès que le soleil fut levé on fit remorquer les frégates jusqu'à l'ouverture du port; les voiles fûrent ensuite déployées, et avec un vent de nord nous fîmes route vers le nouveau détroit où l'on avoit le projet d'entrer.

Après avoir suivi, jusqu'à dix heures du matin, les contours des récifs que nous laissâmes sur bâbord dans la baie des Tempêtes, l'ouverture du détroit nous restoit au nord - nord - ouest à un myriamètre et demi de distance; nous orientâmes alors notre voilure au plus près.

Les sommets des montagnes les plus élevées étoient déja blanchis par les neiges. Ces montagnes font partie d'une chaîne qui s'étend du sud - est au nord - ouest et vient aboutir vers le fond du port.

Nous avions beaucoup de plaisir à reconnoître du vaisseau les lieux où nous avions porté nos pas dans nos diverses excursions.

On vit un moment une épaisse fumée s'élever dans le lointain au nord du grand lac, et bientôt nous distinguâmes cinq naturels qui venoient de quitter un feu allumé sur les bords de la mer, et marchoient le long du rivage; un d'eux, portant un tison allumé, mettoit en différens endroits le feu qui prenoit rapidement et s'éteignoit presqu'aussitôt.

Nous courûmes des bords en approchant de la côte
où l'on n'a aucun danger à craindre.

Un petit vent de nord et la marée contraire nous empêchèrent de donner dans le détroit; il étoit nuit lorsque nous laissâmes tomber l'ancre à son ouverture par
cinquante-huit mètres fond de sable gris. Le lieu de notre observatoire nous restoit alors à deux myriamètres
dans l'ouest.

Le mercure dans le baromètre après avoir baissé de-
puis vingt-quatre heures se fixa à $27^{p}\frac{1}{2}$, quoique le ciel
conservât une fort belle apparence. Nous n'étions pas
sans inquiétude, car une aussi grande variation n'avoit
jamais manqué, pendant notre mouillage, d'être suivie
de vents impétueux. Il est probable qu'ils soufflèrent au
loin, mais nous n'en ressentîmes aucuns effets.

Un feu allumé par les naturels s'apperçut dans l'ouest
pendant la nuit.

Le courant étant devenu favorable vers neuf heures
du matin, nous appareillâmes avec un vent du nord et
nous courûmes des bordées.

La proximité de la côte me permit de remarquer à
l'entrée de ce canal un grès qui avoit toutes les appa-
parences de celui qu'on rencontre au port Dentrecasteaux.

Les neiges avoient prodigieusement augmenté pendant la nuit dernière sur le sommet des hautes montagnes.

Le mercure dans le baromètre étoit descendu jusqu'à 27 ^{p} 4 $^{1}\frac{4}{10}$, et le vent de nord continuoit d'être assez foible.

Il étoit nuit lorsque nous entrâmes dans le détroit auquel on donna le nom du général Dentrecasteaux. On y laissa tomber l'ancre vers sept heures du soir par quarante-cinq mètres fond de vase noire mélangée de débris de coquilles.

Nous étions par 43 ^{d} 20 $'$ de latitude sud, et 145 ^{d} 10 $'$ de longitude orientale.

L'Espérance, avertie de notre mouillage par un feu allumé près du grand mât, ne tarda pas à laisser tomber l'ancre à deux kilomètres de nous au nord 14 ^{d} ouest.

La mer fut très-phosphorique à la moindre agitation pendant toute la nuit.

De fortes rafales accompagnées de pluie obligèrent de filer du cable et de dégréer les perroquets.

18. Un ciel obscur nous faisoit attendre avec l'impatience la plus vive l'instant de jouir du beau coup-d'œil de l'immense baie qui forme l'entrée du détroit Dentrecasteaux. Enfin, l'horizon s'éclaircit. De quelque côté que la vue se portât, on appercevoit des enfoncemens spacieux où le navigateur battu par la tempête peut venir en toute confiance chercher un abri. L'œil parcouroit avec étonnement l'immensité de ces havres qui contiendroient aisément toutes les flottes des puissances maritimes.

On appercevoit au sud 43 ^d ouest la pointe de tribord
de l'entrée du détroit.

Le vent soufflant avec moins d'impétuosité vers onze
heures du matin, on profita de cet instant de relâche
pour armer le grand canot. L'ingénieur géographe partit dans le dessein d'aller reconnoître si un enfoncement
vu au nord 3o^d est, pourroit fournir un passage à nos
vaisseaux.

Le jusant porta d'un demi-nœud jusqu'à un nœud par
heure vers le nord-ouest quart nord depuis huit heures
du soir jusqu'à deux heures après minuit.

La force du vent ayant empêché d'envoyer à terre de
petites embarcations, il nous fallut rester à bord. Mais
le lendemain nous nous fîmes débarquer au sud-ouest à
un demi-myriamètre de distance sur l'île qui borde ce
canal dans toute sa longueur. Un canot de l'Espérance
avoit passé la nuit au même endroit et y avoit pris beaucoup de poisson.

19.

Ce fut avec un plaisir bien vif que je parcourus cette
terre où je recueillis beaucoup de nouvelles plantes
dont les espèces les plus nombreuses venoient se ranger parmi les genres des *melaleuca,* des *aster,* des
epacris, etc.

Les bords du canal nous offroient un chemin facile
à travers les arbustes qui y sont clair-semés. Nous gra-
vîmes ensuite sur des lieux escarpés qui s'élèvent perpendiculairement d'un demi-hectomètre au-dessus des

eaux de la mer. On remarquoit à cette hauteur du sel marin porté par la vague dans les cavités d'un grès très-dur qui forme la base de ces terres.

Nous avions fait à peine deux kilomètres de chemin, qu'un reste de case et des monceaux de coquillages nous firent connoître que cette île étoit habitée.

C'étoit pour la première fois alors que nous voyions des perdrix au cap de Diemen. Il en partit une nombreuse compagnie qui alla se poser à une grande distance de nous.

Il étoit tard lorsque nous rencontrâmes le citoyen Riche. Il avoit passé la nuit avec les pêcheurs. L'offre qu'il nous fit de partager les fruits de sa pêche fut acceptée avec joie ; il nous indiqua une petite source où nous goûtâmes le plaisir de nous désaltérer de fort bonne eau , en mangeant d'excellent poisson et des coquillages que nous grillâmes sur les charbons à la manière des Nouveaux-Hollandois. Ce repas nous fit bien vîte abandonner les provisions du bord.

Nous ne tardâmes pas à apprendre que les officiers composant l'état-major de la Recherche avoient agité la question de savoir si les naturalistes conserveroient quelques droits aux provisions de vivres frais distribués à bord lorsqu'ils seroient à terre pour recueillir les objets qui faisoient le but de leur mission. On s'étoit bien gardé de les appeler à de pareilles discussions : personne ne prit leurs intérêts et la question fut bien vîte décidée à leur désavantage, contre toute idée de justice. Je dois ajouter que, malgré les changemens qui eûrent lieu parmi les personnes chargées de la direction de notre table, tous fûrent fidèles observateurs d'une loi si injuste.

1792.
Mai.

Il étoit nuit lorsque notre canot vint nous chercher. Riche fut obligé d'en profiter pour ne pas rester à terre; mais il lui fallut coucher à bord de la Recherche, quoiqu'il eût le plus grand besoin de se rendre sur l'Espérance; car il n'est pas indifférent pour un naturaliste d'être reconduit dans le lieu où sont déposés les moyens de conservation des objets qu'il vient de recueillir.

Une petite île vers le sud 42^d ouest à un demi-myriamètre de distance avoit été appelée l'île aux Perdrix, par quelques-uns de nos marins qui l'avoient reconnue. Nous y fûmes passer la journée, le citoyen Riche et moi, et au lieu de perdrix nous y trouvâmes un grand nombre de cailles. Seroit-ce une erreur de la part de ceux qui l'avoient visitée les premiers, ou bien les perdrix avoient-elles quitté l'île ?

20.

Cette petite île est par 43^d 23′ 30″ de latitude sud, et a de longueur environ deux kilomètres. La nouvelle espèce de persil que j'ai nommée *apium prostratum*, croissoit abondamment sur ses bords, presqu'au niveau des eaux de la haute mer. Nous en fîmes une grande provision que nous portâmes à bord.

Plusieurs espèces de bois de massue, *casuarina*, recouvroient cette terre particulièrement dans le nord ; ceux de ces arbres qui croissent sur les bords de la mer semblent s'accommoder parfaitement de l'humidité qu'elle leur apporte. On voyoit que leurs branches par une pente naturelle s'étoient avancées de ce côté. Parmi les plantes que je rencontrois pour la première fois étoit une espèce singulière de *limodorum*, que je fis dessiner : je recueillis aussi plusieurs fougères et une belle espèce de *glycine*, remarquable par ses fleurs d'un rouge éclatant.

Cet îlot ne nous fournit point d'eau douce quoique plusieurs cases délaissées attestassent qu'il avoit été habité par des Sauvages.

Deux officiers de notre vaisseau (Crétin et Dauribeau) étoient partis vers six heures du matin pour aller reconnoître la côte qui nous restoit vers l'est ; ils y virent plusieurs baies dont la plus grande étendue étoit du nord-ouest au sud-est. On y remarquoit diverses anses qui formoient comme autant de ports. Une forte brise les contraria et les empêcha de s'y engager très-profondement. Plusieurs feux apperçus à peu de distance du rivage les déterminèrent à y aborder ; et à peine entrés dans les bois, ils rencontrèrent quatre naturels occupés à entretenir trois petits feux auprès desquels ils étoient assis. Ces Sauvages s'enfuîrent sur-le-champ, malgré tous les signes d'amitié qu'on leur fit, en abandonnant les homars et les coquillages qu'ils faisoient

soient griller sur les charbons. On voyoit tout près autant de cases que de feux.

1792.
Mai.

Il parut que ce lieu étoit assez fréquenté, car il s'y
trouvoit quatorze petits emplacemens où se remarquoient les traces des feux qu'on y avoit allumés.

Un des Sauvages, d'une très-grande taille et fortement musclé, avoit oublié un petit panier rempli de
morceaux de silex; il ne craignit pas de venir le chercher, et s'avança tout près de Crétin avec l'air d'assu-
rance que sa force sembloit lui donner : les uns étoient
tout nus et les autres avoient une peau de kangourou
sur les épaules. Ces Sauvages sont d'une couleur noire
peu foncée ; ils laissent croître leur barbe et ont les cheveux laineux.

Les ustensiles de ménage qu'ils abandonnèrent consistoient à peu près en trente paniers de jonc de la forme qu'on peut voir au bas de la planche 5 ; quelques-
uns étoient remplis de coquillages et de crabes. Ces paniers ont pour la plupart un tiers de mètre de hauteur.
On en trouva de très-petits de la même forme qui n'a-
voient pas plus d'un décimètre de long; ils étoient remplis de divers morceaux de silex entourés d'une écorce
d'arbre aussi molle que de bon amadou. Deux morceaux
de silex choqués l'un contre l'autre sont sans doute le
moyen qu'emploient ces Sauvages pour se procurer du
feu : en cela ils diffèrent beaucoup des autres habitans
des mers du Sud, et même des autres Sauvages de la

TOME I.   Z

partie orientale de la Nouvelle-Hollande ; ce qui sembleroit leur assigner une origine différente.

Ils abandonnèrent aussi plusieurs peaux de kangourou et des vases à eau.

Les deux officiers empêchèrent qu'aucun des matelots ne s'emparât des effets de ces naturels ; ils prîrent seulement pour le général un grand et un petit panier, une peau de kangourou et un vase de goemon qui contenoit cinq bouteilles d'eau. On peut voir la forme du vase à eau au bas de la planche 5 à côté du panier. Les Sauvages n'eûrent point à regretter la perte de ces différens objets, car on mit dans la même place quelques couteaux, plusieurs mouchoirs, du biscuit, du fromage, et un pot de terre, trop fragile, à la vérité, pour remplacer convenablement le vase à eau que leur fournit la nature.

Ces Sauvages, quoique peu chargés de leurs effets, en disséminoient de tems en tems le long de leur chemin. Etoit-ce pour accélérer leur fuite, ou pour arrêter les Européens qui les suivoient, en excitant ainsi leur curiosité ? Je l'ignore.

Un canot de l'Espérance avoit été visiter une anse éloignée de près d'un myriamètre vers l'ouest. On y avoit rencontré un naturel qui, malgré tous les signes d'amitié, n'avoit jamais voulu se laisser approcher à plus de deux hectomètres de distance. Un charmant ruisseau venoit se rendre vers le fond de cette anse. La

position de cet abri vis-à-vis d'une île qui le défend de
la vague, le rend très-propre pour faire aux vaisseaux
toutes les réparations dont ils auroient besoin.

D'autres enfoncemens visités par le même canot, offrirent généralement d'excellens mouillages.

Une baie s'avançoit tellement dans le nord-ouest
qu'on ne put en découvrir l'extrémité. Quelques-uns de
ces enfoncemens sont peut-être des canaux qui communiquent avec la mer.

Les soins qu'il me falloit donner aux objets recueillis jusqu'alors, m'occupèrent tout le jour du 21.

21.

Le jardinier partit dans la biscayenne chargée de dix
personnes pour se rendre sur l'île où j'avois été la veille.
Après avoir, sur une aussi frêle embarcation, lutté en
vain contre des vents très-forts et absolument contraires, ils avoient pris le parti de s'abandonner à leur impulsion pour aller chercher un abri vers le nord-est à
un myriamètre et demi de distance derrière une petite
île ronde placée à l'ouverture du passage qu'on étoit
allé visiter. Cette traversée pensa leur être funeste : la
voile tombant à la mer, la barque perdit de sa vîtesse ;
beaucoup trop chargée, elle se remplissoit d'eau par la
force de la vague. Enfin, ils arrivèrent épuisés de fatigue à l'abri de l'île, où ils jouirent d'un calme d'autant
plus doux qu'ils venoient de courir les plus grands dangers. Vivement inquiet sur leur sort, le commandant
envoya vers une heure après midi un canot à leur re-

Z 2

cherche, sachant bien que d'ailleurs la biscayenne n'eût pu regagner le vaisseau contre des vents aussi contraires. Nous eûmes la satisfaction de les revoir aux approches de la nuit. Ils nous racontèrent qu'après avoir suivi la côte au sud-est et au sud pendant une heure de marche assez facile, quelques feux les avoient avertis de la présence des Sauvages, et ils n'avoient pas tardé à en rencontrer; c'étoient les mêmes qu'on avoit vu le jour précédent : ils ne se laissèrent pas approcher davantage. Dans les feux qu'ils abandonnèrent précipitamment, on trouva des coquillages qui grilloient encore sur les charbons; et plus de trente peaux de kangourou à peu de distance indiquèrent le goût de ces habitans pour la chasse.

Il paroît qu'ils s'étoient accommodés du pain et de l'eau qu'on leur avoit laissé la veille ; mais l'odeur du fromage les avoit probablement empêché d'y goûter, car il fut trouvé dans le même état où il avoit été déposé. On trouva à la même place un des couteaux et les mouchoirs qu'on avoit mis le jour précédent parmi leurs effets.

Quelques coups de fusil tirés sur des oiseaux jetèrent sans doute l'épouvante parmi ces Sauvages, car un canot de notre bord se rendit au même lieu deux jours après et n'en rencontra aucun.

22. On envoya faire de l'eau au fond d'une anse découverte depuis peu vers l'ouest. J'en profitai pour aller visiter ce lieu distant de près d'un myriamètre du mouil-

lage. Il forme un port de la largeur de trois hectomètres,
sur un kilomètre de profondeur, et l'on y trouve assez
de fond pour que de gros vaisseaux puissent y mouiller.
Un ruisseau apportoit vers son extrémité une très-bonne
eau qui ne fut pas aisée à faire, parce que pour l'avoir
dans toute sa pureté il fallut rouler les barriques en
partie dans la vase à plus de trois hectomètres de distance de la chaloupe. On eût pu épargner aux gens de
l'équipage ce travail nuisible à leur santé, en se servant
de longs canaux de toile revêtus d'un enduit résineux,
ou de canaux de cuir, au moyen desquels il eût été facile d'amener l'eau jusque dans la chaloupe. On sen-
tira toute l'importance de cette précaution, sur-tout
lorsque l'impossibilité de remonter différentes rivières
avec les embarcations, force les navigateurs à prendre
de l'eau saumâtre ; tandis qu'au moyen d'un tube porté
à quelques hectomètres plus haut, on se la procureroit
sans aucun mélange d'eau de mer qui la rend fort insalubre.

Sur les bords de ce ruisseau croissoient diverses espèces de *casuarina*, dont une étoit remarquable par
son fruit en forme de massue. On y voyoit aussi un arbuste assez élevé qui établit un nouveau genre dans la
famille de crucifères.

De nombreux sentiers frayés par les kangouroux se
dirigeoient vers le ruisseau où ces animaux viennent
fréquemment se désaltérer.

Les vents qui nous avoient contrarié en venant vers cette aiguade auroient dû nous favoriser à notre retour; mais le calme survint, et nous mîmes plusieurs heures pour nous rendre à bord.

Le grand canot arrivé, après quatre jours de navigation, avoit reconnu le détroit dans toute son étendue, qui est d'environ quatre myriamètres et demi de long du sud-ouest au nord-est. On n'y avoit pas trouvé moins de treize mètres de profondeur sur un fond vaseux et quelquefois de sable fin. La baie de l'Aventure n'en est séparée que par une langue de terre dont la largeur est au plus de quatre hectomètres.

23.   On n'attendoit plus qu'un vent favorable pour suivre le détroit, afin d'en tracer le plan avec exactitude. Les vents de nord-ouest et de nord nous étoient contraires; ils fûrent d'ailleurs si foibles qu'il nous fallut rester à l'ancre tout le jour.

On vit pendant la nuit plusieurs feux que les naturels avoient allumés à la côte de sud-est.

24.   Nous appareillâmes le lendemain matin vers sept heures et demie, et nous courûmes plusieurs bords en approchant d'un kilomètre de la terre. Nous ne trouvâmes jamais moins de treize mètres d'eau sur un excellent fond.

Quoique le thermomètre dans les matinées les plus fraiches, n'eût pas descendu plus bas que 7^d au-dessus du terme de la congellation, les neiges avoient bien augmenté sur les hautes montagnes qu'on appercevoit dans l'ouest et le nord-ouest.

1792.
Mai.

Les courans favorables nous faisoient gagner à chaque bordée; ils devînrent contraires vers six heures du soir; alors nous jetâmes l'ancre par seize mètres fond de sable gris, assez près de la côte et au nord du mouillage que nous avions quitté le matin.

Les naturels allumèrent plus de vingt feux sur le rivage vers le sud. Plusieurs familles avoient sans doute été attirées sur la côte à la nouvelle de notre séjour dans cette baie.

Les courans nous favorisèrent vers sept heures du matin, et nous courûmes quelques bords pour entrer dans un rétrécissement du détroit, dont nous rangeâmes d'assez près la côte occidentale, en nous avançant au nord-est quart nord.

25.

Après avoir fait un demi-myriamètre de chemin le long de ce canal, nous entrâmes dans une seconde baie de plus d'un myriamètre d'étendue, bordée vers l'ouest de terres médiocrement élevées; celles de l'est étoient basses et séparoient ce détroit de la baie de l'Aventure.

On laissa tomber l'ancre vers une heure et demie après midi, à un kilomètre de distance de la côte; ensuite on releva le cap Canelé au sud 33^d est.

Nous descendîmes au nord-ouest sur une côte où les bois très-fourrés conservoient la plus grande humidité, quoiqu'il n'eût pas tombé de pluie depuis quelques jours.

Une nouvelle espèce de *ptelea* croissoit très-abondam-ment parmi les arbustes qui couvroient cette terre.

On avoit levé l'ancre à sept heures du matin, et à midi nous nous trouvions dans une troisième baie dont les divers enfoncemens nous laissèrent pendant quel-que tems incertains sur le passage qu'il falloit prendre pour en sortir ; il se trouvoit vers le nord-ouest dans l'enfoncement le plus éloigné. La mer dans cette baie n'avoit pas moins de vingt-deux mètres de profondeur vers son milieu, et à deux hectomètres de distance de la côte la sonde n'indiquoit pas moins de treize mètres. Cette baie d'ailleurs étoit d'une aussi grande étendue que celle dont nous sortions.

Après avoir fait près de deux myriamètres au nord-nord-est, nous mouillâmes à trois heures et demie par vingt-neuf mètres fond de vase. Comme nous croyions qu'un vent favorable nous feroit faire encore quelque chemin avant la nuit, aucun de nous ne descendit à terre.

Nous appareillâmes le 27 à huit heures du matin. Les courans ne tardèrent pas à nous contrarier et à nous for-cer de jeter l'ancre par vingt-cinq mètres fond de sable mêlé de vase. Nous étions alors par $43^d \, 4'$ de latitude sud, et $145^d \, 17'$ de longitude orientale.

On voyoit à un demi-myriamètre de distance vers le nord-est l'extrémité du détroit par où nous devions sortir.

Un

Un feu allumé à peu de distance du rivage annonçoit la présence des naturels. On ne tarda pas à en voir un qui marchoit le long des bords de la mer.

Deux chaloupes alloient transporter plusieurs personnes des deux côtés du détroit, lorsqu'on vit des Sauvages navigant sur un catimarron et aborder à la rive orientale. Aussi craintifs que ceux qu'on avoit rencontrés jusqu'alors, ils avoient gagné précipitamment la terre pour s'enfuir à travers les bois en abandonnant quelques zagaies grossièrement travaillées.

Je descendis sur le rivage d'où ils venoient de disparoître, et j'y trouvai un grand nombre de cailloux roulés d'un très-beau granit fort dur.

On voyoit sur la plage quatre catimarrons faits d'écorce d'arbre de la forme qu'on peut voir planche 44, figure 2. Ces sortes de radeaux ne peuvent servir que sur une mer à peine agitée, autrement la vague les mettroit bien vîte en pièces. Ces Sauvages sachant creuser au moyen du feu des troncs d'arbres pour s'y loger, ils devroient employer le même moyen pour former des pirogues ; mais ils sont aussi peu avancés dans la navigation que dans les autres arts.

J'étois parvenu jusqu'à la sortie du détroit où je remarquai de fort beaux cristaux de feld-spath disséminés çà et là dans plusieurs roches d'un grès très-dur.

Je rencontrai sur le haut de ces collines la plante que Phillip a désigné dans son voyage à Botany-Bay sous

TOME I.   A a

le nom de *yellow gum tree* ; elle n'étoit qu'en graines, comme la trouva Phillip, de sorte que je fus aussi privé des caractères indispensables pour déterminer ce genre qui a le port d'un *dracaena*. Les graines placées sur un long épi étoient remplies d'un grand nombre de larves qui se métamorphosèrent en petites phalènes de la section des teignes.

La gomme-résine qui découle de cette plante est fortement astringente : il n'y a aucun doute qu'elle ne fût utile en médecine ; le principe gommeux dont elle abonde doit en faciliter le mélange avec nos humeurs et en faire préférer l'usage à beaucoup d'autres astringens.

Dans le nombre des belles plantes que je recueillis alors, se trouva une composée très-remarquable qui n'a jusqu'à présent été connue d'aucun naturaliste; elle forme un nouveau genre que j'appelle *richea*, du nom du citoyen Riche, un des naturalistes de l'expédition. Ce savant a péri victime de son amour pour les sciences, après avoir fait, dans un état de phthisie déja fort avancée, une campagne longue et fatigante où il avoit plus consulté son zèle que ses forces.

Ce nouveau genre se place naturellement dans la troisième section des *cynarocephales* (*Juss. gen. plant.*)

Le calice commun est composé de plusieurs folioles obtuses scarieuses au sommet, d'égale longueur, et disposées sur un seul rang; il renferme plusieurs calices distincts portés chacun sur un pédoncule fort court :

1792.
Mai.

chaque petit calice, composé de cinq à six folioles, contient cinq à six fleurons tous hermaphrodites, munis chacun d'une écaille presque de leur longueur.

Les fleurons renflés dans leur partie supérieure sont à cinq divisions égales.

Cinq filets distincts, attachés au tube du fleuron, portent autant d'anthères réunies en cylindre.

Le style est filiforme et s'élève à la hauteur des étamines. Le stigmate est divisé en deux.

Les semences sont ovales, recouvertes d'un léger duvet et couronnées de douze à quinze aigrettes chargées de poils.

La couleur glauque des feuilles de cette composée m'a engagé à lui donner le nom de *richea glauca*. Ses fleurs sont d'un jaune couleur de soufre.

Explication des figures. Planche 16.

Figure 1. La plante de grandeur naturelle.

Figure 2. Fleur vue par derrière afin de distinguer le calice commun.

Figure 3. Un des petits calices avec des fleurons.

Figure 4. Fleuron avec sa graine.

Le tout de grandeur naturelle.

Figure 5. Le même vu à la loupe.

Figure 6. Fleuron de grandeur naturelle fendu dans sa longueur pour faire voir les étamines.

Figure 7. Le même vu à la loupe.

Un officier de la Recherche venoit de suivre à travers
les bois un sentier frayé par les Sauvages. Il ne tarda pas
à en rencontrer six qui tous nus cheminoient lentement
vers le sud, armés de zagaies longues de cinq à six mètres. La surprise d'une rencontre aussi inattendue se pei-
gnit dans leurs traits ; mais bientôt rassurés par leur nombre, ils s'approchèrent aux invitations de cet Européen,
et mîrent tout de suite sur leur tête une cravatte et un
mouchoir qu'il leur donna. Ils parûrent effrayés à la vue
d'un couteau dont cet officier leur indiquoit l'usage, sur-
tout lorsqu'il leur enseignoit la manière de l'aiguiser, et
leur crainte ne fut calmée que lorsqu'il leur en eut fait
présent. Il eut beau les presser de s'approcher du lieu de
notre mouillage, ses instances furent inutiles ; les Sauvages continuèrent de suivre le même sentier en s'éloignant de nos vaisseaux.

Un canot avoit abordé à l'autre rive vers un feu d'où
s'élevoit une fumée très-épaisse. On y trouva huit naturels qui avoient chacun les épaules couvertes d'une
peau de kangourou, et se chauffoient à l'abri de quatre
abat-vents. Ces Sauvages prîrent la fuite sitôt qu'ils ap-
perçurent les gens de l'équipage.

Une vieille femme chargée de provisions qu'elle ne
vouloit pas abandonner, fut bien vîte atteinte par quelques-uns de nos matelots : elle venoit de recevoir avec
un air de satisfaction un mouchoir de cou ; mais la vue
d'un couteau dont on vouloit lui faire présent, l'effraya

au point qu'elle se précipita de plus de quinze mètres
de haut par une pente fort escarpée, et s'enfuit à travers
les roches où elle disparut presqu'aussitôt.

Je ne sais si les personnes qui racontèrent la chose
d'une autre manière prétendîrent s'égayer aux dépens
de ceux qui avoient fait une pareille rencontre : à les en
croire le grand âge de cette femme ne l'avoit pas mise
à l'abri des entreprises de ces marins ; cependant elle
eut encore assez de forces pour s'échapper, en laissant
deux paniers où l'on trouva un homar, des coquillages
et quelques racines de fougère d'environ deux centimètres d'épaisseur : je reconnus qu'elles appartenoient à une
nouvelle espèce de *pteris*, dont j'avois fait une ample
récolte. Il paroît que ces Sauvages en expriment par la
mastication la partie amilacée toujours plus ou moins
abondante dans les plantes de cette famille.

Comme les autres Sauvages, cette femme avoit une
peau de kangourou sur les épaules ; mais elle en avoit
de plus une autre qui, attachée en forme de tablier, lui
couvroit les parties naturelles. Je crois qu'elle avoit pris
ce vêtement plutôt à cause de la rigueur de la saison que
par un sentiment de pudeur ; car parmi les naturels que
le capitaine Cook vit à la baie de l'Aventure, à quelques kilomètres de cet endroit, les femmes étoient toutes nues : or, il est probable qu'à d'aussi petites distances
on ne doit pas trouver beaucoup de différence dans les
mœurs.

Un vent de nord souffla la nuit par rafales si fortes, que l'Espérance chassa malgré qu'elle fût mouillée sur une très-grosse ancre.

Nous avions employé plus de tems que nous ne comptions à la reconnoissance du détroit Dentrecasteaux. Il nous falloit faire encore un demi-myriamètre de chemin pour en sortir. Le vent nous contrarioit, mais la marée nous étoit favorable et nous appareillâmes vers neuf heures et demie du matin. Les bordées nous rapprochoient souvent de trois hectomètres de la côte, où la sonde indiquoit vingt-cinq à trente mètres de profondeur près des terres élevées, et douze à treize près des terres basses.

Nous parvînmes enfin à l'extrémité du canal. Les deux pointes de terre qui le terminent sont tout au plus éloignées d'un demi-myriamètre l'une de l'autre, dans la direction du sud-est au nord-ouest. Nous rangeâmes de fort près celle de tribord, où nous ne trouvâmes que sept à huit mètres de profondeur. Une aussi grande diminution d'eau à la sortie du canal devoit bien faire présumer qu'il s'y trouvoit une roche fort dure qui résistoit au courant journalier du flux et reflux, et la sonde fit connoître que cette conjecture étoit bien fondée. Ce fut le seul mauvais fond qu'on remarqua dans toute la longueur du détroit, d'où nous sortîmes vers midi. Nous découvrîmes alors de l'est-sud-est au sud une ouverture d'environ trois myriamètres de large qui donne passage dans la pleine mer.

On appercevoit vers le nord une vaste baie ou plutôt un golfe entrecoupé d'îlots et terminé par la grande
terre qu'on voyoit au loin; divers enfoncemens sembloient y présenter d'excellens mouillages.

CHAPITRE VI.

Importance du détroit Dentrecasteaux. Traversée du cap de Diemen à la Nouvelle-Calédonie. Reconnoissance de la côte sud-ouest de la Nouvelle-Calédonie. Dangereuse position de la Recherche tout près des récifs qui bordent cette terre. Vue des naturels sur les bords du rivage. Petit Archipel à l'extrémité septentrionale de la Nouvelle-Calédonie. Prodigieuse étendue de récifs. Vue des terres des Arsacides et des îles de la Trésorerie. Reconnoissance de la partie occidentale de l'île de Bougainville et de l'île Bouka. Dangereuse position de la Recherche sur les bas-fonds de l'île de Bougainville. Entrevue avec les Sauvages de l'île Bouka. Goût de ces Sauvages pour la musique. Leur mauvaise foi. Pirogues de ces naturels. Détermination de divers points de l'île de Bougainville et de l'île Bouka. Mouillage au havre Carteret. Diverses excursions sur les terres environnantes. Pluies continuelles pendant
dant

dant notre séjour au havre Carteret. Diverses obser-
vations.

1792.
Mai.

Nous venions d'achever complettement une des découvertes géographiques les plus importantes pour la navigation. Il étoit de la plus grande utilité de connoître exactement à cette extrémité de la Nouvelle-Hollande, où règnent des vents impétueux, les abris qu'elle peut offrir aux vaisseaux battus par la tempête. Une rade d'environ quatre myriamètres et demi d'étendue à la pointe de cette grande terre pourroit offrir de très-grands avantages à une nation commerçante. On peut y laisser tomber l'ancre par-tout avec la certitude d'y trouver un bon fond à la profondeur de douze à cinquante mètres. Il ne s'y rencontre aucun écueil. A égale distance de ses deux extrémités le fond de sable un peu gros est moins bon; il y a aussi moins d'eau, puisque la sonde n'y donna que douze mètres. Il sembleroit que la marée entrant par les deux extrémités à la fois, eût charié ces sables dans le lieu où les courans opposés se rencontrent. On peut sans danger approcher de terre à deux hectomètres de distance. Les sinuosités de ce canal offrent une perspective très-variée et des sites vraiment pittoresques.

La saison étoit avancée et le thermomètre, quoique

TOME I.   B b

nous fussions près du $44^{me\,d}$ de latitude sud, n'avoit pas été plus bas que 7^d au-dessus de 0. Des vents impétueux se faisoient sentir au large, tandis que nous jouissions dans le détroit de la plus grande tranquillité. Nous n'espérions pas trouver autant de sûreté si près de la baie des Tempêtes.

Le poisson qui aime les eaux tranquilles abonde dans ce canal, où la pêche fut généralement très-heureuse.

A peine avoit-on dépassé de trois kilomètres la sortie du détroit, qu'on ne pouvoit déja plus en distinguer l'ouverture. Le fond augmentoit à mesure que nous avancions dans la pleine mer.

Notre point nous mettoit à midi par $43^d\,1'$ de latitude sud, et $145^d\,19'$ de longitude orientale.

Nous ne tardâmes pas à doubler le cap Pillar, et nous mîmes ensuite la route au nord-est pour aller reconnoître la côte sud-ouest de la Nouvelle-Calédonie.

Le mercure dans le baromètre étoit descendu jusqu'à $27^p\,8^l$, et le vent de nord-ouest souffloit avec violence. Le roulis du vaisseau me fit éprouver autant de mal-aise qu'à notre départ de Brest. Le séjour que nous venions de faire au cap de Diemen m'avoit déja fait perdre l'habitude de la mer.

30.

Nous avions fait bien du chemin le 30 de mai, puisqu'à midi nous étions par $40^d\,55'$ de latitude sud, et $150^d\,4'$ de longitude orientale.

Le mercure du baromètre étoit descendu dans la matinée jusqu'à 27^p 4^1, et ne nous avoit pas trompé en nous annonçant des vents impétueux. Nous ne pouvions courir que sous la misaine, encore fut-on obligé de l'amener; mais heureusement nous avions vent arrière.

1792.
Mai.

Quoique le thermomètre ne fût pas plus bas que 9^d $\frac{2}{10}$ au-dessus de o, le froid étoit cependant très-vif. L'agitation violente de l'air me parut être la cause principale de la sensation que nous éprouvions.

Parvenus le 1er. de juin par 37^d 17$'$ de latitude sud, et 154^d 5$'$ de longitude orientale, nous vîmes un grand nombre de pétrels tachetés (*procellaria capensis*), et beaucoup d'albatros remarquables par la couleur fauve très-foncée de l'extrémité de leurs aîles.

Juin.
1.

Le lendemain beaucoup de poissons volans de la même espèce que ceux que nous avions rencontrés tant de fois dans d'autres mers, nous annoncèrent, en se précipitant à bord, que nous avions atteint les parages fréquentés par les bonites.

2.

Le mouvement du vaisseau depuis notre départ m'avoit jeté dans un si grand abattement, qu'il ne m'avoit pas été possible de donner les soins nécessaires à la conservation des objets recueillis dans mes dernières excursions. Le 3 de juin, la mer devenue moins rude, me permit de m'en occuper: ils n'étoient point endommagés; je les trouvai seulement couverts d'un peu de moisissure.

3.

Nous étions réduits depuis notre départ de la Nou-

5.

velle-Hollande à une petite quantité d'eau, et la chaleur qui commençoit à se faire sentir avec force, nous rendoit cette privation encore plus pénible. Nous n'en avions qu'une bouteille par jour; cependant nos besoins augmentoient à mesure que nous avancions vers la zone torride. Nous ne pouvions remplacer cette boisson par l'usage du vin qui devenoit de jour en jour plus mauvais; d'ailleurs, l'eau-de-vie que plusieurs préféroient déja au vin, leur rendoit nécessaire une plus grande quantité d'eau : les viandes salées dont nous vivions augmentoient encore une soif que nous n'avions pas le moyen d'appaiser, et la grande quantité de sel marin introduite dans nos humeurs leur avoit communiqué une extrême acrimonie; aussi la privation d'eau est-elle une des causes principales des maladies des gens de mer.

6.   Des damiers et beaucoup d'autres oiseaux que nous vîmes le 6 de juin par 34^d $47'$ de latitude sud, et 159^d $28'$ de longitude orientale, nous firent présumer que nous étions dans le voisinage de quelqu'île, trop éloignée sans doute pour être apperçue.

11.   On crut vers le milieu du jour découvrir la terre à l'est. Après nous être dirigés vers ce point pendant une heure, le phantôme se dissipa et nous reprîmes aussitôt notre route.

15.   Une frégate étant venue planer au-dessus de notre vaisseau fut tuée d'un coup de fusil. Cet oiseau avoit encore dans le bec l'espèce de sèche appelée *sepia lo-*

ligo. La frégate avoit probablement saisi cette mollus-
que au moment où elle s'étoit élancée au-dessus de la
mer. J'avois déja vu dans la Méditerranée cette espèce
de sèche s'élever de plusieurs mètres au-dessus de la
surface des eaux, au moyen d'expansions membraneu-
ses situées latéralement vers son extrémité inférieure ;
quelques-unes alors étoient même venues se précipiter
sur notre bord.

Nous entrâmes vers cinq heures et demie du matin
dans la zone torride par 165 ^{d} de longitude orientale.

16.

On eut connoissance vers huit heures du matin de
l'île des Pins, qui est peu éloignée de la pointe sud de
la Nouvelle-Calédonie ; elle paroissoit comme un pic
de moyenne élévation : nous ne tardâmes pas à appercevoir les terres basses dont elle est environnée de toutes parts. On distinguoit de grands arbres vers la partie
du sud-est de l'île. Sa position, que nous déterminâmes
par 22 ^{d} 42 $'$ de latitude sud , et 165 ^{d} 14 $'$ de longitude
orientale, ne différoit que de 4 $'$ de celle que lui a assi-
gné le capitaine Cook, en lui donnant 4 $'$ de moins en
latitude, et 4 $'$ de plus en longitude.

Nous apperçûmes vers cinq heures du soir les terres
de la Nouvelle-Calédonie dans le nord-ouest à environ
quatre myriamètres et demi de distance, et nous fîmes
route pour nous en approcher ; mais il fallut mettre en
panne vers le coucher du soleil pour attendre l'Espérance, dont la marche étoit toujours bien inférieure à

la nôtre. On releva alors la côte depuis le nord 32^d ouest jusqu'à l'ouest 32^d nord. Nous en étions encore trop éloignés pour voir les récifs qui se trouvent entre cette île et celle des Pins. L'Espérance se rallia à nous vers huit heures du soir. Nous devions courir des bordées pendant toute la nuit ; mais le calme nous empêcha de gouverner notre vaisseau.

Les vents de sud-ouest nous avoient amenés jusqu'à la Nouvelle-Calédonie, quoique nous nous fussions attendus à rencontrer les vents généraux plusieurs jours avant de prendre connoissance de cette terre.

Le peu de changement de variation de l'aiguille aimantée dans le trajet que nous venions de faire est bien digne de remarque. On peut le regarder comme nul depuis le 36$^{me\ d\frac{1}{2}}$ de latitude sud, et le 154$^{me\ d}$ de longitude orientale, où la déclinaison fut de 11$^{d\frac{1}{2}}$ vers l'est jusqu'au 23$^{me\ d}$ de latitude sud, par 164^d 30$'$ de longitude orientale où elle fut trouvée de 11^d 4$'$ vers l'est ; car dans cet espace de 13$^{d\frac{1}{2}}$ en latitude et 10$^{d\frac{1}{2}}$ en longitude, le compas ne varia pas d'un degré ; et on sait qu'à la mer, on ne peut connoître sa variation tout au plus qu'à un degré près.

Un feu allumé par des Sauvages sur l'île des Pins fut apperçu pendant la nuit.

Dès le point du jour on vit une grande étendue de récifs qui de la côte de la Nouvelle-Calédonie se dirigeoient vers le sud et ensuite vers l'ouest. Le calme nous

retint toute la matinée entre ces rochers périlleux et l'île
des Pins; heureusement un petit vent de sud-ouest qui

s'éleva dans l'après-midi nous éloigna des brisans.

Lorsqu'à midi nous avions eu pour latitude sud 22^d
49', et pour longitude orientale 164^d 40', la pointe sud
de la Nouvelle-Calédonie avoit été relevée au nord-
nord-ouest à quatre myriamètres de distance. Cette extrémité est par 22^d 30' de latitude sud, et 164^d 30' de
longitude orientale.

Nous avions perdu de vue la chaîne de récifs; mais
vers onze heures on en apperçut l'extrémité sud à deux
myriamètres au nord-ouest quart ouest. Leur peu de distance de notre vaisseau lorsqu'à midi on prit la latitude, nous fit connoître qu'ils s'étendoient quelques minutes de plus vers le sud que ne l'avoit cru le capitaine
Cook, puisque nous les vîmes s'élever jusqu'au 23$^{me\ d}$ de
latitude sud par 164^d 31' de longitude orientale.

Ces récifs, dont nous nous approchâmes à moins de
deux kilomètres de distance, sont éloignés de quatre
myriamètres de la côte et offrent dans cet espace une mer
fort tranquille: il nous fallut courir plusieurs bordées
pour en sortir.

Nous fîmes peu de chemin dans la matinée du 19,
puisqu'à midi, étant par 23^d 3' 48" de latitude sud, et
164^d 8' 20" de longitude orientale, on voyoit encore
la pointe la plus occidentale des récifs au nord-ouest
quart nord à deux myriamètres de distance. On mit le

cap au nord-ouest quart ouest, afin de les doubler et de se rapprocher de la côte.

Nous courûmes des bords au plus près sous les huniers pendant toute la nuit, tâchant de nous tenir à peu de distance de notre conserve. Il étoit nécessaire que nous fussions à portée de nous signaler les périls dans lesquels nous pouvions tomber sur cette côte bordée d'écueils inconnus jusqu'alors aux navigateurs.

20.

Pendant la nuit les courans nous avoient rapproché des récifs que nous croyions avoir doublé. Nous courions sur la terre lorsque le jour vint heureusement nous montrer tout le danger de notre position. Entourés d'écueils, il ne nous restoit qu'un bien petit espace pour louvoyer. Le vent de sud-sud-ouest fraichit et augmenta la vague qui nous portoit vers les brisans. Nous y étions déja fortement engagés lorsque l'Espérance nous les signala : Rossel commandoit alors le quart. On orienta aussitôt la voilure au plus près, les amures à tribord, dans le dessein de virer vent devant pour sortir de cette dangereuse position : l'Espérance venoit d'exécuter cette manœuvre et nous la voyions déja s'éloigner en courant à l'ouest.

La cloche sonne aussitôt à notre bord pour faire venir tout l'équipage sur le pont, afin d'ètre plus assuré du succès de la manœuvre. Rossel essaya quatre fois en vain de virer vent devant, et chaque tentative ne fit que nous rapprocher du danger. Nous nous voyions dériver

river sur les récifs, où la mer, prête à nous engloutir, s'élevoit à une hauteur prodigieuse. Il n'y avoit pas moyen de jeter l'ancre, car la sonde n'indiquoit point de fond à cent mètres de profondeur, quoique nous fussions tout près des écueils. Déja chacun de nous jetoit la vue sur les objets dont il pourroit se saisir pour fuir une mort presqu'inévitable; enfin, nous touchions à notre perte, lorsque par un bonheur inattendu une cinquième tentative nous réussit, et ce fut avec une joie inexprimable que nous vîmes notre vaisseau s'éloigner de cette dangereuse côte.

Quelques îlots se montroient entre la terre et la chaîne de récifs distante de plus d'un myriamètre du rivage.

Les terres de la Nouvelle - Calédonie abaissées vers son extrémité sud, commençoient déja à offrir des montagnes de moyenne élévation qui, dirigées d'abord du sud-est au nord-ouest, se contournoient ensuite un peu vers le nord.

Lorsqu'aux approches de la nuit on vira de bord, les gabiers avoient oublié de changer l'arc-boutant de la vergue de la grande voile et celui de la vergue du perroquet de fougue : ils fûrent brisés tous les deux au moment où l'on se disposa à courir une autre bordée : celui du grand mât tomba à l'eau ; mais celui du perroquet de fougue blessa dans sa chûte trois personnes parmi lesquelles étoit le commandant de l'expédition.

Nous nous portâmes au large pour y passer la nuit,

et le lendemain nous nous rapprochâmes de la terre. Un vent de sud - est nous permettoit de longer au nord-ouest, à un kilomètre et demi de distance, les récifs qui en défendent l'accès et n'en sont éloignés que d'un demi-myriamètre. Nous espérions y découvrir quelque coupure qui pût nous permettre d'aller mouiller à l'abri de cette barrière contre laquelle la vague se brisoit d'une manière effrayante.

Une fumée considérable qui s'élevoit vers le pied d'une colline peu éloignée des bords de la mer, indiquoit la présence des naturels.

Depuis le point de midi qu'on avoit trouvé par $22^d\,6'\,58''$ de latitude sud, et $163^d\,34'\,36''$ de longitude orientale, nous avions fait près de deux myriamètres au nord-ouest, lorsque nous apperçûmes entre les récifs une large ouverture qui sembloit nous promettre un passage pour aller mouiller près de la côte; malheureusement il se faisoit tard, et la mer trop fortement agitée ne nous permettoit pas d'envoyer un canot pour sonder cette entrée. Nous eûmes bien du regret de ne pouvoir aller jouir du calme qui régnoit derrière ce rempart, sur lequel la mer faisoit d'inutiles efforts.

Des collines presqu'entièrement dénuées de végétaux s'élevoient en amphithéâtre jusqu'à la chaîne principale qui paroissoit avoir dix-huit cents mètres au moins d'é-lévation perpendiculaire, et dont la direction étoit tou-jours vers le nord-ouest. On y reconnoissoit trois rangs

de montagnes de différens degrés d'élévation , et on remarquoit, dans toute la hauteur des monts les plus arides , des ravins qui sembloient être formés par la chûte
des pluies.

Derrière ces hautes montagnes, on en voyoit une à
quatre à cinq myriamètres dans les terres , qui s'élevant
beaucoup au-dessus de toutes les autres, paroissoit avoir
deux mille quatre cents mètres au moins d'élévation perpendiculaire.

Du milieu des ravins sortoit un torrent que nous distinguions parfaitement à la blancheur des ses eaux écu-
mantes , quoique nous en fussions très-éloignés.

Le froid qu'on éprouve sur ces hauteurs met sans
doute les naturels dans la nécessité de se chauffer. Nous
apperçûmes plusieurs grands feux qu'ils allumèrent tandis que nous louvoyions au large pendant la nuit.

Nous ne pûmes, à cause de la foiblesse du vent de
sud-est, nous rallier aux récifs avant midi : nous étions
alors par 21^d 51 ' de latitude sud , et 163^d 8 ' de longitude orientale ; on longea ces écueils jusqu'au soir sans
y trouver la moindre coupure.

22.

La Nouvelle - Calédonie nous offroit un coup - d'œil
plus riant que la veille : on y voyoit quelques arbres s'é-
lever du fond des ravins dont les collines sont sillon-
nées.

Un feu allumé sur la côte nous fit connoître que ces
lieux arides n'étoient pas entièrement privés d'habi-

tans. Nous ne tardâmes pas à en appercevoir quelques-uns.

Le vent ayant varié du nord-est au nord, et au nord-ouest, on mit en panne vers dix heures du soir ; ce n'é-toit peut-être pas la meilleure manœuvre à faire, car dans le voisinage des écueils, il faut toujours être prêt à éviter le danger : il eût été sans doute préférable de courir des bords, afin de pouvoir manœuvrer convena-blement dans le cas de quelque fâcheuse rencontre.

Nous fûmes contrariés toute la nuit par les vents, et nous n'étions à midi que par $21^d 37'$ de latitude sud, et $162^d 47'$ de longitude orientale.

Nous avions la vue de quelques montagnes couvertes d'arbres jusqu'au sommet.

Six feux que l'on apperçut dans le voisinage de la côte annonçoient un grand concours de Sauvages; ils étoient probablement attirés par la vue de nos vaisseaux que des vents contraires retenoient presqu'au même lieu.

Nous étions vers trois heures à six myriamètres et de-mi de terre, lorsque nous apperçûmes près du rivage un groupe de douze Calédoniens, dont les regards étoient tournés vers nous, et qui sembloient voir avec étonne-ment nos vaisseaux à si peu de distance de leur île.

Trois naturels formoient un autre groupe et se te-noient fort près de deux feux qu'ils venoient d'allumer.

Une bonne lunette d'approche nous les fit voir entiè-rement nus. Ils ne parûrent pas tentés de mettre quel-

que pirogue à la mer pour s'approcher de nous ; les récifs d'ailleurs leur opposoient une barrière qu'ils n'eussent pu franchir pour venir à nos vaisseaux.

Une forte brise de sud-ouest nous avoit obligé de courir des bords, et nous nous retrouvions presqu'à la même place que le jour précédent. La terre étoit couverte
d'une brume qui avoit toujours accompagné les vents de
sud-ouest.

On venoit de reconnoître la position du vaisseau par
21^d 46' de latitude sud, et 162^d 46' de longitude orientale, lorsqu'on crut appercevoir entre les récifs une ouverture qui peut-être nous eût offert un passage ; mais
comment s'en assurer avec des vents forts qui nous bat-
toient en côte.

Dès que les vents eûrent tourné au sud la brume se
dissipa entièrement : ces vents qui amènent le froid dans
ces parages fîrent rendre à l'air, au coucher du soleil, la
surabondance d'eau qu'il avoit tenu en dissolution pendant le jour ; aussi reçûmes-nous alors quelques larges
gouttes d'eau très-froides qui tomboient fort loin les
unes des autres.

Nous avions depuis deux jours à peine avancé de quelques kilomètres la reconnoissance de la côte, où nous
avions vu plusieurs feux allumés peut-être par les mêmes
naturels que les jours précédens.

Nous fûmes encore contrariés les deux jours suivans.
Mais le 28 un vent de sud-est assez frais nous favorisa

dans la route que nous avions dessein de suivre en longeant la côte. Les hautes montagnes que nous avions
vues jusqu'alors éprouvèrent un abaissement considérable ; leur chaîne sembloit se terminer là, mais plus loin
elles reprenoient à peu près la même hauteur, et l'on
voyoit l'île formée vers son extrémité nord de grandes
montagnes dont l'aspect à cette distance ne différoit en
rien de celles que nous avions remarquées les jours précédens.

On avoit eu à midi 20^d $28'$ de latitude sud, et 161^d
$29'$ de longitude orientale, et nous ne tardâmes pas à
reconnoître qu'un peu avant l'extrémité de l'île, la chaîne de récifs étoit interrompue et offroit une large coupure qui nous faisoit espérer un mouillage; mais le vent
étoit beaucoup trop fort pour qu'on pût mettre une chaloupe à la mer, afin de sonder cette ouverture. On courut des bords pendant toute la nuit dans l'espoir que le
tems seroit plus favorable le lendemain.

On appercevoit dans la direction des terres de la Nouvelle-Calédonie plusieurs îles entourées de récifs et liées
entre elles par des bancs de sable et d'autres récifs.

29. Les vents pendant la nuit nous avoient fait dériver au
point que nous avions perdu de vue l'extrémité nord de
la Nouvelle-Calédonie, qu'on trouva être par 19^d $58'$ de
latitude sud, et 161^d $10'$ de longitude orientale. Cette
île offre une chaîne de montagnes qui du sud-est au
nord-ouest occupent près de quarante-huit myriamètres

d'étendue; sa largeur moyenne n'est pas de plus de trois à quatre myriamètres. Le capitaine Cook qui la découvrit en 1772, n'en vit que la partie nord-est. Il étoit important pour la navigation d'en reconnoître la côte sud-ouest : les récifs qui la bordent en sont généralement éloignés de cinq à six kilomètres, et vers ses extrémités où elle a moins de largeur, ils s'en trouvent à une plus grande distance : cette côte extrêmement dangereuse en tous tems, l'est encore beaucoup plus par les vents de sud-ouest qui nous avoient singulièrement contrariés dans la reconnoissance que nous venions d'en faire.

1792.
Juin.

Le petit nombre de feux que nous apperçûmes sur cette terre et son aridité apparente, me font penser qu'elle est peu habitée. Nous ne vîmes pas une seule pirogue, quoiqu'il soit pourtant bien facile d'y naviguer à l'abri des récifs où la mer est d'une grande tranquillité.

Nous voyions vers sept heures du matin, depuis le nord-nord-est jusqu'à l'est-nord-est, plusieurs îles montueuses et des rochers détachés qui rendent cette extrémité de la Nouvelle-Calédonie encore plus dangereuse que sa partie sud. Quelques-unes de ces petites îles ont plusieurs kilomètres d'étendue. Un grand nombre de roches de couleur noire élèvent leurs pointes au-dessus des eaux; battues par une vague à peine agitée ces roches semblent avoir du mouvement, et on les prendroit à la première vue pour des pirogues balancées par la mer. On ne tarda pas à reconnoître que les îlots étoient nombreux, car du haut des mâts on en appercevoit aussi loin que la vue pouvoit s'étendre : ils sont entourés de récifs au milieu desquels la mer prend la teinte du sable roussâtre qui en couvre le fond. Nous les reconnûmes de près, et nous étions vers onze heures à trois kilomètres au sud d'une de ces petites îles, lorsque nous apperçûmes des récifs qui partoient de sa pointe occidentale et se dirigeoient à perte de vue à l'ouest-nord-ouest.

Du point de notre latitude, qui fut à midi de 20^d 6' 4" sud, étant par 161^d 10' 36" de longitude orientale, nous relevâmes à l'est 22^d nord une petite île éloignée de nous de deux kilomètres.

Une autre île, éloignée d'un myriamètre et demi, se voyoit au nord 8^d ouest : ces deux îles étoient liées entre elles par des récifs.

On appercevoit d'autres terres au nord 28^d est.

Un feu allumé sur l'îlot le plus proche de nous, tout près d'un ruisseau qui descendoit de la montagne, nous fit connoître que ces petites terres sont fréquentées par les naturels.

Le vent d'est souffla le soir par fortes rafales qui nous eussent prodigieusement gênés dans toute autre position ; mais nous étions abrités par les terres et les récifs, et il étoit facile de louvoyer pendant la nuit.

Quelques îlots vers l'est paroissoient terminer ce petit
tit

1792.
Juin.

tit Archipel. Leur élévation diminuoit graduellement
en raison de leur éloignement de la Nouvelle-Calédonie : ils semblent être un prolongement des montagnes
de cette grande île, dont les bases couvertes par la mer
se relèvent çà et là pour former autant d'îlots. La diminution graduelle de la hauteur de ces montagnes doit
faire présumer qu'il se trouve dans ces mers, jusqu'à
une grande distance, des bas-fonds qui augmentent le
danger de la navigation de ces parages. On verra que
cette conjecture n'étoit pas dénuée de fondement.

Le cap étant dirigé au nord-ouest, nous longions de
fort près les récifs qui défendent l'accès de ces îlots.

Le commandant fit dire au capitaine de l'Espérance,
qu'en cas de séparation des deux vaisseaux, le rendez-
vous seroit au port Prâlin ou au havre Carteret.

Nous venions d'avoir pour latitude à midi 19^d 28′ 10″,
par 160^d 36′ 12″ de longitude orientale, l'îlot qui se
montroit le plus au nord nous restant vers l'est à un myriamètre et demi de distance.

On voyoit, aussi loin que la vue pouvoit s'étendre, la
chaîne de récifs se prolonger vers le nord-ouest quart
nord, et former par fois des sinuosités en se dirigeant
vers l'ouest. Il nous étoit aisé avec un vent d'est-sud-est
de suivre tous les contours de ces écueils. Nous venions
d'en longer près de quatre myriamètres depuis le milieu
du jour, lorsque nous crûmes en appercevoir l'extrémité. Nous nous félicitions déja d'avoir terminé cette

TOME I.   D d

dangereuse et pénible navigation pour entrer dans une
mer libre, lorsque les vigies annoncèrent des bas-fonds
et une suite de récifs qui se dirigeoient vers le nord-nord-
ouest : il étoit trop tard pour nous y engager ; on se tint
au vent pendant toute la nuit.

Un fou de l'espèce appelée *pelecanus varius*, se fit
prendre à bord au coucher du soleil ; il différoit de l'espèce ordinaire par sa couleur beaucoup moins foncée.
Cet oiseau étoit venu sans méfiance se reposer dans la
grande hune à côté d'un de nos matelots : c'est une chose
assez remarquable que le peu de crainte que ces oiseaux
ont de l'homme ; souvent même ils se reposent sur le
bras qui leur est présenté. Leur odorat doit être peu sub-
til ; on n'apperçoit que deux légères fentes sur la mandibule supérieure du bec pour toute ouverture des na-
rines. Cette mandibule est mobile comme celle des perroquets.

Nous crûmes avoir enfin terminé la reconnoissance
de cette chaîne effrayante de récifs qui barrent la mer
dans un espace de près de soixante myriamètres du sud-
est au nord-ouest, et nous en étions déja à deux myriamètres et demi au nord, vers le milieu du jour, lorsque
nous eûmes pour latitude sud 18^d 50', étant par 160^d
32' de longitude orientale.

Nous gouvernâmes ensuite au nord-nord-est, afin de
nous assurer si ces récifs ne s'étendoient pas au nord-est.

Un des hommes de l'équipage appelé Moulin, apper-

çut, vers deux heures après midi dans le nord, à deux
myriamètres de distance, une petite île basse couverte
d'arbres très-touffus, et bordée vers sa partie occidentale de récifs qui s'étendoient à l'ouest-nord-ouest. Cette
île n'a pas plus d'un demi-myriamètre de circonférence;
elle est située par 18 ^{d} 31' 10" de latitude sud, et 160 ^{d}
32' 14" de longitude orientale.

1792.
Juillet.

Pour remplir la promesse que venoit de faire le général, on appela cette île, l'île de Moulin, du nom de
celui qui l'avoit apperçue le premier.

Vers quatre heures, on eut connoissance de deux autres petites îles vers le nord-ouest quart nord, à un myriamètre et demi de distance. Il nous étoit impossible
de dépasser ces îlots avant la nuit; c'est pourquoi nous
nous dirigeâmes vers les cinq heures au sud-sud-est, et
nous ne tardâmes pas à mettre à la cape jusqu'au lendemain.

Nous fûmes entourés pendant toute la nuit d'un grand
nombre d'oiseaux habitans de ces îles basses: des frégates vinrent, malgré l'obscurité, planer à peu de distance
au-dessus de notre vaisseau, et plusieurs fous se reposè-
rent sur nos vergues.

Le commandant avoit eu le projet d'aller mouiller à
l'abri de l'île de Moulin; mais nous avions été portés à
plus d'un myriamètre sous le vent, et il eût été bien
difficile de regagner cet espace contre des courans et des
vents contraires. Nous fîmes route au nord-nord-est: on

2.

D d 2

ne tarda pas à voir, vers le nord, des brisans peu éloignés des deux îlots que nous avions apperçus la veille ;
nous les longeâmes à deux kilomètres de distance dans
leur direction vers le nord-ouest.

Du point qui nous indiquoit pour latitude sud à midi
$18^d 7' 46'''$, par $160^d 32'$ de longitude orientale, nous
voyions les récifs les plus proches à deux kilomètres à
l'est. Nous continuâmes de les longer en gouvernant au
nord-ouest quart nord.

On découvrit vers une heure et un quart à un myriamètre et demi dans l'est, une île basse très-boisée qui
nous parut avoir au moins un myriamètre et demi de
tour : elle étoit entourée de roches presqu'à fleur d'eau.
Contrariés par les vents, nous gouvernâmes au plus
près : des brisans s'étendoient au nord-est à environ un
myriamètre et demi et l'on voyoit s'élever du milieu de
ces récifs des pointes de roches noires, comme celles qui
avoient été vues précédemment.

Cette nouvelle île est par $18^d 3'$ de latitude sud, et
$160^d 31'$ de longitude orientale.

Nous fîmes route au nord, et vers quatre heures après
midi nous avions à l'est à un myriamètre et demi de distance le dernier de ces rochers : là nous parûrent se terminer les récifs qui sembloient se porter vers l'est, et ensuite vers le sud : leur extrémité nord est par $17^d 54'$ de
latitude sud, et $160^d 30'$ de longitude orientale, et à
environ six myriamètres au nord de l'île de Moulin.

Il nous fut aisé de sentir, à la force de la vague, que
nous étions dégagés des récifs.

Un grand nombre d'oiseaux du tropique, de fous et
de frégates avoient quitté les divers îlots qui leur servent
de retraite, pour venir pendant presque tout le jour voler autour de nous. On avoit vu flotter plusieurs troncs
de cocotiers déracinés par la vague et entraînés au gré
des flots.

Lorsqu'on mit à la cape vers six heures du soir, la
sonde indiqua à cent seize mètres de profondeur un fond
de sable fin, étant par 17 ^{d} 51' de latitude sud, et 160 ^{d}
18' de longitude orientale. Nous restâmes pendant une
heure sur ce banc, où la sonde jetée à diverses reprises
nous indiqua depuis cent jusqu'à cent trente-deux mètres de profondeur.

Nous avions donc enfin terminé la reconnoissance
d'une chaîne effrayante de récifs, d'autant plus dangereux dans le nord qu'ils sont hors de vue de toute terre :
quoiqu'ils nous aient paru interrompus au nord de la
Nouvelle-Calédonie, il est probable qu'ils vont se réunir trop loin dans l'est, pour que nous nous en soyons
apperçus.

Ces récifs sont, comme on sait, l'ouvrage des polypes; le danger qu'ils présentent est d'autant plus à craindre, qu'ils forment des rochers escarpés couverts par
les flots et qui ne peuvent être apperçus qu'à une petite
distance : si le calme survient et que le vaisseau y soit

porté par les courans, sa perte est presqu'inévitable ; on
chercheroit en vain à se sauver en jetant l'ancre, parce
qu'elle n'atteindroit pas le fond, même tout près de ces
murs de corail élevés perpendiculairement du fond des
eaux. Ces polypiers, dont l'accroissement continuel obs-
true de plus en plus le bassin des mers, sont bien capables d'effrayer les navigateurs ; et beaucoup de bas-fonds
qui offrent encore aujourd'hui passage, ne tarderont
point à former des écueils extrêmement dangereux.

L'aiguille aimantée éprouva peu de variation pendant tout le tems que nous longeâmes cette chaîne immense de rochers, puisque de leur extrémité sud, où
elle fut observée de 11 ^{d} vers l'est, elle n'avoit diminué
que de deux degrés, lorsque nous eûmes atteint son extrémité nord.

3.
Le lendemain, en faisant route au nord-nord-ouest,
nous ne vîmes plus de brisans.

7.
La lune étant le soir vers neuf heures et demie élevée
d'environ 15 ^{d} au-dessus de l'horizon dans l'est, nous
eûmes vers l'ouest le spectacle d'un arc-en-ciel lunaire :
il ne différoit de l'arc-en-ciel solaire que par la moindre
intensité de ses couleurs. Ce phénomène est beaucoup
moins fréquent qu'il ne sembleroit devoir l'être.

On ne nous distribuoit plus qu'une très-foible quantité d'eau, ce qui nous gênoit prodigieusement dans des
parages si voisins de la ligne, et il n'y avoit pas moyen
de nous en procurer davantage, quoique nous eussions

la machine à distiller l'eau de la mer de l'invention du
médecin Poissonnier; cette découverte ne pouvoit nous
être d'aucune utilité, car son usage exige beaucoup de
combustibles, et lorsqu'à bord on manque d'eau, le bois
n'y est pas abondant.

1792.
Juillet.

Vers dix heures du matin, nous eûmes connoissance
des Arsacides, que nous attaquâmes vers le cap Nepean.
Ces terres, découvertes en 1767 par Surville, capitaine
françois de la ci-devant compagnie des Indes, fûrent
vues depuis par Shortland, qui, ayant cru faire une
nouvelle découverte, leur donna le nom de Nouvelle-
Géorgie.

Nous avions à midi 8^d 52′ de latitude sud, par 154^d
38′ de longitude orientale. La côte la plus proche nous
restoit alors à trois myriamètres de distance à l'est quart
nord-est.

Nous apperçûmes vers quatre heures et demi, à un
myriamètre et demi au nord-ouest, le rocher nommé
Eddy-Stone. De loin nous le prîmes, comme Shortland, pour un vaisseau à la voile. L'illusion étoit d'autant plus grande, qu'il a à peu près la couleur des voiles d'un vaisseau ; quelques arbustes en couronnoient la
sommité.

9.

Les terres des Arsacides, vis-à-vis de ce rocher, sont
escarpées et couvertes de grands arbres jusque sur leur
sommet.

Plusieurs feux allumés sur les montagnes nous avertîrent de la présence des Sauvages.

Nos observations nous donnèrent pour gisement du cap Nepean 8^d 49' 10" de latitude sud, et 154^d 56' 24" de longitude orientale.

Le rocher Eddy-Stone est par 8^d de latitude sud, et 154^d 5' de longitude orientale, et conséquemment plus à l'est du cap Nepean que ne l'indique Shortland.

Nous mîmes en panne depuis deux heures après minuit jusqu'au jour.

On apperçut de bonne heure les îles de la Trésorerie, à quatre myriamètres dans le nord-ouest quart nord; elles sont à douze myriamètres au nord-ouest d'Eddy-Stone.

Nous étions vers midi à un demi-myriamètre de la pointe occidentale de l'île qui s'étend le plus loin vers l'ouest et qui est la plus grande de ce petit groupe; elle a pour latitude sud 7^d 25' 36", et pour longitude orientale 152^d 56' 34".

Ces îles sont au nombre de cinq à six et si rapprochées les unes des autres que de loin on croiroit qu'elles n'en forment qu'une seule; c'est ce que crut le général Bougainville, qui les apperçut dans l'ouest en passant dans le canal auquel il a donné son nom. L'Espérance n'en distingua que trois; pour nous, nous en vîmes distinctement cinq, et peut-être que de plus près on en eût apperçu un plus grand nombre. Les montagnes qui forment ces îles sont d'une élévation moyenne et couvertes de grands arbres dans presque tous leurs points.

points. Ce petit groupe occupe un espace d'environ
six myriamètres de circonférence , dont les pointes
est et ouest s'étendent au large en formant des bas-
fonds.

1792.
Juillet.

Après en avoir fait le tour, nous gouvernâmes au
nord-nord-est pour aller reconnoître la partie occidentale de l'île de Bougainville. Nous étions vers cinq heures du soir à peu de distance de son extrémité méridionale, où nous voyions un groupe formé de dix îlots,
dont la plus grande étendue est de l'est à l'ouest. Couverts de grands arbres touffus à travers lesquels on voyoit
sortir la sommité de quelques palmiers, ces îlots offroient
un aspect enchanteur. On remarquoit entre eux, et tout
près vers le sud, quelques brisans qui rendent leur approche périlleuse.

Deux pirogues où nous distinguions beaucoup de naturels étoient à la voile et sembloient se diriger vers
nous ; mais elles passèrent derrière l'îlot le plus près de
notre vaisseau, et leur marche rapide nous les eut bien
vîte fait perdre de vue. Nous appercevions sur les bords
de cet îlot un groupe de dix naturels, et tout près d'eux
une pirogue sur le sable : ils ne firent aucunes dispositions pour la mettre à la mer, afin de venir nous visiter.
Comme la nuit approchoit, il fallut virer de bord, pour
nous tenir au large.

Après une pluie violente qui nous inonda pendant la
nuit, une forte brume nous cacha la terre et ne nous

11.

permit de nous en approcher que quelques heures après le lever du soleil.

Des récifs à fleur d'eau, dispersés dans un espace de quelques hectomètres, fûrent apperçus vers onze heures à deux myriamètres et demi de la côte, et nous firent connoître le danger d'en approcher. Nous voyions les sommets des hautes montagnes de l'île de Bougainville, qui perçoient les nuages.

La terre s'embruma de nouveau, et nous fûmes obligés d'attendre jusqu'au 13 pour suivre la reconnoissance de cette côte.

Nous avions le beau spectacle de hautes montagnes dont la pente s'adoucissoit pour venir former de grandes vallées et s'étendre ensuite en de vastes plaines où nous ne vîmes pourtant aucune apparence de culture : tout étoit couvert d'arbres jusqu'aux sommités les plus élevées, qui paroissoient avoir au moins deux mille quatre cents mètres d'élévation perpendiculaire, et qui sembloient être à plus de quatre myriamètres dans l'intérieur de l'île.

Des feux sur les collines nous avertîrent de la présence des naturels.

A un myriamètre et demi de la côte, vers onze heures et demie, nous étions dans la plus grande sécurité, lorsque nous nous trouvâmes portés sur un bas-fond que la vigie n'avoit point apperçu : la mer étoit si peu profonde, qu'on distinguoit facilement le poisson sur la ro-

che, et quelques pointes qui s'élevoient plus que les autres, nous faisoient craindre à chaque instant de voir
notre vaisseau s'y briser.

La sonde nous indiqua alors neuf mètres de profondeur, et le canot qui ne tarda pas à aller sonder ce bas-
fond dans différens points, ne trouva que six mètres et
demi à une de ses extrémités (toujours fond de corail).

Nous nous trouvions alors engagés dans le péril le
plus éminent, environnés par-tout de bas-fonds où nous
courions les risques de faire naufrage.

Des canots fûrent expédiés de chaque bord pour aller reconnoître la profondeur de la mer sur les roches
où le moindre fond fut trouvé de six mètres de profondeur : une vague un peu agitée eût pu nous y faire toucher.

Ces roches, de même que les récifs de la Nouvelle-
Calédonie, sont le travail des polypes ; comme ces récifs, elles sont bâties perpendiculairement, et tout près
on ne trouva point de fond à deux cents mètres de profondeur. Ces écueils s'élèvent comme autant de colonnes du fond de la mer : leur accroissement progressif
augmente de jour en jour le danger de la navigation dans
ces parages.

Etant à midi par 6^d $13'$ $11''$ de latitude sud, et 152^d
$7'$ $51''$ de longitude orientale, nous mîmes en panne et
nous y restâmes jusqu'à deux heures.

Plusieurs troncs d'arbres flottoient le long du bord.

On trouva sur un de ceux que les canots apportèrent une entaille fort ancienne qui démontroit que les habitans de l'île voisine ont des instrumens bien tranchans; peut-être leur reste-t-il encore quelques-unes des haches que leur apporta le général Bougainville.

Nous dérivions insensiblement sur un bas-fond; mais on l'apperçut assez à tems pour l'éviter.

Les vigies avoient ordre redoubler d'attention, et cependant nous nous trouvâmes vers trois heures et demie sur un autre bas-fond qu'il falloit franchir comme le premier, aux risques de voir notre vaisseau se briser sur les roches: on y trouva la même profondeur. La houlle avoit été très-forte aux accores de ce banc de corail.

Notre position étoit d'autant plus dangereuse que la nuit approchoit et que ces bas-fonds éloignés de la côte nous faisoient craindre d'en rencontrer plus au large. Comment les éviter au milieu des ténèbres de la nuit? Il falloit confier au hasard la sûreté de notre navire. Nous mîmes en panne jusqu'au jour, le cap au sud-ouest, et nous sondâmes fort souvent sans trouver fond.

14. L'Espérance fit, vers trois heures après minuit, des signaux qui donnèrent une vive alerte à notre bord. On crut qu'ils indiquoient quelque danger; mais c'étoit seulement pour nous avertir qu'elle venoit de trouver fond à quatre-vingt-trois mètres de profondeur. Nous nous éloignâmes un peu de la côte, et au jour nous la longeâmes de près. La chaîne des montagnes commençoit alors à s'abaisser.

Quelques îlots qui se détachoient de l'île de Bougainville, étoient liés entre eux par des récifs sur lesquels
nous voyions la vague se briser ; ce n'étoient pas les seuls
endroits périlleux de cette côte ; des roches cachées sous
les eaux formoient des bas-fonds qui suivoient la même
direction. Ces bancs de corail étoient sans doute couverts de poisson, car nous voyions beaucoup d'oiseaux
de mer y chercher leur pâture.

Une pirogue montée par six naturels étoit derrière les
îlots les plus près de notre vaisseau. Comme nous faisions route par un bon vent, nous l'eûmes bien vîte dépassée.

La partie de l'île de Bougainville que nous appercevions, sembloit bien plus habitée que ce que nous en
avions vu jusqu'alors : de belles plantations de cocotiers
qui bordoient le rivage ne nous laissoient aucun doute
sur sa grande population.

Etant à midi par 5 ^{d} 43' 12" de latitude sud, et 152 ^{d}
3' 26" de longitude orientale, nous voyions l'île de Bougainville former, avec les îlots qui l'environnent, une
baie de près de trois myriamètres d'étendue. Le général
avoit le dessein d'aller y mouiller ; mais quelques bas-
fonds apperçus dans différens points de son ouverture et
un banc de sable vers son fond l'en détournèrent.

Des terres fort basses terminent l'île de Bougainville,
et nous ne tardâmes pas à appercevoir le canal très-étroit
qui la sépare de celle de Bouka.

Après nous être portés au large, nous restâmes en panne toute la nuit.

La chaleur du jour avoit amoncelé la matière du tonnerre au-dessus des hautes montagnes: de fréquens éclairs nous en faisoient appercevoir les sommets et la foudre grondoit avec un horrible fracas.

Pendant la nuit les courans nous avoient porté plus de vingt minutes vers le nord. Nous étions à dix heures du matin à un myriamètre au nord de l'île Bouka; les vastes plantations de cocotiers qui en bordent le rivage annonçoient qu'elle étoit très-peuplée.

Une pirogue montée par neuf Sauvages se détacha de la côte et se dirigea vers nous. On mit aussitôt en panne pour les attendre; mais ils s'arrêtèrent lorsqu'ils fûrent à six cents mètres de notre vaisseau: ils nous montroient leur île et nous invitoient par des signes à aller à terre. Il n'y avoit dans cette pirogue que sept pagayeurs; deux autres naturels sembloient être chargés uniquement de vider l'eau que leur apportoit la vague et d'observer nos mouvemens.

Un Sauvage parti seul de la côte sur un catimarron, pagayoit avec la plus grande rapidité, et vint rejoindre la pirogue qui se tenoit toujours au vent de nous: c'étoit un homme fort âgé et cependant encore très-robuste. Après nous avoir observé pendant quelques minutes, il s'en retourna vers l'île aussi rapidement qu'il étoit venu: on l'eût pris pour un messager expédié par les habitans, qui alloit leur faire le récit de ce qu'il venoit de voir.

La pirogue nous quitta pour aller vers l'Espérance; une autre fort grande étoit déja le long de son bord.

Nous en voyions au loin une petite montée par cinq naturels, qui vînrent de l'arrière de notre vaisseau, dont ils se tînrent à environ cent mètres de distance, malgré toutes les invitations que nous leur fîmes de venir à bord.

On mit à l'eau une planche lestée avec des couteaux et des cloux, et l'on avoit attaché au bout d'un petit bâton fiché vers son milieu un morceau d'étoffe écarlate en forme de pavillon, dans l'espoir d'attirer de plus près ces Sauvages : ils ne s'emparèrent pourtant de ces objets, que lorsqu'on eut coupé la corde qui les retenoit à une moindre distance de notre frégate qu'ils ne vouloient s'en approcher. La vue du morceau d'étoffe répandit parmi eux la joie la plus vive ; ils nous le montrèrent aussitôt qu'ils s'en fûrent saisis, et ils nous en demandèrent d'autres avec instance.

On réussit enfin à les attirer tout près du vaisseau, en leur jetant des mouchoirs, quelques morceaux d'étoffe rouge et des bouteilles vides : une de ces bouteilles s'étant en partie remplie d'eau de mer, le Sauvage qui la reçut, croyant peut-être qu'on lui envoyoit quelque liqueur bonne à boire, fut trompé fort désagréablement en s'appercevant du contraire ; nous regrettâmes de n'avoir pu l'avertir à tems de cette méprise.

Ces naturels connoissoient la voie des échanges ; ils avoient bien soin de nous indiquer le prix qu'ils mettoient à leurs effets.

Un très-bel arc nous fut vendu pour des mouchoirs qu'on leur avoit fait passer au bout d'une corde : on reçut aussi des flèches. Comme ils ne nous voyoient point cette sorte d'arme, ils tâchoient de nous en faire sentir le prix, en nous montrant l'usage qu'ils en faisoient.

Un des canoniers étant allé chercher son violon, joua différens airs : nous vîmes avec plaisir qu'ils n'étoient pas insensibles à la musique : ils offrirent beaucoup de choses en échange pour obtenir cet instrument ; ils le demandoient en imitant avec une pagaie en guise de violon les mouvemens de notre ménétrier. On croira facilement que leurs sollicitations fûrent inutiles : c'étoit le seul violon qui servoit à faire danser les gens de l'équipage, et la campagne étoit trop peu avancée, pour qu'on se privât d'un instrument qui procuroit un exercice si utile à la santé des gens de mer.

On combla tellement ces Sauvages de présens, qu'ils firent bientôt les plus grandes difficultés de donner leurs effets en échange des nôtres, et ils allioient souvent l'adresse à la mauvaise foi pour se les procurer. Le commandant désirant avoir un arc, des mouchoirs rayés de rouge, couleur favorite des Sauvages, en étoient le prix convenu ; on les leur donna d'avance, comptant trop sur leur bonne foi ; dès qu'ils eûrent reçu ces mouchoirs,

choirs, ils ne voulûrent plus donner l'arc, mais seulement des flèches qu'on refusa.

Ces naturels ont beaucoup de propension à la gaieté.
Ils prenoient souvent plaisir à répéter les mots qu'ils
nous entendoient prononcer : la douceur de leur langage
leur donnoit beaucoup de facilité pour y réussir.

Passionnés pour la musique, les airs vifs et bruyans
avoient sur eux le plus grand effet. Un des officiers, assez bon violon, joua sur la double corde un air d'une
mesure précipitée; ils écoutèrent d'abord avec beaucoup
d'attention, l'étonnement étoit peint dans tous leurs
traits : bientôt ils ne pûrent contenir leur joie ; divers
mouvemens des bras qui accompagnoient parfaitement
la mesure et une grande agitation de tout le corps,
étoient des marques non équivoques de leur sensibilité.

On ne perdoit pas de vue le désir qu'avoit marqué le
commandant d'avoir un arc : un naturel en promit un
en échange d'un chapeau ; mais dès qu'il eut le chapeau, il ne voulut plus donner l'arc.

La plupart des objets qu'on leur passoit étoient attachés au bout d'une corde qu'ils ne se donnoient pas la
peine de délier, car ils avoient dans leur ceinture une
coquille assez tranchante pour la couper sur-le-champ.

Comme nous étions bien fondés à ne plus nous fier
à leurs promesses, un homme de l'équipage descendoit
de l'arrière du vaisseau au moyen d'une échelle de corde, afin de recevoir un arc pour un morceau d'étoffe

TOME I.   F f

rouge, lorsqu'on s'apperçut qu'entraînés au nord-ouest par les courans, nous étions déja beaucoup trop près de la côte. Nous ne pouvions plus gouverner notre vaisseau, à cause du calme, et il fallut aussitôt mettre une embarcation à la mer, pour le ramener sur bâbord. Les Sauvages, croyant sans doute que notre dessein étoit de courir sur eux, afin de les punir de leur mauvaise foi, s'enfuîrent avec la plus grande rapidité vers leur île. Par reconnoissance peut-être de la patience avec laquelle nous nous étions laissés voler, ils ne commîrent aucun acte de trahison, comme ils l'avoient fait à l'égard du vaisseau que montoit le général Bougainville, dans son voyage autour du monde.

Quatre pirogues communiquoient pendant tout ce tems avec l'Espérance : une de ces pirogues portoit quarante naturels, dont seize, occupés à diriger sa marche, avoient chacun une pagaie; les autres étoient des guerriers.

L'Espérance nous apprit que cette pirogue de guerre s'étoit tenue fort long-tems éloignée, et qu'elle n'avoit pris le parti de s'approcher, qu'après que les petites pirogues lui eûrent fait voir divers objets qu'elles avoient reçu.

L'ordre qui régnoit dans la distribution des Sauvages à bord de cette grande pirogue, indique qu'ils ont une tactique navale. Entre deux pagayeurs placés sur les côtés, un guerrier étoit debout, tenant à la main un arc

et des flèches : des rangs intermédiaires étoient compo-
sés de deux autres guerriers, et quelquefois de trois,
qui avoient la tête tournée vers l'arrière de la pirogue,
afin d'observer tous les mouvemens de ce côté, disposés
aussi à combattre en fuyant ; ces guerriers n'avoient
marqué aucunes vues hostiles : ils avoient semblé trouver du plaisir à boire l'eau-de-vie et le vin qui leur
avoient été donnés ; ils ne mangèrent du lard salé qu'a-
vec une certaine répugnance.

Les Sauvages qui nous abordèrent avoient d'excellen-
tes dents ; car le biscuit le plus dur leur ayant été offert,
il ne s'en trouva point qui pût leur résister.

Ces insulaires avoient-ils communiqué avec des Anglois et des Espagnols ? Un d'eux en montrant une flèche qu'il venoit d'attacher au bout d'une de nos cordes
pour nous la faire passer, prononça bien distinctement
le mot anglois *arrow*, qui signifie flèche : un autre en
nous faisant signe d'aller à terre et nous la montrant,
prononça le mot *tierra*.

L'Espérance nous dit que plusieurs avoient prononcé
le terme *bouka*, nom que le général Bougainville a
donné à leur île. Ce mot, qui dans la langue malaise
est l'expression de la négation, et qui, lorsqu'on pro-
nonce longue la première syllabe, signifie ouvrir, est
sans doute un terme de leur langage qui semble avoir
de l'analogie avec le malais ; il en diffère cependant
assez pour qu'un homme de l'équipage, qui parloit la

F f 2

langue malaise avec facilité, ne pût les entendre.

Le prix qu'ils semblèrent attacher aux cloux et aux divers effets de quincaillerie qu'on leur donna, nous apprît qu'ils connoissoient l'usage du fer.

La couleur de leur peau est d'un noir peu foncé. Ces Sauvages sont d'une taille moyenne ; ils étoient sans vêtemens, et leurs muscles très-prononcés annonçoient la plus grande force : leur figure n'est rien moins qu'agréable ; mais elle est remplie d'expression. Ils ont la tête fort grosse, le front large, de même que toute la face qui est très-applatie, particulièrement au-dessous du nez, le menton épais, les joues un peu saillantes, le nez épaté, la bouche fort large et les lèvres assez minces.

Le betel, qui teint d'une couleur sanguinolente leur grande bouche, ajoute encore à la laideur de leur figure.

Leurs oreilles percées étoient ornées d'anneaux fort pesans faits de coquillages, dont le poids avoit contribué à leur grande dimension. Quelques-uns avoient des raies blanches et rouges tracées sur le corps : on en remarquoit un dont les cheveux et le nez étoient saupoudrés d'une terre rougeâtre qui me parut de l'ocre ; quelques-uns avoient des bracelets tissus avec des fibres de l'enveloppe du coco.

Leurs cheveux crépus et très-bien fournis, forment un grand volume, comme ceux de plusieurs Papous, que nous rencontrâmes par la suite.

Ils sont dans l'usage de s'épiler toutes les parties du
corps ; on n'en avoit vu qu'un, à bord de l'Espérance,
qui laissât croître sa barbe.

Tous avoient le bas-ventre serré d'une corde, qui en
faisoit plusieurs fois le tour, et qui sembloit n'être destinée qu'à former un point d'appui pour augmenter la
force musculaire de cette partie. Un de ces naturels avoit
aussi, probablement dans le même dessein, le bras gauche lié dans trois points différens sur le corps du mus-
cle biceps : quelques morceaux de bois applatis étoient
sur la partie externe du même bras ; pour soutenir l'ef-
fort de la corde.

Il paroît que ces Sauvages savent tirer de l'arc avec
beaucoup d'adresse. Un d'eux avoit apporté à bord de
l'Espérance un fou qu'il venoit de tuer d'un coup de flèche : on remarqua au ventre de cet oiseau le trou de la
flèche qui l'avoit percé.

Ces insulaires ont particulièrement tourné leur industrie du côté de la fabrication de leurs armes ; elles sont
travaillées avec beaucoup de soin. Nous admirâmes l'a-
dresse avec laquelle ils avoient enduit d'une résine la
corde de leurs arcs, de sorte qu'on l'eût prise au premier coup-d'œil pour une corde de boyau ; elle étoit gar-
nie vers le milieu d'écorce de rotain, pour qu'elle s'usât
moins, en décochant les flèches. La moitié inférieure
de ces flèches est bien légère, puisqu'elle est formée de
la tige du *saccharum spontaneum* ; l'autre moitié est

faite d'un bois très-dur bien aiguisé : le point de jonction est artistement garni d'environ trente tours de filamens d'écorce de rotain, ainsi que le bas de la flèche, tout près de la partie qui porte sur la corde, pour en augmenter la solidité.

Leurs pirogues, faites de plusieurs planches réunies avec art, sont d'une forme élégante et très-propre à leur donner une marche rapide. *Voyez planche 43, figure* 2.

Aux approches de la nuit un courant, qui portoit au nord-nord-ouest, détermina un raz de marée qui imitoit assez l'effet d'un bas-fonds, pour tromper l'œil le plus exercé : on y envoya sonder, et à cinquante mètres de profondeur on ne trouva point de fond.

De violens coups de tonnerre partoient, durant la nuit, de nuages épais fixés sur les hautes montagnes, tandis que nous nous dirigions vers le sud-sud-ouest pour tâcher de nous soutenir contre les courans.

Nous venions de terminer la reconnoissance de la côte occidentale de deux îles, dont le général Bougainville avoit reconnu la partie orientale, lorsqu'il en fit la découverte.

La pointe la plus orientale et la plus sud de l'île de Bougainville est par 7^d $4'$ $50''$ de latitude sud, et 153^d $18'$ $34''$ de longitude orientale.

Sa pointe nord, appelée pointe Laverdi, est par 5^d $34'$ de latitude sud, et 152^d $31'$ de longitude orientale.

Les bancs de corail que nous trouvâmes au large de
l'île de Bougainville, sont par 6^d $11'$ de latitude sud,
et 152^d $2'$ de longitude orientale.

La pointe nord-est de l'île Bouka est par 5^d $5'$ $36''$ de
latitude sud, et 152^d $9'$ de longitude orientale.

La variation de l'aiguille aimantée vers l'est, après
avoir diminué graduellement, n'étoit plus que de $7^d\frac{1}{2}$.

Les courans, le long de ces côtes, nous portèrent
constamment au nord-ouest de $8'$ à $10'$ par jour.

Le thermomètre ne s'éleva pas au-dessus de 22^d, quoique nous fussions à peu de distance de l'équateur.

Nous voyions au lever du soleil depuis le nord 15^d
est, jusqu'au nord 22^d $30'$ est, à environ trois myriamètres de distance, une île applatie à laquelle Carteret
a donné le nom de *Sir Charles Hardy*. Elle est à cinq
myriamètres au nord-nord-ouest de l'île Bouka.

Vers une heure après midi, nous eûmes connoissance
du cap Saint-George, au sud-est de la Nouvelle-Irlande.
Il nous restoit à l'ouest-nord-ouest, éloigné d'environ
quatre myriamètres : sa position fut déterminée par 4^d
$54'$ $30''$ de latitude sud, et 150^d $39'$ de longitude orientale.

Nous nous tînmes au vent, en courant des bords pendant la nuit.

Dès que le jour parut, nous nous dirigeâmes vers le
havre Carteret, où nous ne devions pas tarder à prendre mouillage. Après avoir laissé l'île aux Marteaux à

un demi-myriamètre sur tribord, nous gouvernâmes de
manière à passer fort près des rochers Booby, laissant
l'île Laig à bâbord, et nous arrivâmes entre l'île des Cocos et la Nouvelle-Irlande, où nous mouillâmes vers une
heure après-midi, par soixante-trois mètres de profondeur, sur un fond de vase noire très-molle, mêlée de
sable calcaire. Nous étions à quatre cents mètres de l'île
des Cocos.

Nous avions à un demi-myriamètre de distance à
l'ouest 12^d nord, la pointe nord-ouest de la Nouvelle-
Irlande, et la pointe sud-est de la même terre, à la même distance au sud 31^d est.

Le milieu de la passe du nord-ouest du havre Carteret nous restoit à l'ouest 10^d nord.

Plus près de l'île des Cocos, seulement de cent mètres, nous eussions été comme dans le port le mieux fermé. On peut mouiller à une bien petite distance de terre,
puisqu'à vingt mètres du rivage, on trouve dix mètres
de profondeur, et dès qu'on s'en écarte le fond augmente
très-rapidement.

Nous descendîmes sur l'île des Cocos, pour y passer
le reste du jour. Cette petite île, dont les pointes les plus
élevées n'ont pas plus de cent cinquante mètres de hauteur perpendiculaire au-dessus du niveau de la mer, est
formée de pierres calcaires d'une grande blancheur. Sortie de dessous les eaux de la mer, le tems a peu altéré la
forme des madrépores qui entrent dans sa composition;
on

on les reconnoît jusque sur les roches les plus exposées
aux injures de l'air : elle est terminée au sud-est et au
nord-ouest par un bas-fond de la même nature de pierre.
Il y a entre elle et l'île Laig assez de profondeur vers le
milieu pour donner passage aux vaisseaux.

Comme il étoit tombé beaucoup de pluie pendant la
nuit, du milieu des bois il s'élevoit une si grande humidité, qu'on voyoit à chaque instant s'y former des
nuages : ces nuages, qui sortoient particulièrement des
endroits les plus bas, ressembloient au premier coup-
d'œil à la fumée de quelques feux allumés dans la forêt,
et dès qu'ils avoient atteint une assez grande élévation
pour éprouver l'effet du courant d'air, ils ne tardoient
pas à disparoître.

De grands arbres toujours verts couvroient l'île des
Cocos ; leurs racines enfoncées entre les pierres calcaires trouvoient bien peu de terre végétale, et ces arbres
n'en croissoient pas avec moins de vigueur, à cause de
la grande fraicheur de ces lieux. C'étoit un charmant
spectacle de voir le bel arbre connu sous le nom de *barringtonia speciosa* attiré par l'humidité, étendre ho-
rizontalement ses branches fort loin au-dessus des eaux
de la mer. Diverses espèces de figuiers croissoient sur
cette île. Nous nous attendions à y trouver une grande
quantité de cocotiers ; c'étoit même une des raisons qui
nous avoient fait préférer ce mouillage à plusieurs autres peu éloignés : il nous fut cependant difficile de

1792.
Juillet.

nous y procurer seulement une douzaine de noix de cocos.

Nous vîmes avec peine que parmi les gens de l'équipage qui étoient descendus à terre pour couper du bois, quelques-uns s'étoient permis d'abattre des cocotiers pour en avoir les fruits : ils recherchoient avec soin les jeunes feuilles de la sommité de l'arbre qui sont fort tendres ; elles étoient un mets très-agréable à des personnes qui vivoient depuis long-tems de viandes salées. Si nous les eussions laissé faire, il ne fût pas resté un seul cocotier sur l'île, et ce mouillage eût été privé, peut-être pour jamais, de ces ressources si agréables aux navigateurs.

La nuit nous prit au milieu des bois, et nous eûmes le charmant spectacle d'une prodigieuse quantité de vers luisans qui répandoient en volant une lumière scintillante, dont nous étions plus éblouis qu'éclairés.

C'étoit l'heure à laquelle l'espèce de crabe appelé *cancer ruricola* sortoit des trous qu'il s'étoit creusé. Nous mîmes le pied sur plusieurs de ces crabes, en rejoignant le lieu où la chaloupe nous attendoit, et avant de savoir quel animal nous avions foulé aux pieds plusieurs personnes de la troupe craignîrent que ce ne fût quelque bête vénimeuse.

18. Je visitai le lendemain la partie sud-est de l'île des Cocos: différentes lianes m'empêchèrent de pénétrer bien avant dans ces forêts.

Diverses espèces d'*epidendrum* ornoient les plus gros troncs d'arbres, et croissoient au milieu d'un grand nombre de fougères également parasites.

On voyoit flotter le long de la côte les fruits de diverses espèces de *pandanus*, du *barringtonia speciosa* et de l'*heritiera*, dont les arbres avançoient leurs branches et même leur tronc d'une manière très-remarquable au-dessus des eaux de la mer.

Deux hommes de l'équipage, qui m'avoient suivi, vîrent un cayman tout près du rivage à l'extrémité sud-est de l'île des Cocos. Je ne crois pas que cette espèce d'animal y soit bien répandue ; car pendant tout le tems de notre mouillage, il n'arriva aucun accident à un grand nombre de personnes qui se baignèrent très-souvent.

Je remarquai vers la partie orientale de cette petite île, plusieurs espèces de nautiles disséminées au milieu de la prodigieuse quantité de lithophites qui entrent dans sa composition.

Nous étions étonnés de l'abondance et de la continuité des pluies : c'étoit un torrent d'eau tiède qui couloit sans cesse, et qui pourtant ne nous empêchoit pas de visiter les environs du mouillage.

Je retournai plusieurs jours de suite sur l'île aux cocos et sur l'île Laig.

Il étoit bien étonnant d'y rencontrer une aussi grande quantité d'insectes de formes et de couleurs diffé-

rentes, dont les pluies ne sembloient pas diminuer l'activité. C'étoient pour la plupart de coléoptères, qu'il
étoit difficile d'attraper. Les espèces les plus variées appartenoient au genre *cicindela Fabr.*

Nous avions le beau spectacle de diverses espèces de
figuiers, du sommet desquels pendoient un grand nombre de radicules, qui alloient s'implanter dans la terre,
pour donner naissance à autant de différens troncs.

Le palmier *cycas circinalis* est très-multiplié dans les
bas-fonds, à l'ombre des grands arbres. Nous vîmes tout
auprès un abri nouvellement construit de branchages,
où des Sauvages étoient venus se reposer. On y appercevoit encore les restes du repas qu'ils avoient fait avec
des fruits de cycas, dont les amandes mangées sans préparation sont un puissant vomitif, comme l'éprouvèrent plusieurs personnes de l'équipage; mais les Sauvages les avoient fait griller et nous remarquâmes les
traces du feu sur un grand nombre de leurs enve-
loppes.

L'amande que renferme le fruit du *cycas circinalis*
est très-amère; les habitans des Moluques savent en tirer un meilleur parti, que ceux de la Nouvelle-Irlande,
comme j'ai eu occasion de l'observer vers la fin de ce
voyage. L'expérience leur a appris que la macération lui
enlevoit ses qualités nuisibles; ce procédé peut aussi
réussir à l'égard de beaucoup d'autres fruits, et d'un
grand nombre de racines, qu'on peut de cette manière

faire servir à la nourriture des animaux, et même de
l'homme.

1792.
Juillet.

On voyoit par terre beaucoup de fruits de cycas auxquels les Sauvages n'avoient point touché; leur enveloppe succulente qui répandoit une odeur de pomme
très-agréable, contient assez de parties fermentatives
pour donner, lorsqu'on la met dans l'eau, une bonne
liqueur spiritueuse : ces fruits y sont abondans et peuvent être utiles aux navigateurs.

Parmi les grands arbres qui croissent sur l'île des Cocos, je vis avec surprise une nouvelle espèce d'arec dont
le tronc, qui s'élevoit à plus de trente-six mètres, avoit
pour toute épaisseur deux tiers de décimètre. Il étoit
difficile de concevoir comment un arbre aussi frêle en
apparence, pouvoit se soutenir à une si grande élévation ; mais l'étonnement cessa lorsqu'on voulut en abattre un : son bois étoit d'une si grande dureté, qu'il ré-
sista quelque tems aux coups redoublés de la hache.
Une grande quantité de substance amilacée, sous la
forme de moëlle, en occupoit le centre, comme c'est le
propre de beaucoup d'autres arbres de la même famille:
cette moëlle ôtée du tronc laissoit voir un cylindre dont
le bois n'avoit pas plus d'un centimètre d'épaisseur ; ce
bois est d'un beau noir. Les fruits de cette nouvelle espèce d'arec sont d'une couleur rouge ; ils ne sont guère
plus gros qu'une olive ordinaire, et ils ont à peu près
la même forme.

Le *caryota urens* étoit un des grands arbres de ces forêts. On voyoit au nombre des arbustes plusieurs espèces de *dracaena*. J'admirai parmi les grands arbres un *solanum*, le plus élevé sans doute des espèces de ce genre; celles qui sont connues jusqu'à présent des botanistes n'étant que des herbes ou de foibles arbustes: les feuilles de celui-ci sont ovales, dures et très-lisses.

Le bois de tek, *tectona grandis*, ce bel arbre si précieux pour la construction des vaisseaux, croît au havre Carteret. J'y vis encore diverses espèces de *guettarda* et une espèce nouvelle d'*hernandia*.

Les mousses et les fougères étoient très-multipliées et croissoient, avec la plus grande vigueur, dans ces lieux humides.

La côte occidentale de l'île des Cocos est escarpée, et s'élève très-haut sur la pleine mer. Les pierres calcaires qui la composent y sont fort exposées aux injures du tems; aussi s'éboulent-elles avec facilité. J'y trouvai le muscadier que Rumphius a décrit sous la dénomination de *myristica mas* (*Rumph. Amb.*, vol. 2, tab. 5). Le fruit étoit encore peu avancé. Il est plus allongé que dans l'espèce cultivée.

Sans doute quelque Sauvage avoit péri au milieu de ces rochers, car j'y trouvai un squelette humain presqu'entier.

Tout près de là étoit un emplacement où se voyoient les traces d'un feu qu'avoient allumé les naturels qui abordent à cette côte.

Les pluies continuelles du havre Carteret y ont rendu quelques espèces d'araignées fort industrieuses : on en voit qui se sont fabriquées d'excellens abris au milieu de leur toile : c'est un tissu très-serré de la forme d'un cornet de papier de deux centimètres de haut, sur un demi-centimètre de large par le bas, ayant la pointe élevée et un peu inclinée vers le sud-est, afin que les vents régnans aient moins de prise sur cette petite habitation. La pluie glisse le long de cette espèce de cône, sans pouvoir y entrer, et ne peut l'affaiser, parce qu'il est tendu de tous côtés par des fils attachés aux branches voisines. L'araignée, parfaitement à l'abri dans cette maison, n'en sort que pour saisir les insectes qui viennent se jeter dans ses filets.

1792.
Juillet.

Une autre araignée, moins fileuse que la première, se préserve de la pluie en se mettant sous une portion de feuille pliée de forme à peu près conique, qu'elle a placée au milieu de sa toile : tout est combiné pour donner de la solidité à cette demeure ; la pointe un peu inclinée est opposée aux vents de sud-est, pour souffrir moins de leur impulsion.

La nature a tout fait pour d'autres espèces d'araignées, qui sont couvertes d'une peau très-dure, et aussi luisante que si elles étoient enduites du plus beau vernis. Celles-ci ne souffrent point des grandes pluies auxquelles elles sont constamment exposées, et elles attendent patiemment au milieu de leur toile, que quelqu'insecte vienne s'y prendre.

Je reconnus parmi quelques-unes de ces araignées, dont le corps étoit terminé par des pointes, l'*aranea aculeata* et l'*aranea spinosa*.

L'île Laig, beaucoup plus petite que celle des Cocos, offre peu de productions différentes ; ses terres, beaucoup moins élevées, sont de la même nature.

Les montagnes escarpées de la Nouvelle-Irlande, qui bordent le havre Carteret, sont au moins trois fois plus hautes que celles de l'île des Cocos. On voit de même, jusque sur leur sommité, les productions marines dont elles sont en partie composées.

23

Je fus le 23 sur les terres de la Nouvelle-Irlande au nord-nord-ouest du mouillage, vers le lieu où notre eau avoit été faite. Le courant qui la donnoit ne se montroit que très-près de la mer. Plus loin, dans l'intérieur des terres, on voyoit les traces d'un torrent et de tems en tems le long de ces traces des cavités remplies d'eau, qui, se filtrant à travers les sables, alloit grossir le petit ruisseau de l'aiguade. Après une heure de marche le long de ses bords, nous le vîmes former une jolie cascade, et se précipiter du haut d'un rocher calcaire où l'on remarquoit de vastes grottes qui servoient de retraite à de grandes chauve-souris de l'espèce appelée *vespertilio vampyrus*.

Quelques pieds de l'arbre à pain sauvage croissoient dans ces lieux.

J'étois étonné qu'à une époque où le havre Carteret étoit

étoit inondé de pluies continuelles, nous ne vissions que
les traces du torrent et point d'eau dans son lit; mais il
me sembla que les pluies ne s'étendoient pas assez avant
dans les terres pour le remplir : il étoit aisé de s'en convaincre par la sérénité du ciel vers le sud-ouest, tandis
que la pluie tomboit sans relâche au mouillage. Le havre Carteret forme une espèce de bassin, où les nuages
chargés d'eau, après avoir franchi les hautes montagnes de la Nouvelle-Irlande, éprouvent un calme qui
empêche l'air de les soutenir; de-là résultent des pluies
abondantes, qui doivent ôter aux navigateurs toute envie d'aller y mouiller.

Parmi les petites plantes qui croissoient à l'ombre des
forêts, on remarquoit plusieurs espèces de *procris*.

Outre le muscadier dont j'ai déja parlé, la nature a
encore donné aux habitans de la Nouvelle-Irlande, l'espèce de poivrier connu des botanistes sous le nom de
piper cubebe. Je le vis dans un espace fort étendu, gar-
nir tous les pieds des grands arbres.

Notre canot fut envoyé à la pêche à environ un myriamètre dans le sud-est sur la côte de la Nouvelle-Irlande. On y vit quelques cases nouvellement construites
avec beaucoup d'art par les Sauvages : ceux-ci ne s'é-
toient pas contentés, pour leur repas, des fruits grillés
du *cycas circinalis*. On appercevoit encore tout près de
ces habitations les débris des coquillages qu'ils avoient
mangés.

TOME I.   H h

Le commandant étoit venu au havre Carteret dans le dessein d'y séjourner au moins quinze jours ; mais l'abondance des pluies le détermina à quitter ce mouillage beaucoup plutôt.

On avoit mis la plus grande activité dans l'approvisionnement du bois et de l'eau dont nous avions besoin, et nous fîmes le 24 au matin tous les préparatifs pour mettre à la voile.

24

L'eau qu'on avoit prise au havre Carteret étoit fort bonne , et on se l'étoit procurée avec beaucoup de facilité. Il fut aisé de la conduire jusqu'à la chaloupe au moyen d'auges de bois : on n'eut d'autre peine que de la puiser à un mètre plus bas que le canal.

On prit le bois sur l'île des Cocos , et le transport en fut d'autant plus facile que le canot pouvoit approcher jusque sur les bords du rivage. Il est bon de remarquer que le bois qu'on fit au havre Carteret remplit notre vaisseau d'une prodigieuse quantité de scropions, et d'un grand nombre de scolopendres de l'espèce appelée *scolopendra morsitans*. Ces insectes ne laissèrent pas que de nous être fort incommodes.

On avoit en vain dressé les tentes de l'observatoire sur l'île des Cocos , les pluies continuelles n'avoient pas permis de faire une seule observation : il est difficile de se former une idée de l'abondance de ces pluies ; c'étoit un torrent qui s'épanchoit presque sans interruption.

Le thermomètre observé à midi pendant tout le tems

du mouillage, varia de 19^d à 21^d, et le baromètre ne varia que de 28^p $1^1\frac{7}{10}$ à 28^p $1^1\frac{2}{10}$.

Le point de notre mouillage fut déterminé par 4^d $48'$
$10''$ de latitude sud, et 150^d $25'$ $40''$ de longitude orientale.

Ce hávre ne nous procura aucuns rafraîchissemens ;
la pêche n'y fut point heureuse.

Les marées ne s'y firent sentir qu'une fois par jour et
ne s'élevèrent qu'à environ deux mètres.

CHAPITRE VII.

Départ du havre Carteret. L'Espérance perd une an-
cre à la sortie de ce mouillage. Passage par le canal
de Saint-George. Vue des îles Portland. Diverses
entrevues avec les Sauvages des îles de l'Amirauté.
Leur costume bisarre. Despotisme des chefs. Piro-
gues. Etonnante rapidité de leur marche. Vue des
îles Hermites. Leurs habitans. Vue de l'Echiquier.
Ile nouvelle. Trombe. Vue de la Nouvelle-Guinée.
Passage par le détroit de Pitt. Singuliers effets des
marées. Ravages du scorbut. Mouillage à Amboine.

Nous appareillâmes du havre Carteret le 24 vers onze
heures du matin et nous profitâmes d'une brise foible de
sud-est pour sortir par l'ouverture du nord - ouest entre
l'île des Cocos et la Nouvelle-Irlande.

1792.
Juillet.

Les courans nous portoient à l'ouest - nord - ouest, et

à midi nous étions déja à un myriamètre dans l'ouest-sud-ouest de notre mouillage.

1792.
Juillet.

L'Espérance ne leva pas l'ancre assez promptement pour profiter de la brise ; le calme survint presqu'aussitôt qu'elle eut déployé ses voiles, et les courans la fîrent dériver vers les brisans qu'on apperçoit à tribord en sortant du havre : il lui fallut jeter une ancre en attendant le vent qui devoit la tirer de cette dangereuse position.

Nous mîmes à la cape dans l'espoir qu'elle ne tarderoit pas à nous rejoindre ; mais il étoit quatre heures et demie avant que cette frégate eût ratrappé notre vaisseau. Le capitaine nous apprît alors qu'ils avoient pensé se perdre à l'ouverture du havre que nous quittions. Forcés par les courans de mouiller sur un fond de corail, le cable avoit été coupé par la roche, à l'instant où s'éleva la petite brise de sud-est qui les éloigna des écueils. Ils s'en étoient approchés de trop près pour jeter utilement une seconde ancre ; cependant cette frégate en fut quitte pour la perte d'une ancre et de dix-sept mètres de cable.

Notre position nous mit à portée de voir que le canal de Saint-George n'a pas plus de six à sept myriamètres de largeur à son extrémité méridionale. Il paroît que l'obscurité du ciel avoit induit en erreur Carteret, lorsqu'il pensa qu'il avoit une étendue presque double de celle-ci.

Nous étions à la cape pendant la nuit, et les courans

nous portoient dans le canal de Saint-George avec assez de rapidité pour nous faire faire plus d'un demi-
myriamètre de chemin par heure.

25.

Vers une heure après minuit l'île de Man nous restoit à l'ouest-sud-ouest, à un demi-myriamètre de distance.

Une brume fort épaisse nous cacha, tout le jour, les
hautes montagnes de la Nouvelle-Irlande; seulement
quelques sommets se découvroient de tems en tems, et
nous voyions vers le centre de l'île des montagnes de
deux mille mètres au moins d'élévation perpendiculaire.
On appercevoit de grands arbres jusque sur les cîmes les
plus élevées.

On mit à la cape dès quatre heures après midi, afin
de reconnoître le lendemain l'île de Sandwich; mais les
courans nous portèrent pendant la nuit avec tant de

26.

rapidité, qu'à la pointe du jour, au moment où l'on déployoit les voiles, nous fûmes bien étonnés de nous
trouver à environ quatre cents mètres de distance de cette
île. La vigie sommeilloit probablement, car elle ne nous
avertit point que les courans nous portoient sur cette côte,
qui, à une aussi grande proximité, ne nous offrit heureusement aucun danger.

L'île de Sandwich a peu d'élévation; elle est couverte
d'arbres comme la Nouvelle-Irlande; quelques vieux
troncs, après avoir perdu une partie de leurs branches,
se montroient épars çà et là sur les monticules. Chargés

de lianes et de plantes parasites, ils ressembloient à autant de colonnes ornées de guirlandes, et ajoutoient beaucoup à l'aspect pittoresque de cette île charmante.

La Nouvelle-Irlande, vis-à-vis de l'île de Sandwich, offre également des terrains peu élevés. On y voit sortir du milieu d'une vaste plaine quelques monticules de quatre à cinq cents mètres de hauteur perpendiculaire.

L'île de Sandwich est terminée au nord-ouest par plusieurs pointes qui forment autant de hachures avancées dans la mer : on en distingua cinq principales; une d'entre elles a vers sa base une montagne en forme de pic, et c'est le point le plus élevé de toute l'île, quoiqu'elle n'ait pas plus de quatre à cinq cents mètres d'élévation perpendiculaire; elle est conséquemment beaucoup moins haute que ne l'indique Carteret. La pureté du ciel et le peu de distance où nous nous trouvions de cette petite montagne nous mettoit à portée de juger de son élévation.

Quelques cases à l'ombre des forêts de cocotiers nous faisoient espérer une entrevue avec les habitans de l'île de Sandwich; mais il étoit sans doute trop matin pour que ces Sauvages vinssent nous visiter, car nous n'en vîmes pas un.

La pointe la plus occidentale de cette île est par 2^d 59' 26" de latitude sud, et 148^d 29' 15" de longitude orientale. Elle a trois myriamètres dans sa plus grande longueur de l'est-sud-est à l'ouest-nord-ouest.

On remarqua à sa pointe occidentale un îlot que Carteret n'avoit pas apperçu.

Dix jours venoient de s'écouler sans que nous eussions pu observer le passage du soleil au méridien; mais le 26 de juillet la latitude que nous eûmes à midi de 2^d 50' 29" sud, étant par 148^d 16' 50" de longitude orientale, nous mît à portée de déterminer la position de la pointe nord, et la plus occidentale de la Nouvelle-Irlande, par 2^d 44' 30" de latitude sud, et 148^d 11' 30" de longitude orientale. L'obscurité du ciel avoit induit en erreur Carteret, qui l'avoit indiquée plus de deux myriamètres plus loin vers le nord.

Nous étions vers quatre heures du soir à environ trois kilomètres de distance d'un grand nombre d'îlots situés à l'ouverture du canal qui sépare la Nouvelle-Irlande de la Nouvelle-Hanovre, et nous vîmes que le passage entre ces deux îles étoit fermé par des récifs.

La Nouvelle-Irlande est terminée par des terres basses.

La Nouvelle-Hanovre offre vers le nord-ouest un terrain applati, tandis que son centre est occupé par de très-hautes montagnes dont la chaîne s'étend vers le sud-est.

Nous eûmes connoissance, le 27 au matin, des îles Portland, que nous rangeâmes de très-près. Elles forment un groupe composé de sept îlots, qui, dans la direction de l'est à l'ouest, occupent un espace d'un myriamètre

27.

riamètre et demi d'étendue. Ils sont très-applatis, couverts de grands arbres, et on les voyoit liés entre eux
par des récifs et des bancs de sable.

Ces îlots sont par 2ᵈ 39′ 44″ de latitude sud, et 147ᵈ
15′ de longitude orientale.

Nous continuions à diriger notre route vers les îles
de l'Amirauté, où le commodore Hunter, d'après le
rapport de deux capitaines françois, avoit cru appercevoir des débris de la malheureuse expédition de la Pérouse, et nous nous portâmes vers l'île la plus méridionale de ce petit archipel. Comme la plupart des îles des
mers du Sud, celle-ci est bordée de récifs peu distans
du rivage.

28.

Une ligne de cent mètres de longueur ne nous indiqua point de fond, quoique nous ne fussions qu'à deux
kilomètres de la terre.

Nous voyions vers le sud-ouest quelques pirogues qui
longeoient la côte entre les récifs, et aucune ne parut
tentée de les franchir pour venir vers nous. On distinguoit aussi quelques groupes de Sauvages qui se tenoient sur les pointes de terre les plus avancées, afin de
mieux jouir du spectacle que leur offroient nos vaisseaux.

Un grand arbre porté sur les brisans fut d'abord pris
par quelques-uns de nous pour des débris de navire;
mais les branches et les racines qu'on apperçut distinctement, ne laissèrent aucun doute que ce ne fût un arbre détaché de la côte.

Le commandant envoya un officier à bord de l'Espérance pour se concerter avec le capitaine sur les recherches qu'il nous falloit faire aux îles de l'Amirauté, d'après les renseignemens qui nous avoient été remis au Cap de Bonne-Espérance.

La nuit vint, nous la passâmes à louvoyer pour nous soutenir contre les courans.

29.

Le capitaine Huon se rendit le lendemain matin auprès du général. Il fut décidé que nous irions visiter l'île qu'on appercevoit à l'est-nord-est de celle que nous venions de longer. En effet, d'après une des dépositions qui avoient été remises au commandant de l'expédition, c'étoit à l'île la plus orientale qu'avoient été apperçus des Sauvages vêtus d'habits d'uniforme de la marine françoise. Nous étions vers le milieu du jour à un demi-myriamètre de distance de cette île, lorsque nous vîmes des naturels s'avancer vers les bords de la mer. Quelques cases se montroient à travers les cocotiers. D'autres insulaires ne tardèrent pas à paroître sur la pointe sud-est; leur nombre croissoit à mesure que nous avancions vers eux. Quelques pirogues reposoient à sec sur le sable, et nous espérions en voir lancer quelques-unes à l'eau pour venir vers nous; mais les naturels ne firent aucunes dispositions pour s'approcher. Comme le général désiroit avoir avec eux une entrevue, nous allâmes nous mettre sous le vent de l'île, où nous ne trouvâmes qu'un bien foible abri, car elle a peu d'étendue. Les

Sauvages parûrent en foule ; les uns couroient le long du rivage, d'autres les yeux fixés vers nos vaisseaux, nous invitoient par signes à descendre à terre : leurs cris étoient l'expression de la joie. Quelques-uns lancèrent à la mer une pirogue ; ils hésitèrent pendant quelque tems à venir près de notre vaisseau ; mais comme l'Espérance étoit plus au vent, ils se dirigèrent vers elle. Cette petite pirogue étoit à balancier, et portoit sept naturels qui retournèrent à terre presque sur-le-champ.

A une heure et demie on mit en panne, et l'on expédia de chaque vaisseau un canot avec différens objets qui devoient être distribués aux habitans de cette petite île. Tandis que ces canots s'en approchoient le plus possible, les frégates se tenoient à portée de les protéger en cas d'attaque de la part des Sauvages ; car la perfidie des habitans du sud des îles de l'Amirauté à l'égard de Carteret, nous laissoit des inquiétudes sur les intentions du ceux-ci. Les Sauvages, dit ce voyageur, l'avoient assailli par deux fois à coups de flèches, malgré tous les témoignages d'amitié qu'il leur avoit prodigué, lorsqu'en septembre 1767, il reconnut la partie méridionale de cet archipel.

Nous voyions cette île cultivée jusqu'au sommet. Divers terrains palissadés nous firent penser que le droit de propriété des terres est connu de ses habitans. L'île dans son entier présente la forme d'une petite montagne assez arrondie, dont le pied est garni de belles plantations de cocotiers, tandis que les lieux élevés paroissent destinés à la culture de diverses racines qui servent aussi à la nourriture des habitans.

Les canots parvenus à cent mètres de la côte ne trouvèrent point de fond avec une ligne de soixante-six mètres : les récifs dont elle est bordée les empêchèrent de s'en approcher davantage.

Un grand nombre de naturels s'avancèrent de ce côté; on en voyoit déja plus de cent cinquante, qui employoient toutes sortes de moyens pour nous engager à aborder sur leur île ; mais les récifs étoient un obstacle que nous ne pouvions franchir. Ces insulaires nous'ayant jeté quelques cocos, ils fîrent succéder l'étonnement à la joie la plus vive, en voyant avec quelle facilité on les ouvroit au moyen d'une hache.

Un Sauvage distingué des autres par un double rang de petits coquillages dont il avoit le front orné, paroissoit jouir de beaucoup d'autorité. Il ordonna à un des naturels de se jeter à l'eau pour nous apporter quelques noix de cocos. La crainte de s'approcher à la nage et sans défense de personnes dont il ne connoissoit point les intentions, fit hésiter un moment cet insulaire; mais le chef, peu accoutumé sans doute à trouver de la résistance à ses volontés, ne lui permit pas de réfléchir; des coups de bâton qu'il lui donna lui-même sur le ventre suivîrent de près ses ordres, et il fallut obéir sur-le-champ. Nous ne nous attendions pas à voir traiter ainsi

l'homme au milieu d'une peuplade qui nous avoit semblé si voisine de l'état de nature. On donna à ce Sauvage, pour le consoler, quelques morceaux d'étoffe rouge, des clous et un couteau, qu'il reçut avec la plus
grande joie. Dès qu'il fut rendu sur l'île, la curiosité ras-
sembla tous les autres autour de lui ; chacun voulut
avoir part à nos présens ; des pirogues fûrent aussitôt
lancées à la mer : beaucoup d'autres naturels s'avancèrent à la nage, et dans peu il y avoit un grand concours
autour de nos canots. Nous étions étonnés que la force
du ressac, et celle de la vague sur les brisans, ne les
eussent pas retenus sur l'île.

1792.
Juillet.

Un autre chef qu'on distinguoit aux mêmes orne-
mens que portoit celui dont j'ai déja parlé, se fît aussi
remarquer par les coups de bâton qu'il distribuoit à plusieurs de ceux à qui il donnoit des ordres.

Ces insulaires, qui témoignèrent la plus grande joie
à la vue de nos clous et sur-tout de nos haches, eûrent
de la peine à sentir tout le prix de nos couteaux. D'a-
bord ils exigeoient qu'on les fermât avant de les accepter ; mais toutes leurs craintes fûrent bien vîte banies,
et ils les reçûrent aussi bien ouverts que fermés. Nous
eûmes de ces habitans quelques zagaies armées d'un morceau de verre volcanique taillé en pointe et bien tranchant sur les bords. Ils nous donnèrent aussi des pei-
gnes à trois dents fort écartées les unes des autres, des
bracelets bien pesans taillés dans un gros coquillage, et

d'autres bracelets formés de petits buccins enfilés par une corde, dont la force égaloit celle du meilleur chanvre.

Ces Sauvages répétoient souvent le mot *capelle*, en demandant nos objets d'échange. Il nous parut qu'ils appeloient de ce nom le fer qu'ils préféroient à tout ce que nous pouvions leur offrir.

Comme les naturels de Bouka, ils répétoient avec beaucoup de justesse les mots françois qu'ils entendoient prononcer.

Une de leurs pirogues fut poussée par la vague sur un de nos canots. Elle y reçut quelque dommage; mais aussitôt un de nos rameurs la retint pour lui faire éviter un second choc, et un des chefs se méprenant sur nos intentions, avertit les pagayeurs dont la plupart abandonnèrent précipitamment la pirogue en se jetant à la nage pour regagner l'île; mais ils revînrent presque sur-le-champ de leur erreur, et la confiance se rétablit.

Les femmes se tenoient à l'écart à peu de distance sous les cocotiers; elles avoient pour tout vêtement un morceau de natte autour de la ceinture.

Les hommes étoient empressés de se rendre près de nos canots: les uns nageoient en montrant les cocos qu'ils apportoient, d'autres sembloient attirés par la simple curiosité; mais on s'apperçut bien vîte que la curiosité n'étoit pas leur seule passion, ils mîrent toute leur adresse à s'emparer de nos effets. L'impunité augmenta leur audace ; et lorsqu'ils manquoient leur coup, ils ne perdoient point courage, et ils ne tardoient pas à se jeter sur quelqu'autre objet.

Un de ces voleurs venoit de se saisir d'un couteau ; mais il fut pris sur le fait, et on l'empêcha de l'emporter : le défaut de succès ne fut pas capable de le faire renoncer à son entreprise ; il ne perdit rien à avoir différé. Un pavillon où dominoit la couleur rouge avoit attiré ses regards : il trouva le moyen de s'en emparer, et on ne l'apperçut que lorsqu'il étoit déja loin du canot, et près d'aborder à son île.

Un miroir ayant été donné à un de ces Sauvages, il s'y regarda avec surprise et ne tarda pas à le casser, espérant sans doute retrouver dans le verre la forme des objets qu'il venoit d'appercevoir.

Ces insulaires ont la peau d'un noir peu foncé : leur physionomie est agréable et diffère peu de celle des Européens. Nés sous un beau ciel dans une île fertile, ils semblent heureux, si l'on en juge par l'air de satisfaction qui se peignoit dans tous leurs traits : ils ont les cheveux crépus, et sont dans l'usage de ne laisser de poils sur aucune partie du corps. Il paroît que le verre volcanique dont ils arment leurs zagaies, leur sert aussi à se raser ; car, voyant un de nos canoniers qui portoit des moustaches, ils lui firent signe de les couper avec cette sorte de verre.

Les canots eûrent ordre de revenir vers quatre heures.

Leur départ sembla affecter vivement les naturels qui redoublèrent d'instances pour nous faire aborder sur leur île. Toutes les femmes s'avancèrent alors jusque sur le rivage, et joignîrent leurs invitations à celles des hommes : elles fûrent sans doute bien étonnées de n'avoir pas eu plus de succès ; mais l'ordre étoit donné, et nos canots ne pouvoient différer leur départ.

Ce fut à regret que nous quittâmes ces Sauvages, au moment où ils lançoient à la mer plusieurs pirogues chargées de cocos qu'ils nous apportoient. L'eau délicieuse de ces fruits eût été de la plus grande utilité pour arrêter les progrès du scorbut qui commençoit déja à faire des ravages sur nos deux vaisseaux : si nos canots eussent pu attendre quelques minutes, on s'en fût procuré un grand nombre.

Le plaisir avec lequel ces insulaires reçûrent des clous et d'autres objets de fer, et l'empressement qu'ils mîrent à les obtenir, nous prouvèrent qu'ils connoissoient ce métal.

Ces peuples montrèrent d'abord toutes les apparences de la bonne foi ; mais ils ne tardèrent pas à faire connoître leur inclination au vol, dès qu'ils fûrent presque assurés de l'impunité. On eut occasion de remarquer que les plus âgés étoient les plus hardis voleurs.

Cette petite île, qui dans sa forme à peu près circulaire, a pour longueur environ un demi-myriamètre, est par 2^d $18'$ de latitude sud, et 145^d $46'$ de longitude

tude orientale. Elle est extrêmement peuplée, puisqu'on
y vit près de trois cents habitans.

La couleur blanchâtre de plusieurs endroits de l'île
dans les lieux où quelques éboulemens avoient découvert le terrain, me fit penser que sa base est de nature
calcaire, comme la plupart des îles des mers du Sud.

Dès que les canots fûrent embarqués nous gouvernâmes à l'est quart nord-est.

Nous nous portâmes le lendemain au nord des îles de
l'Amirauté. Là nous voyions une île montueuse et assez
étendue occuper le centre de ce groupe, dont les contours sont formés d'un grand nombre d'îlots applatis,
qui semblent sortis depuis peu du sein des mers. Ils sont
presque tous liés entre eux par des récifs et des bancs de
sable.

Vers le coucher du soleil, nous étions à un myriamètre et demi au nord-est des îlots les plus voisins de
l'île principale.

Dès que le jour parut, nous gouvernâmes à l'ouest-
sud-ouest, en nous rapprochant de la terre. Des pirogues, auxquelles une voilure fort élevée donnoit beaucoup d'apparence, se montroient dans le lointain.

Nous étions sous le vent de ces îles, dans une anse
très-étendue formée par leurs contours, et nous nous
tenions à environ trois kilomètres de la côte. On sonda
plusieurs fois avec une ligne de cent trente-six mètres
sans trouver fond.

1792.
Juillet.

Nous appercevions beaucoup de cocotiers sur la plupart des îlots. Un grand concours de naturels étoient
venus sur le rivage, et quelques-uns s'avançoient jusque sur les récifs voisins. Les îlots où l'on ne remarquoit
point de cocotiers ne sembloient pas habités; car on n'y
voyoit aucun Sauvage.

Plusieurs pirogues fûrent lancées à la mer, beaucoup
étoient encore sur le sable, et six qui venoient de mettre
à la voile se dirigèrent vers nous. On mit aussitôt en
panne pour les attendre : quelques-unes étoient montées
par sept hommes, et d'autres par neuf. Parvenus à environ six cents mètres de distance de notre vaisseau, ces
Sauvages ployèrent leur voile et se servîrent de la pagaie pour s'approcher encore davantage. Chaque pirogue étoit sous les ordres d'un chef, qui, du milieu d'une
plate-forme où il se tenoit debout, commandoit la manœuvre. Dès que ces pirogues eûrent fait environ trois
cents mètres à la pagaie, elles s'arrêtèrent; et ce fut de
cette distance qu'un des chefs éleva la voix en nous
adressant la parole : son éloquence étoit en pure perte;
mais les signes qu'il nous faisoit, ne nous permettoient
pas de douter qu'il ne nous engageât à descendre à terre.
Les pagayeurs n'avoient probablement pas la permission
de parler, mais ils joignoient leurs signes d'invitation à
ceux du chef.

Nous tâchions de notre côté de les déterminer à se
rapprocher de nos vaisseaux. Ils ne pûrent résister à la

vue de larges morceaux d'étoffes rouges, et après avoir
paru tenir conseil, ils s'avancèrent un peu.

Des officiers imaginant que le son de la cloche leur
seroit agréable, toutes les cloches fûrent aussitôt mises
en mouvement; mais, comme plusieurs personnes l'a-
voient prévu, ce bruit, au lieu d'attirer ces Sauvages,
leur fît prendre la fuite : cependant divers pavillons
qu'on agita et quelques airs que joua notre ménétrier,
les déterminèrent à revenir vers nous.

Des présens pouvoient nous attirer leur confiance. On
venoit de leur envoyer une bouteille vide, et nous
croyions bien qu'ils s'en empareroient aussitôt qu'elle
seroit près d'eux; mais ils la regardèrent sans doute comme un don funeste, car ils ne la considerèrent que pour
s'en éloigner.

Des clous et des couteaux attachés à une planche qui
leur fut envoyée, donnèrent lieu à des cris de joie, lorsque le Sauvage qui les détacha, les montra aux autres :
ces naturels connoissoient donc aussi l'usage du fer.

Aucun n'avoit encore osé toucher à la bouteille; mais
les présens qu'ils venoient de recevoir nous attirèrent
leur confiance, et un d'eux alla s'en emparer après avoir
coupé, avec un morceau de verre volcanique, la corde
qui la retenoit.

Ces naturels ne fîrent plus de difficultés de s'avancer
tout près de notre vaisseau, sans cependant consentir à
monter à bord. Peu à peu le nombre des pirogues aug-

K k 2

menta, et les échanges se firent avec la meilleure foi du monde : on vit même plusieurs de ces Sauvages qui, ayant été écartés de notre navire par le grand concours des pirogues, avant d'avoir pu remettre le prix de l'objet qu'ils avoient reçu, faisoient tous leurs efforts pour en rapporter la valeur. Ils cherchoient avec soin celui à qui ils devoient, et l'on en vit quelques-uns venir remettre, au bout d'une demi-heure, le prix de la marchandise qu'ils avoient reçue.

Une singularité bien remarquable est l'usage auquel ils emploient le coquillage désigné sous le nom de *bulla ovum*, voyez planche 3. Ils en avoient chacun un pendu à l'extrémité de la verge : pour cela ils avoient fait une ouverture au-dessous de la partie la plus renflée de cette coquille, afin d'y loger le gland : ce plaisant accoutrement égaya beaucoup nos matelots. Ces naturels avoient bien de la peine à se défaire de cet ornement auquel ils sembloient attacher beaucoup de prix : à la vérité, sa blancheur éclatante faisoit un contraste assez frappant avec la noirceur de leur peau. Je ne puis cependant assurer que des idées de pudeur n'entrent pas pour quelque chose dans cette parure bisarre ; car lorsqu'ils détachoient ce coquillage pour nous le vendre, ils ne manquoient pas de se détourner et de recouvrir les parties naturelles, en abaissant leur ceinture ; mais ceux qui ne portoient point de ceinture, n'ayant rien pour se cacher, détachoient leur coquille sans aucunes précau-

1792.
Juillet.

tions. Ces peuples, bien différens de beaucoup d'autres habitans des mers du Sud, laissent au prépuce toute l'extension que la nature lui a donnée. Il nous fut aisé de voir que la compression qu'exerce sur la partie supérieure du prépuce le coquillage dont je viens de parler, y occasionne souvent une tumeur très-apparente : cette tumeur est quelquefois de couleur blanche, le tissu réticulaire de la peau ayant été détruit à la suite d'une inflammation occasionnée sans doute par la compression de ce coquillage. Il sembleroit qu'il faut avoir atteint un certain âge pour le porter, car le seul enfant que nous vîmes étoit le seul qui n'en portât point.

Le grand nombre de pirogues dont nous étions environnés en empêchoit plusieurs de s'approcher de notre vaisseau ; mais quelques-uns des pagayeurs se jetoient à la nage pour nous apporter leurs objets d'échange. Ces insulaires préféroient à tout ce que nous pouvions leur offrir, des morceaux de fer, sous quelque forme qu'ils fussent : ils distinguoient si bien ce métal de toute autre matière que même la rouille ne les empêchoit pas de le reconnoître.

Je pensois que l'habitude eût rendu ces Sauvages d'excellens nageurs ; mais leurs mouvemens sont trop précipités, et ne diffèrent qu'en ce point de ceux de nos bons nageurs européens. Ils n'auroient pas dû cependant faire de grands efforts pour se soutenir dans l'eau, parce qu'ils y plongeoient une partie de la tête, au point qu'il

leur falloit tenir la bouche fermée : plusieurs se soutenoient avec le seul mouvement des pieds, tandis qu'ils
attachoient au bout de nos cordes leurs objets d'é-
change.

Si l'on peut juger du caractère de ces habitans par
leur conduite à notre égard, ils sont d'une grande douceur : un air de bonté étoit peint dans leurs traits. Bien
différens des Sauvages de la petite île que nous avions
visitée deux jours auparavant, ils nous donnèrent des
marques d'une grande probité. On est étonné de rencontrer tant de différence dans les mœurs de Sauvages
aussi peu éloignés les uns des autres et qui ont les mêmes arts. Leur conduite à notre égard ne tenoit peut-
être qu'à ce que les habitans de la petite île n'avoient
eu affaire qu'à des canots, tandis que ceux-ci traitoient
avec des vaisseaux qui leur en imposoient.

Les chefs de chaque pirogue se faisoient ordinairement remettre les objets que nous donnions aux pagayeurs. Nous vîmes avec peine qu'ils employoient
quelquefois la violence pour les leur arracher. Un des
pagayeurs venoit de recevoir un morceau de serge rouge, et il y tenoit tant qu'il ne voulut s'en départir en
faveur d'un des chefs, que lorsque celui-ci l'y eut contraint en lui donnant un grand nombre de coups de
bâton.

Au même moment, dans une autre pirogue, un de
ces insulaires étoit traité par un chef d'une manière

aussi dure, parce qu'occupé du spectacle que lui offroient nos vaisseaux, le pauvre malheureux oublioit de
vider l'eau dont la pirogue se remplissoit.

Les Sauvages qui se jetoient à l'eau pour venir échan-
ger leurs effets contre les nôtres, formoient une concurrence qui ne tarda pas à exciter la jalousie de ceux dont
les pirogues étoient près du vaisseau : ceux-ci avoient le
plus grand soin de conserver leur place ; ils tâchoient
d'écarter les nageurs, et ne leur permettoient pas de se
reposer sur leurs pirogues : ces derniers, obligés de nager continuellement en nous apportant leurs objets d'é-
change, donnoient une grande activité à cette singulière place de commerce.

Ces naturels, comme ceux que nous avions vus deux
jours auparavant, estimoient beaucoup plus nos clous
que nos couteaux.

Plusieurs tenoient à la main des calebasses de différentes formes, remplies de chaux réduite en poudre très-
fine : d'autres conservoient leur chaux dans des morceaux de bambou ; un d'entre eux, qui avoit une cuil-
ler de la forme d'une spatule, la remplit de chaux et
nous la montrant dans le dessein sans doute de nous en
vanter les qualités, il faisoit de grands mouvemens de
la bouche en enflant prodigieusement les joues, et sembloit vouloir nous persuader que cette chaux produisoit
une sensation très-agréable.

Un autre chef avoit un petit paquet de feuilles du

poivrier appelé *piper siriboa*, L. Ils les mâchent probablement sans noix d'arec ; car nous ne vîmes dans leur bouche aucunes des traces qui accompagnent la mastication du betel. Nous ne remarquâmes d'ailleurs ces objets de sensualité qu'entre les mains des chefs, auxquels ils sembloient réservés.

Quelques-uns de ces Sauvages portoient des bracelets taillés dans de grandes coquilles, parmi lesquelles on reconnoissoit des oreilles de mer usées dans leur milieu et sur leurs bords.

La plupart avoient les oreilles percées et y attachoient divers coquillages ; c'est le lobe inférieur de l'oreille qu'ils sont dans l'usage de distendre si prodigieusement, après l'avoir percé, qu'il descend plus bas que l'épaule, comme on peut le voir *planche 3*. Il paroît que c'est au moyen de cerceaux élastiques introduits dans ces trous qu'ils produisent une aussi grande distension. L'enfant, dont j'ai déja parlé, avoit aux oreilles deux de ces cerceaux.

Leurs cheveux sont crépus et de couleur noire : ils les rougissent souvent avec de l'ocre mêlée d'huile ; quelquefois ils les relèvent avec un bandeau d'écorce d'arbre. Leur peau, de couleur noire peu foncée, est quelquefois enduite de rouge dans différentes parties du corps, et sur-tout à la figure.

Nous ne vîmes entre leurs mains ni arcs, ni massues, mais seulement des zagaies longues d'un mètre et demi

jusqu'à

jusqu'à deux mètres. *Voyez pl. 38, fig. 25.* Le verre
volcanique dont elles étoient armées offroit un tranchant sur chaque bord, et avoit pour toute longueur
trois quarts de décimètre : ce verre étoit fixé à une des
extrémités de la zagaie où il tenoit au moyen d'une corde revêtue d'une espèce de mastic.

1792.
Juillet.

Cette arme est certainement dangereuse chez un peuple qui ne porte point de vêtemens. Leur peau constamment à nu, doit, sur-tout dans les endroits où elle
est un peu tendue, difficilement résister à un verre aussi
tranchant.

Peut-être que le verre volcanique n'est pas très-com-
mun aux îles de l'Amirauté, car ces Sauvages avoient
aussi d'autres zagaies armées d'un bois pointu en place
de verre.

Plusieurs avoient la cloison du nez percée d'un trou
dans lequel ils avoient passé une corde aux extrémités
de laquelle étoient suspendues des dents canines deux
fois plus longues que celles de l'homme. Un des Sauvages qui portoit cet ornement désiroit de s'en défaire : un
chef en coupant pour le détacher avec un morceau de
verre volcanique la corde trop courte qui le retenoit,
eut la maladresse de blesser le naturel qui portoit cette
sorte de parure.

Un ordre que venoit de donner le général avoit prodigieusement ralenti les échanges, et pourtant ces habitans avoient encore beaucoup de choses dont ils vou-

loient se défaire. Un des chefs nous amusa singulièrement avec sa calebasse remplie de chaux, dont il avoit
l'air de nous indiquer avec ostentation toutes les propriétés, comptant sans doute en tirer un meilleur parti.
Il étoit difficile d'imiter mieux qu'il ne faisoit les gestes
de nos plus adroits marchands d'orviétan.

Nous ne vîmes entre les mains de ces insulaires aucuns effets qui eussent appartenu à des Européens. Comme on n'achetoit presque plus rien, ils nous quittèrent
pour aller vers l'Espérance porter le reste de leurs objets d'arts.

Leurs pirogues faites d'un tronc d'arbre creusé et de
planches adaptées sur ses côtés, n'ont pas plus de deux
tiers de mètre dans leur plus grande largeur, sur la longueur de dix mètres : des planches mises en travers intérieurement en soutiennent les côtés et forment comme
autant de séparations au fond desquelles se tiennent
les pagayeurs vers les deux extrémités de la pirogue.

Ces pirogues ont un balancier d'environ quatre mètres de longueur, et qui se porte latéralement à peu près
à la même distance. Sur le côté opposé est un contre-
balancier qui ne plonge point dans l'eau, et qui a deux
mètres et demi de longueur : il sert à poser la voile ; le
chef s'y assied quelquefois ; mais il se tient plus ordinairement sur une plate-forme faite d'un treillis qui
prend toute l'étendue du balancier en dessus.

La voile est tissue de natte, et a la forme régulière

1792.
Juillet.

d'un carré dont les côtés sont de quatre mètres de longueur : deux perches cylindriques de la même dimension, et dont elle est bordée de deux côtés opposés, lui tiennent lieu de vergues. Lorsque cette voile est orientée, une de ses diagonales est toujours située verticalement, et un de ses angles dépasse de plus d'un mètre la hauteur du mât, qui est élevé de six mètres. Le vent a beaucoup d'action sur une voile aussi élevée, et donne à ces pirogues une impulsion qui leur fait sillonner les eaux avec une étonnante rapidité.

Quelquefois ces Sauvages, désirant une marche lente, ne font point usage de la mâture; ils élèvent, d'environ un mètre et demi, dans une situation horizontale, un des côtés de leur voile, tandis que le reste est posé sur la pirogue; mais de cette sorte ils ne peuvent voguer que vent arrière.

Leurs pagaies sont fort larges par le bas, et ont un manche d'environ deux mètres de long. Ils s'en servent comme nos matelots de leurs rames : c'est un double levier dont le point d'appui se trouve sur un des bords de la pirogue. Un des Sauvages situé de l'arrière gouvernoit avec sa pagaie.

Après être restés en panne jusqu'à dix heures et demie du matin, nous continuâmes à suivre la côte, qui, dans sa direction vers l'ouest, se trouve toujours bordée d'îlots liés entre eux par des récifs. Nous remarquions au-delà de ces récifs plusieurs pêcheries faites

L l 2

avec des pieux fichés dans l'eau à une certaine distance du rivage ; elles ressembloient à celles que nous vîmes par la suite dans les Moluques.

Sitôt que nous nous mîmes en marche, les pirogues firent voile pour nous accompagner. Nous admirions la légéreté avec laquelle cette flotille fendoit les eaux. Quoique le vent fût assez frais, et que nous eussions une bonne voilure, la marche de ces petits bâtimens étoit bien supérieure à celle de nos vaisseaux.

Tout près d'une pêcherie, beaucoup plus grande que celles que nous venions de voir, étoient dix-sept pirogues qui pagayèrent aussitôt en venant vers nous. Nous mîmes en panne pour les attendre ; mais comme, malgré nos invitations, elles se tenoient à un kilomètre de distance de notre vaisseau, nous remîmes à la voile en nous dirigeant à l'ouest quart sud-ouest.

A la fin du jour deux pirogues se détachèrent de la côte et s'avancèrent vers nous. Il étoit déja nuit lorsqu'elles fûrent à portée de la voix. Un des chefs nous adressa aussitôt la parole d'un ton fort élevé. Il est bon de remarquer que la voix de tous ces naturels est fort grêle. Comme il faisoit presque calme, nous tâchâmes de les attirer près de notre vaisseau ; mais ils n'osèrent approcher assez pour recevoir nos présens.

On imagina qu'une fusée leur feroit beaucoup de plaisir : tout au contraire, ce spectacle ne fît que les effrayer, et ils s'éloignèrent avec précipitation.

Malgré l'obscurité de la nuit, ces deux pirogues revînrent vers nous à la faveur de la lumière de notre fanal. Nous leur envoyâmes quelques objets de quincaillerie, attachés à une planche surmontée d'une bougie allumée. Cette lumière, dont nous nous écartions sensiblement, fixa toute leur attention; mais ils n'osèrent s'en approcher de plus de trois à quatre cents mètres, et ils s'éloignèrent de notre vaisseau. Nous nous amusâmes beaucoup à entendre les deux chefs adresser pendant long-tems la parole à cette bougie. Ils parloient avec beaucoup de chaleur, comptant sans doute que quelqu'un de nous se dirigeoit vers eux avec cette lumière. Ennuyés probablement d'un silence qui contrastoit si singulièrement avec leur babil, ils s'en retournèrent au bout de deux heures vers leur île. On avoit vu pendant tout ce tems sur le rivage quelques feux allumés, peut-être pour indiquer à ces pirogues le lieu où il leur falloit revenir.

On resta en panne toute la nuit.

Nous vîmes le lendemain l'extrémité occidentale de ce petit archipel, qui a environ neuf myriamètres d'étendue de l'est à l'ouest. L'îlot le plus occidental est par 2^d 11′ 36″ de latitude sud, et 143^d 47′ 38″ de longitude orientale.

Des récifs et des bancs de sable s'avançoient au-delà jusqu'à un myriamètre et demi vers le sud-ouest.

Nous ne tardâmes pas à voir d'autres récifs qui de

l'est à l'ouest occupoient un myriamètre d'étendue : leur gisement est par 2^d $13'$ de latitude sud, et 143^d $40'$ de longitude orientale.

Nous fîmes chemin sous petites voiles à l'ouest-nord-ouest pendant la nuit.

2.

Dès le point du jour, nous eûmes connoissance des îles Hermites, découvertes en 1781 par la frégate espagnole *la Princessa*, qui les vit d'environ cinq myriamètres de distance. Leurs terres élevées sembloient de loin laisser entre elles des intervalles assez grands pour donner passage à nos vaisseaux; mais nous ne tardâmes pas à appercevoir leurs côtes basses qui s'avançoient dans la mer; et l'on distingua les récifs qui les lioient entre elles.

Ce petit archipel est composé de treize îlots, au milieu desquels se trouve, comme aux îles de l'Amirauté, une île principale dont l'étendue du sud-ouest au nord-est est d'environ trois myriamètres. Les îlots qui l'environnent de tous côtés excepté dans le sud, sont très-petits et très-bas.

Nous étions à deux kilomètres au nord de ces terres, et sous le vent de la pointe septentrionale de la grande île, lorsque nous apperçûmes quelques pirogues à la voile; elles étoient derrière les récifs entre lesquels nous ne voyions aucune coupure qui leur facilitât le moyen de gagner la pleine mer, et nous croyions qu'elles ne franchiroient pas cette barrière; mais arrivés tout près,

les Sauvages commencèrent par plier leur voile, et se
mettant à l'eau portèrent leur pirogue par-dessus ces
écueils pour gagner le large.

La pirogue qui passa la première se dirigea aussitôt
vers nous; les autres, au nombre de cinq, la suivîrent
de près. Nous mîmes en panne pour les attendre; mais
comme on manœuvra avec lenteur, l'Espérance étant
derrière nous, s'en trouva plus près, et elles s'avancèrent
vers elle. Ces Sauvages s'en tînrent d'abord à environ
deux cents mètres de distance, après avoir manœuvré
avec beaucoup d'intelligence pour mettre leur voile en
ralingue. Tous les moyens qu'on employa pour les attirer le long du bord, fûrent inutiles : ils s'avancèrent cependant assez pour jeter sur le pont quelques pommes de
cythère (*spondias cytherea*), et plusieurs autres fruits
de différentes espèces d'*eugenia,* tous fort bons à manger. Les bouteilles et les morceaux d'étoffe qu'on leur
donna répandîrent parmi eux la joie la plus vive; mais
on remarqua avec surprise qu'ils faisoient peu de cas
du fer.

Comme tous les autres Sauvages que nous avions rencontrés jusqu'alors, ceux-ci témoignèrent vivement le
désir de nous voir descendre sur leur île.

Une de ces pirogues s'avança vers nous, tandis que
les autres se rapprochèrent de la côte. Malgré nos invitations, ces naturels se tinrent à trois cents mètres de
notre vaisseau. Ils n'osèrent toucher aux différens objets

que nous leur envoyions dans le dessein de nous attirer leur confiance. Quelques-uns parûrent cependant désirer que leur pirogue s'approchât pour s'en saisir; mais le sentiment de la crainte prévalut dans le plus grand nombre.

Il étoit midi lorsque nous orientâmes nos voiles pour continuer à faire route. Toutes les pirogues prîrent alors le parti de nous suivre pendant quelque tems avant de retourner sur leur île: celle qui s'étoit approchée de notre vaisseau plus près que les autres, nous suivit avec plus de constance: c'étoit une fort grande pirogue montée par trente Sauvages qui nous parûrent tous plus robustes que les habitans des îles de l'Amirauté; ils étoient de la même couleur, et encore plus nus qu'eux, car nous n'en vîmes qu'un seul qui fût paré de la coquille que les habitans de ces îles portent au bout du prépuce.

Ces naturels s'étoient avancés vers nous avec des vues bien pacifiques, car ils n'avoient point d'armes, et du bord de l'Espérance, dont ils s'étoient approchés beaucoup plus que de nous, on n'en avoit apperçu aucunes, même dans le fond de leurs pirogues: peut-être avoient-ils cru que ce moyen pouvoit nous déterminer à descendre sur leur terre.

Ces pirogues, quoique semblables en apparence à celles des îles de l'Amirauté, sont beaucoup moins bonnes voilières: celle qui s'approcha de nous n'avoit alors qu'une voile; mais elle en déploya une autre de l'arrière

rière pour nous suivre : cette seconde voile étoit beaucoup plus petite que celle de devant, et elles avoient
toutes deux la forme d'un rectangle dont un des côtés
étoit presque du double plus long que l'autre : ils les
orientèrent à la manière des voiles carrées de nos chaloupes.

1792.
Août.

Leur grande voile, aussi élevée que celle des pirogues
des îles de l'Amirauté, descendoit bien plus bas, en offrant plus de surface.

Le groupe des îles Hermites, y compris les récifs, a
environ sept myriamètres de circuit. Le milieu de ces
îles est par 1 ^{d} 35' 38" de latitude sud, et 142 ^{d} 41' de
longitude orientale.

Nous nous vîmes le soir tout près de l'île la plus
orientale du petit archipel, auquel le général Bougainville a donné le nom de l'Echiquier. Elle est fort basse,
et n'est distante des îles Hermites que de cinq myriamètres vers l'ouest-sud-ouest ; des récifs qui en défendent l'accès dans le nord-ouest, forment un large bassin
où il nous parut qu'on trouveroit assez d'eau pour
mouiller.

Un grand nombre d'autres îles se voyoient depuis le
nord jusqu'à l'ouest.

Nous fîmes peu de voile pendant la nuit, en courant
des bords pour nous tenir au vent de ces terres.

L'île la plus orientale de l'Echiquier nous restoit au
point du jour au sud à un demi-myriamètre de distance :

3.

TOME I.   M m

elle gît par 1 ^{d} 29 $'$ de latitude sud, et 142 ^{d} 26 $'$ de longitude orientale.

Nous nous portâmes vers l'ouest, et à huit heures du matin nous comptions déja trente petites îles depuis l'est-nord-est jusqu'à l'ouest-sud-ouest.

Nous gouvernâmes sur celle qui nous sembloit la plus occidentale, et nous nous en approchâmes à un demi-myriamètre de distance : elle est située par 1 ^{d} 34 $'$ de latitude sud, et 142 ^{d} 10 $'$ de longitude orientale.

Toutes ces îles sont liées entre elles par des récifs qui semblent ne laisser aucun passage. Leurs terres sont très-basses et couvertes d'arbres fort élevés.

De nouvelles îles se voyoient à mesure que nous avancions, et nous apperçûmes enfin l'île de ce petit archipel la plus au sud-ouest : elle est par 1 ^{d} 39 $'$ de latitude sud, et 141 ^{d} 58 $'$ de longitude orientale. Celle-ci ne tient pas aux autres par des récifs.

On passa la nuit à la cape.

4.   Nous apperçûmes le lendemain vers midi une île basse très-boisée, dont l'étendue est d'environ un myriamètre et demi. Cette nouvelle île gît par 1 ^{d} 31 $'$ de latitude sud, et 140 ^{d} 47 $'$ de longitude orientale.

Nous en découvrîmes ensuite une autre plus petite au sud-ouest de la première, dont elle est éloignée de trois myriamètres : celle-ci est également basse et couverte de grands arbres.

On ne peut voir sans étonnement sur les terres basses

voisines de l'équateur, l'accroissement rapide et vigou-
reux de ces arbres auxquels l'atmosphère fournit à la fois
une humidité et une chaleur excessives.

1792.
Août.

Quoique nous fussions depuis quelques jours tout près
de la ligne et que les chaleurs fussent étouffantes, le
thermomètre n'étoit monté jusqu'alors qu'à 24 $^{d}\frac{1}{2}$.

7.

Nous voyions flotter de gros arbres arrachés par la
vague de dessus les terres basses. Un de ces arbres qui
s'étoit attaché à la proue de notre vaisseau ralentit pendant quelque tems notre marche.

Nous étions vers cinq heures du soir sous l'équateur
par 135^{d} 40′ de longitude orientale, lorsque nous vîmes, à la distance d'un tiers de myriamètre, une trombe
fort considérable se former dans le sud-ouest. Quoique
l'air fût assez tranquille autour de nous, les vagues
étoient agitées et blanchies à l'endroit où la trombe prenoit naissance. Un très-petit nuage étoit fixé à quelques décimètres au-dessus du lieu d'où elle s'élevoit.
Cette trombe avoit la forme de deux cônes très-allongés,
réunis par leur sommet : la base de l'un de ces cônes reposoit sur la mer, celle de l'autre se perdoit dans un
nuage fort épais.

8.

Les nuages me semblèrent agités par un tourbillon,
qui, réunissant une grande quantité d'eau, la versoit en
torrens : peut-être que toutes les trombes se forment de
cette manière. Si, comme le prétendent plusieurs physiciens, une trombe enlevoit l'eau de la mer en grande

M m 2

masse, cette eau devroit être aussi salée lors de sa chûte, qu'au moment de son élévation : ce qui s'accorde peu avec l'expérience. Une personne digne de foi qui en a vu tomber deux à bord d'un vaisseau, m'a assuré qu'elles avoient constamment donné de l'eau douce. Dans la supposition contraire, ce phénomène est facile à ex-pliquer.

9.

La limpidité des eaux de la mer fut altérée pendant toute la journée du 9 par un *fucus* en filamens très-déliés et fort courts, que je rencontrai encore le 6 de septem-bre, où j'en parlerai plus au long.

Les requins sont fort nombreux dans ces parages. On en prit plusieurs de l'espèce la plus répandue dans les mers (*squalus carcharias*). Il y en eut un de moyenne taille qui nous étonna par sa voracité. Quoique piqué par quatre hameçons différens en moins d'une demi-heure, il nous suivit jusqu'à ce qu'il se fût laissé prendre.

Etant par le travers de la Nouvelle-Guinée à huit minutes de distance de la ligne équinoxale, le thermo-mètre n'indiquoit pas plus de 25^d, quoique nous éprou-vassions une chaleur étouffante, bien plus forte que celle d'Europe avec la même élévation du thermomètre. En rappelant que cet instrument est une mesure infi-delle de la chaleur sensible, je dois avertir qu'il est tou-jours question d'un thermomètre à mercure gradué sur l'échelle de Réaumur.

Ce fut pour la sixième fois depuis notre départ d'Europe que l'Espérance pensa nous aborder. Elle vint casser son marche-pied de la vergue de civadière, sur l'avant de notre vaisseau : on parvint heureusement à écarter les deux frégates l'une de l'autre au moyen d'un arcboutant qu'on plaça sur-le-champ entre elles. Comme il faisoit calme, on mit deux canots à la mer pour remorquer les vaisseaux et les éloigner encore davantage l'un de l'autre : ces canots reconnûrent alors la direction des courans qui nous portoient au nord-nord-est d'un demi-nœud par heure.

Dès le point du jour nous eûmes connoissance de la plus grande des îles de Schouten, que nous vîmes au sud quart sud-ouest.

La surface de la mer étoit violemment agitée dans un grand espace où l'Espérance alloit passer en suivant la route qu'elle tenoit : elle craignit que ce ne fussent des brisans, et elle vira de bord ; mais l'illusion disparut bientôt. Ce mouvement étoit produit par un banc très-considérable de poissons qui se portoient à la surface de la mer ; ils étoient suivis d'un grand nombre d'oiseaux.

Quoique nous fussions dans la mousson d'est, les vents souffloient cependant depuis quatre jours du sud-ouest au nord-ouest ; mais ils repassèrent au sud-est le 14 d'août.

Nous eûmes connoissance ce même jour d'une petite

1792.
Août.

11.

12.

14.

île très-voisine de la Nouvelle-Guinée, et qui est à deux
myriamètres et demi à l'est de l'île de la Providence ;
elle gît par 0ᵈ 18′ 48″ de latitude sud, et 133ᵈ 8′ 47″
de longitude orientale.

La continuité des fortes chaleurs de ces parages accé-
léra la décomposition de notre eau : elle se trouvoit d'autant plus mauvaise que celle à laquelle nous étions pour-
lors réduits, étoit un peu saumâtre ; car les premières
pièces qu'on fît au havre Carteret fûrent prises beaucoup trop près de la mer, et cette eau avoit été conservée malgré sa mauvaise qualité. D'ailleurs, pour ne pas
délester le vaisseau, il est d'usage de remplir d'eau de
mer chaque tonneau dès que l'eau douce a été consommée : cela met dans la nécessité de le bien nettoyer lorsqu'on veut le remplir d'eau douce ; mais le contre-maître chargé de la calle prenoit rarement tant de soins ; il
étoit aisé, avec la machine dont j'ai déja parlé, d'enlever à l'eau son air inflammable, mais il lui restoit toujours un goût saumâtre.

18.   L'orage avoit grondé une partie de la nuit sur les terres de la Nouvelle-Guinée, et nous avoit donné beaucoup de pluie. Le ciel sembloit annoncer la tempête ;
mais les orages près de l'équateur ont un aspect plus menaçant qu'ils ne sont en effet redoutables, et nous ne
tardâmes pas à jouir d'un fort beau ciel.

Nous voyions se diriger de l'est à l'ouest une belle
chaîne de montagnes, dont les plus élevées paroissoient

avoir au moins quinze cents mètres de hauteur perpendiculaire : les grands arbres, dont elles étoient couvertes, ajoutoient singulièrement à la beauté du paysage.

Etant par $0^d 18'$ de latitude sud, et $130^d 52'$ de longitude orientale, à deux kilomètres de la Nouvelle-
Guinée, nous sondâmes avec une ligne de deux cents
mètres sans trouver fond.

Les premiers indices que nous eûmes des habitans
de cette terre, furent deux feux dont nous vîmes la fumée s'élever du pied des grands arbres situés près de la
côte.

Nous étions alors peu éloignés du cap de Bonne-Espérance de la Nouvelle-Guinée, que nous doublâmes à
la distance de deux kilomètres. Il est par $0^d 20'$ de latitude sud, et $130^d 34'$ de longitude orientale. Nous fûmes étonnés que Forest, navigateur d'ailleurs assez exact,
se fût trompé si fortement sur sa vraie latitude ; celle
qu'il en a donnée différoit de la nôtre de plus d'un tiers
de degré vers le nord.

La variation du compas vers l'est, après avoir diminué graduellement, n'étoit plus que d'un degré et demi est.

Retenus par les calmes, nous attendions pour longer
la côte de la Nouvelle-Guinée la brise de large qui ne
se fît sentir que vers trois heures après midi. Les bords
du rivage étoient pour la plupart coupés à pic. On remarquoit cependant quelques endroits dont la pente

douce offroit une petite plage sablonneuse où il eût été facile de débarquer.

Nous fûmes très-près dans la matinée du 21 des deux petites îles de Miss Palu. La plus petite est par 0 ^{d} 20′ de latitude sud, et 130 ^{d} 7′ de longitude orientale; et la plus grande par 0 ^{d} 19′ 57″ de latitude sud, et 130 ^{d} 4′ 30″ de longitude orientale.

Nous longeâmes de fort près les terres de la Nouvelle-Guinée, dans le dessein d'entrer dans les Moluques par le détroit de Watson. Il nous eût été agréable de reconnoître ce détroit beaucoup moins fréquenté que ceux qui sont plus à l'ouest. Nous eussions d'ailleurs eu l'avantage de nous tenir plus au vent qu'en passant par le détroit de Pitt, que la continuité des vents du sud nous engagea à prendre.

Etant vers onze heures du matin au nord-ouest, et tout près de son ouverture, nous nous trouvâmes sur un bas-fond qui de la côte de Batanta s'étend à plus d'un myriamètre au large. Nous y étions déja fortement engagés lorsque la sonde indiqua seize mètres de profondeur sur un fond de roche : c'étoit un banc de corail que la limpidité des eaux nous laissoit appercevoir dans toute sa blancheur. Il nous fallut virer de bord pour nous retirer de cette dangereuse position.

Nous donnâmes dans le détroit vers deux heures et demie après midi. Une pirogue que nous apperçûmes à son entrée près de la côte de Batanta, nous parut un

instant

instant diriger sa marche vers l'Espérance ; mais elle ne
tarda pas à retourner à terre.

1792.
Août.

Ayant mis en panne pendant quelque tems pour attendre l'Espérance, nous remarquâmes que les courans
nous faisoient faire un chemin assez rapide à travers le
détroit. Comme les marées ont beaucoup d'influence sur
ces courans, ils éprouvèrent vers minuit et le lendemain
de grand matin un ralentissement fort considérable.

Cinq pirogues longeoient la rive orientale à une bonne distance les unes des autres. Nous en remarquâmes
une qui avoit arboré un pavillon que nous prîmes pour
un pavillon portugais. Le vent nous rapprochoit de la
côte de Salwaty, et nous empêchoit de nous diriger vers
elles; aucune d'ailleurs ne parut tentée de venir à nous.
Ces Sauvages ne connoissoient point nos intentions ;
peut-être craignoient-ils que nous ne fussions du nombre
des Européens auxquels la cupidité fait employer tous
les moyens de les attirer pour en faire des esclaves.

Des terres élevées, couvertes par-tout de grands arbres, bordent le détroit de Pitt.

On resta en panne toute la nuit, et à neuf heures du
soir nous entendîmes vers le rivage occidental, la voix
de quelques naturels qui sembloient s'adresser à nous.
Un feu parut en même tems à la pointe occidentale de
l'entrée, vers le lieu d'où s'étoit détachée une pirogue
lors de notre arrivée dans le détroit.

Nous étions au point du jour tout près de l'île du

Passage, et nous apperçûmes sur la côte de Batanta un petit village d'où sortîrent quelques habitans qui parûrent nous voir avec assez d'indifférence.

Le détroit de Pitt, dont la longueur est d'environ cinq myriamètres de l'ouest-sud-ouest à l'est-nord-est, a pour largeur moyenne un myriamètre. La sonde fut jetée de dessus notre vaisseau à cent cinquante mètres de profondeur sans indiquer de fond; mais le canot, qui sonda à deux cents mètres de la côte, y trouva, à la profondeur de trente à trente-six mètres un fond de roche calcaire.

Nous virâmes de bord pour éviter quelques bas-fonds qui se trouvent à la sortie du détroit très-près de la côte de Batanta. Plusieurs personnes crûrent pourtant qu'il y avoit assez d'eau pour que nos vaisseaux eussent pu passer dessus.

L'ouverture du détroit de ce côté a près de trois myriamètres de large : on y remarque deux îlots très-voisins de la côte de Batanta.

La pointe occidentale de Salwaty fut déterminée par 1^d $2'$ $10''$ de latitude sud, et 128^d $32'$ de longitude orientale.

La constance des vents de sud-sud-est nous ôta tout espoir de doubler l'île de Mixoal, dans l'est. Il nous fallut prendre le parti d'attérir dans le nord de Céram, afin de nous rendre, par l'ouest de cette île, à Amboine.

Nous étions vers six heures du soir à trois myriamètres de distance de l'île Popo, qui nous restoit au sud 6ᵈ ouest.

1792.
Août.
25.

Nous la longeâmes le lendemain en la laissant à tribord à un myriamètre et demi de distance : elle offre un terrain applati du milieu duquel s'élèvent trois monticules rapprochés les uns des autres. Quelques îlots se montroient tout près au sud-ouest : ces terres tiennent une étendue de trois myriamètres du nord-est au sud-ouest.

L'île Popo est par 1ᵈ 9′ 14″ de latitude sud, et 127ᵈ 40 de longitude orientale.

On voyoit l'île Canary, celle de Mixoal, et une partie des îlots qui les environnent.

Nous perdîmes dans la matinée un jeune matelot nommé Pichot, qui mourut dans un état de marasme à la suite d'une dissenterie dont il étoit atteint depuis six mois.

La position de l'île Canary fut déterminée le lendemain par 1ᵈ 51′ 36″ de latitude sud, et 127ᵈ 35′ de longitude orientale.

26.

Notre vaisseau fut environné dans la journée du 27 de baleines qui avoient six à sept mètres de longueur : elles étoient en assez grand nombre pour offrir aux pêcheurs, par l'huile qu'on peut en retirer, d'amples dédommagemens de leurs frais.

27.

Nous apperçûmes le 29 de grand matin les hautes montagnes de Céram, qui, s'étendant depuis le sud-est

29.

jusqu'au sud-sud-ouest, nous présentoient un très-bel aspect.

D'aussi hautes montagnes doivent assurer l'indépendance de leurs habitans ; aussi n'y a-t-il qu'un très-petit nombre de naturels fixés sur quelques points les plus bas de l'île tout près de la mer , qui souffrent la domination des Hollandois.

Les nuages étant entièrement dissipés de dessus les terres de Céram , nous jouissions du magnifique coup-d'œil de plusieurs chaînes de montagnes parallèles dans leur direction de l'est à l'ouest. Les belles vallées qui les séparent offrent une végétation très-vigoureuse et toutes les apparences de la plus grande fertilité.

Plusieurs feux étoient allumés sur l'île de Céram : nous en apperçûmes un sur une des plus hautes montagnes, ce qui nous prouva que leurs sommets sont fréquentés par les naturels. Cette montagne nous parut avoir au moins deux mille quatre cents mètres d'élévation perpendiculaire.

On profita du calme pour envoyer un canot déterminer la direction des courans qui portoient alors au nord-est quart est, trois quarts de nœud par heure. Comme entre ces îles les courans tiennent beaucoup aux marées, on doit bien penser que leur direction et leur force varient singulièrement.

Nous étions aux approches de la nuit à environ deux kilomètres de la côte de Céram , dont les terres moins

élevées sembloient nous annoncer peu de fond : la sonde
pourtant n'en indiqua point à soixante-quinze mètres de
profondeur.

Nous ne tardâmes pas à voir assez près du rivage divers feux qui nous semblèrent allumés au-dessus de
l'eau par des pêcheurs, afin d'attirer le poisson.

Nous voyions aux approches de midi l'île de Bonoa,
depuis l'ouest 20ᵈ sud jusqu'au sud 48ᵈ ouest, à près de
quatre myriamètres de distance. Cette île est par 2ᵈ 58′
de latitude sud et 125ᵈ 56′ de longitude orientale.

2.

On prit soin de sonder fort souvent lorsque nous
étions près de terre, et l'on ne trouva point de fond avec
une ligne de cent trente mètres de longueur.

Une forte brise de terre nous fît entrer, au commencement de la nuit, dans le canal que forme l'île de Céram avec celle de Bonoa. Nous y remarquâmes trois
îlots à la faveur d'un beau clair de lune. Il fît calme,
les courans nous portèrent presque jusqu'à l'autre extrémité du canal.

Vers minuit, l'air étant à peine agité, la vague qui
blanchit aussitôt tout près de notre vaisseau, nous fît
craindre que nous ne fussions proche de quelques brisans ; mais cette vague nous eut bien vîte atteint : c'é-
toit un courant rapide déterminé par la marée, et qui
suivoit la direction du canal, en s'opposant à notre
marche.

Nous étions à peu de distance de Kilang. Le général

3.

avoit dessein de passer entre cette île et celle de Céram ; mais le canal, qui est d'ailleurs fort étroit, nous parut barré par des récifs et un banc de sable ; c'est pourquoi nous passâmes à l'ouest de Kilang, que nous rangeâmes de fort près. Le paysage nous offrit de belles plantations de cocotiers et de bananiers au milieu desquels étoit bâti un village charmant.

La route fut ensuite dirigée entre Kilang et Manipa.

Un raz de marée éleva vers onze heures du matin des vagues qui se succédèrent rapidement, étant refoulées les unes par les autres. Nous fûmes par la suite plusieurs fois témoins de ce phénomène que le général Bougainville et Dampierre comparent au courant fort rapide d'une grande rivière.

Nous eûmes doublé, vers quatre heures après midi, l'île de Manipa, qui n'a pas plus d'un demi-myriamètre d'étendue du nord au sud : quoique fort montueuse, elle nous parut très-habitée : beaucoup de pirogues en longeoient la côte. Cette île est par 3^d $21'$ de latitude sud, et 125^d $47'$ de longitude orientale.

Celle de Kilang est par 3^d $17'$ de latitude sud, et 125^d $31'$ de longitude orientale.

4.

Une brise de large qui s'éleva à dix heures du matin, favorisa notre marche vers le sud, et nous ne tardâmes pas à voir une partie de la côte occidentale d'Amboine vers le sud-sud-est.

Contrariés ensuite par le vent de sud, il nous fallut courir des bords.

1792.
Septembre.
5.

Une brise assez fraiche de sud-est nous ôta tout espoir d'atteindre le mouillage dans la journée. Nos scorbutiques, dont le nombre s'accroissoit avec rapidité, et dont l'état devenoit de jour en jour plus alarmant, nous faisoient soupirer après des vents propices : les pluies continuelles du havre Carteret avoient eu la plus grande influence sur leur maladie; presque tous ressentoient de très-vives douleurs dans les lombes.

Un des premiers symptômes étoit l'apparition de tubercules blanchâtres, souvent de la grosseur d'un œuf de poule, sur différentes parties du corps, et particulièrement aux bras : ces infiltrations précédoient communément celles des extrémités inférieures.

Il est remarquable que ces malades n'avoient pas la peau couverte de ces taches qu'on appelle taches scorbutiques ; le scorbut des pays chauds infiltrant avec rapidité le tissu cellulaire d'une humeur lymphatique qui change à peine la couleur de la peau.

J'observerai aussi que, bien que les viandes salées soient une des principales causes de scorbut parmi les gens de mer, nous avions pourtant à bord deux hommes de l'équipage qui en fûrent violemment attaqués, sans en avoir mangé : un d'eux travailloit à la cale, et l'air infect qu'on y respire est aussi, avec la grande humidité qui y règne, une puissante cause de cette maladie.

Nous courûmes des bordées qui nous rapprochèrent assez de l'extrémité occidentale d'Amboine, pour nous permettre de donner dans sa rade pendant la nuit. Nous

en longeâmes la côte orientale à un kilomètre de distance. Nous avions pour guide le plan qu'en a publié Valentin.

Dès que nous eûmes dépassé la baie des Portugais, nous mîmes en panne pour attendre le jour qui devoit nous faire reconnoître le lieu où nous avions dessein de mouiller.

6.

L'Espérance n'avoit pu s'élever aussi rapidement que nous : elle nous restoit encore à un myriamètre au sud-ouest vers sept heures du matin, lorsque nous étions déja peu éloignés de l'établissement principal de l'île.

Je revis le fucus que j'avois auparavant rencontré tout près de la Nouvelle-Guinée ; il ressemble à de l'étoupe très-fine coupée par petits morceaux longs d'environ trois centimètres : ce sont des filamens aussi fins que des cheveux. On les voyoit souvent réunis en faisceaux, et si nombreux qu'ils ternissoient l'eau de la rade.

Le général Dentrecasteaux envoya son second lieutenant auprès du gouverneur d'Amboine pour demander à relacher dans l'île. Ce gouverneur fît aussitôt assembler son conseil, et nous accorda la liberté de mouiller; mais comme l'acte que leur présenta le second lieutenant de notre vaisseau, au nom du commandant, ne leur avoit pas encore été adressé par la régence de Batavia, ils voulûrent mettre à notre séjour des conditions auxquelles nous ne devions pas souscrire. Cependant il ne
fut

1792.
Septembre.

fut pas difficile de leur faire sentir que nous avions dé-
vancé de plusieurs mois l'arrivée des nouvelles d'Europe, qui ne leur parviennent ordinairement qu'à dix-huit
mois de date. Il nous parut qu'ils ne prenoient tant de
précautions que pour se mettre à l'abri de tout repro-
che de la régence de Batavia, dont le gouvernement
d'Amboine relève; car dès qu'ils se fûrent mis en règle
à cet égard, ils nous rendîrent tous les services qui dé-
pendoient d'eux.

Nous trouvâmes dans cette petite île de quoi nous
approvisionner, beaucoup mieux que nous n'eussions
osé l'espérer, de tout ce qui nous étoit nécessaire pour
continuer notre voyage.

Un capitaine de la compagnie hollandoise nous fut
envoyé par le gouverneur pour nous indiquer le lieu où
nous devions mouiller; et après avoir couru quelques
bordées, nous laissâmes tomber l'ancre vers une heure
et demie après midi par vingt-sept brasses fond de sable vaseux. La tour du fort de la Victoire nous restoit
à l'est 9^d nord, la redoute la plus proche à l'ouest 35^d
sud, la pointe occidentale de l'entrée de la rade à l'ouest
26$^d\frac{1}{2}$ sud. Nous étions à environ deux tiers de kilomètre du débarcadaire, qui est une calle en bois, tout près
de laquelle de gros vaisseaux peuvent mouiller. Il y avoit
alors un vaisseau de la compagnie qui prenoit son chargement de clous de girofle.

On voyoit sur la rade dix-huit bâtimens portant tous

TOME I. O o

pavillon hollandois. De tous ces vaisseaux il n'y en avoit qu'un à trois mâts ; la plupart des autres étoient des bricks et des sloops.

L'Espérance mouilla une demi-heure après nous au nord-est ½ nord de notre position.

CHAPITRE VIII.

Séjour à Amboine. Un des mousses de la Recherche se noie dans la rade. Visite chez le gouverneur. Diverses excursions dans l'intérieur de l'île. Un des naturalistes tombe dangereusement malade. Description de sa maladie. Agréable liqueur du palmier sagouer. Sucre qu'on en retire. Usage de diverses parties de cet arbre précieux. Moyen qu'emploie le dragon volant pour se soutenir dans l'air. Maté qui préserve la récolte du pillage. Un matelot hollandois fuyant dans les bois, de peur d'aller à Batavia. Manière très-adroite de prendre le cancer carcinus. Cases des naturels d'Amboine ; leurs vêtemens, etc. Leur manière de se procurer du feu ; leur pêche pendant la nuit. Culture du muscadier et du giroflier. Long bambou taillé de manière à rendre, par un vent frais, des sons très-agréables. Pêcheries des habitans. Sagoutier. Extraction de sa fécule. Maladies cutanées communes à Amboine. Diverses considérations sur l'île et ses habitans.

A trois heures et demie nous saluâmes la place de neuf coups de canon, qui nous furent aussitôt rendus coup pour coup.

1792.
Septembre.

O o 2

Le commandant avoit engagé tous ses officiers à l'accompagner vers cinq heures du soir pour rendre visite au gouverneur. Comme je ne savois rien de ce projet, je descendis à terre avec quelques personnes de notre vaisseau pour parcourir la ville : elle est entourée de jardins, où la principale culture est celle des arbres, parce qu'ils favorisent la paresse naturelle à l'homme sous un ciel brûlant, en lui donnant avec profusion des fruits qui n'exigent presque d'autres soins que ceux de les récolter.

Outre l'espèce sauvage d'arbre à pain qu'on y rencontre, on nous assura qu'il y en avoit un autre qui porte un fruit dont toutes les graines avortent ; mais ce fruit est de médiocre grosseur, et l'arbre n'en produit pas un grand nombre.

Diverses variétés de bananiers et beaucoup d'espèces d'orangers croissoient dans ces charmans jardins : le goyavier, le papayer, et diverses espèces d'anones y donnoient leurs fruits délicieux. On y remarquoit quelques pieds de henné (*Lawsonia inermis*), qui s'élevoient à la hauteur de trois à quatre mètres.

Diverses plantes odoriférantes s'y trouvoient répandues avec profusion. On y rencontroit le *chalcas paniculata*, les *michelia champaca*, et *tsiampaca*, et plusieurs espèces d'*uvaria;* le jasmin d'Arabie, *nyctanthes sambac*, s'élevant parmi ces arbres charmans, mêloit son odeur suave à tant de parfums délicieux.

1792.
Septembre.

De retour dans la ville, un des ministres du culte protestant nous engagea à entrer chez lui. Il nous fît servir plusieurs sortes de liqueurs spiritueuses; mais une eau parfaitement limpide et fraichement puisée à sa source étoit la boisson la plus agréable pour des personnes qui depuis long-tems étoient réduites à de l'eau saumâtre et ne vivoient que de viandes salées. Ce brave ministre parut bien étonné de nous avoir régalé à si peu de frais. Il nous apprît que les tremblemens de terre étoient fréquens à Amboine, et que depuis quelques années un, entre autres, s'étoit fait sentir avec beaucoup de force : il avoit été accompagné d'un ouragan qui avoit duré près de trois jours; et pendant tout ce tems la mer avoit franchi ses bornes et inondé le terrain où la ville est située.

C'est dans les changemens de moussons que ce fléau est le plus à craindre, et particulièrement au commencement de la mousson d'ouest, qui a lieu, dans ces parages, au mois de brumaire.

Un des mousses du vaisseau (Gabriel Abalen), destiné au service de la table des officiers mariniers, disparut dans la soirée du 7 : on l'avoit vu à bord tout le jour; mais depuis le commencement de la nuit on l'appela plusieurs fois en vain. Ce jeune homme, d'un caractère fort doux, et d'ailleurs très-tempérant, avoit néanmoins bu dans la journée assez de liqueurs fortes pour laisser de vives inquiétudes sur son sort. Il pouvoit

7.

être tombé dans la mer, et l'on n'ignoroit pas qu'il ne savoit point nager.

Nous avions tous le plus grand besoin de séjourner à terre pour réparer nos forces. Le gouverneur consentit que nous prissions des logemens dans la ville.

8.

Il importoit beaucoup aux naturalistes de connoître le gouverneur d'Amboine pour avoir toutes facilités de se livrer aux recherches qui faisoient le but de leur mission ; c'étoit sans doute un pur oubli de la part du commandant de notre expédition de nous avoir laissé ignorer l'heure de la première visite qu'il lui avoit faite. Je lui demandai de vouloir bien nous y présenter, et nous partîmes pour nous y rendre vers dix heures et demie : M. Bourguellés et M. Van Smiehl s'empressèrent de nous servir d'interprêtes.

M. Van Smiehl étoit un baron allemand, nouvellement arrivé dans l'île. Il n'étoit encore qu'aspirant à devenir, comme il le disoit, un des serviteurs de la compagnie. Nous nous applaudîmes par la suite qu'il n'eût pas encore beaucoup d'influence sur l'esprit du gouverneur ; car il avoit essayé de lui persuader que la régence de Batavia n'approuveroit pas qu'on permît à nos vaisseaux de séjourner à Amboine. Cependant M. le baron savoit bien qu'un an auparavant on y avoit reçu sans la moindre difficulté deux petits navires anglois expédiés de Bombay pour les îles Pelew. Ils avoient d'abord relaché à Bourou, où, n'ayant pas trouvé de vi-

vres, ils en avoient été prendre à Amboine, et ces vaisseaux étoient bien éloignés d'avoir les mêmes titres que
nous : peut-être que l'apparition dans cette rade de vaisseaux étrangers, pendant deux années de suite, exigea
que le gouverneur prît toutes sortes de précautions, afin
de mettre à couvert sa responsabilité : il nous reçut on
ne peut mieux. Nous fûmes vraiment peinés qu'il eût
pris pour nous son grand costume ; il étouffoit de chaleur sous un habit de velours noir fort pesant : un pareil
vêtement est bien incommode près de la ligne ; mais les
gouverneurs hollandois le portent, parce qu'il est une
prérogative de leur place.

On servit quelques rafraichissemens. Je ne désirois
que de l'eau, et je versai de celle qui me parut la plus
limpide ; mais son goût salin me fit croire que les domestiques s'étoient trompés et m'avoient présenté quelqu'eau médecinale. C'étoit de l'eau de Seltz que les Hollandois sont ici dans l'usage de boire comme une chose
fort agréable : elle leur coûte aussi cher que le meilleur
vin du Rhin. On ne prévoyoit certainement pas notre
répugnance pour cette boisson ; cependant on auroit bien
dû penser que sous un ciel brûlant, après une longue privation de vivres frais, nous ne devions pas nous soucier
de boire de l'eau salée.

Le général nous proposa de nous faire connoître aussi
les membres du conseil, et nous acceptâmes : ils nous
fîrent tous beaucoup d'accueil.

Comme nous devions séjourner à Amboine pendant un mois pour le moins, je fus obligé de faire transporter au lieu où nous devions loger beaucoup de choses nécessaires à la préparation des productions diverses que je me proposois de recueillir dans l'île. Nous nous étions réunis, les autres naturalistes et moi, pour habiter la même maison. Nous l'avions faite disposer et nos effets y étoient déja arrivés, lorsqu'à notre grand étonnement nous la trouvâmes occupée par quelques officiers des deux vaisseaux, qui savoient pourtant bien que nous l'avions louée : l'homme qui en avoit la clef avoit cru nous la remettre en la leur donnant. Ce mauvais tour, dont nous ne les eussions pas cru capables, les égaya beaucoup ; mais il nous fut aisé de trouver un autre logement.

Nos craintes à l'égard du mousse qui avoit disparu depuis trois jours n'étoient que trop bien fondées ; il étoit resté pendant tout ce tems au fond de l'eau, et ce ne fut que vers deux heures et demie dans l'après-midi qu'on commença à le voir surnager près du vaisseau. Ce peu d'éloignement du lieu où il étoit tombé à la mer semble démontrer, contre l'opinion de la plupart des Européens fixés à Amboine, que les courans dans la rade ne sont pas rapides au fond de l'eau, mais seulement à sa surface ; cela me paroît d'ailleurs très-vraisemblable. En effet, les courans étant déterminés par les marées, les eaux n'affluent et ne sortent de la rade que

pour

pour rétablir leur équilibre, qui, dans ces circonstances, ne se trouve dérangé qu'à peu de distance de leur
surface.

Ce jeune homme fut vivement regretté de tout l'équipage. Plusieurs se récrioient sur l'insouciance de ceux
qui, ayant pris soin de ses premières années, avoient
négligé de lui faire apprendre à nager. En effet, quelques leçons de natation auroient suffi pour sauver la vie
de cet enfant : il seroit à désirer que cet exemple servît
à d'autres ; car j'ai vu avec étonnement que beaucoup
de marins ne savoient pas nager.

Notre observatoire fut établi ce même jour vers la
partie occidentale de la ville. Comme ce lieu ne pouvoit s'appercevoir du vaisseau, on éprouva l'inconvé-
nient d'être obligé d'aller jusque sur les bords du rivage
pour faire la comparaison de la marche des montres
avec celle des horloges.

Cette partie occidentale de la ville que nous habitions
aussi, forme le quartier des Chinois, il s'y trouvoit peu
de naturels de l'île, et un seul Hollandois. Tous les autres Hollandois résidoient les uns au centre de la ville,
et les autres vers sa partie orientale.

Nous étions tellement affoiblis qu'il fallut nous bor-
ner les premiers jours à faire quelques courses à peu de
distance de la ville.

Nous visitâmes le jardin de la compagnie qui n'a rien
de remarquable qu'un bain très-commode, où M. le

gouverneur alloit régulièrement tous les trois à quatre jours : une eau fort pure qui descend de la colline voisine fournit à ce bain. On en voit un autre auprès, destiné pour les femmes.

Les Hollandois ont à Amboine l'habitude d'aller se baigner tous les trois à quatre jours. Ces jours-là ils évitent avec soin de s'exposer à la grande chaleur, qui dure depuis onze heures du matin jusqu'à trois heures après midi. Il est même fort rare qu'ils sortent les autres jours pendant ce tems. Pour nous, nous n'avions pas le loisir de prendre tant de précautions : aussi deux des naturalistes fûrent-ils attaqués de maladies très-violentes.

Nous essayâmes plusieurs fois de nous enfoncer au milieu des grandes cultures de sagoutiers; mais les eaux qui baignoient le pied de ces palmiers nous forcèrent souvent de retourner sur nos pas : cet arbre, si utile à la nourriture de l'homme, forme une partie des richesses de l'île.

La grève à la marée basse étoit couverte, dans beaucoup d'endroits, d'un grand nombre de crabes de l'espèce appelée *cancer vocans*. Ils venoient de quitter les trous qu'ils se creusent dans les terrains un peu fermes. Cette singulière espèce d'animal, dont une des pinces est quelquefois plus grosse que le corps, devient sou-la proie des oiseaux. Je crois que la facilité avec laquelle il perd ses pinces est la cause pour laquelle on en voit une presque toujours beaucoup plus grosse que l'autre.

Une petite excursion faite dans le sud de la ville près du quartier habité par les Européens, nous procura la vue du tombeau de Rumphius. La simplicité de ce monument nous rappela celle des mœurs de cet habile observateur de la nature : sa tombe étoit entourée du joli arbuste connu sous le nom de *panax fruticosum*.

Nous vîmes entre les mains des naturels de l'île le beau lorry des Philippines : il ne leur vient cependant pas de si loin, mais de quelques îles peu éloignées vers l'est d'Amboine, et principalement des îles Arrou. Ils avoient aussi un autre lorry qu'on trouve dans les forêts d'Amboine, et qui diffère du premier par des couleurs beaucoup moins vives et moins bien nuancées : ces perroquets prononçoient presque tous quelques mots de la langue malaise.

Vers le milieu du jour le soleil brûlant nous causoit un si violent mal de tête, qu'il nous forçoit presque toujours de chercher quelqu'ombrage pour nous défendre de ses rayons.

Nous nous portâmes à l'ouest de très-grand matin dans la journée du 15 : la chaleur fut si acclablante vers le milieu du jour qu'elle nous obligea de regagner notre demeure.

15

Le naturaliste faisant les fonctions d'aumônier tomba si dangereusement malade que nous ne pûmes le quitter un seul moment pendant quatre jours consécutifs. La fièvre maligne dont il fut atteint avoit des symp-

1792.
Septembre.

tômes effrayans. Des déjections extrêmement fétides fûrent accompagnées de fréquens vomissemens, de sou-
bresauts des tendons, d'un pouls fort petit et d'une
grande prostration de forces. L'affection nerveuse étoit
portée à un si haut degré, qu'à chaque évacuation le
malade éprouvoit des foiblesses qui lui faisoient perdre
connoissance. Un spasme violent s'étoit porté sur les
extrémités inférieures et y occasionnoit de très-vives
douleurs.

Quoique cette maladie fût bien contagieuse, aucun
danger ne devoit nous empêcher de donner à notre compagnon de voyage les soins qu'il avoit droit d'attendre
de notre amitié : aussi nous ne nous permîmes de continuer nos recherches en histoire naturelle que lorsqu'il
fut hors de danger.

16.

Les symptômes devînrent le lendemain encore plus
alarmans. Le pouls de plus en plus concentré, de grandes intermittances dans ses mouvemens, le hocquet qui
duroit souvent près d'un demi-quart d'heure, une grande prostration de forces, et une figure toute décomposée
nous faisoient craindre pour les jours du malade.

La nuit fut aussi effrayante.

17.

Le 17, vers le point du jour, le pouls se développa
sensiblement ; un peu de souplesse dans le battement de
l'artère nous donna le présage d'une sueur abondante,
qui vint, quelques heures après, retirer notre ami des
portes de la mort.

Sa convalescence ne dura pas plus de huit jours.

Cette espèce de fièvre, occasionnée par les émanations des eaux stagnantes sous un ciel si brûlant, fut traitée avec des boissons délayantes et des anti-spasmodiques. L'éther donné fort souvent et à petites doses avoit procuré l'avantage de soutenir les forces en diminuant la violence des symptômes.

M. Hoffman, chirurgien de l'hôpital militaire, venoit voir le malade plusieurs fois par jour. Notre chirurgien-major lui donnoit aussi ses soins.

M. Bourguellés, trésorier de la compagnie, avoit persuadé au commandant de notre expédition que toutes les connoissances réunies des médecins d'Europe ne valoient pas pour le traitement de semblables maladies, la science d'un docteur malais. Un des plus habiles avoit été appelé : ce ne fut pas par des remèdes internes qu'il voulut guérir, car il ne donna rien à prendre au malade ; mais après avoir frotté un peu la peau dans diverses parties du corps, et après avoir massé les extrémités inférieures, il prononça d'un air mystérieux des paroles qu'il sembloit adresser à l'Etre Suprême ; ensuite il conjura, comme on nous le dit, les mauvais esprits que ces insulaires regardent comme la cause des maladies. M. Bourguellés étoit au comble de la joie de voir que ce médecin opéroit de son mieux pour obtenir quelques succès. Nous le laissâmes faire tant que nous vîmes qu'il ne pouvoit en résulter rien de fâcheux ; mais il nous fal-

lut l'arrêter, lorsque, prenant un seau d'eau fraichement tirée d'un puits, il se disposa à inonder le malade.
C'étoit précisément peu de tems avant la sueur critique,
qui lui fut si salutaire.

Le docteur malais y mettoit sans doute toute sa science ; mais il ignoroit qu'il pouvoit ainsi supprimer la
transpiration critique dont le pouls nous avoit donné le
présage consolant.

19.

Notre malade étoit assez bien le 19 pour n'avoir plus
besoin de soins si assidus.

Nous allâmes dans la campagne vers l'ouest. Après
avoir suivi long-tems les bords d'une petite rivière qui
porte ses eaux dans la rade à peu de distance de la ville,
nous nous en retournions chargés de belles plantes, lorsqu'aux approches de la nuit nous rencontrâmes quelques naturels qui venoient de faire une pêche heureuse,
et qui se disposoient à griller leur poisson. Nous eûmes
le plaisir de les voir allumer du feu au moyen de deux
morceaux de bambou frottés l'un contre l'autre et taillés de la manière que je l'expliquerai bientôt.

20.

Nous employâmes la moitié du jour à nous porter
vers le sud, et nous ne tardâmes point à arriver sur une
colline où nous trouvâmes de jeunes naturels qui venoient de tendre leurs filets pour prendre des oiseaux :
c'étoient des crins disposés en nœud coulant et liés à
une corde très-longue qui reposoit sur la terre et étoit
attachée à un petit morceau de bois fixé sur le sol.

Je présumai qu'ils se servoient d'appât pour attirer le gibier, mais ils me dîrent qu'ils n'en employoient aucun ; aussi convînrent-ils qu'ils prenoient peu d'oiseaux.

Nous voyions s'élever du pied des collines de beaux palmiers que les naturels appellent *sagouer*, et que Rumphius a décrit sous le nom de *saguerus....*, *vol. I, fig. 13.* Des pédoncules de leurs régimes fraichement coupés distilloit une liqueur très-agréable , qui étoit reçue dans des morceaux de bambou attachés à leur extrémité. Sous un ciel aussi chaud, cette liqueur fermente bien vîte, et elle ne tarderoit pas à devenir acide, si ces habitans ne savoient employer à propos le bois du *soulamea,* qui perd presqu'entièrement sa grande amertume par la fermentation, et rend cette liqueur susceptible de se conserver fort long-tems.

Un de ces palmiers peut fournir par jour pendant plus de deux mois de chaque année six à huit litres de liqueur. On prend soin de rafraichir tous les jours l'incision du pédoncule pour faciliter l'écoulement.

La chaleur du soleil favorisant l'ascension de la sève, on seroit porté à croire que cet arbre devroit donner une plus grande quantité de liqueur pendant le jour que pendant la nuit : il en arrive cependant tout autrement, parce que l'humidité de la nuit, qui est absorbée par les feuilles, se mêle avec le suc du palmier et en facilite l'écoulement; mais la liqueur qu'on obtient pendant

le jour contient beaucoup plus de parties extractives su-
crées que celle qui coule pendant la nuit.

Cet extrait est une espèce de sucre que les Malais
appellent *goula itan* (sucre noir) : il est ordinairement
en petits pains qui ont la forme du vase hémisphérique
où l'évaporation de l'eau surabondante a été faite. Sa
couleur approche de celle du chocolat, mais elle est
plus foncée. Lorsqu'on casse ces petits pains, on apperçoit, sur-tout vers le centre, des grains jaunâtres et
brillans ; cela fait présumer qu'il ne seroit pas difficile
de les amener au degré de cristallisation nécessaire pour
qu'ils devinssent un sucre de bonne qualité : tel qu'il
est, les naturels n'en emploient presque point d'autre ;
celui de la canne à sucre coutant sept à huit fois plus
cher.

On seroit tenté de présumer, d'après un usage aussi
exclusif du *goula itan*, que la canne à sucre ne croît
pas dans leur île ; ils cultivent pourtant cette précieuse
graminée : presque tous en ont quelques pieds dans leurs
jardins ; mais ils se contentent d'en savourer le suc qu'ils
expriment par la mastication.

Outre la propriété qu'a ce beau palmier de donner
une liqueur agréable et saine, les pétioles des feuilles
sont garnis vers leur base de filamens dont les naturels
font de très-bonnes cordes. A la forme et à la noirceur
de ces filamens, on les prendroit au premier coup-d'œil
pour du crin de cheval, quoiqu'ils aient presque le double

ble de la grosseur ordinaire du crin. Les jeunes fruits
préparés avec du sucre font une confiture excellente.

Quelques éboulemens des terres vers le pied des collines laissoient voir une stéatite dure, d'un gris clair,
qui en forme la base.

Je trouvai dans une excursion que je fis au sud-ouest,
plusieurs roches de schiste fort tendre de couleur grise
peu foncée et tout près de l'asbeste très-dur.

On seroit porté à croire que dans une île si peu éloignée de l'équateur, la préparation des objets d'histoire naturelle seroit singulièrement favorisée par une
prompte dessication. Le contraire arriva pourtant, et il
me fallut de grands soins pour ne pas perdre le fruit de
mes récoltes en botanique. En effet, l'air se charge en
passant sur les eaux de la mer d'une grande humidité
qui nuit beaucoup à ces sortes de préparations, et la
chaleur du climat détruit bien vîte ceux de ces objets
qui la conservent trop long-tems.

Nous nous acheminâmes le 2 de vendémiaire dès quatre heures du matin vers l'est.

Il nous fallut traverser plusieurs fois le joli ruisseau
connu sous le nom de Vaï-Tomon, dont les eaux se
rendoient à la mer à peu de distance du côté oriental
de la ville : ses bords étoient couverts d'un grand nombre de plantes, parmi lesquelles se voyoient plusieurs
espèces de *jussiœa*. Je remarquai à la surface de ses eaux
celle qui est désignée sous le nom de *jussiœa tenella* :

TOME I.   Q q

j'admirai la prévoyance de la nature pour la conservation de ce végétal ; de gros tubercules de forme ovale et
remplis d'air sont disposés le long de la tige pour faire
surnager la plante : ces vésicules diffèrent peu de celles
dont sont munis la plupart des poissons ; seulement chaque vésicule est ici composée d'un grand nombre de bul-
les, parce qu'il falloit les mettre à l'abri d'une destruction
qui ameneroit celle de la plante , lorsqu'elles viennent à
être froissées par les divers corps qu'entraîne le courant.

Malgré l'ombrage des arbres voisins, l'*elæocarpus
monogynus* étoit couvert jusque sur ses branches inférieures de belles fleurs élégamment découpées. Dans ces
forêts solitaires, dont le soleil perce difficilement l'é-
pais feuillage, on remarque avec étonnement la vivacité
des couleurs de plusieurs espèces de plantes parasites de
la famille des orchidées , fixées pour la plupart sur les
plus gros troncs d'arbres. On voyoit s'élever des endroits
les moins fourrés l'arbre de la famille des aralies , désigné sous le nom de *cussonia thyrsiflora ,* dont les larges
feuilles palmées faisoient l'ornement de ces bois.

Parmi le grand nombre de lézards occupés à poursuivre les insectes , j'admirois la légéreté de celui qu'on
nomme dragon volant (*draco volans ,* L.) : c'étoit pendant la plus grande chaleur du jour que ce joli animal
s'élançoit avec rapidité de branches en branches , en
étendant deux membranes en forme d'aîles au moyen
desquelles il se soutenoit quelque tems dans l'air. La

1ere. année
de la rép.
Vendém.

nature lui ayant refusé les muscles nécessaires au battement de ces espèces d'aîles, il ne peut que les développer pour qu'elles s'opposent à la rapidité de sa chûte. Il se donne avec ses pattes de derrière une impulsion qui, en ne l'empêchant pas de descendre, le porte quelquefois à plusieurs mètres; pour cela il s'élève à une hauteur à peu près égale à la distance du point où il veut s'élancer.

A mon retour je voulus prendre quelques branches de différens végétaux cultivés dans un jardin qui appartenoit à un naturel de l'île; mais ceux qui nous accompagnoient m'avertîrent du danger auquel ils croyoient que j'allois m'exposer: ils me montrèrent un petit hangar, et me répétèrent quelque tems, d'un air de respect mêlé de crainte, le mot *maté* avant que notre interprète vint nous expliquer que par ce terme, qui signifie un mort, ils vouloient désigner l'ancien possesseur de ce jardin qui avoit été enterré sous le petit hangar que nous voyions. Ces habitans sont dans la persuasion que l'ame du mort erre aux environs de ces lieux en veillant à la conservation de leurs produits pour le propriétaire actuel. Ils croient que tout autre qui s'en empareroit mourroit dans l'année : cette croyance est si généralement répandue qu'il est rare qu'aucun habitant se permette dans ce cas de toucher à la propriété d'un autre; et ce *maté* est un épouvantail qui assure presque toujours la récolte au légitime possesseur.

Q q 2

Le général se rendit à bord pour passer la revue des équipages ; il procura à tous de l'avancement.

Mes collections étoient déja si nombreuses et demandoient tant de soins que je passai presque toute la journée du 3 à les préparer ; mais le lendemain nous remontâmes, le citoyen Riche et moi, la rivière appelée *Batou ganton*, qui va porter ses eaux dans la rade à l'ouest de la ville : elle est encaissée dans un lit assez profond qu'elle s'est creusé entre des collines souvent difficiles à gravir. Nous nous proposions de la remonter le plus loin possible en tâchant d'en suivre exactement les bords ; mais leur escarpement nous fit prendre le parti de passer l'eau qui nous offroit rarement plus d'un demi-mètre de profondeur.

A peine avions-nous fait quelques pas que nous rencontrâmes un matelot hollandois échappé du gros vaisseau chargé de girofle qui étoit sur le point de faire voile pour Batavia. La crainte de périr de la maladie contagieuse si funeste aux Européens, lors même qu'ils y restent peu de tems, avoit déterminé ce malheureux homme à se tenir caché dans les bois jusqu'à ce que son vaisseau fût parti. Nous plaignîmes son sort, et nous étions alors bien éloignés de prévoir que le séjour qu'il redoutoit tant nous fût réservé pour la fin de notre campagne.

Sur les bords de cette rivière croissoit en abondance une nouvelle espèce de *begonia*, remarquable par la petitesse de toutes ses parties.

Un beau granit d'un grain fin formoit la base de ces
collines : le quartz ordinairement assez blanc, s'y trouvoit quelquefois coloré par de la stéatite verte, et d'autres fois par du fer qui lui donnoit une couleur de rouille.
Le mica y étoit disséminé d'une manière assez uniforme ; le schorl de couleur noire s'y trouvoit par aiguilles
d'un assez petit volume.

Nos guides profitèrent des instans où nous étions occupés à recueillir quelques objets d'histoire naturelle,
pour faire provision de l'espèce d'écrevisse appelée *cancer carcinus,* très-multipliée dans cette petite rivière.
Leur manière de les prendre nous donna une bonne idée
de leur adresse.

Cette écrevisse cherchoit ordinairement sa pâture
dans les lieux les plus éclairés ; elle les parcouroit avec
lenteur ; mais dès qu'on venoit à l'approcher elle fuyoit
avec une rapidité extrême. Les insulaires venoient pourtant à bout d'en prendre beaucoup, et c'étoit par un des
yeux qu'ils les saisissoient : pour cela ayant attaché à
l'extrémité d'une baguette un crin de cheval auquel ils
venoient de faire un nœud coulant, ils se rendoient
maîtres de l'animal en passant dans ce nœud le filet qui
sert do base à la partie sphérique de l'œil. Lorsqu'ils
manquoient leur coup l'écrevisse tardoit rarement à revenir et finissoit presque toujours par se laisser prendre.

Ayant consommé de bonne heure toutes nos provisions, nous espérions trouver à acheter des naturels de

quoi attendre la fin du jour. Il étoit déja trois heures
après midi, lorsque nous nous avançâmes avec confiance vers une petite case voisine des bords de la rivière :
mais quel fut notre étonnement ! à chaque chose que
nous faisions demander, nous n'avions d'autre réponse
que *trada ;* et c'étoit la maîtresse de cette petite habitation qui nous exprimoit ainsi qu'elle n'avoit rien de
tout ce que nous désirions : nous avions bien soin de la
faire assurer que nous payerions exactement tout ce
qu'elle nous fourniroit. Nous étions d'autant plus étonnés de cette prétendue disette, que la complexion de ces
naturels annonçoit l'abondance. J'appris par la suite
que ces paisibles habitans n'ont pas toujours lieu de se
féliciter des procédés des Européens qui dominent dans
leur île. Ils croyoient être bien fondés à ne se pas fier à
nos promesses : cependant quelques verres d'arac et divers objets de quincaillerie que nous distribuâmes à propos nous attirèrent leur confiance.

On nous engagea à nous asseoir sous le hangar formé par un prolongement du toit de la case ; les écrevis-
ses de la petite rivière nous fûrent servies avec profusion. On nous fit griller des patates et des ignames, et
nous eûmes pour boisson le vin déja légérement fer-
menté du palmier sagouer. Cette liqueur qui, fraichement retirée de l'arbre, est appelée *sagouer mouda* et
aer saguero mouda, est bien plus agréable que l'eau de
coco. La jeune fille qui donnoit ses soins à la prépara-

tion de notre repas joignoit à une figure très-agréable
et à une taille charmante un air de candeur qui ajou-
toit beaucoup à l'intérêt qu'elle inspiroit : dès qu'elle
nous avoit apporté quelques fruits, elle alloit aussitôt
s'asseoir derrière sa mère, et c'étoit de-là seulement
qu'elle jetoit quelques regards vers nous pour satisfaire
sa curiosité.

Ce repas frugal avoit pour nous les plus grands at-
traits. Nos réflexions sur la vie de l'homme qui entreprend des voyages de long cours, ajoutoient encore à
l'idée que nous nous formions du bonheur de ces insulaires, aux besoins desquels la nature fournit d'une main
si libérale.

La construction de leurs maisons est accommodée
à la beauté du climat, et leur légéreté dispense de fouil-
ler jusque sur le roc pour en asseoir les fondemens.

Comme ils n'éprouvent jamais de saison rigoureuse,
les murailles sont construites de manière à laisser un
libre passage à l'air : ce sont des palissades souvent formées de tiges de bambou très-rapprochées les unes des
autres.

La case de notre hôte, placée sur un terrain large de
trois mètres et long de quatre, avoit au lieu de bambous des pétioles de feuilles de sagoutier, qui très-rapprochés les uns des autres laissoient cependant quelques
intervalles par où l'air extérieur avoit un libre accès
dans l'habitation.

Ces pétioles, quoique très-légers, ont beaucoup de solidité, parce qu'ils sont couverts d'une écorce fort dure. L'intérieur est rempli d'une substance fongueuse que les habitans emploient en guise de liège.

Tout dans cette demeure avoit été retiré du sagoutier, jusqu'au toit dont le faîte élevé d'environ trois mètres étoit couvert de folioles de cet arbre précieux; elles avoient été pliées et fixées sur un long bâton, et elles formoient ainsi des rectangles souvent de toute la longueur de la case sur une largeur de deux décimètres: placées en recouvrement les unes sur les autres, elles étoient impénétrables aux pluies les plus fortes.

Les deux côtés de ce toit étoient inclinés d'environ quarante-cinq degrés; et une partie formoit vers l'entrée de la case un petit hangar destiné à prendre le frais; c'étoit aussi là où se préparoient les alimens, car le défaut de cheminée auroit rendu la case inhabitable, si l'on y eût allumé du feu.

Je fus surpris de voir ces peuples, qui aiment tant le repos, coucher sur une espèce de treillage de bâtons écartés d'un décimètre les uns des autres. Le lit étoit fort dur malgré les nattes qui le recouvroient; mais on y jouissoit de la fraicheur de l'air qui circuloit librement dans les interstices. Il étoit élévé d'un demi-mètre au-dessus de la terre: en dessous on voyoit déposés une partie des ustenciles de ménage, qui consistoient en trois pots de terre de leur fabrique, destinés à faire cuire

cuire leurs alimens, quelques bouteilles de figure pris-
matique qu'ils avoient achetées des Européens, et des
cuillers qu'ils avoient taillées dans de grandes coquilles
communes à Amboine. Parmi ces coquilles on reconnoissoit différentes espèces de nautiles, souvent la na-
cre et aussi l'espèce connue sous le nom de *pinna
rudis*.

1ere. année
de la rép.

Vendém.

Nous remarquâmes encore sous ce lit une pioche et
un couteau de la forme d'un couperet de boucher, nommé *pissau* en langue malaise ; ces deux instrumens leur
venoient des Européens.

La température du climat ne les met pas dans la nécessité de se vêtir ; aussi leur garderobe n'est-elle composée que du stricte nécessaire pour cacher ce que la dé-
cence ne permet pas de laisser à découvert.

Un caleçon qui souvent ne dépasse pas la moitié de la
cuisse, ou un morceau de toile bleue attachée autour
des reins, est le seul habillement des hommes adonnés
à l'agriculture.

La toilette des femmes est naturellement plus dispen-
dieuse ; elles ont une espèce de chemise de la même toile
qui descend jusqu'à mi-jambe, et qui est fixée par une
ceinture autour des reins.

Nos présens avoient excité leur reconnoissance. La
jeune fille, après avoir disparu un instant, revint nous
offrir des fleurs odorantes : il lui falloit du fil pour les
réunir en bouquets ; nous fûmes témoins de la prompti-

tude avec laquelle ces naturels savent en retirer du faux aloès, nommé *agave vivipara*. Le maître de l'habitation fut sur-le-champ couper une feuille de cette plante et l'appuyant sur sa cuisse, pour la racler avec son grand couteau et en enlever le parenchime, il fit sortir un faisceau de filamens aussi longs que la feuille et aussi forts que ceux du meilleur chanvre.

Nous rencontrâmes à notre retour un esclave dont la décrépitude excita notre curiosité; mais nous eûmes beau lui demander quel âge il avoit, il ne put jamais nous satisfaire, car il n'en savoit rien. Il nous parut surprenant qu'il ignorât le nombre des années qu'il avoit passées dans la servitude.

6.

Je remontai dans la journée du 6 la rade au moyen d'une pirogue à double balancier. Quelques chasseurs saisîrent cette occasion pour se porter assez rapidement vers l'est de la ville, et se joignîrent à notre troupe. Nous suivîmes la rive droite de cette rade à peu de distance de la côte : les eaux, extrêmement limpides, nous laissoient voir, à la profondeur de six à huit mètres, un fond blanc composé de madrépores, sur lesquels on distinguoit parfaitement une espèce de raie remarquable par de grandes taches circulaires d'un bleu de ciel un peu foncé, et divers autres poissons des couleurs les plus brillantes. Nous avions parmi nos pagāyeurs un Papou qui eut l'adresse d'en prendre plusieurs. Placé à l'extrémité antérieure de la pirogue et tenant en main une za-

gaie de bambou armée d'une pointe de fer, il la dar-
doit avec force dès qu'il appercevoit quelque poisson :
cette zagaie, à raison de sa légéreté, sortoit de l'eau à
peu près dans la même direction, de sorte qu'après avoir
pénétré à une grande profondeur, elle revenoit à notre
Papou qui manquoit rarement de la resaisir, quoique
nous fissions toujours route.

1ere. année
de la rép.

Vendém.

Lorsque nous fûmes éloignés de trois kilomètres de
la ville, nous admirâmes la charmante position d'une
maison de campagne du gouverneur, au pied des montagnes dont la chaîne se termine par une pente douce
assez près de la rade.

Une petite case habitée par des naturels, élevée à
mi-côte et entourée de girofliers et de bananiers, ajou-
toit singulièrement à la beauté du paysage.

Le fond avoit prodigieusement diminué, et quoique
notre pirogue n'eût guère plus de deux décimètres de tirant d'eau, il fallut pourtant nous écarter de la côte pour
éviter de toucher sur la roche.

Parvenus à plus d'un myriamètre de la ville, après
avoir dépassé quelques pêcheries, nous abordâmes sur
la rive droite vers une case dont le maître nous fournit
tous les cocos que nous désirâmes. Nous avions avec
nous quelques marins qui, trouvant cette liqueur beaucoup trop douce, y mêlèrent assez d'eau-de-vie pour la
rendre de leur goût, et nous vîmes avec plaisir que cette
boisson ne déplut pas à notre hôte.

R r 2

Après le déjeûner chacun se dirigea de son mieux pour remplir le but qui l'amenoit. Le rendez-vous fut donné au lieu où nous venions de débarquer.

Pour moi, je me déterminai à attaquer les montagnes orientales.

Je suivis un sentier très-fréquenté par les naturels, et je m'en écartai pour m'enfoncer dans les bois toutes les fois que quelques clairières m'en facilitoient l'entrée.

Différens éboulemens des terres ayant mis à découvert la roche dans beaucoup d'endroits, on appercevoit un grès fort dur qui servoit de base à ces montagnes. J'avois aussi remarqué la même nature de pierre jusque sur les bords de la rade que nous venions de longer.

Bientôt je recueillis parmi les différens arbustes qui croissoient dans ces terrains bas, une fort belle espèce de composée du genre *conysa*, remarquable par trois nervures principales sur chaque feuille comme dans plusieurs espèces de *melastoma* : elle a tellement le port des plantes de ce genre, qu'on seroit tenté de l'y rapporter, si on n'en voyoit pas la fleur.

Le phalanger de Buffon (*didelphis orientalis*, L.) habitoit le pied de ces montagnes : j'en rencontrai plusieurs qui passèrent à peu de distance de moi en fuyant avec rapidité.

Dès que je fus parvenu à environ trois cents mètres d'élévation perpendiculaire, je remarquai un changement total dans la nature du sol. Des couches de pierres calcaires d'une grande pureté et parfaitement blan-

ches couronnoient ces hauteurs, qui m'offroient alors
dans une grande étendue un terrain assez uni.

On y distinguoit un jardin entouré de palissades de
bambou, qui étoit fort bien cultivé quoique très-éloigné
de toute habitation. On n'y voyoit aucun moyen possible de l'arroser : la végétation y étoit pourtant très-vigoureuse, tant etoit grande l'humidité de l'air atmosphérique dans ces lieux élevés : de vastes carrés étoient
employés à la culture de l'espèce de piment appelé *cap-
sicum grossum*, dont les insulaires font une grande
consommation.

Un petit hangar bâti sur le côté occidental du jardin
nous offrit un abri sous lequel mes guides, tourmentés
par la soif, trouvèrent de fort bonne eau dans de longs
bambous que je croyois destinés à tout autre usage.
Cette eau avoit été apportée du pied de la montagne :
nous en usâmes comme si elle nous eût appartenu.

Quoiqu'il fît très-chaud, ils s'avisèrent d'allumer du
feu. J'étois bien éloigné de prévoir le dessein de ces habitans, qui, de même que les peuples les plus sauvages, se plaisent à faire dévorer par les flammes les herbes sèches qui se trouvent dans les clairières. Bientôt
un de mes guides eût l'imprudence d'aller mettre le feu
à un gros buisson. L'air étoit pour-lors très-calme; mais
un vent léger qui s'éleva peu de tems après poussa les
flammes vers le jardin, et j'eus la douleur de voir con-

1ᵉʳᵉ. année
de la rép.

Vendém.

sumer une partie de la palissade qui l'entouroit, sans pouvoir arrêter les progrès de l'incendie.

La manière dont ces naturels se procurent du feu mérite bien d'être décrite. Leur moyen n'est pas si expéditif qu'un bon briquet; mais ils ont l'avantage de trouver presque par-tout la matière qui le produit, car un morceau de bambou leur suffit.

Voici comment ils s'y prennent. Ils fendent en deux parties égales un tronçon de bambou long d'un demi-mètre : dans l'un des morceaux ils pratiquent une fente longitudinale, et taillent l'autre de manière qu'il soit tranchant et n'ait que quatre centimètres de largeur. Ils mettent de la raclure du même bois dans la concavité et au-dessous de la fente du plus grand morceau, qu'ils posent ensuite sur un plan horizontal, la partie convexe en dessus; alors ils font entrer l'autre morceau dans le milieu de la fente, où ils ont pratiqué une coche pour le recevoir, et en appuyant fortement ils lui font faire le mouvement d'une scie : en moins d'une minute la raclure prend feu.

L'arbre le plus élevé des forêts qui couvroient ces hauteurs étoit le *canarium commune*. Je vis avec étonnement que la pierre calcaire étoit à nu au milieu de ces grands bois, et que le détritus des arbres n'avoit pas encore pu recouvrir ce sol d'une couche de terre végétale : on n'en appercevoit qu'entre les fentes des pierres brisées par le tems. Ces pierres ressembloient à de vastes

plateaux de la même nature que ceux que j'avois rencontrés plusieurs fois dans nos Alpes. Les nombreuses
cavités qui s'y étoient formées, sembloient annoncer
que les pluies en avoient enlevé les parties les plus dissolubles.

Chassé de ces lieux par la fumée de l'incendie qui se
propageoit, je m'avançai vers le sud-ouest, où je trouvai au milieu des bois beaucoup de pieds du *nam-nam*
des Malais, *cynometra cauliflora*, L., qu'on cultive
dans les jardins pour son fruit, dont le goût approche
de celui d'une bonne pomme légérement acide.

Après avoir suivi les bords d'un ruisseau dont les eaux
se rendoient assez près du lieu où nous avions abordé
dans la matinée, la curiosité m'engagea à visiter une
case située dans le voisinage de la mer. J'y trouvai un
vieillard qui, contre l'usage de ces insulaires, portoit
une longue barbe : il étoit occupé à faire cuire dans un
grand vase de terre des buccins qu'il venoit de ramasser
à la marée basse, au pied des mangliers voisins de son
habitation. Ce respectable vieillard, sans être surpris de
ma visite, m'offrit aussitôt de partager son repas. Une
longue épine détachée du pétiole d'une feuille de sagoutier me fut offerte sur-le-champ, et j'imitai mon hôte en
m'en servant pour retirer de la coquille la chair des buccins qu'il m'avoit servis sur une feuille de bananier.

La compagne de ce vieillard ne tarda pas à se rendre
auprès de lui, et j'aurois été fort surpris de la prodi-

gieuse différence d'âge qu'il y avoit entre eux, si l'on ne m'avoit appris que ces insulaires mettent leur bonheur à épouser des filles très-jeunes. Leur physionomie s'anime singulièrement toutes les fois qu'ils parlent d'une femme jeune (en malais *paranpouang mouda*); et d'un autre côté c'est une chose vraiment plaisante que la grimace horrible qui décompose toute leur figure lorsqu'ils parlent d'une vieille femme (*paranpouang toua*).

Je tâchai de faire sentir à ce bon vieillard combien il étoit insalubre de vivre aussi près des mangliers, où les eaux stagnantes pouvoient lui causer de violentes maladies. J'eus beau l'engager à construire une autre case sur un terrain plus élevé, il me fît dire pour toute réponse, que ces bords de la mer lui fournissoient sa nourriture.

Le palmier *nipa* croissoit au milieu de ces marécages: ses folioles sont d'un grand usage pour recouvrir les cases.

Les chasseurs étoient déja arrivés au rendez-vous. Nous avions tous une soif extrême, et nous espérions nous procurer des cocos avec la même facilité que lors de notre arrivée le matin dans ce même lieu; mais celui à qui appartenoit le jardin étoit absent, et il n'y avoit pour-lors dans la case que sa femme. Ce fut en vain que nous l'engageâmes à nous vendre quelques cocos, en lui offrant de faire monter un de nos guides sur les arbres voisins pour les cueillir. Elle nous apprit
qu'elle

qu'elle n'avoit pas la liberté de nous en vendre; d'ailleurs, pas un de nos guides n'auroit osé monter sur ces
cocotiers dans l'absence du maître de la case, et s'il ne
fût pas arrivé nous eussions été privés de cocos; car il
avoit mis au pied de ces arbres un *maté,* pour lequel
nos guides montrèrent autant de respect que pour l'autre dont j'ai parlé précédemment : il avoit de même que
le premier la forme d'un petit hangar surmonté d'un
toit d'environ deux tiers de mètre d'élévation, et couvert de folioles du palmier nipa : ce hangar étoit soutenu
par quatre piliers de bambou éloignés d'un demi-mètre
les uns des autres.

Du milieu de ce toit pendoit un tronçon de bambou
d'environ deux décimètres de long, attaché à une corde
et couvert d'une moitié de coco. On y avoit enfermé,
me dit-on, quelques effets du défunt qui étoit enterré
sous ce petit hangar. On me fît entendre qu'il ne falloit
pas y toucher, et je me rendis à leurs désirs, ne voulant point contrarier les usages de ces peuples.

Le soleil étoit près de se coucher lorsque nous nous
embarquâmes pour nous rendre à la ville. Notre Papou
nous donna encore de nouvelles preuves de son adresse;
il harponna, tout en faisant route, diverses espèces de
poissons.

Il étoit déja nuit lorsque nous arrivâmes.

Presque toute la journée du 7 fût employée à préparer 7.
et à décrire les objets récoltés la veille.

1ere. année
de la rép.
Vendém.

J'avois rapporté de cette excursion le joli lézard appelé *lacerta amboinensis*. J'observai qu'il changeoit de couleur comme le caméléon ; sa couleur la plus ordinaire étoit le vert, et il devenoit souvent d'un brun foncé. Ce lézard se laissoit prendre facilement, quoiqu'il coure vîte, car il souffroit qu'on l'approchât d'assez près pour le saisir par l'extrémité de la queue qu'il a d'une longueur extraordinaire.

Le soir je me rendis sur les bords du rivage pour reconnoître les productions marines qui s'y rencontrent, et j'y restai jusqu'à la nuit. J'y vis beaucoup de pêcheurs qui se tenoient dans leurs pirogues à peu de distance du rivage, et qui profitoient de l'obscurité de la nuit pour attirer le poisson par des feux allumés vers la surface des eaux. Des morceaux de bois appuyés sur les leviers du double balancier des pirogues brûloient en produisant une flamme très-vive. Un des pêcheurs entretenoit le feu et l'écartoit avec le plus grand soin des leviers du balancier, ce qui lui étoit facile, en faisant tomber à l'eau les morceaux de bois qui eussent pu communiquer la flamme : pendant ce tems d'autres étoient occupés à cerner avec leurs filets le poisson attiré de fort loin par cette lumière éclatante; et nous ne tardâmes pas à connoître que ces insulaires étoient des pêcheurs très-habiles.

8. Nous partîmes le 8 de fort grand matin pour nous porter de l'autre côté de la rade. Il nous falloit faire par

eau environ six kilomètres, et ce trajet étoit dangereux avec une pirogue dont les balanciers n'étoient pas assez forts pour la tenir bien d'équilibre avec une charge aussi pesante. Nous étions fort empressés de visiter des lieux que nous n'avions point encore parcourus, et nous nous embarquâmes ne connoissant point tout le péril de notre entreprise ; mais bientôt nous vîmes un des balanciers s'enfoncer sous l'eau sitôt que quelqu'un de nous sé penchoit un peu, et sans les plus grandes précautions nous eussions chaviré. Si cet accident nous fût arrivé vers le milieu de la rade, avec la rapidité des courans, il eût été difficile même aux plus habiles nageurs de regagner le rivage. Le danger diminuoit à mesure que nous nous approchions du lieu où nous devions débarquer ; mais ce qui nous étonna singulièrement ce fut l'imprudence d'un domestique du bord de l'Espérance qui, quoique ne sachant point nager, et étant bien assuré de se noyer si nous chavirions, fît perdre à notre pirogue plusieurs fois son équilibre.

Nous arrivâmes enfin.

Les bords de la mer étoient couverts de l'arbuste appelé *scœvola lobelia*. Il se plait sur le rivage, et je l'y avois aussi trouvé à la Nouvelle-Irlande.

Les eaux de la marée haute venoient baigner le pied du bel arbre dont la dénomination d'*heritiera* rappelle le nom d'un de nos plus habiles botanistes, le citoyen l'Héritier.

S s 2

Je trouvai en m'avançant vers l'ouest parmi les cailloux roulés sur le rivage, des laves très-poreuses, et
néanmoins beaucoup trop pesantes pour surnager. Comme je n'ai remarqué dans l'intérieur de l'île aucunes
pierres qui·aient subi l'action du feu, il est à présumer
que celles-ci auront été apportées dans la rade par les
eaux que quelque explosion volcanique aura agitées ;
car les tremblemens de terre sont fréquens dans ces parages, et les habitans nous parloient encore avec effroi
d'un entre autres qui, douze ans avant notre arrivée
dans leur île, y causa les plus grands ravages : les maisons fûrent inhabitables pendant plusieurs jours, et
même quelques-unes s'écroulèrent.

Il y a dans l'île de Banda, peu éloignée et vers l'est
d'Amboine, un volcan ouvert.

On trouve à Karuku, petite île à un myriamètre de
distance et aussi vers l'est d'Amboine, des eaux ther-
males si chaudes que, selon le rapport de divers Européens, elles durcissent un œuf dans cinq minutes. La
vapeur brûlante qui sort de ces eaux ne nuit pas à plusieurs arbres qui en sont continuellement baignés ; ils
montrent, au contraire, une végétation très-vigoureuse.

La petite île de Karuku est principalement consacrée
à la culture du giroflier.

Je trouvai dans les jardins cultivés par les naturels
quelques pieds de muscadier, dont les plus grands n'a-

voient pas au - delà de sept mètres de haut, leur tronc
n'ayant pas plus de deux tiers de décimètre d'épaisseur.
Ils portoient déja beaucoup de fruits. Le muscadier se
plait à l'ombre des grands arbres ; ceux-ci étoient abrités par le *canarium commune*. C'est aussi le même arbre qui leur sert d'abri dans l'île de Banda, principalement destinée par les Hollandois à leur culture.

Le conseil de la compagnie hollandoise qui siège à
Batavia, trouvant que le produit des muscadiers de Banda suffisoit à l'exportation, et voulant d'ailleurs éviter
tout commerce interlope de cette précieuse denrée, ordonna, quelques années avant notre arrivée à Amboine, de détruire tous les muscadiers qui s'y trouvoient.
Cet ordre fut exécuté, et il en échappa bien peu ; mais
un ouragan survenu dans la même année dérangea tous
ces calculs fondés sur la cupidité. Il fit à Banda ce que
le conseil venoit de faire exécuter à Amboine.

Des ordres du même conseil fûrent ensuite donnés
pour tâcher de réparer le tort qu'on avoit fait à Amboine. On voulut y rétablir la culture du muscadier ; aussi
ceux qu'on y rencontre le long de la rade sont encore
très-jeunes : on en remarquoit pourtant dans plusieurs
jardins de la ville, et vis-à-vis de la maison du commandant de la place quelques-uns beaucoup plus grands
qui échappèrent aux ordres destructeurs émanés de la
régence de Batavia.

Nous trouvâmes le beau laurier appelé *laurus culi-*

laban, qui donne par la distillation une huile aromatique fort recherchée : les naturels savent extraire cette
huile précieuse dont ils font commerce.

Les plus grands girofliers que nous trouvâmes dans
cette excursion n'avoient pas plus de sept mètres de haut,
et leur tronc pas plus de deux décimètres d'épaisseur : les
naturels sont obligés d'en livrer le produit à la compagnie hollandoise pour environ la cent cinquantième partie du prix auquel il est vendu en Europe. Nous vîmes
beaucoup de clous de giroflè qu'ils avoient étendus sur
des nattes à l'ombre de leurs hangars pour les faire sécher
convenablement avant de les remettre aux agens de la
compagnie. Ces naturels prenoient bien garde de ne pas
les exposer aux rayons du soleil qui auroient enlevé une
partie de l'huile essentielle de cet excellent aromate.

Etant sur le rivage j'entendis des instrumens à vent,
dont les accords, quelquefois très-justes, étoient entre-
mêlés de dissonances qui ne déplaisoient point : ces sons
bien filés et très-harmonieux sembloient venir de si loin,
que je crus pendant quelque tems que les naturels faisoient de la musique au-delà de la rade, à près d'un
myriamètre de distance du lieu où j'étois. Mon oreille
étoit bien trompée sur la distance ; car je n'étois pas à
cent mètres de l'instrument : c'étoit un bambou de vingt
mètres au moins de hauteur, qui avoit été fixé dans une
situation verticale sur les bords de la mer. On remarquoit entre chaque nœud une fente d'environ trois cen-

timètres de long sur un centimètre et demi de large; ces
fentes formoient autant d'embouchures, qui, lorsque le
vent s'y introduisoit, rendoient des sons agréables et
variés. Comme les nœuds de ce long bambou étoient
fort nombreux, on avoit eu soin de faire les entailles
en différens sens, afin que de quelque côté que le vent
soufflât, il pût toujours en rencontrer quelques-unes. Je
ne puis mieux comparer les sons de cet instrument qu'à
ceux de l'harmonica.

L'essai que nous avions fait de notre pirogue en traversant la rade nous avoit donné l'éveil pour la mieux
disposer à notre retour. Les balanciers furent renforcés,
et nous pagayâmes vers la ville sans craindre de nous
noyer.

Quelques heures de la journée du 10 furent employées
à visiter le cabinet d'histoire naturelle de M. le gouverneur, où j'admirai une nombreuse collection de beaux
papillons parfaitement conservés. J'y remarquai beaucoup de doubles très-rares : une grande boîte étoit entièrement remplie de la belle espèce nommée *papilio aga-
memnon*. On voyoit encore dans ce cabinet un beau
choix de coquilles, parmi lesquelles étoient plus de vingt
scalata, *turbo scalaris*, L.

10

M. le secrétaire du conseil avoit aussi de grandes collections de ce genre. Le goût de recueillir des objets
d'histoire naturelle est assez répandu parmi les Hollandois; c'est pour eux un puissant moyen de s'avancer

quand ils savent les adresser à propos à des gens qui ont du crédit au conseil de Batavia ou en Europe.

Le capitaine Huon obtint beaucoup de belles coquilles du secrétaire du conseil, qui lui donna, entre autres, un des coquillages les plus précieux et les plus rares (la nautile vitrée), que ce capitaine a léguée par testament au muséum d'histoire naturelle de Paris.

Nous nous avançâmes le lendemain vers l'entrée de la rade, en suivant la côte avec la pirogue dont nous avions coutume de nous servir.

Au même instant la marée montant avec beaucoup de force produisit un courant rapide, particulièrement vers le milieu de la rade. Malgré l'habilité de nos pagayeurs, nous n'eussions rien gagné à lutter contre un pareil obstacle : comme sa force étoit extrêmement diminuée près du rivage, nous nous approchâmes de la côte le plus que nous pûmes; le peu de tirant-d'eau de la pirogue donnoit pour cela beaucoup de facilités.

Je m'attendois bien à une grande diminution du courant sur la rive; mais je n'aurois pas cru la trouver aussi considérable. La cause principale me paroît tenir à l'adhérence de l'eau à raison de sa proximité de la terre; tandis que plus loin la mer étant beaucoup plus profonde, les couches supérieures qui forment le courant, glissant avec facilité sur les couches inférieures, le frottement se trouve extrêmement diminué.

Lorsque le courant est fort rapide vers le milieu de
la

la rade, il est souvent nul sur les bords ; quelquefois
même il y suit une direction contraire, ce qu'on doit
attribuer aux différentes pointes de terre qui s'avancent
dans la mer.

Nous remarquâmes dans un enfoncement sur les
bords d'une plage sablonneuse quelques pêcheries formées par un entourage de bambous assez rapprochés
pour que le poisson ne pût s'en échapper. L'ouverture
par où il s'y engageoit étoit à sec lors de la marée basse,
en sorte que celui qui étoit amené avec le flux ne pouvoit en sortir lorsque le flot s'étoit un peu retiré. D'ailleurs, le poisson qui cherche le plus ordinairement les
eaux profondes s'avance vers le fond de cet entourage
où la mer, dans les basses marées, a encore un mètre
de profondeur. Ce réservoir offroit des poissons faciles à
prendre, et l'homme n'étoit pas le seul qui vint y pêcher ; on y appercevoit plusieurs espèces de herons. Notre présence en avoit déja fait fuir quelques-uns ; mais
plusieurs autres restoient encore leurs longues pattes
profondement enfoncées dans l'eau, et attendoient patiemment que quelque poisson s'approchât assez près
d'eux pour qu'ils pussent le saisir. Ces réservoirs sont
aussi très-fréquentés par les martins-pêcheurs ; quelques-
uns étoient perchés sur les bambous, et on les voyoit
de tems en tems fondre sur le poisson qui leur fournit
une nourriture abondante.

Nous ne tardâmes pas à trouver une pointe de terre

assez avancée dans la rade pour avoir déterminé les Hollandois à y construire une redoute : elle étoit pour-lors
abandonnée, de même qu'une autre que nous appercevions sur la rive opposée, et plus près de l'entrée de la
rade. Nous descendîmes à peu de distance de cette première redoute, et de-là nous allâmes à la maison de
campagne du chirurgien en chef de l'hôpital, M. Hoffman, avec qui nous étions liés d'amitié.

Après avoir fait promptement un déjeûner dans lequel
les épiceries fûrent prodiguées de manière à ne pas nous
permettre d'oublier que nous étions dans les Moluques,
j'allai visiter les environs de cette habitation, où des
terrains marécageux, parmi un grand nombre d'autres
plantes, m'offrîrent la belle espèce d'acanthe à feuilles
de houx, *acanthus ilicifolius*, L., et une variété à feuilles entières.

Nous retournâmes ensuite vers la redoute dont la forme du côté de la mer est demi-circulaire et qui n'a pas
plus de cent soixante mètres de long sur cent de large :
elle est formée par des murs élevés de deux mètres, et
percés de quatorze ouvertures, vis-à-vis chacune desquelles on place un canon ; ces murs du côté de la terre
n'avoient pas plus d'un mètre d'épaisseur, ceux qui donnoient du côté de la rade avoient une épaisseur double.

Tandis que j'étois à terre, le citoyen Riche faisoit
plonger nos pagayeurs qui lui rapportoient souvent des
productions marines très-précieuses. La rade d'Am-

boine est féconde en beaux coquillages qu'il est rare de rencontrer ailleurs; les plus fragiles étant à l'abri du mouvement de la mer dans ses divers enfoncemens, s'y trouvent souvent parfaitement conservés.

Notre Papou fît voir alors que si de tous nos guides il étoit lé plus habile plongeur, il étoit aussi le plus gai. Son humeur vraiment burlesque divertit beaucoup ses camarades : il joua divers morceaux de comédie, qu'il nous dit faire le plus grand plaisir chez les Papous : un de ceux qu'il répétoit le plus souvent, parce qu'il étoit sûr d'un applaudissement général, représentoit une femme qui venoit accoucher sur la scène. Il profita du tems où nous prenions notre repas pour nous régaler du plus beau morceau de la pièce, et il joua son rôle avec une vérité scrupuleuse.

Quelques habitans des mers du Sud ont aussi de semblables comédies. Le capitaine Cook rapporte dans son second voyage, qu'aux îles de la Société il assista à un pareil spectacle.

Je profitai de la bonne disposition de notre Papou dans ce moment pour savoir de lui comment les Papous s'y prenoient pour séparer le cordon ombilical; il m'apprit qu'on le brûloit à un tiers de décimètre du nombril, opération qui a été pratiquée par quelques chirurgiens. Les Papous se servent pour cela d'un tison bien allumé.

Nous nous rembarquâmes pour nous porter plus loin

T t 2

en suivant toujours la même rive. Quelques *erythrina corallodendron* se faisoient remarquer par leurs belles fleurs d'un rouge éclatant.

Sur la pente des roches de grès qui formoient les bords escarpés du rivage voisin, s'élevoient des pieds de va-coua, *pandanus odoratissima*, qui, penchés vers la mer, donnoient à ces lieux un aspect très-pittoresque : les gros fruits sphériques qui pendoient de l'extrémité de leurs branches augmentoient leur pente naturelle vers les flots. Plusieurs fruits parvenus à leur maturité en couvroient déja la surface.

Ces lieux enchanteurs nous donnèrent sujet de nous féliciter de notre course. Après y avoir passé quelque tems nous nous rembarquâmes pour nous avancer encore vers l'ouverture de la rade.

Un site charmant dans le voisinage d'une habitation occupée par des naturels nous détermina à descendre sur le rivage. Le maître de la case étoit absent; nous trouvâmes dans cette paisible demeure une jeune mère de famille qui, entourée de ses enfans, les amusoit beaucoup en accompagnant sa voix agréable avec un instrument à cordes extrêmement simple : c'étoit un tronçon de bambou d'un décimètre et demi de long, garni à une de ses extrémités d'un parchemin comme un tambour : trois filamens d'écorce de rotin fixés aux deux extrémités de ce cylindre et tendus chacun par un che-valet formoient les cordes de l'instrument qui étoit placé

en travers sur les genoux. Les deux cordes les plus éloignées donnoient un accord d'octave, et celle du milieu
un accord de quinte avec la corde la plus distante. Un
cercle d'un centimètre d'élévation à chaque extrémité
servoit à soutenir d'autres cordes qui étoient destinées
à rendre l'instrument plus sonore : ces cordes étoient
plus ou moins tendues au moyen d'un nœud qui les
lioit deux à deux, et qu'on faisoit glisser à volonté dans
presque toute leur longueur comme à nos tambours.
Une petite lame d'écorce de bambou servoit à faire vibrer les cordes élevées par les chevalets. L'accompagnement, quoique fort monotone, sembloit plaire infini-
ment à nos guides, dont l'oreille étoit accoutumée à ce
genre de musique.

Cette habitation étoit environné de muscadiers encore peu avancés, et pourtant déja d'un bon rapport,
quoiqu'à Amboine on ne soit généralement pas très-sa-
tisfait de leur culture ; les environs formoient un beau
verger où nous ne cessions d'admirer les brillantes fleurs
de l'*eugenia malaccensis* : on y remarquoit aussi l'*a-
verrhoa carambola*, dont le fruit nous plut beaucoup
par son agréable acidité.

Les bords du rivage étoient embellis par une nombreuse plantation de l'espèce d'arbre nommée *æschino-
mene grandiflora* ; sa fleur, la plus grande des légu-
mineuses, est communément d'un beau blanc et aussi
quelquefois de couleur rouge. Les naturels la man-

334   VOYAGE A LA RECHERCHE

gent souvent cuite et quelquefois même crue en salade.

L'écorce de cet arbre donne un extrait amer qu'on emploie comme tonique dans les fièvres.

Le jour approchoit de sa fin; le courant nous étoit contraire. Nous fûmes obligés de raser de très-près le rivage, et il étoit nuit lorsque nous fûmes rendus à la ville.

12.

Dès que j'eus disposé de la manière la plus convenable le produit de mes dernières courses, je me portai vers le sud à une petite distance de la ville. Je trouvai encore des plantes à ajouter à mes collections. Je vis à mon retour un Nègre blanc, Papou d'origine. Il avoit les cheveux blonds: sa peau étoit blanche et marquée de taches de rousseur comme celle des Européens qui ont les cheveux rouges; mais il n'avoit point la vue foible, comme il arrive ordinairement aux autres Albinos.

Ce jeune Papou, esclave d'un Hollandois, étoit à Amboine depuis peu de tems. Au moment où je m'approchai de lui il étoit occupé à jouer d'un instrument que je fus étonné de voir parmi ceux de ces peuples: c'étoit une guimbarde faite de bambou, et taillée dans la partie la plus dure de ce bois; elle n'étoit pas tout à fait si grande que celles de fer que nous connoissons. Comme la languette ne pouvoit être courbée pour la faire vibrer avec le doigt, une petite corde fixée à une des extrémités de l'instrument servoit à lui donner la secousse nécessaire pour agiter la languette, qui alors

rendoit les mêmes sons que la lame de fer de nos guim-
bardes. Il me dit que cet instrument plaisoit fort aux
Papous.

1ere. année
de la rép.

Vendém.
13.

Nous avions formé le dessein, depuis quelques jours,
d'aller à la maison de campagne du commandant de la
place, située vers le fond de la rade; son fils nous ac-
compagna.

Le jour ne paroissoit pas encore. Il étoit à peine cinq
heures lorsque nous étions déja dans nos pirogues.

Nous ne tardâmes pas à arriver sous un toit environné d'arbres qui portoient un ombrage salutaire dans ces
climats brûlans, et ils n'étoient pas une vaine décora-
tion de ce délicieux séjour, car ils donnoient presque
tous d'excellens fruits. Parmi les différentes anones qui
nous fûrent offertes, les meilleures étoient de l'espèce
connue sous le nom d'*anona muricata*.

Nous nous rembarquâmes peu de tems après notre
arrivée, et nous étions déja à près d'un myriamèrre de
la ville, lorsque nous dépassâmes une pointe de terre
au - delà de laquelle la rade s'étend beaucoup vers le
nord.

Un vent frais de sud-est ralentissoit notre marche et
poussoit contre nos frêles embarcations unc vague qui
ne laissoit pas d'être fort incommode.

Dans ce moment un grand bateau sortoit chargé d'eau
de cet enfoncement, où coule une rivière qui fournit à
l'approvisionnement des vaisseaux; il alloit à bord de

l'Espérance. On ne va chercher de l'eau à une si grande distance que parce qu'elle est beaucoup plus aisée à faire que près de la ville, où l'on en trouve cependant aussi de fort bonne.

Le courant occasionné par le reflux nous étoit contraire; mais nos pagayeurs redoublèrent leurs efforts, et nous abordâmes enfin vers le fond de ce vaste prolongement de la rade.

Nous marchâmes pendant quelque tems à l'ombre des muscadiers qui étoient là en bien plus grand nombre que dans toutes les parties de l'île que nous avions visitées jusqu'alors. C'étoient de même de jeunes plants.

Le fils du commandant de la place avoit ici une nombreuse parenté. Nous étions tout près de la maison d'un de ses cousins, qui étoit un naturel de l'île : il nous fallut y dîner à la manière des habitans; du poisson, du pain de sagou, du riz et quelques fruits composèrent notre repas. Comme on ne nous servit point de cuillers, nous fûmes obligés d'imiter notre hôte en prenant les mets avec nos doigts, et nous n'en mangeâmes pas moins d'un fort bon appétit.

Nous nous accommodâmes tous assez bien du pain de sagou. Le poisson étoit fortement pimenté; mais quelques verres d'eau de sagouer diminuèrent la violence de ses effets.

Nous eûmes pendant notre repas le plaisir de la musique. Une espèce d'épinette servoit d'accompagnement

à

à une voix d'homme, un tambour faisoit la basse, et le
tamtam la contre-basse.

1ere. année
de la rép.
Vendém.

Après avoir dîné, notre hôte nous mena dans sa pirogue à un kilomètre de distance vers l'est.

Nous y vîmes un homme occupé à exploiter un sagoutier. Cet arbre, de l'épaisseur d'un demi-mètre, avoit
été abattu depuis peu; il étoit déja ouvert dans une
partie de sa longueur, qui, en son entier, n'avoit pas
plus de douze mètres, et on en avoit retiré beaucoup de
sagou. Ce palmier conservant, comme les autres arbres
de cette famille, à peu près le même diamètre dans
toute son étendue, fournit à peu près autant de sagou
dans le haut de sa tige que près de sa racine (on peut
voir une figure très-exacte du jeune sagoutier, *planche
42, figure* a). Son tronc est formé à l'extérieur d'une
partie ligneuse très-dure qui n'a pas plus d'un centimètre d'épaisseur. C'est un gros cylindre rempli d'une fécule, qui est traversée dans toute la longueur du tronc
de fibres ligneuses d'environ un tiers de millimètre d'é-
paisseur, et souvent écartées les unes des autres d'un
demi-centimètre.

On broie le sagou après l'avoir retiré de l'arbre; on le
renferme dans des sacs faits d'une espèce de canevas quo
fournissent vers leur base les pétioles des feuilles du cocotier. On jette à plusieurs reprises sur ces sacs de l'eau
fort claire qui entraîne la fécule, tandis que cette espèce
de tamis retient en partie les fibres ligneuses.

V v

L'eau chargée de fécule est reçue dans des auges formées avec le bas des pétioles des feuilles du sagoutier.
On coupe ces auges d'un mètre de longueur. On fixe à
l'extrémité de chacune un tamis qui retient une partie
de la fécule qui se précipite, et l'on voit surnager les fibres ligneuses échappées au premier lavage.

Ce tamis encore n'avoit couté aucune préparation. Il
étoit de la même nature que l'autre, et offroit un tissu
de fibres croisées qui différoit de celui de nos étoffes en
ce que leurs différentes couches étoient simplement ap-
pliquées les unes sur les autres dans toute leur longueur;
mais quelques fibres courtes qui passoient d'une couche
à l'autre les lioient entre elles et en formoient un tissu
solide.

Pour ôter les fibres ligneuses qui se rencontrent dans
la fécule du sagou, après l'avoir lavée dans des sacs, on
la repasse encore dans des auges disposées communément au nombre de quatre les unes au-dessus des autres, afin que ce qui ne s'est pas déposé dans la première, soit reçu dans la seconde, et ainsi de suite.

Le tissu du sagoutier méritoit bien d'être examiné,
aussi j'en coupai un tronçon où je remarquai une tex-
ture commune à beaucoup d'autres palmiers, comme le
citoyen Desfontaines l'a si bien décrit dans un mémoire
sur les plantes à une feuille seminale.

Je ne pus m'éloigner que très-peu de la ville les deux
jours suivans, parce qu'il falloit des soins très-assidus

pour conserver mes nombreuses collections. Un aide
intelligent auroit épargné à chaque naturaliste un tems
précieux qu'il eût pu employer d'une manière bien plus
utile.

Mais le 16 à peine faisoit-il jour que nous étions sur
la rade. Nous la traversâmes en nous portant du côté
de son ouverture, et nous abordâmes près d'une redoute
éloignée d'environ un myriamètre de la ville. La rade
avoit bien dans cet endroit sept kilomètres de largeur ;
aussi des vaisseaux ennemis n'auroient pas plus à craindre de ce bastion que du premier dont j'ai déja parlé :
il est absolument construit de même ; celui-ci est seulement plus voisin de l'entrée de la rade.

Tout près de-là quelques cases formoient un petit ha-
meau où régnoit un air de propreté qui indiquoit l'aisance de ses habitans. La mer leur fournit une nourriture abondante, et a plupart des bâtimens étoient environnés de jardins bien cultivés.

Quelques-uns de ces insulaires élevoient des volailles
pour les porter au marché de la ville. Nous nous rendîmes aux invitations d'un de ces honnêtes habitans, qui
voulut absolument nous régaler d'œufs frais.

La plupart des jardins étoient entourés d'arbustes,
parmi lesquels on distinguoit le *jatropha curcas,* dont
les pieds très-rapprochés les uns des autres formoient
de bonnes palissades : ses graines ont un goût de noi-
sette assez agréable. Les naturels nous avertîrent que,

V v 2

mangées, même en petite quantité, elles causoient un grand assoupissement; ils ne savoient pas que la qualité narcotique de ce fruit réside dans la partie connue des botanistes sous le nom d'embryon. J'eus le plaisir de leur apprendre qu'en l'enlevant on pouvoit manger l'amande en toute sûreté.

Nous nous avançâmes dans l'intérieur des terres, où nous remarquâmes quelques pieds de roucou, *bixa orellana*, cultivés avec peu de soin. Parvenus tout près de l'entrée de la rade, nous appercevions au loin quelques grandes pirogues qui louvoyoient pour l'atteindre, et quelques autres qui étoient déja près de son ouverture.

Notre petite pirogue étoit arrivée au rendez-vous lorsque la marée montante occasionna une vague qui ne laissa pas d'embarrasser le pagayeur; la mer devint aussitôt très-clapoteuse. Il nous fallut attendre qu'elle fût calmée avant de nous rembarquer pour aller de l'autre côté de la rade plus loin que nous ne nous étions encore portés jusqu'alors.

Nous longeâmes pendant quelque tems la côte, afin de pouvoir plus aisément refouler la marée et compenser la dérive qu'alloit nous occasionner la force du courant. Un grand nombre de dauphins, *delphinus delphis*, se dirigeant avec rapidité vers le fond de la rade, passèrent à si peu de distance de nous, qu'ils donnèrent à ceux qui ne savoient pas nager de vives craintes que la pirogue ne fût culbutée.

Bientôt nous abordâmes vers une petite habitation située dans un des plus beaux endroits de cette île.

Les pêcheurs de l'autre rive nous avoient pourvus abondamment de poisson, et un d'entre nous désira de le faire accommoder à la manière des habitans des mers du Sud. L'eau des cocos devoit servir de principal assaisonnement. Il fît ajouter du piment à ce plat tant vanté par le capitaine Cook. Nous vîmes avec plaisir qu'il fut extrêmement du goût de nos hôtes, auxquels il étoit inconnu ; ils avoient fourni avec empressement à nos guides tout ce qui leur avoit été nécessaire pour réussir complettement. Celui qui avoit donné les ordres pour la préparation de cet excellent mets acquit la réputation d'un très-bon cuisinier parmi ces habitans, qui nous divertîrent beaucoup en nous demandant sans cesse s'il n'étoit pas le premier cuisinier de notre vaisseau.

J'admirai aux environs de cette case le bel arbuste connu sous le nom d'*abroma augusta*. L'*hedysarum umbellatum* figuroit parfaitement au milieu de plusieurs espèces nouvelles du même genre. Les muscadiers y attiroient des pigeons de l'espèce appelée *columba alba*, L. Ceux que nous tuâmes avoient le jabot rempli de muscades.

L'excessive transpiration que cause ce climat brûlant, donne souvent lieu à des maladies de peau. Cinq de nos hôtes avoient le corps couvert de dartres farineuses dont les écailles, se détachant, étoient aussitôt remplacées par d'autres, et paroissoient d'autant plus que leur couleur contrastoit beaucoup avec la teinte cuivrée de leur peau. Cette maladie occupe souvent toutes les parties du corps. Nous vîmes aussi quelques enfans affectés d'une autre maladie cutanée qui ne sembloit pas les faire souffrir : presque tout leur corps étoit couvert de grosses verrues qui n'étoient éloignées que d'un tiers de décimètre les unes des autres.

J'ai rarement visité des cases à Amboine sans y trouver des instrumens de musique. J'en vis encore ici un que je n'avois point rencontré ailleurs ; c'étoit une flûte à bec, dont l'extrémité inférieure étoit terminée par deux branches divergentes percées de trous placés de la même manière sur toutes les deux, et formant ainsi deux flûtes qui donnoient assez juste les mêmes sons. Ces naturels aimoient beaucoup à jouer à l'unisson ; ils employoient une main pour chaque branche.

Je retournai à la ville par une nuit obscure ; les eaux de la rade m'offrirent des amas de petits corps qui en éclairoient la surface sous la forme de larges plaques de lumière. L'eau que je pris dans les endroits les plus phosphoriques laissa sur le filtre, à travers lequel je la fis passer, de petites mollusques qui ne différoient en rien de celles que j'avois déja examinées avant d'arriver au Cap de Bonne-Espérance, et ailleurs, à de grandes distances de la terre.

Nous abordâmes à la côte voisine de la ville au moment de la haute mer. Il nous fallut faire plus de trois cents mètres en marchant dans l'eau, nos pirogues ne pouvant approcher davantage de la rive à cause du peu de fond. Les pêcheurs venoient d'allumer des feux pour attirer le poisson dont le flot avoit amené une si grande quantité que nous en vîmes leurs filets chargés.

1ere. année de la rép.

Vendém.

Les deux jours suivans fûrent employés à parcourir les environs de la ville. J'étois surpris de rencontrer dans une île aussi peu étendue tant d'espèces différentes de végétaux; mais sans doute la proximité de Céram l'enrichit d'une partie des plantes de cette grande île.

17 et 18.

M. le gouverneur donna le soir une fête à l'occasion de l'anniversaire d'un de ses fils : ce fils étoit en Europe pour y achever son éducation : tous les naturalistes fûrent invités, et nous nous rendîmes au gouvernement une heure après le coucher du soleil. La fraicheur de l'atmosphère permettoit alors de danser; le bal étoit déja commencé, et on avoit formé plusieurs contredanses dans le grand sallon où M. le gouverneur nous avoit reçu lors de la première visite que nous lui fîmes avec le général Dentrecasteaux.

Ce sallon étoit une espèce de galerie décorée de quelques gravures et d'un petit nombre de tableaux très-médiocres placés à de grandes distances les uns des autres. Les murailles étoient seulement enduites de quelques couches de chaux; il eût été cependant bien facile, et il n'eût fallu que peu de frais pour les orner d'une belle boiserie, l'île fournissant plusieurs bois propres à la marquetterie.

Presque toutes les jeunes filles des employés de la compagnie étoient au bal. Quoique la chaleur du climat dût engager à éviter tout mouvement précipité, nous vîmes avec surprise que ces jeunes personnes avoient adopté une manière de danser qui nuisoit beaucoup au développement de leurs grâces; elles se contentoient de marcher avec lenteur en formant à peine les figures; et cet air de nonchalance contrastoit singulièrement avec l'extrême légéreté que mettoit le danseur dans les différens pas de ces contredanses.

L'orchestre étoit composé de quatre Noirs esclaves qui jouoient du violon, et d'un autre qui jouoit de la basse.

Le bal fut suivi d'un festin splendide qui fut servi dans le même sallon.

Au petit nombre de convives rassemblés vers neuf heures et demie, je crus que le souper ne seroit pas nombreux; mais la plupart se souciant peu de la danse, ne vînrent que vers dix heures du soir.

La gaieté présida à ce repas, qui dura une bonne partie de la nuit, tandis que le bal recommença bientôt pour ne cesser qu'au lever du soleil.

Nous fûmes surpris de ne pas trouver à cette fête

M.

M. Strampfer, un des ministres du culte protestant, qui nous avoit fait beaucoup d'accueil ; mais bientôt nous apprîmes qu'il avoit encouru depuis peu la disgrace de M. le gouverneur, parce qu'après avoir donné pendant plusieurs années des soins très-assidus à l'éducation de ses enfans, ce pauvre homme s'étoit avisé de réclamer le paiement qui lui étoit dû : il eut beau exposer que l'honneur qu'on lui vantoit tant d'avoir soigné l'éducation des enfans de M. le gouverneur ne suffisoit point entièrement à un père de famille, il ne put obtenir rien de plus.

J'employai une partie de la journée du 19 à parcourir plusieurs jardins, où, parmi les végétaux qui en faisoient l'ornement, on remarquoit le buis de la Chine, *murraya exotica*, qui formoit de très-belles allées ; la carmanthine panachée, *justitia variegata*, et le tournesol bigarré, *croton variegatum*, si remarquables par la beauté de leurs fleurs et de leur feuillage.

Le henné, *lawsonia inermis*, appelé par les naturels *boungnia laca*, est employé, comme en Asie, à teindre certaines parties du corps, et particulièrement l'extrémité des doigts : ce sont les Chinois qui en font le plus d'usage.

Bientôt je me trouvai auprès d'une case entourée d'un grand nombre de cocos suspendus aux bords de la toiture et aux arbres voisins. Le maître de cette cabane me dit, en me montrant sa nombreuse famille, qu'il se

1ere. année de la rép. Vendém.

19.

disposoit à faire une grande plantation de cocotiers :
la plupart de ces cocos étoient déja germés, et il ne devoit les confier à la terre que lorsque la jeune plante auroit acquis environ un demi-mètre de haut. Il m'assura
que sans cette précaution beaucoup eussent pourri sans
lever.

Le moment de notre départ d'Amboine approchoit ;
les collections que j'avois faites dans cette île charmante,
fûrent transportées sur le vaisseau où je me rendis dans
la soirée du 21.

21.

22.　L'empressement qu'on avoit mis pour engager toutes les personnes de l'expédition à se rendre dès la veille
à bord des frégates, nous avoit fait présumer que tout
étoit disposé pour le départ, et qu'il ne pouvoit y
avoir que des vents contraires qui pourroient nous empêcher de faire voile. Cependant il nous falloit encore
remplacer une partie de l'eau qui avoit été consommée
pendant notre mouillage ; ce travail ne fut achevé que
dans l'après-midi, et nous ne pûmes partir que le lendemain.

Le gens de l'équipage fûrent très-contens de cette
relâche ; ils y avoient joui de tout le loisir qu'ils pouvoient désirer, et même on avoit employé des esclaves pour nous apporter notre approvisionnement d'eau
et de bois, dans de grandes chaloupes qu'on nomme
yacou.

Notre vaisseau venoit d'être calfaté, et le grément

ayant été visité avec une attention scrupuleuse fut trouvé généralement en bon état.

L'île d'Amboine, appelée *Ambon* par les naturels,
étoit alors le premier des gouvernemens hollandois dans
l'Inde, après le gouvernement général de Batavia.

La latitude du lieu de l'observatoire vers l'extrémité
occidentale de la ville fut trouvée de 3^d $41'$ $40''$ sud,
et sa longitude orientale de 126^d $9'$.

La variation de l'aiguille aimantée y fut de 1^d $13'$
$20''$ ouest.

Une aiguille plate donna 3^d d'inclinaison.

Quoique la chaleur fût accablante, le thermomètre
ne varia pourtant chaque jour assez régulièrement que
du $22^{me\ d}$ au $25^{me\ d}$.

Le baromètre se tint assez constamment à 28^p 2^l; sa
variation n'étant pas de plus de 1^l.

L'heure de la haute mer, dans le lieu de notre mouillage lors des sizygies, étoit à midi et demi, et les eaux
s'élevoient d'environ vingt-cinq décimètres. Les marées
se font sentir deux fois par jour.

La rade d'Amboine forme un canal d'environ deux
myriamètres de long sur une largeur moyenne de deux
tiers de myriamètre. Ses bords offrent souvent un bon
ancrage, et quelquefois cependant un fond de corail. On
trouve vers le milieu trop de profondeur pour y laisser
tomber l'ancre.

Le fort nommé le fort de la Victoire est construit en

briques ; le gouverneur et quelques membres du conseil y ont établi leur résidence. Il tomboit alors en ruine, et lorsqu'on y tiroit le canon, il éprouvoit toujours quelque dommage très-apparent.

La garnison étoit composée d'environ deux cents hommes, dont les naturels de l'île formoient le plus grand nombre ; les autres étoient quelques soldats de la compagnie venus d'Europe, et un foible détachement du régiment de Wirtemberg.

La plupart de soldats européens étoient tourmentés du désir de revoir leur patrie ; mais aucun n'entrevoyoit le moment où il lui seroit accordé d'y retourner. Quelques-uns qu'on leurroit de ce vain espoir depuis bien des années étoient pour les autres un exemple qui jetoit la tristesse dans leur ame.

Le petit nombre des soldats qui survivent au séjour de l'Inde rend encore plus précieux ceux qui y ont passé quelques années ; aussi la compagnie hollandoise est rarement fidelle aux promesses qu'elle leur fait de les laisser repasser en Europe lorsque leur tems est expiré. D'abord on tâche par toutes sortes de moyens de leur faire contracter un second engagement ; et ceux qui évitent avec soin tout ce qui tendroit à prolonger leur séjour dans l'île, n'en obtiennent pas plutôt leur liberté. J'ai rencontré quelques-uns de ces malheureux qu'on retenoit depuis plus de vingt ans, quoiqu'au terme des conventions ils eussent dû être libres alors.

L'île d'Amboine est divisée en plusieurs districts, qui, dans beaucoup d'endroits, forment autant de villages appelés *nygri*. Le commandement de chaque nygri est donné à un naturel qu'on décore du titre d'*orancaye*. Cet homme, à qui la police de son petit canton a été confiée, est lui-même très-subordonné au gouvernement hollandois; c'est à lui qu'il en réfère dans les cas graves. Les Hollandois choisissent ordinairement pour orancayes les naturels qui suivent la religion protestante, préférant les anciens chefs, ou leurs plus proches parens, et sur-tout ceux qui ont le plus d'aisance.

Chacun de ces orancayes a inspection sur environ cent naturels. La compagnie hollandoise, en les revêtant de cette autorité, leur fait présent d'une épée à poignée d'argent. Ces chefs sont vêtus à l'européenne, et tout en noir: ils portent un chapeau à trois cornes fort pointues et très-abaissées; des souliers sont joints aussi à cet habit de cérémonie, qu'ils ne prennent que lorsqu'ils sont obligés de paroître en public, ou de se trouver en présence des chefs hollandois.

Le nom d'orancaye est formé de deux termes malais *oran caya*, qui, traduits littéralement, signifient homme riche.

La dignité d'orancaye n'est pas un vain titre; elle donne à ces petits chefs des moyens de faire fortune, qu'ils manquent rarement d'employer quoique très-vexa-

toires pour ceux qui leur sont soumis ; car en mettant
à contribution les pauvres Amboiniens pour le compte
des agens de la compagnie, ils ont soin de ne pas oublier leurs propres intérêts. Il arrive pourtant quelquefois que cette fortune croule plus vîte qu'elle n'a été
faite, lorsque les agens de la compagnie trouvent les
moyens de faire tourner à leur avantage la cupidité des
orancayes.

Les habitans d'Amboine parlent la langue malaise ;
elle est fort douce : l'analogie qu'elle a avec la langue
des peuples des mers du Sud, m'a déterminé à en donner, vers la fin du second volume, un vocabulaire assez étendu, que j'ai recueilli à Amboine et dans l'île de
Java, où j'ai séjourné fort long-tems à la fin de cette
campagne.

L'usage du bétel est établi de tems immémorial parmi ces peuples. Ils prennent quelques jeunes feuilles du
poivrier nommé *piper siriboa*, en malais *siri*, et après
les avoir couvertes d'un peu de chaux très - pure faite
de coquillages et nouvellement éteinte, ils les mâchent
avec de la noix d'arec : quelques-uns n'interrompent ce
plaisir qu'aux heures des repas et du sommeil. Je fus
très-surpris que, malgré l'usage continuel de la chaux,
ces peuples eussent généralement les dents fort saines ;
elles acquièrent pourtant une noirceur qui en pénètre
l'émail en ne diminuant rien de son poli ; aussi sont-
ils dans l'usage de se les nettoyer fréquemment, et la

poudre qu'ils emploient n'est pas bien recherchée ; ils
la retirent d'une pierre calcaire de dureté moyenne,
qu'ils broient sur du grès. Ils se servent encore d'un
morceau de grès pour user la partie externe des dents
incisives.

Ces peuples ne se contentent pas de mâcher le bétel ;
ils reçoivent de Malac un extrait de plantes amères connu sous le nom de *gamber*, qu'ils emploient aussi à la
mastication.

Des montagnes de moyenne élévation couvrent l'île
d'Amboine, principalement dans sa partie orientale.

Le café qu'on y recueille nous parut inférieur à celui de nos îles de France et de la Réunion. Les Hollandois fixés aux Moluques paroissent d'ailleurs se soucier
peu de quelle manière on le leur prépare. Leurs domestiques ont tous l'usage de lui faire subir un degré de
torrefaction, tel qu'il est presque réduit en charbon ;
c'est afin d'avoir plus de facilité à le broyer, et parce
qu'ils ne se servent pour cela que de mortiers et de pi-
lons de bois.

La plupart des endroits marécageux sont employés à
la culture du sagoutier, qui fournit aux habitans une
nourriture fort saine : il entre au nombre des objets
d'approvisionnement pour les voyages de long cours,
ainsi que l'amande du canari, qu'ils font sécher pour
qu'elle se conserve. Cette amande fraiche est encore plus
agréable au goût.

Le riz qui se consomme à Amboine n'est pas un produit de l'île ; il réussiroit cependant très-bien dans la
plupart des terrains bas, où l'eau qui sourd du pied
des montagnes offre toutes les facilités possibles pour
sa culture ; mais la compagnie hollandoise a défendu
de cultiver cette denrée, parce que sa vente est un
moyen de retirer des mains des naturels le numéraire
qu'elle est obligée de leur donner pour le girofle qu'ils
lui fournissent. Ils empêchent par-là l'augmentation du
numéraire, et tiennent toujours à un prix très-modi-
que le produit du travail des habitans. D'ailleurs, l'u-
sage du riz étant assez répandu parmi ceux qui ont un
peu d'aisance, il devient une branche de commerce lu-
crative entre les mains des agens de la compagnie qui
le leur fournissent. Ils le tirent principalement de l'île
de Java.

C'est ainsi que ce gouvernement, ne consultant que
ses propres intérêts, étouffe parmi ces peuples toute industrie, en les forçant d'abandonner, pour ainsi dire,
toute autre espèce de culture pour celle des girofliers et
des muscadiers.

Les Hollandois ont soin de limiter la culture des épiceries, afin qu'elle ne dépasse pas de beaucoup la consommation ordinaire. Ces moyens destructeurs de toute
activité s'accommodent d'ailleurs assez avec la nonchalance de ces peuples.

Beaucoup de racines farineuses et un grand nombre
d'arbres

d'arbres leur offrent presque sans culture une nourriture abondante, comme si la nature eût voulu dédommager l'homme de l'inertie à laquelle elle semble l'avoir
condamné sous un ciel aussi brûlant.

La greffe seroit sans doute un moyen de perfection-
ner les fruits variés qui croissent dans cette île; mais
personne, même parmi les Européens, n'a encore réussi
à la faire prendre; ils l'ont toujours laissée sécher avant
que la circulation de la sève se fût établie entre elle et
l'arbre où ils l'avoient implantée. Il seroit pourtant facile de prévenir cet accident, en entretenant une humidité convenable jusqu'à ce qu'on fût assuré que la
greffe a réussi.

Les légumes d'Europe s'accommodent peu de la chaleur du climat.

Une fort petite banane, nommée *pisang rádja*, est
regardée comme la meilleure espèce; elle est, après le
litchi et le mangoustan, le meilleur des fruits que j'aie
mangés à Amboine. Ils ont aussi plusieurs espèces de
litchi, au nombre desquels on doit compter le *ramb-
outan* des Malais, *nephelium lappaceum*. Trois botanistes célèbres, Linné, Jussieu et Gærtner, se sont
trompés dans le rapprochement de ce genre, sans doute
parce qu'ils n'avoient pas eu l'occasion d'en voir complettement les parties de la fructification.

Linné l'a rangé dans la famille des euphorbes; Jussieu l'a placé dans celle des composées, et Gærtner l'a

mis dans celle des amentacées ; mais il appartient évidemment à la famille des savonniers.

Le même système prohibitif que nous avions vu suivi au Cap de Bonne-Espérance, le fut également à Amboine. Pour éviter toute augmentation du prix des denrées la compagnie se chargea de notre approvisionnement. Les naturels lui fournirent à vil prix les denrées dont elle sut tirer un bon parti avec nous.

Les Hollandois ont fait passer en loi un usage encore bien plus pernicieux. Les principaux employés de la compagnie ont le droit de prendre, sans payer, chez les naturels les vivres nécessaires à leur consommation journalière. On ne peut imaginer rien de plus oppressif que cette contribution arbitraire. L'homme le plus laborieux, comme le plus inerte, est presque assuré qu'on lui laissera à peine de quoi subsister ; aussi la plupart se contentent de vivre d'une culture facile, passant dans l'oisiveté un tems que, sous tout autre régime, ils eussent employé à se procurer une certaine aisance.

Le fiscal achève d'opprimer les habitans : il est chargé de la police ; il a le droit d'imposer à son profit les peines pécuniaires qu'il fixe en raison de son avidité et de la fortune des naturels qu'il lui plait souvent de trouver coupables, sans qu'ils aient commis le moindre délit. C'étoit M. Mackaye qui exerçoit alors cet emploi. Il étoit bien différent de la plupart de ses pré-

décesseurs ; les habitans de l'île n'avoient qu'à se louer
de son humanité, et il avoit d'autant plus de mérite à
faire le bien, que sa place le mettoit à même de leur
faire impunément tout le mal possible. Ce brave homme nous répétoit sans cesse qu'il aimoit mieux vivre
dans la médiocreté que de s'enrichir en se servant de
pareils moyens. M. Mackaye nous expliquant un jour
tous les droits de sa place, nous rapporta que quelques
matelots de nos navires avoient occasionné du tumulte
pendant la nuit à une heure indue chez un Chinois
fort riche qui vendoit de l'arack et d'autres liqueurs
spiritueuses. Il nous dit avec beaucoup de naïveté qu'il
auroit pû, dans ce cas, profiter des droits de sa place,
tirer beaucoup d'argent de ce Chinois, et lui imposer
une forte amende à son profit. Beaucoup d'autres, nous
dit-il, n'y auroient pas manqué ; mais je ne me repens
jamais d'avoir fait le bien.

Le giroflier fait la principale culture d'Amboine et
de plusieurs îlots situés dans l'est de cette île, où il réussit on ne peut mieux. Les Hollandois y tiennent des résidens pour empêcher l'exportation frauduleuse de cette
précieuse denrée.

Il paroît que le sol et la disposition du terrain de l'île
de Banda conviennent encore mieux à la culture du
muscadier que l'île d'Amboine, car il est généralement
reconnu que la noix muscade de cette dernière île lui
est inférieure.

1ere. année
de la rép.

Vendém.

Y y 2

Iere. année
de la rép.
Vendém.

Autrefois le muscadier et le giroflier étoient répandus dans les îles de Ternate, de Tidor, de Makian, etc., en bien plus grande quantité qu'à Amboine et à Banda; mais les Hollandois, voulant s'approprier exclusivement ces arbres précieux, forcèrent les souverains de ces premières îles à en détruire les plantations: ils tiennent auprès d'eux des agens qui y font des visites rigoureuses, et on ne les cultive qu'à Amboine et sur les autres îles qui sont sous la dépendance immédiate de la compagnie, et où elle peut exercer une surveillance continuelle. Cette inquisition exercée par la cupidité hollandoise est contrariée singulièrement par les oiseaux qui vont déposer les graines des arbres à épiceries dans les îles voisines de celles où ils sont cultivés; ce qui a encore déterminé la compagnie à y fixer des résidens dont la mission principale est de faire continuellement des recherches pour détruire tous ceux qu'ils peuvent y rencontrer: souvent aussi ces arbres se trouvent semés dans des endroits si escarpés, qu'ils échappent à la surveillance la plus active.

Les esclaves introduits dans les Moluques sont la plupart tirés de Macassar et de Céram. Les femmes de Macassar ont généralement des traits agréables et une stature médiocre; leurs cheveux ne sont point crépus; leur peau, qui est d'une teinte encore plus jaunâtre que celle des femmes européennes attaquées des pâles couleurs, les fait pourtant désigner par les naturels des Moluques sous le nom de femmes blanches, *paranpouang pouti.*

Avant que les Hollandois eussent établi la traite des esclaves, les insulaires de Céram étoient dans l'usage barbare de manger les prisonniers qu'ils avoient faits dans leurs combats. Il est douloureux d'apprendre qu'ils n'ont abandonné cette coutume atroce que parce qu'ils tirent un meilleur parti de la vente de leurs captifs. S'il en est résulté un bien apparent, ç'a été d'ailleurs pour eux une occasion plus fréquente de guerre. Il faut que l'homme soit arrivé à la dégradation extrême pour que l'introduction de l'esclavage ait pu être pour lui un acheminement vers la civilisation. On peut cependant le dire de ces peuples autrefois antropophages.

Les Hollandois qui se sont fixés dans les Moluques ne parlent que la langue malaise à leurs esclaves; ils se gardent bien de leur apprendre leur langue maternelle, afin de n'en pas être entendus lorsqu'ils conversent entre eux.

Dès que la compagnie hollandoise se fut appropriée le commerce exclusif des Moluques, elle tâcha d'en connoître la population; alors, par des calculs exagérés qui tendoient à donner une haute idée des pays soumis, on la fit monter à cent cinquante mille ames; ce qui, d'après des calculs approximatifs plus récens, et selon l'opinon la plus unanime étoit le double de ses habitans. La quantité de clous de girofle qui s'y récoltent annuel-

lement se monte à environ deux mille balles du poids
de vingt-quatre myriagrammes trois kilogrammes chaque. La récolte de deux années forme le chargement de
trois vaisseaux, dont deux sont envoyés dans une année, et l'autre l'année suivante. L'exportation de cette
denrée, de même que celle de la muscade, dépasse quelquefois la consommation ordinaire : on sait que dans ce
cas la compagnie hollandoise en fait brûler l'excédant
pour les tenir toujours au même prix.

Malgré tous ses soins pour s'approprier exclusivement le commerce des épiceries, on évalue à un cinquième de la récolte annuelle ce qui lui échappe par le
commerce interlope. Les foibles honoraires de ses agens
ne les menant pas rapidement à la fortune, plusieurs
emploient des moyens à la vérité dangereux, mais faciles pour se tirer de cet état de détresse. Malgré la vi-
gilance de la compagnie, ils réussissent à lui dérober
une petite partie de ses épiceries.

Il n'y avoit que peu de tems que le gouverneur de
Banda et le sous-gouverneur avoient été destitués et envoyés à Batavia, pour avoir soustrait à leur profit une
partie du produit de cette île; mais les abus sont portés
à un tel point, que cet exemple ne servira qu'à exciter
les autres à se conduire avec plus d'adresse pour n'être
pas découverts.

Ce commerce interlope se fait particulièrement par
les pirogues de Céram, parce que cette grande île est

fort près des îles à épiceries ; ce qui en sort est vendu à
des navires anglois qui fournissent en échange des toi-
les de l'Inde, de l'opium, des armes à feu, de la poudre à canon, du plomb, des objets de quincaillerie, et
de l'étain, que les habitans de Céram estiment beaucoup et dont ils font des bracelets, des pendans d'o-
reille, etc.; quelques-uns de ces objets sont ensuite re-
vendus à Amboine.

1ᵉʳᵉ. année
de la rép.
Vendém.

Les Hollandois ont deux comptoirs à Céram ; l'un à
son extrémité sud-ouest, et l'autre à Savaï. Le général
Bougainville avoit été mal informé en rapportant qu'ils
avoient été chassés de ce dernier poste. Ils ont perdu, à
la vérité, de très-vastes possessions dans d'autres parties de cette grande île, mais ils ont conservé celui-là.

Le résident qui reçut le général Bougainville lors de
son séjour à Bourou, étoit mort depuis plusieurs années. Nous eûmes le plaisir de voir à Amboine sa veuve, qui a conservé encore un souvenir agréable du séjour des François. Son goût pour notre langue l'avoit
engagé à employer toutes les ressources qu'elle avoit pu
trouver si loin de l'Europe, pour la faire apprendre à
ses enfans.

Les Chinois sont presque les seuls étrangers que les
Hollandois admettent ici; mais ils sont obligés de s'y
faire naturaliser, alors ils ne peuvent plus retourner en
Chine. On leur permet de naviguer dans les Moluques,
et c'est à Macassar et à Batavia où les bâtimens arri-

vans de la Chine sont admis, qu'ils peuvent se procurer
les marchandises que ces vaisseaux en apportent. Ils sont
tous livrés au commerce. Quelques-uns ont acheté à un
fort haut prix le privilège exclusif de vendre différens
objets ; aussi les vendent-ils fort cher. Ils emploient toutes sortes de moyens pour gagner de l'argent : leur réputation en souffre souvent beaucoup ; mais ils ont perdu
à cet égard toute espèce de sensibilité. Quelques Juifs
auxquels la compagnie hollandoise a permis de rester
dans l'île entrent en concurrence avec eux pour le commerce ; il n'y font pas fortune : les Chinois ont beaucoup d'avantages sur eux par leur nombre et par leurs
relations.

Le douanier de la compagnie est un Chinois ; il est
d'ailleurs le chef de ses compatriotes établis dans l'île,
et est chargé de la police parmi eux dans les cas peu
importans que l'administration d'Amboine ne s'est point
réservée. Nous allâmes un jour chez lui avec un des
ministres du culte protestant, et nous y prîmes de fort
bon thé. La table étoit couverte d'une grande variété
de fruits très-bien confits : un des meilleurs étoit la jeune noix du fruit du palmier *sagouer*. Ce chef, qu'on
appelle capitaine chinois, nous fît remarquer avec un
air de satisfaction ses armoiries variées d'un grand nombre de couleurs ; elles étoient répandues avec profusion
dans l'appartement où il nous reçut ; son lit en étoit entouré de toutes parts.

Sa

Sa maison, de même que celle des autres Chinois, ne ressembloit en rien aux habitations des naturels de l'île. Les Chinois bâtissent beaucoup plus solidement ; leurs maisons sont construites comme celles des Européens, à quelques différences près dans la distribution. Le corps de la bâtisse est de bois; les murs de terre sont revêtus d'un crépi fort épais, enduit de plusieurs couches de chaux.

La fréquence des tremblemens de terre et des ouragans a fait donner la préférence aux maisons en bois. Il n'y a guère que les édifices publics qui soient bâtis en pierre. Il arrive presque toujours que, dans ces momens de tourmente, les habitans sont obligés de quitter leurs demeures pour se retirer sous de petites huttes fort légèrement construites, où ils sont bien plus en sûreté que dans leurs maisons, que les vents et les tremblemens de terre renversent quelquefois.

Nous jouîmes d'un assez beau tems pendant notre séjour à Amboine; les vents n'y soufflèrent point avec violence; ceux qui se firent sentir du sud-est au nord-est, fûrent très-foibles.

Le marché où l'on vend différens fruits du pays se tient dans le quartier des Chinois. Les Malais désignent ce lieu par le terme de *bazar*, de même que les Arabes. C'est particulièrement vers la fin du jour que les marchands s'y rassemblent; ils y restent jusqu'à neuf heures du soir. Chaque marchand est éclairé par une et

plus souvent par deux torches formées de la résine appelée *dammer*, que fournit une espèce de *cycas*, connu sous le même nom; c'est le *dammara alba*, *Rumph.*
Amb., vol. II, chap. XII, tab. 57. Ils l'enveloppent
dans des feuilles de *sagouer*, sans y ajouter de mêche;
elle brûle en donnant peu de fumée; il faut seulement
avoir soin d'abaisser de tems en tems la feuille de *sagouer*, qui se réduit en charbon, pour la mettre de niveau avec la résine à mesure qu'elle se consume. Ces
naturels sont éclairés à très-bon compte, chaque torche
de *dammer* de deux décimètres de long sur un tiers de
décimètre d'épaisseur leur revient à peu près à un cen-
time de notre monnoie, et fournit une lumière assez
vive pendant plus de trois heures. Cette résine leur sert
aussi de flambeau dans leurs cases.

On vend encore à ce *bazar* quelques autres commes-
tibles; et on y trouve beaucoup plus de poisson séché
que de poisson frais. Le poisson sous un ciel brûlant et
dans une atmosphère prodigieusement chargée d'humidité, se putréfieroit bien vîte si les habitans n'avoient
pas les moyens de le sécher promptement. Quand il est
préparé à la fumée d'un feu léger, sa chair acquiert un
goût qui le leur fait préférer au poisson frais.

Les îles Moluques, après avoir été long-tems sous la
domination des Arabes, des Maures et des Malais, passèrent sous celle des Européens. Les Portugais, les Espagnols et les Hollandois, se les disputèrent après y

avoir établi des comptoirs et des forts. Les Hollandois
en restèrent enfin les maîtres, et ils ont joui pendant
bien des années du commerce exclusif des épiceries. Ces
différens souverains ont apporté un tel changement dans
les mœurs des naturels d'Amboine qu'il est bien difficile d'y appercevoir maintenant quelques traces de leur
caractère primitif. Les Portugais ont introduit parmi ces
peuples la religion catholique. Les Hollandois ont fait
tous leurs efforts pour les diriger vers le protestantisme,
regardant ce moyen comme plus capable que tout autre
de se les asservir ; aussi ils y ont grand nombre d'écoles
où les enfans des naturels sont instruits dans cette religion, et apprennent à lire et à écrire en malais. Le service se fait en langue malaise dans un temple destiné
aux naturels, et en langue hollandoise dans un autre
destiné aux Hollandois. Ils ont deux ministres pour
chacun.

Les Chinois, comme on doit bien le croire, ont ici
leur pagode.

Quelques naturels de l'île, qui ont conservé la religion introduite par les Arabes et les Maures, ont une
mosquée. C'est particulièrement de l'autre côté de la
rade au nord de la ville que se trouve le plus grand
nombre de vrais croyans. Les Hollandois ont beaucoup
mieux réussi à faire des prosélytes de leur religion aux
environs de leur principal établissement. La verge de fer
avec laquelle ils mènent ce misérable peuple le rappro-

1ere. année
de la rép.

Vendém.

che tellement de l'esclavage qu'il n'est pas étonnant d'y rencontrer une partie des vices qui tiennent à cet état de dégradation de l'homme.

Malgré que ces peuples soient accoutumés à abandonner presque tout ce qu'ils possèdent aux Européens, il est un article pour lequel ils sont très-peu disposés à la résignation. La jalousie est chez eux portée à un tel point qu'il seroit très-dangereux de vouloir tenir quelques propos indiscrets à leurs femmes. La crainte d'aucun supplice ne pourroit les empêcher d'exécuter leur vengeance.

Parmi les Hollandois, les hommes ont conservé pour habillement de cérémonie leurs vêtemens d'Europe; mais ils ont tous des vestes à manches, afin de pouvoir se dépouiller de leur habit lorsque le maître de la maison où ils sont invités les engage à se mettre à l'aise, en leur en donnant lui-même l'exemple. Ceux qui portent perruque ne manquent pas de la remettre entre les mains de leurs domestiques, et se couvrent alors d'un grand bonnet de toile blanche très-fine. Quant aux femmes européennes, elles portent un jupon qui descend très-près de terre, une robe en forme de chemise fendue par devant, qui ne tombe pas plus bas que le jupon, est retenue par une ceinture, et les cheveux sont roulés en spirale derrière la tête et fixés par deux grandes épingles qui se croisent; tel est leur habillement ordinaire. Les femmes des naturels qui vivent dans l'aisance et qui

habitent la ville, portent des vêtemens de la même forme, mais communément noirs. Ceux de la couleur
bleue sont sur-tout recherchés des femmes de la campagne.

Les femmes esclaves ont pour robe une espèce de chemise qui n'est point fendue par devant comme celle des
femmes libres.

Les hommes libres portent un peigne courbe sur la
tête. Les esclaves la ceignent d'un mouchoir.

Les Chinois, comme on sait, recevoient les épiceries
des Moluques, bien des siècles avant que les Européens
s'en fussent emparés. Les Grecs et les Romains les connoissoient aussi. Ce fut long-tems l'objet des recherches
des premiers navigateurs qui pénétrèrent dans les mers
orientales. Ces précieux aromates concentrés alors dans
un petit nombre d'îles en ont été depuis portés dans des
pays très-éloignés, où ils réussissent parfaitement. Nous
avons lieu d'espérer qu'un jour notre colonie de la
Guyane rivalisera les Moluques, et en procurant au
monde entier à un prix modique une plus grande quantité d'épiceries, les rendra d'un usage plus général. On
les cultive aussi avec succès aux îles de France et de la
Réunion.

Nous embarquâmes à bord de la Recherche deux bi-
ches et un cerf, dans le dessein d'enrichir la Nouvelle-
Hollande de cette belle espèce de quadrupèdes.

Nous avions bonne provision de poules, de canards
et d'oies de Guinée.

Nous n'emportions point de cazoards. Quoiqu'ils forment ici des oiseaux de basse-cour, il n'est pas facile de s'en procurer; car ils ne sont pas naturels à Amboine : mais on les y apporte des grandes îles situées vers l'est. Cet oiseau supporteroit difficilement les voyages de mer; d'ailleurs, sa chair est noire, dure et peu succulente. Il eût offert, en proportion de l'emplacement qu'il eût occupé à bord, beaucoup moins à manger que la volaille dont nous nous étions pourvus; car, à l'exception de ses cuisses qui sont fortement musclées, puisque la nature a spécialement destiné cet oiseau à la course, le reste du corps est d'un volume très-médiocre relativement à sa hauteur.

Nos racines étoient principalement des patates et des ignames.

De beaux régimes de bananes et diverses espèces de courges garnissoient l'arrière du vaisseau.

Nous avions acheté bon nombre de cochons et de chèvres.

Nous conservâmes soigneusement notre vache, quoique déja son lait fût tari; car il eût été impossible de la remplacer. On trouve à la vérité à Amboine au nombre des animaux domestiques une espèce de buffle commun dans l'Inde; la femelle donne peu de lait; d'ailleurs ce quadrupède presqu'indomptable seroit fort dangereux et fort incommode à bord.

Notre boucher chargé de nourrir le bétail n'avoit pu

se procurer qu'un fourrage très-dur et très-sec composé
en grande partie de l'*anthistiria ciliata ;* mais heureusement il s'étoit pourvu de gros pieds de bananiers qui
fournîrent long-tems à ces animaux une nourriture succulente. Comme ils étoient réduits à une foible ration
d'eau, l'humidité de ces plantes leur fut très-utile.

Ire. année
de la rép.
Vendém.

La farine qu'on nous procura à Amboine étoit d'une
qualité médiocre ; on ne put nous en fournir qu'environ
cinq cents myriagrammes. Cette disette vraie ou peut-
être fictive, nous la fît payer un prix excessif.

Nous y trouvâmes bien peu de viandes d'Europe. Le
second gouverneur avoit cependant une bonne provision de bœuf de Hambourg (c'est un mets fort recherché des navigateurs). Il voulut bien en céder une partie
au commandant de notre expédition ; mais lorsqu'on fut
en pleine mer, on s'apperçut d'une grande infidélité de
la part des domestiques de cet officier. La partie la plus
charnue de ces morceaux de bœuf avoit été enlevée, et
l'on n'en avoit livré exactement au général que les os et
les parties tendineuses.

De jeunes pousses de bambou coupées par tranches et
confites au vinaigre, forment une excellente provision
pour un voyage de long cours ; nous en emportâmes
beaucoup. Ces jeunes pousses sont généralement fort
tendres. On prend soin de les recueillir à tems : elles se
vendent au marché comme des légumes et peuvent en
tenir lieu. Leur longueur est souvent d'un mètre et leur
épaisseur d'un tiers de décimètre.

Nous nous étions approvisionnés de clous de girofle et
de muscades confites au sucre. Le brou de la muscade
est dans ce cas la seule partie mangeable; malheureusement des confiseurs ignorans avoient choisi des muscades trop avancées. Les clous de girofle déja aussi gros
que des olives moyennes conservoient encore un goût
trop aromatique pour former une confiture agréable : il
faut avoir un palais indien pour se délecter de ces frian-
dises. J'en dirai autant du gingembre dont nous avions
aussi des confitures.

La provision de sagou fut beaucoup trop considérable, car on ne put en consommer qu'une très-petite
partie ; les gens de l'équipage ne pûrent jamais s'accou-
tumer à ce mets quelque salubre qu'il fût, et malgré
tous les raisonnemens de notre chirurgien-major, ils en
conçûrent un tel dégoût, au bout de quelques mois,
qu'ils lui préféroient les viandes salées même les plus
mauvaises.

Il nous restoit à peine quelques barriques de vin qui
fût potable. La seule liqueur spiritueuse qu'on put se
procurer fut de l'arack, dont on acheta plusieurs barriques. Quelques voyageurs vantent beaucoup trop cette
liqueur, qui ne vaut pas même de médiocre eau-de-vie
de vin.

CHAPITRE

CHAPITRE IX.

Départ d'Amboine. Effet singulier des marées. Vue de différentes îles. Ravages occasionnés à bord par l'espèce de blatte appelée blatta germanica. *Navigation le long de la côte sud-ouest de la Nouvelle-Hollande. Mort du forgeron de la Recherche. Une tempête nous jette vers la côte. Nous mouillons dans la baie de Legrand. L'Espérance perd au mouillage deux barres de fer de son gouvernail. La chaîne sur laquelle elle tenoit se brisa. Diverses excursions sur les terres voisines. Nouvelle espèce de cigne. Sel marin trouvé à plus de deux cents mètres d'élévation perpendiculaire; comment il y avoit été porté. Le citoyen Riche se perdit pendant plus de deux jours sur la grande terre. Départ de la baie de Legrand pour continuer à longer la côte. Le manque d'eau nous la fait quitter. Arrivé au cap de Diemen. Mouillage dans la baie des Roches.*

N o u s n'attendions plus qu'un vent favorable pour partir. Dès sept heures et demie du matin une petite brise de sud-est se fit sentir: on leva aussitôt l'ancre,

1ᵉʳᵉ. année
de la rép.
Vendém.
23.

et vers onze heures nous étions déja à la sortie de la rade dont nous relevions la pointe occidentale à l'ouest 6ᵈ 15′ nord, et la pointe orientale à l'est 6ᵈ 15′ sud, étant à deux kilomètres de distance de cette dernière.

On reconnut d'après les observations qui fûrent faites à midi que la partie la plus occidentale d'Amboine étoit par 3ᵈ 46′ 54″ de latitude sud, et 125ᵈ 53′ 48″ de longitude orientale.

Le vent continuant tout le jour au sud-est, nous nous tînmes au plus près, les amures à bâbord.

24.

Un des mousses du gros vaisseau de la compagnie hollandoise qui avoit appareillé depuis peu pour Batavia, s'étoit caché à bord de la Recherche, et se montra presqu'au même moment où le capitaine de l'Espérance fît dire au général qu'il venoit de trouver à son bord six fugitifs d'Amboine; savoir, trois soldats de la compagnie, un matelot et deux Noirs esclaves. Ces malheureux fuyoient une terre où ils gémissoient tous presqu'également dans la servitude.

Le général avoit permis aux équipages d'embarquer pour eux-mêmes des cochons et de la volaille; aussi nos vaisseaux en étoient encombrés de toutes parts. On les avoit placés presque tous dans l'entrepont, et ils nous étoient d'autant plus incommodes que l'odeur infecte qu'ils répandoient étoit considérablement augmentée par la chaleur du climat.

La variation de l'aiguille aimantée nous parut nulle,

le 27 au soir étant par 7 ^d 10′ de latitude sud, et 123 ^d
14′ de longitude orientale.

Nous avions déja été témoins plusieurs fois d'un phénomène qui ne laisse pas d'épouvanter les navigateurs,
parce qu'ils le prennent quelquefois la nuit pour des brisans : nous le vîmes encore le 29 de fort grand matin.
L'air étant à peine agité, nous apperçûmes la mer qui
blanchissoit dans le lointain : des vagues poussées avec
force se succédèrent les unes aux autres et nous attei-
gnîrent en peu de tems ; un clapotement très-fort, occasionné par la mer qui venoit de recevoir une impulsion différente de celle que lui avoit imprimé le vent
qui avoit soufflé pendant la nuit, succéda à ce mouvement des eaux. La cause me paroît dépendre des marées qui se font sentir entre des terres où les courans acquièrent une vîtesse proportionnelle au resserrement
qu'y éprouvent les flots de la mer.

Nous eûmes connoissance de l'île Kisser, que nous
apperçûmes vers neuf heures du matin, depuis le sud
jusqu'à l'est quart sud-est ; elle est fort montueuse sur-
tout dans sa partie occidentale. Sa plus grande dimension est de l'ouest-sud-ouest à l'est-nord-est ; elle gît
par 8 ^d 13′ 2″ de latitude sud, et 123 ^d 32′ 17″ de longitude orientale.

Un ciel très-obscur ne nous laissa appercevoir que
vers quatre heures après midi la côte septentrionale de
Timor, dont nous n'étions pourtant qu'à un myriamè-

tre de distance : des montagnes fort élevées portoient leurs sommets au-dessus des nuages. Nous y apperçûmes, pendant la nuit, des feux allumés à différentes hauteurs. Sans doute les habitans éprouvent à cette élévation le besoin de se garantir du froid de la nuit, et peut-être aussi cherchent-ils à écarter d'eux les bêtes féroces. Ces feux étoient pour nous des phares qui servoient à diriger notre marche le long de la côte, lorsque quelques souffles de vent venoient interrompre le calme qui régna pendant une bonne partie de la nuit.

Nous étions vers sept heures du matin, le 2 de brumaire, à un demi-myriamètre d'un petit établissement qu'ont les Portugais sur la côte occidentale de Timor ; ils le nomment Laphao. Sa position est par 9ᵈ 22′ 45″ de latitude sud, et 122ᵈ 23′ 36″ de longitude orientale.

Le pavillon portugais qu'on venoit d'y arborer nous restoit au sud 30ᵈ est. On nous salua de cinq coups de canon. Une pirogue à double balancier vint tout de suite reconnoître nos vaisseaux dont elle s'approcha de très-près ; mais elle ne tarda pas à retourner vers la côte sans nous avoir parlé. Bientôt nous nous approchâmes encore davantage de la terre : on voyoit sur la grève des naturels et quelques pirogues. La sonde fut jetée plusieurs fois avec une ligne de cinquante-huit mètres de longueur sans trouver fond.

L'île de Batou fut apperçue vers quatre heures après midi au sud-ouest à environ deux myriamètres de distance; elle n'est séparée de Timor que par un intervalle d'un demi-myriamètre.

1ᶜʳᵉ. année de la rép. Brumaire.

Les calmes étant très-fréquens le long de la côte de Timor, nous nous en écartâmes dans l'après-midi du 4 à la faveur d'un vent de sud, et nous nous portâmes vers l'ouest, sans cependant y trouver des vents plus frais. Ces calmes semblent avoir pour cause les chaleurs, qui sont ici d'autant plus grandes que le soleil y darde à cette époque ses rayons presque perpendiculairement.

4.

La continuité des calmes rend la navigation très-pénible le long de ces côtes où l'on a sans cesse à craindre d'être jeté par la force des courans. La confection des cartes de ces différentes terres est extrêmement difficile à cause des courans qui sont très-irréguliers; aussi celles qui ont été faites jusqu'à ce jour offrent de très-grandes différences.

Un grand nombre de diverses espèces de baleines vint, à plusieurs reprises, entourer nos vaisseaux; elles lancèrent de l'eau jusqu'auprès de notre bord. Nous voyions bien au peu de crainte que nous leur inspirions, qu'elles n'avoient jamais été poursuivies par des pêcheurs.

Notre navire étoit encombré de loris achetés à Amboine; leurs cris perçans ne nous laissoient pas un ins-

1ᵉʳᵉ. année
de la rép.

Brumaire.

tant de tranquillité pendant le jour; ils ne s'accommo-
doient point du séjour du vaisseau, car il en périssoit
journellement. Ils étoient attaqués de mouvemens con-
vulsifs que l'éther vitriolique avoit bien la vertu de cal-
mer, sans cependant les empêcher de périr.

La mortalité s'étoit répandue aussi sur nos poules; la
plupart fûrent successivement attaquées de violentes
ophtalmies causées par la fraicheur des nuits; et celles
qui étoient privées de la vue ne tardoient pas à mourir
de faim. Il eût été cependant bien facile de prévenir cet
accident en mettant ces animaux à l'abri du vent de la
nuit au moyen d'une toile adaptée convenablement au-
devant des cages.

On nous avoit beaucoup vanté l'eau d'Amboine pour
la propriété qu'elle a de se conserver fort long-tems à
la mer sans se gâter; mais il en fut autrement pour
nous; elle étoit déja très-infecte, et on ne pouvoit plus
la boire qu'après l'avoir fortement agitée pour en chasser l'air inflammable qui heureusement n'a avec elle
qu'une foible adhérence. Cette décomposition inattendue ne venoit sûrement que du peu de soin qu'on avoit
mis à nettoyer nos futailles. Il y étoit resté assez de
ferment de l'ancienne eau pour corrompre promptement
celle-ci.

Il est certainement fort désagréable d'avoir pour boisson de l'eau aussi infecte que celle des endroits marécageux les plus sales; mais on est totalement rassuré

lorsqu'on sait qu'en l'agitant pendant quelques minutes, comme je l'ai indiqué ci-dessus, elle reprend sa
pureté primitive.

Dès quatre heures et demie du matin nous apperçûmes à la clarté des étoiles l'île de Savu, qu'on releva
depuis l'ouest 13^d sud jusqu'au sud 27^d ouest. Nous
n'étions qu'à deux kilomètres de la côte. On gouverna
à l'ouest pour passer au nord de cette petite île, et vers
neuf heures et demie nous nous trouvâmes en face de
la baie où le capitaine Cook jeta l'ancre dans son second voyage, après avoir passé par le détroit de l'Endeavour; nous distinguions cinq pirogues à la mer tout
près du rivage, où elles étoient à l'abri de la vague qui
venoit se briser sur un petit récif à fleur d'eau.

L'île de Savu présente un coup-d'œil enchanteur; elle
est entrecoupée, sur-tout vers le sud-ouest, de très-belles
collines dont la pente douce doit offrir aux naturels un
sol favorable et facile à la culture.

Des cocotiers disséminés par groupes sur les bords
du rivage servoient d'abri à quelques cases qui embel-
lissoient encore ces charmantes plantations. Cette île est
par 10^d 25$'$ 48$''$ de latitude sud, et 119^d 45$'$ 19$''$ de
longitude orientale. Les Hollandois y ont un petit établissement.

Vers le milieu du jour on releva un îlot depuis le sud
46^d 30$'$ ouest jusqu'au sud 57^d 50$'$ ouest, à un myriamètre et demi de distance. Il nous parut n'avoir pas

plus d'un myriamètre de longueur : son gisement est par
10^d 28' 50" de latitude sud, et 119^d 56' 17" de longitude orientale.

On vit, dès six heures du matin, la Nouvelle-Savu,
à l'est 31^d 30' sud, à la distance d'un myriamètre.
Cette petite île, dont les terres sont fort basses, est par
10^d 37' 28" de latitude sud, et 119^d 2' 47" de longitude orientale.

On apperçut, au coucher du soleil, une partie de
l'île de San del Bose, à environ quatre myriamètres
dans le nord-nord-est ; elle est couverte de montagnes
d'une élévation moyenne ; elle gît par 10^d 27' 4" de
latitude sud, et 118^d 6' 34" de longitude orientale.

La position d'un îlot qui nous restoit du nord 1^d est
au nord 3^d 30' ouest, à quatre myriamètres de distance, fut déterminée par 10^d 27' de latitude sud, et 118^d
7' 5" de longitude orientale.

8.   Les courans cessèrent dans la journée du 8 de nous
porter à l'ouest, et nous entraînèrent de dix minutes
vers le nord. L'enfoncement des terres de la Nouvelle-
Hollande au sud de Timor, est probablement la cause
de cette différente direction des courans qui se portent
constamment de l'est à l'ouest par le détroit de l'Endeavour : bientôt ils reprîrent leur direction vers l'ouest en
nous faisant dériver de vingt à vingt-quatre minutes
par jour.

Il est à remarquer que le capitaine Cook, après avoir

passé

passé par le détroit de l'Endeavour, eut, de même que nous, pendant vingt-quatre heures dans ces parages une différence nord, mais encore plus forte que celle que nous éprouvâmes.

Depuis que nous eûmes perdu de vue l'île de San del Bose, nous ne rencontrâmes aucune terre avant d'arriver à la côte sud-ouest de la Nouvelle-Hollande. Les petits tems que nous éprouvions nous faisoient craindre d'y arriver un peu trop tard pour en terminer la reconnoissance.

9.

Nous n'étions probablement pas fort éloignés de quelques rochers le 12 dans l'aprés-midi, car nous fûmes entourés d'un grand nombre d'oiseaux qui ne s'écartent jamais beaucoup de terre, et nous ne les perdîmes de vue qu'aux approches de la nuit. Nous en vîmes aussi beaucoup le lendemain. Les navigateurs qui parcoureront ces mers doivent redoubler d'attention pour éviter de tomber sur les rochers qui servent de retraite à ces oiseaux.

12.

13.

Notre cerf tomba à la mer pendant la nuit par une ouverture laissée à l'extrémité des passavans beaucoup plus grande qu'il n'étoit nécessaire pour le service du vaisseau; outre cette perte, nous avions encore à regretter celle d'une biche qu'on n'avoit livrée depuis peu à notre boucher, que parce qu'elle étoit si malade qu'elle n'auroit pas tardé à périr. On fît prévenir le capitaine Huon de cet accident, et on l'engagea à pren-

25.

dre tous les moyens possibles de conserver le cerf qu'il avoit à son bord ; mais il mourut avant notre arrivée à la Nouvelle-Hollande.

Lorsque nous dépassâmes les Trials nous en étions trop éloignés pour les appercevoir; nous vîmes pourtant beaucoup d'oiseaux de mer qui sans doute vont s'y réfugier pendant la nuit.

L'espèce de blatte appelée *blatta germanica*, s'étoit multipliée à un tel point depuis plusieurs mois que nous étions sous les tropiques, qu'elle nous incommodoit extrêmement. Ces insectes ne se contentoient pas de notre biscuit, ils rongeoient encore le linge, le papier, etc., tout leur étoit bon. Leur goût pour les acides végétaux ne laissa pas de me surprendre; dès qu'un citron étoit un peu entr'ouvert, ils ne tardoient pas à l'achever; mais ce qui m'étonna davantage ce fut la rapidité avec laquelle ils vidoient mon encrier lorsque j'oubliois de le boucher. La causticité du vitriol dont ils se gorgeoient sembloit n'avoir sur eux aucun effet nuisible.

Le sucre d'Amboine retiré du palmier *sagouer* étoit un appât auquel ils se laissoient prendre. Nous en détruisions beaucoup en mettant une petite quantité de ce sucre avec de l'eau dans un vase où ils venoient se précipiter.

Ces insectes nous tourmentoient encore plus la nuit que le jour ; ils troubloient continuellement notre som-

meil en se portant sur toutes les parties du corps qui
étoient découvertes.

La blatte nommée *blatta orientalis*, s'étoit mon-
trée presque dès notre sortie du port de Brest; mais
ayant bien vîte disparu, elle avoit été remplacée par
celle-ci.

Nous fûmes portés dans la journée du 26 de 38′ au
nord-ouest. Les Trials dont nous n'étions pas éloignés
et quelques bas-fonds étoient sans doute la cause d'aussi
forts courans.

26.

Nous sortîmes de la région des tropiques dans la journée du 28.

28.

Le mercure dans le baromètre s'éleva le même jour
à 28ᵖ 5¹; ce qui me parut d'autant plus étonnant qu'il
varie peu sous les tropiques. D'ailleurs, c'est la seule
fois dans toute notre campagne qu'il se soit élevé si haut
par une semblable latitude. Quoique le thermomètre ne
fût pas plus bas que 18ᵈ, nous éprouvâmes cependant
une vive sensation de froid.

Nous commençâmes à rencontrer la zone des vents
variables par les 26ᵈ de latitude sud.

30.

Nos chèvres périssoient de jour en jour par le défaut
de nourriture convenable: nous en perdîmes encore deux
dans la journée.

Vers cinq heures après midi, l'Espérance, étant au
vent à nous, fut sur le point de nous aborder; il faisoit cependant un vent favorable pour gouverner con-

Frimaire.

7.

venablement ; cette négligence de l'officier de quart pouvoit occasionner beaucoup de dommage à nos vaisseaux et nous forcer d'abandonner le projet de visiter la côte sud-ouest de la Nouvelle-Hollande, que nous ne devions pas tarder à reconnoître. Un arc-boutant fut heureusement placé à propos pour nous faire éviter l'abordage.

15.　　La vue de plusieurs espèces de goelands et d'autres oiseaux qui s'écartent peu des côtes, nous indiquoit la proximité de la terre. Le vent d'ouest-sud-ouest souffloit avec trop de violence pour nous permettre de l'attaquer sur-le-champ. La mer d'ailleurs fortement agitée et l'horizon très-obscurci par les nuages nous déterminèrent à diriger la route au sud-est quart sud, dans l'espoir que le lendemain les circonstances nous favoriseroient davantage.

Nous nous trouvions à midi par 34ᵈ 12′ de latitude sud, et 112ᵈ de longitude orientale.

On passa la nuit à la cape, et l'on sonda plusieurs fois avec une ligne de deux cent vingt-cinq mètres sans trouver fond.

16.　　Il étoit à peine deux heures et demie du matin, lorsque nous nous dirigeâmes à l'est-sud-est, et dès que le jour parut l'Espérance nous signala la terre au nord-est dans un éloignement d'environ trois myriamètres ; c'étoit l'extrémité occidentale de la côte sud-ouest de la Nouvelle-Hollande, découverte en 1622 par Leuwin.

Nous voyions une terre basse qui s'étendoit du nord-
ouest au sud-ouest.

Dès six heures nous mîmes le cap à l'est quart sud-
est, et lorsque nous fûmes à un myriamètre de la côte
nous la suivîmes dans sa direction vers le sud-est. Un
vent très-frais d'ouest-nord-ouest nous poussoit avec assez de force pour que nous fissions trois myriamètres
par heure.

L'intérieur des terres étoit parsemé de dunes couvertes de sable, qui offroient le spectacle de la plus grande aridité. Ces monticules disséminés sur un terrain
bas sembloient de loin former autant d'îlots : l'intervalle qui les séparoit offroit quelques arbustes dont le
feuillage, d'une teinte noirâtre, indiquoit l'état de souf-
france.

Des roches qui s'élevoient à pic du milieu de ces
plaines sablonneuses décéloient la formation des dunes;
elles avoient sans doute pour base d'autres roches de la
même nature, dont la forme avoit offert aux sables
poussés par les vents plus de facilité pour s'y rassem-
bler. Il doit être fort rare de trouver de l'eau douce sur
de pareilles terres, où celles que donnent les pluies se
filtrent sans doute à de grandes profondeurs avant de
trouver des couches qui les arrêtent.

Le matin notre forgeron fut trouvé mort dans son lit.
La veille il avoit été d'une fête qu'autrefois les canon-
niers célébroient avec exactitude. Ils avoient conservé

depuis long-tems pour ce repas beaucoup de provisions. Ce malheureux forgeron exténué, comme nous tous, de l'abstinence à laquelle nous étions condamnés depuis notre départ d'Amboine, s'étoit trop fié à son appétit. Une attaque d'apoplexie nous l'avoit enlevé. Cette perte eût été irréparable si le hasard n'eût conduit à notre bord au Cap de Bonne-Espérance un ouvrier fort intelligent qui lui succéda.

Etant à midi par 34^d 45′ 36″ de latitude sud, et 113^d 38′ 56″ de longitude orientale, la côte la plus proche nous restoit à un myriamètre vers le nord-est, et nous voyions les terres depuis l'ouest 15^d sud jusqu'à l'est 40.^{d}$\frac{1}{3}$ sud.

Les montagnes commençoient à former une chaîne assez régulière, les plus hautes ne paroissant pas avoir plus de quatre cents mètres perpendiculaires. On y remarquoit de grands emplacemens entièrement dénués de végétaux; ailleurs c'étoient de foibles arbustes clairsemés, au milieu desquels on voyoit un bien petit nombre d'arbres d'une hauteur médiocre.

Les montagnes se présentoient quelquefois sur plusieurs rangs, s'élevant par degrés les unes au-dessus des autres.

Nous apperçûmes, sur les quatre heures après midi, quelques brisans à une petite distance de la côte, et un peu au-delà vers l'est deux rochers éloignés d'un kilomètre du rivage et dont nous passâmes très-près. Le

plus gros se faisoit remarquer par une séparation dans
son milieu, d'où s'élevoit perpendiculairement d'environ cinquante mètres au-dessus du niveau de le mer;
un morceau isolé présentant la forme d'une lame très-
applatie; je le pris pour du grès, et le roc qui lui servoit de
base étoit de même nature. Nous admirions le bel effet
de la vague qui, poussée avec violence, prenoit en s'é-
levant jusqu'au sommet de cette roche, une couleur
parfaitement blanche et retomboit en nappe pour laisser voir ce roc singulier qui sembloit alors sortir du sein
des eaux.

Nous voyions la côte s'étendre assez régulièrement
vers l'est-sud-est, et ses petites sinuosités étoient terminées par des caps dont les plus saillans s'avançoient à
peine de deux kilomètres dans la mer.

Poussés par un vent impétueux, nous n'étions pas
sans craintes, nous trouvant si près d'une terre qui ne
nous offroit pas le moindre abri; mais nous nous en
éloignâmes pendant la nuit en gouvernant au sud-sud-
ouest. Une vague très-forte de l'ouest-nord-ouest fati-
gua prodigieusement notre vaisseau. Depuis le tems que
nous naviguions dans de belles mers, nous avions perdu l'habitude de supporter une aussi grande agitation :
l'impétuosité du vent se faisoit sentir par rafales et nous
permettoit de tenir bien peu de voiles.

Dans la matinée du 17 vers six heures et demie nous   17.
mîmes le cap au nord-est pour nous rapprocher de la

1ᵉʳᵉ. année
de la rép.

Vendém.

terre, que nous revîmes bientôt dans cette direction, étant poussés par un vent d'ouest très-frais. Nous étions un peu tombés sous le vent. La côte s'étendoit alors presque directement à l'est. L'intérieur des terres offroit le même aspect que le jour précédent. Nous y remarquâmes de vastes emplacemens de couleur jaunâtre que nous prîmes pour autant de plateaux d'une pierre dure où l'on ne distinguoit pas la moindre trace de végétaux.

Nous étions déja à midi par 35ᵈ 17′ de latitude sud, et 115ᵈ 12′ de longitude orientale. Bientôt les montagnes s'abaissèrent et nous eûmes la vue d'une vaste plaine de sable où l'on voyoit épars çà et là à de grandes distances des monticules dont quelques-uns formoient sur le rivage des caps peu avancés dans la mer.

Nous dépassâmes vers quatre heures après midi un groupe de rochers situés près de la côte, et à peine couverts d'arbustes dont le vert triste attestoit l'aridité du sol. Vers six heures nous étions vis-à-vis d'un enfoncement dont nous ne pouvions appercevoir toute la profondeur: on y eût été parfaitement en sûreté contre les vents impétueux qui souffloient depuis que nous longions ces côtes. Un cap qui s'avançoit du nord-ouest au sud-est de près d'un myriamètre vers la pleine mer, quelques îlots et plusieurs rochers placés à l'entrée de cette baie, offroient un bon abri contre les vents de large; mais la force de la vague nous empêcha d'envoyer sonder cette ouverture.

Nous

Nous nous tînmes à la cape pendant la nuit.

1ᵉʳᵉ. année
de la rép.
Frimaire.

Etant à un demi-myriamètre de la côte, une ligne de quatre-vingt-trois mètres indiqua un fond de coquillages et de madrépores brisés, mélangés d'un sable quartzeux assez transparent : cet indice me fît présumer qu'on auroit aussi trouvé un bon fond dans la baie que nous venions de dépasser.

Pendant toute la nuit un ciel dégagé de nuages nous permit de voir la terre dont nous nous écartâmes peu, trouvant toujours la même nature de fond.

18.

Le vent d'ouest ne souffloit pas avec beaucoup de force, et dès quatre heures et demie du matin nous déployâmes nos voiles pour longer la côte qui s'étendoit au nord-est; bientôt elle se contourna vers l'est et le sud-est.

A huit heures nous passâmes vis-à-vis d'une baie qui nous parut avoir environ trois myriamètres de profondeur, ayant à son ouverture au moins une égale dimension; elle est ouverte aux vents de sud-est, et l'on y seroit en sûreté contre les vents d'ouest.

Plus loin nous vîmes au large quelques petits rochers peu éloignés de la côte.

Etant à midi par 34.ᵈ 48ʹ de latitude sud, et 116ᵈ 5₂ʹ de longitude orientale, nous appercevions dans l'intérieur des terres au nord 4ᵈ ouest une montagne plus élevée qu'aucune de celles que nous avions vues les jours précédens; isolée au milieu de vastes plaines de sables, elle produisoit un effet très-pittoresque, et paroissoit éloignée d'environ cinq myriamètres de la côte: son sommet déchiré laissoit voir beaucoup de pointes fort saillantes et la plupart perpendiculaires. On les appercevoit dans toute l'étendue de la montagne, qui avoit un myriamètre et demi de l'est à l'ouest. Cette configuration ne laisse aucun doute que les pierres qui la forment ne soient d'une grande dureté.

Nous n'avions encore apperçu aucun indice d'habitans depuis que nous longions ces côtes arides. Il etoit à présumer que quelque source d'eau pure devoit les attirer vers le pied de cette montagne. Bientôt la fumée de deux grands feux qu'ils y allumèrent nous fît connoître leur présence.

Après avoir doublé, vers quatre heures et demie, un cap terminé par quelques rochers peu distans de la côte, nous nous trouvâmes vis-à-vis d'une baie aussi large, mais moins profonde que celle que nous avions vu le matin; elle étoit bordée de terres généralement fort basses; on remarquoit pourtant vers sa partie orientale quelques monticules détachés les uns des autres. Elle offre un bon abri contre les vents d'ouest et de sud-ouest; mais elle est entièrement ouverte aux vents de sud-est.

Des paille-en-queue à brins rouges et quelques albatros d'une teinte plus obscure que les plus communs au Cap de Bonne-Espérance voloient autour de nous.

Nous fûmes à la cape pendant la nuit, et en sondant toutes les heures on trouva constamment soixante-six mètres de profondeur sur un fond de sable gris.

1ere. année de la rép. Frimaire. 19.

Dès quatre heures et demie du matin nous fîmes route au nord quart nord-est pour nous rapprocher de la côte, et nous la vîmes presqu'aussitôt depuis le nord 2 ^{d} est jusqu'à l'ouest 25 ^{d} nord. Un bel horizon nous laissoit appercevoir encore d'autres terres basses qui s'étendoient vers le nord-est.

Bientôt nous passâmes entre la grande terre et des récifs qui en étoient éloignés de deux myriamètres. Vers huit heures nous en laissâmes d'autres à deux myriamètres et demi au large, et nous ne tardâmes pas à voir qu'un îlot que nous appercevions vers l'est étoit lié à la terre par une chaîne de récifs qui, s'avançant au large, nous forcèrent de prendre la bordée du sud, jusqu'à ce que nous les eussions doublés.

Trois feux allumés successivement sur la pointe de terre d'où partoient les récifs, nous firent connoître qu'il y avoit des Sauvages. Les produits de la mer sont sans doute la principale ressource de ces peuples qui vivent sur un sol si stérile.

Etant à midi par 34 ^{d} 11 ′ de latitude sud, et 118 ^{d} 22 ′ de longitude orientale, nous relevions au nord 38 ^{d} ouest, à deux kilomètres de distance, la petite île dont je viens de parler.

D'autres feux allumés le long de la côte élevoient,

comme les premiers, de fortes colonnes de fumée, les habitans voulant sans doute nous faire connoître leur présence.

Nous laissâmes au large, vers quatre heures et demie, un îlot distant de quatre myriamètres de la côte; il étoit lié à un banc de récifs qui s'avançoient à plus d'un kilomètre vers l'est. La sonde nous indiqua alors vingt-un mètres de profondeur, et quelque tems après une ligne de quarante-deux mètres n'atteignit pas le fond.

Le calme régna quelques instans vers la fin du jour, mais bientôt un petit vent de sud-est nous permit de prendre la bordée du sud-ouest que nous tînmes pendant toute la nuit.

La sonde ayant été jetée toutes les heures, elle nous fît connoître un fond de sable quartzeux mêlé de débris de coquillages et de madrépores par une profondeur de cinquante à soixante-six mètres.

20.

Au jour on déploya toutes les voiles avec un vent frais d'ouest-nord-ouest le cap à l'est.

Depuis six heures du matin le mercure dans le baromètre avoit éprouvé un abaissement de plus de 3 ¹. Quoique le ciel fût beau, cet indice certain d'une grande perte d'équilibre dans l'atmosphère méritoit l'attention la plus réfléchie. Nous nous avançâmes néanmoins vent arrière au milieu d'îlots éloignés d'environ un myriamètre de la côte, bien incertains de trouver passage

1ere. année
de la rép.

Frimaire.

entre ceux que nous appercevions dans le lointain; nous y étions déja fortement engagés vers dix heures, lorsque nous vîmes qu'ils étoient liés entre eux par des récifs; l'aspect du ciel étoit menaçant, l'horizon venoit de se couvrir dans l'ouest-sud-ouest, et bientôt le vent souffla de cette partie avec la plus grande impétuosité. Ce fut en vain que nous cherchâmes long-tems entre ces écueils quelque coupure qui nous permît de gagner la pleine mer; comme nous n'avions d'autre issue que le passage par où nous nous y étions engagés, nous virâmes de bord pour nous y porter. L'impétuosité de la tempête nous ayant forcé de ployer la majeure partie de nos voiles, le vaisseau éprouva une si forte dérive que nous tombâmes très-vîte sous le vent de cette ouverture. Nos manœuvres courantes se brisant de toutes parts, nos évolutions ne se faisoient plus qu'avec lenteur; en vain nous nous présentâmes plusieurs fois pour sortir, il nous fallut toujours rentrer au milieu des dangers pour continuer à louvoyer dans un espace semé de roches cachées sous l'eau à différentes profondeurs, sur lesquelles nous étions exposés à chaque instant à voir notre vaisseau se briser; il étoit besoin d'un œil très-exercé pour les distinguer par une mer aussi fortement agitée. Le citoyen Raoul, jeune marin fort instruit dans lequel le général avoit beaucoup de confiance, étoit monté au haut du grand mât, et de-là dirigeoit la marche de notre vaisseau. Plusieurs fois nous nous vîmes portés tout près d'écueils cachés par les flots, et il nous les fît éviter tous, quoiqu'il fût très-difficile de les appercevoir, même d'une aussi petite distance.

L'Espérance, qui tenoit contre le vent encore moins bien que nous, étoit déja tout près de la côte, n'ayant d'autre parti à prendre que d'y échouer si elle ne trouvoit pas d'abri où jeter l'ancre. Vers une heure après midi, nous l'apperçûmes de très-loin, dans un endroit où il ne nous sembla pas qu'il pût y avoir un mouillage : elle venoit de carguer toutes ses voiles ; nous étions fort inquiets sur sa position, croyant qu'elle avoit touché ; mais la stabilité de sa mâture nous rassura bien vîte, en nous faisant connoître que cette frégate étoit à l'ancre : sa distance et la force du vent nous empêchoient de distinguer les signaux qu'elle nous faisoit.

Nous ne balançâmes pas à aller chercher le même abri. Le général ordonna aussitôt d'arriver sous la mizaine au nord quart nord-est, et nous ne tardâmes pas à nous trouver près de l'Espérance, qui étoit foiblement défendue de la vague par un îlot. On nous avertit du bord de cette frégate de longer la terre de fort près, afin d'être mieux abrités qu'eux. Nous eûmes, en côtoyant la petite île, le spectacle effrayant d'une vague impétueuse qui, en ayant franchi la pointe sud, ouvroit en se précipitant un gouffre qui mettoit à découvert une partie de la base de ce rocher. La crainte de nous approcher trop près de la terre nous fît jeter l'ancre vers cinq heures au vent de l'Espérance, mais pas assez en dedans du mouillage pour éviter de tomber sur elle si notre vaisseau chassoit sur ses ancres. Le danger fut d'autant plus grand que notre première ancre ne put nous retenir : les haches étoient déja prêtes à couper la mâture pour donner moins de prise au vent; mais une seconde ancre nous fixa.

Nous étions mouillés par trente-huit mètres sur un fond de sable quartzeux mêlé de débris de coquilles.

Violemment agités par la vague, nous étions exposés à presque toute l'impétuosité du vent, et nous craignions de voir nos cables se rompre, car nous eussions tombé sur des rochers où la mer brisoit d'une manière effrayante.

Nous mouillâmes aux approches de la nuit une troisième ancre pour être plus assurés de tenir contre d'aussi violens efforts.

Le mercure, qui étoit descendu dans le baromètre jusqu'à $27^p 8\frac{1}{2}$, remonta sensiblement dès que le jour parut, et nous annonça la fin de la tempête.

La vague étant considérablement diminuée, le capitaine Huon envoya son canot à bord de la Recherche et nous apprit que la veille l'Espérance avoit été portée vers la terre si rapidement qu'elle étoit sur le point de faire côte, lorsque le citoyen Legrand, officier d'un mérite distingué, étoit monté dans le plus fort de la tem-

21.

pête au haut du grand mât, et en étoit descendu presqu'aussitôt, en s'écriant avec enthousiasme, que le
vaisseau étoit sauvé du danger. Il assigna la position
du mouillage qu'il avoit reconnu, et assura que le navire y seroit en sûreté. Le salut des deux vaisseaux tenoit à cette découverte ; car la Recherche, obligée de
louvoyer pendant la nuit au milieu de ces écueils périlleux, après avoir lutté aussi long-tems qu'elle eût pu
contre la force de la tempête dans l'espoir qu'un changement de vent lui permît de gagner la pleine mer, se
seroit infailliblement perdue.

Cette baie, qui porte le nom du citoyen Legrand,
rappelera le service signalé que cet habile marin a rendu à notre expédition ; son avis avoit été de mouiller
plus près de la terre, et il étoit fâcheux qu'on ne s'y fût
pas rendu, car la chaîne que l'Espérance avoit mouillée à bâbord avoit été brisée dans la nuit par la force
de la vague, et cette frégate n'étant plus appuyée que
sur une seule ancre, n'avoit pas tardé à être entraînée
vers la côte, lorsqu'heureusement une autre ancre l'a-
voit retenue. Ce vaisseau perdit aussi les deux barres de
fer de son gouvernail ; il n'en avoit point de rechange :
ces barres fûrent rompues par les chocs violens que la
vague donnoit au gouvernail dans les mouvemens com-
binés de tangage et de roulis ; le mouvement de tangage, toutes choses égales d'ailleurs, est bien plus ac-
céléré au mouillage qu'en pleine mer.

Du

Du lieu où nous étions à l'ancre nous comptions douze îlots, des rochers et des brisans qui nous servoient
d'abri. La mer dans ce vaste bassin pouvoit nous envoyer des vagues très-fortes; mais nous étions heureusement mouillés sur un fond d'une bonne tenue.

L'îlot sous le vent duquel nous nous trouvions nous
restoit du sud 25^d ouest à l'ouest 3^d nord.

Le matin on y envoya de chaque bord un canot pour
sonder; nous avions le dessein de nous en rapprocher
davantage : par-tout on trouva un excellent fond; on eut
quinze mètres de profondeur à une petite distance de la
terre.

Quelques personnes pour atteindre le rivage fûrent
obligées de se jeter à l'eau, car le canot se fût brisé si on
eût voulu le ranger assez près de la côte pour débarquer
à pied sec.

Plusieurs veaux marins de l'espèce appelée par Buffon petit phoque, *phoca pusilla*, L., reposoient tranquillement au soleil sur les rochers et le long de la grève; quelques-uns se laissèrent tuer à coups de bâton. Il
est bon de remarquer que la figure que Buffon a donné
de cet amphibie a sans doute été faite sur une peau mal
empaillée : il y est représenté ayant le cou beaucoup plus
mince que la tête, comme c'est le propre de la plupart
des quadrupèdes; mais celui-ci étant principalement destiné à nager se rapproche des poissons, et a la tête d'un
moindre volume que le cou.

Ddd

Dans la même figure les oreilles sont représentées très-ouvertes, tandis qu'elles ont à peu près la forme d'un cône, sans autre ouverture qu'une fente longitudinale au côté externe ; il semble que la nature ait voulu empêcher que l'eau ne s'introduise dans les oreilles de cet animal lorsqu'il plonge ; car il peut refermer totalement cette fente lorsqu'il est dans la mer, et l'ouvrir, mais légérement, lorsqu'il en est sorti.

On y trouva aussi une bande nombreuse de cignes, dont plusieurs se laissèrent prendre à la main ; mais les autres avertis du danger s'envolèrent bientôt. Cette nouvelle espèce, un peu moins grande que le cigne sauvage, est d'un gris cendré dont la teinte est un peu plus claire sous le ventre ; le bec est noirâtre, et a à sa base un renflement d'un jaune de soufre ; les pattes sont légérement colorées de rouge.

Le hunier de notre grand mât s'étoit un peu fendu la veille lorsque nous virâmes de bord en luttant contre la tempête. On profita du beau tems de la matinée pour le changer.

22. Un petit vent de sud-est avoit succédé à la tempête. Comme le moment étoit favorable, nous nous fîmes touer de grand matin vers la terre, dont nous ne nous trouvâmes alors qu'à la distance d'environ trois cents mètres.

Je descendis sur la petite île qui nous restoit au sud-ouest ; elle est montueuse et n'a pas plus de quatre kilomètres de long sur deux kilomètres de large.

1ere. année
de la rép.
Frimaire.

La houlle n'étoit pas encore assez appaisée pour qu'il fût facile de débarquer; il falloit saisir le moment de l'élévation de la lame pour laisser approcher de la terre notre nacelle retenue par un petit cable, et à chaque fois un de nous s'élançoit sur la rive. Comme le rebord de la nacelle où il falloit mettre le pied pour sauter à terre offroit un plan incliné, et que la côte étoit escarpée, nous courions les risques de tomber à la mer et d'être roulés par des lames qui se suivoient de fort près et dont un bon nageur eût eu bien de la peine à se dégager. Ce n'étoit pas le seul péril que nous eussions à appréhender; nous pouvions encore devenir la proie d'un gros requin qui se tenoit à quelques pas derrière nous. Nous l'avions vu roder dès le point du jour autour de nos vaisseaux, et il avoit suivi notre canot comme s'il eût convoité quelqu'un d'entre nous. L'aumônier de la Recherche se laissa tomber à l'eau, et alloit être dévoré par cet animal, lorsqu'heureusement le patron de notre barque le sauva du danger.

Des matelots de l'Espérance, en se promenant sur les rochers, tuèrent à coups de bâton beaucoup de veaux marins de différentes couleurs; il y en avoit de blancs, de gris plus ou moins foncé, et de bruns tirant sur le noir; ils étoient pourtant tous de la même espèce, désignée par Buffon sous le nom de petit phoque; la chair en fut trouvée fort bonne.

1ᵉʳᵉ. année
de la rép.

Frimaire.

L'îlot sur lequel nous étions est composé d'un beau granit, où le quartz, le feld-spath et le mica dominent; ce dernier s'y trouve en lames de couleur noirâtre : on y remarque aussi quelques aiguilles de schorl noir, mais en bien petite quantité; ce granit étoit à découvert dans beaucoup d'endroits. La terre végétale qui s'étoit arrêtée dans les lieux les moins escarpés étoit couverte d'arbustes quelquefois si rapprochés les uns des autres qu'on ne pouvoit y pénétrer que très-difficilement. J'y recueillis une espèce magnifique de *leptospermum*, remarquable par ses feuilles argentées et ses fleurs d'un rouge éclatant.

J'y vis plusieurs nouvelles espèces appartenantes à la famille des thymélées, qui n'ont que deux étamines et dont Forster a fait un genre nouveau, sous la dénomination de *banksia*. J'y remarquai aussi de nouvelles espèces de *rumex*, de *lobelia* et de *buplevrum*.

La partie occidentale de cet îlot offre, dans un des points les plus élevés un plateau de pierre calcaire dont les couches suivent la pente douce de la montagne : des couches de la même pierre couvroient sans doute autrefois les autres parties de l'île, et le noyau de granit leur servoit de base; mais probablement elles se seront éboulées et auront laissé à découvert les endroits escarpés, car dans le nord-est, où les montagnes s'abaissent par une pente assez douce, on trouve encore quelques pierres calcaires à une petite distance du rivage. Je n'y ai

jamais pu appercevoir de coquillages, malgré les recherches que j'ai faites pour en découvrir.

1ère. année
de la rép,
Frimaire.

Du sommet de cette petite île, nous distinguions au
loin une partie des récifs et des rochers sur lesquels nos
vaisseaux avoient pensé se briser avant d'arriver au
mouillage. Leur nombre nous effrayoit encore, et nous
étions émerveillés d'avoir pu échapper à tant de dangers.

Deux goelands, mâle et femelle, de l'espèce appelée par Buffon *bourgmestre*, *larus fuscus*, L., vînrent se reposer sur ces hauteurs à peu de distance de
nous. La femelle ayant été tuée d'un coup de fusil, le
mâle, épouvanté par le bruit de l'explosion, prit d'a-
bord la fuite, mais bientôt il revint à la même place,
ne voulant plus abandonner sa femelle et se fît tuer à
ses côtés.

J'avois tiré aussi avec du plomb un veau marin qui
étoit couché assez loin de moi; il se sentit blessé, et se
méfiant de ses forces, il n'osa se jeter à l'eau. J'étois si
bien caché qu'il ne pouvoit m'appercevoir. Bientôt j'en
vis un autre très-gros qui, attiré par les cris du blessé,
vint lécher tous les endroits d'où son sang couloit; cet
animal se laissoit faire comme s'il en eût éprouvé quelque soulagement; mais à la vue d'une chaloupe qui s'approcha d'eux ils se jetèrent à la mer.

Peu de tems après j'en distinguai d'autres qui s'avançoient vers les bords du rivage; ils ne manquoient ja-

mais, avant de se risquer à gagner la terre, d'élever au-dessus de l'eau près de la moitié de leur corps, et ils se tenoient quelque tems dans cette attitude en flairant et regardant de toutes parts pour tâcher de reconnoître s'il n'y avoit pas du danger pour eux à venir se reposer sur les rochers.

23.   Comme j'avois recueilli la veille une abondante mois-son d'objets d'histoire naturelle de différens genres, il me fallut passer à bord une partie de la journée pour les décrire et les préparer.

On envoya vers cinq heures après midi dresser les tentes de l'observatoire. Je voulus profiter de cette oc-casion pour descendre sur l'îlot où j'avois été déja. La marée ne faisant que commencer à monter, on pouvoit y débarquer encore, mais bientôt il eût été impossible de regagner le canot, et nous eussions été obligés de passer la nuit à terre. Cette considération empêcha plu-sieurs de mes compagnons d'y descendre. L'intervalle qu'on devoit franchir pour gagner le rivage étoit d'en-viron sept mètres, et à chaque vague la mer s'y élevoit à plus de deux mètres de hauteur perpendiculaire. Il falloit passer dans l'intervalle d'une vague à l'autre, aux risques d'être entraîné dans la mer; ce qui arriva au se-cond chirurgien de la Recherche. Il venoit de nous an-noncer qu'il alloit se rendre sur le rivage presqu'à pied sec; mais ne traversant pas assez vîte, il fut enlevé par une forte lame qui l'entraîna le long de la côte; heureusement il savoit nager, et il revint vers le canot, mais bien autrement qu'il n'avoit compté, lorsqu'il avoit voulu nous faire parade de sa légéreté.

Ceux qui étoient descendus à terre fûrent obligés d'y passer la nuit; ils n'avoient pour toute provision qu'un peu de biscuit. Pressés par la soif, ils fûrent forcés de faire, par une nuit très-obscure, plus de deux kilomè- tres à travers les rochers pour se procurer de l'eau, en- core pour comble de malheur elle se trouva saumâtre.

Des requins énormes de l'espèce la plus commune, *squalus carcharias*, se montroient fréquemment dans le bassin où nous étions mouillés. On en prit à bord de l'Espérance un qui étoit long d'environ quatre mètres, et beaucoup plus gros qu'il n'eût dû être à proportion de sa longueur.

Comme tout nous faisoit pressentir l'impossibilité de trouver à renouveller notre provision d'eau dans ce mouillage, le commandant en second donna l'ordre qu'il n'en fût distribué que trois quarts de bouteille par jour à chaque personne. Le commandant en chef et lui en avoient à discrétion. Je croyois cependant que l'eau étoit un approvisionnement commun dont la privation eût dû s'étendre à tous également.

L'ingénieur géographe de la Recherche partit dès le point du jour dans le grand canot pour reconnoître les îlots de ce petit archipel, et pour voir s'il n'y auroit pas un passage à l'est entre les écueils; il devoit aussi cher-

24.

cher une aiguade commode. Je désirois ardemment d'ê-
tre associé à une pareille expédition ; mais comme les
opérations géographiques se lient peu avec les recherches des naturalistes, on ne nous prévint pas de l'heure
du départ, pour lequel tout fut arrangé si clandestine-
ment que je n'en fus instruit qu'au moment où le canot
s'éloigna de notre frégate.

L'impossibilité d'avoir une chaloupe qui me trans-
portât sur la grande terre, me détermina à aller passer
cette journée sur l'île du sud-ouest, dont je suivis les
contours en me portant d'abord vers le nord-ouest. Je
ne tardai pas à arriver dans le sud-ouest près d'une des
sommités les plus élevées, où je trouvai un petit courant
d'eau douce qui sortoit des fentes d'un rocher de granit;
cette découverte nous causa une grande joie, car nous
étions réduits depuis quelque tems à une très-petite
quantité par jour.

Tout près j'apperçus des cavités remplies d'une eau
très-limpide, que j'avois lieu de croire aussi douce que
celle qui découloit du roc, car elle étoit à plus de deux
cents mètres perpendiculaires au-dessus du niveau de
la mer. Je me trompois, elle étoit très-salée ; et plus
loin d'autres excavations remplies de la même eau offroient sur leurs bords des cristaux de sel marin en lames assez minces qui, d'une certaine distance, ressembloient à de la glace. Ce fait ayant été raconté à bord
par des personnes qui m'accompagnoient, quelques-uns
pour

pour expliquer la cause de ce phénomène avancèrent
que la vague pouvoit bien s'élever jusqu'à cette hauteur
dans les gros tems, quoique la côte fût protégée par des
roches assez grandes, mais, à la vérité, peu distantes
du pied des montagnes.

Comme ce courant, qui étoit très-foible, nous four-
nissoit lentement l'eau nécessaire pour nous désaltérer,
nous fûmes contraints de nous reposer sur ses bords, et
bientôt de petites gouttes d'eau salée dont nous fûmes
mouillés me firent connoître que l'air élevoit jusqu'à
nous l'eau de la mer atténuée par le choc contre les rochers. Nos vêtemens ne tardèrent pas à en être couverts,
comme s'ils eussent été exposés à un brouillard léger ;
cette eau n'avoit rien perdu de sa salure.

Quelques oiseaux attendoient notre retraite pour venir étancher leur soif. J'y tuai la charmante tourterelle
fauve, remarquable par six à huit plumes dorées qu'elle
porte vers la base de ses aîles. White l'a appelée pour
cette raison *golden winged pigeon*, page 43 ; il en a
donné une bonne figure. J'avois déja trouvé la même espèce au cap de Diemen.

Nous y prîmes beaucoup de penguins de l'espèce appelée *aptenodyta minor*, que le capitaine Cook avoit
aussi rencontrée à la Nouvelle-Zelande ; ils étoient
également cachés dans des creux de rocher très-pro-
fonds, d'où il étoit souvent fort difficile de les retirer.

Un des sommets les plus élevés que je visitois dans

TOME I.   E e e

ce jour pour la première fois étoit formé de pierre calcaire disposée par couches presqu'horizontales, de même que celle que j'avois déja rencontré sur ces hauteurs ; elle étoit d'un grain très-fin, offrant rarement quelques légères cavités. Je n'y remarquai point non plus de coquillages ; je présume qu'elle a été produite par un dépôt lent de matière calcaire transportée dans un état de dissolution.

Ce changement de terrain me procura quelques plantes que je n'avois point encore trouvées.

J'y recueillis une espèce nouvelle et très-saillante d'*eucalyptus*, dont je vais donner la description.

Les tiges les plus élevées de cet arbuste n'ont pas plus de quatre mètres ; elles sont lisses et garnies, principalement vers l'extrémité de chaque rameau, de feuilles alternes, ovales, allongées, légérement arquées, longues d'environ un décimètre.

Les fleurs, qui sont sessiles et portées communément au nombre de huit à dix à l'extrémité d'un pédoncule commun, long d'environ trois centimètres, présentent tous les caractères du genre *eucalyptus*. Leurs étamines très-nombreuses ont de longs filets de couleur fauve ; le style déborde un peu les étamines.

Le calice très-allongé est poussé au-dehors par les étamines à mesure qu'elles se développent, et il tombe quand elles ont pris tout leur accroissement.

La capsule, ouverte à sa partie supérieure, est à trois

loges et quelquefois à quatre; elle est surmontée d'une petite portion de la base du style qui est divisée en autant de parties qu'il y a de loges.

Chaque loge contient beaucoup de semences anguleuses.

La forme du calice m'a fait donner à cet arbuste le nom d'*eucalyptus cornuta*.

Explication des figures. Planche 17.

Figure 1. Rameau de l'*eucalyptus cornuta*.

Figure 2. Fleur dégagée de son calice pour faire voir les étamines et le style.

Figure 3. Fleur dont le calice détaché enveloppe encore les étamines.

Figure 4. Calice.

Figure 5. Ovaire.

Figure 6. Capsule.

Après avoir résolu de passer la nuit à terre, nous cherchâmes un endroit commode, et nous trouvâmes enfin un creux de rocher où nous fûmes quelque tems parfaitement à l'abri du vent et de la pluie qui survint à la fin du jour. Le froid étoit assez vif pour nous engager à allumer du feu; d'ailleurs, nous n'avions pas beaucoup de provisions, et après que j'eus fait un choix des oiseaux de ma chasse que je voulois conserver pour ma collection, je donnai à mes compagnons les autres, qu'ils apprêtèrent en les faisant griller. Nous nous attendions à faire un assez bon souper et à dormir après fort tranquillement, lorsque tout à coup le vent changea et s'engouffra dans notre grotte, d'où nous fûmes forcés de sortir bien vîte pour ne pas être étouffés par la fumée. Ce contretemps nous fît regretter de n'avoir pas retourné à bord; car le vent fut assez fort pour éteindre notre feu avant que nos pinguins fussent entièrement grillés, mais nous les trouvâmes pourtant fort bons.

Une ample provision d'eau que nous avions apportée du haut de la montagne nous rappeloit agréablement, en faisant ce repas, qu'ici au moins nous pouvions en boire à discrétion.

25. Dès que le jour parut je m'avançai vers le sud-ouest. Parmi beaucoup d'autres plantes, je recueillis au pied des montagnes, dans un terrain marneux, une légumineuse qui doit être rangée au nombre de celles dont la corolle est papilionacée et les filets des étamines séparés les uns des autres.

Elle forme un genre nouveau que j'appelle *chorizema*.

Le calice est d'une seule pièce, et divisé en quatre parties sur ses bords. La division supérieure est large, échancrée et plus longue que les autres; les trois inférieures sont égales entre elles, étroites et terminées par une pointe.

Iere. année
de la rép.
Frimaire.

Le bord supérieur de l'étendard est échancré et il couvre presqu'entièrement les aîles et la carène.

Les étamines, au nombre de dix, sont toutes séparées les unes des autres.

L'ovaire est ovale-allongé, et terminé par un style recourbé.

Le légume, de forme ovale, est rempli d'un grand nombre de graines noires, presque sphériques.

Cette plante est vivace ; ses feuilles sont simples, alternes, sessiles, coriaces, longues, dentées, et ont deux petites épines pour stipules.

La forme des feuilles m'a fait désigner cette espèce sous le nom de *chorizema ilicifolia.*

Explication des figures. Planche 21.

Figure 1. La plante de grandeur naturelle.

Figure 2. Fleur.

Figure 3. Développement des pétales.

Figure 4. Etamines, la corolle et le calice ayant été enlevés.

Figure 5. Ovaire.

Figure 6. Légume.

L'Espérance avoit envoyé de très-grand matin un

canot sur la grande terre pour faire quelques observations astronomiques. Le citoyen Riche y étoit aussi descendu. Le rendez-vous avoit été donné pour deux heures après midi, au lieu du débarquement ; mais on l'attendit en vain jusqu'à sept heures du soir. Le canot fut
obligé de se rendre à bord, parce qu'il n'avoit pas de
vivres, et que d'ailleurs il étoit mouillé dans un lieu
qui eût pu devenir fort dangereux pour peu que la vague eût augmenté. On laissa sur le bord du rivage un
mot d'écrit pour avertir le citoyen Riche dans le cas où
il seroit retourné à cette place, qu'on reviendroit le
chercher le lendemain dès le point du jour, si le tems le
permettoit.

L'ingénieur géographe envoyé pour faire la reconnoissance de ce petit archipel arriva au commencement
de la nuit ; il avoit fixé la position de plus de vingt îlots
répandus dans l'espace d'environ un degré tant en longitude qu'en latitude. Il descendit sur plusieurs points
sans trouver un endroit commode pour faire de l'eau ;
le seul courant d'eau douce qu'il eût rencontré auroit à
peine fourni à la consommation journalière de nos
vaisseaux. Il avoit reconnu, derrière la pointe de la
grande terre qui nous restoit à l'est-nord-est, un bon
mouillage moins profond que celui que nous occupions.

C'est à cet archipel que se termine la découverte de
Nuyts. Nous fûmes étonnés de la précision avec laquelle
la latitude en avoit été déterminée par ce navigateur, à

une époque où les instrumens d'observation étoient encore très-imparfaits. Je dois faire la même remarque à
l'égard de presque tout ce que Leuwin avoit reconnu de
cette terre.

Depuis quelques jours les vents souffloient de l'est,
tenant du nord dans la matinée, et du sud dans l'après-
midi. Ce sont les sables fortement échauffés par les
rayons du soleil qui occasionnent cette variation diur-
ne. L'air de l'atmosphère jouissoit d'un grand équilibre
par ces sortes de vents, aussi le mercure dans le baromètre se tenoit-il communément à 28ᵖ 3 à 4¹.

Ce jour le tems étoit favorable; on envoya un canot
à la recherche du citoyen Riche. Ce naturaliste, en-
thousiasmé de la richesse et de la nouveauté de toutes
les productions de cette terre, qui jusqu'alors n'avoit
été visitée par aucun observateur, s'étoit sans doute oublié à leur aspect et avoit bien vîte perdu son chemin;
il n'étoit pas encore revenu au lieu du débarquement.

26.

En s'avançant dans la direction qu'on lui avoit vu
prendre la veille, on vit de fort près quelques naturels
avec lesquels cependant il ne fut pas possible de communiquer; car toujours ils s'enfuîrent à mesure qu'on
s'avança vers eux.

La position de Riche étoit d'autant plus alarmante
qu'il étoit absent depuis près d'un jour et demi, et que
nous savions qu'il s'étoit engagé sans provisions sur une
terre extrêmement stérile.

1ᵉʳᵉ. année
de la rép.
Frimaire.

Le canot, qui revint vers deux heures après midi, apporta la triste nouvelle qu'on n'avoit pu le retrouver. Aussitôt le capitaine Huon vint en rendre compte au général, qui se concerta avec lui sur les mesures qu'il seroit convenable de prendre dans cette fâcheuse circonstance. Le général nous ayant invité à nous rendre chez lui, le naturaliste Deschamps et moi, le capitaine Huon nous fît part de toutes les démarches qu'il avoit faites jusqu'alors pour retrouver notre infortuné collègue : il nous rappela les dangers auxquels il pouvoit s'être exposé en s'avançant seul dans l'intérieur des terres, où peut-être il étoit tombé sous les coups des Sauvages ; il ne pouvoit d'ailleurs, nous dit-il, présager que les événemens les plus funestes, car il croyoit de toute impossibilité qu'il se fût égaré aussi long-tems.

La nature de ces sables brûlans, qui sont totalement privés d'eau, rendoit encore plus affreuses toutes les conjectures que nous pouvions faire sur sa position.

Comme notre provision d'eau étoit déja en partie consommée, et qu'on n'avoit pas trouvé à la renouveller dans ce mouillage, le capitaine Huon, après nous avoir dit qu'il seroit très-désavantageux d'y prolonger davantage notre séjour, ajouta qu'il étoit évident que des recherches ultérieures ne pouvoient que nuire à l'expédition, sans offrir le moindre espoir de retrouver notre malheureux collègue.

Deschamps, sur l'esprit duquel ces raisonnemens
avoient

avoient eu toute l'influence qu'on désiroit, ne craignit pas d'ouvrir le premier l'avis du départ, en se rangeant du côté du capitaine et en déclarant qu'on ne pouvoit se dissimuler qu'il ne nous restoit plus qu'à pleurer la perte de notre ami.

Ces probabilités ne firent pas le même effet sur moi; mais il me falloit persuader des marins, et j'employai le moyen que je crus le plus propre à les convaincre en citant à l'appui de mon opinion un exemple tiré des voyages du plus célèbre des navigateurs. Je leur rappelai que le capitaine Cook eut deux matelots qui s'égarèrent, en décembre 1777, sur l'île de Noël, l'un pendant un jour entier, et l'autre pendant quarante-huit heures; que Cook l'avoit fait chercher avec le plus grand soin par plusieurs détachemens; que l'île de Noël est cependant une île basse très-petite et à peine couverte d'arbustes, tandis que la Nouvelle-Hollande, où Riche s'étoit perdu, étoit immense. Je demandai donc qu'on employât à la recherche de notre malheureux ami au moins autant de tems que le capitaine Cook en avoit employé à la recherche d'un de ses matelots.

Ce raisonnement produisit tout l'effet que je désirois.

Un canot partit aussitôt de chaque vaisseau pour la grande terre, et j'eus le plaisir d'être du nombre de ceux qui devoient employer tous leurs soins et faire tous leurs efforts pour ramener à bord notre infortuné compagnon de voyage.

Le général fît tirer des coups de canon de demi-heure en demi - heure, afin que si Riche vivoit encore, il pût diriger sa marche plus sûrement vers le mouillage.

Le vent nous favorisa, et bientôt nous fûmes rendus à terre.

Après nous être avancés sur différens points, nous revînmes au débarcadaire dès le commencement de la nuit.

Nous avions parcouru un terrain entièrement couvert de sables où nous avions trouvé de vastes emplacemens absolument dénués de végétaux. Je vis avec surprise sur ces bords lointains la graminée connue sous le nom de *spinifex squarrosus*, et j'admirai de nouveau la facilité que les plantes qui croissent sur les bords de la mer ont de se répandre à des distances prodigieuses.

Dans ces lieux arides croissoit une belle plante qui se rapproche des *iris*, et qui se range naturellement à côté des genres *dilatris* et *argolasia*; elle forme cependant un nouveau genre très-distinct, principalement par sa corolle irrégulière.

Je le désigne sous le nom d'*anigozanthos*.

Les fleurs n'ont point de calice.

La corolle présente la forme d'un tube divisé sur ses bords en six parties inégales, recourbées intérieurement; elle est couverte de poils rougeâtres.

Les étamines, au nombre de six, sont attachées au-dessous des divisions de la corolle qui est placée sur l'ovaire.

Le style est simple, de même que le stigmate.

La capsule est à peu près sphérique et colorée comme la fleur dont elle est surmontée ; elle a trois loges remplies d'un grand nombre de semences anguleuses.

Le haut de la tige est couvert de poils rougeâtres comme les fleurs.

J'ai appelé cette espèce *anigozanthos rufa.*

Explication des figures. Planche 22.

Figure 1. La plante de grandeur naturelle.
Figure 2. Fleur.
Figure 3. Fleur fendue dans sa longueur et développée pour faire voir les étamines.
Figure 4. Etamines grossies.
Figure 5. Capsule.

Quoique dans le jour la chaleur fût très-forte sur cette terre, nous éprouvâmes pourtant la nuit un froid assez vif.

Dès que l'aurore commença à paroître nous nous divisâmes en deux troupes ; l'une avec laquelle j'étois s'avança vers le nord, et l'autre vers le nord-ouest.

Nous nous dirigions avec la boussole et nous avions

F f f 2

fait au moins un myriamètre à travers des plaines de sable calcaire qu'on voyoit amoncelé dans différens endroits, lorsque nous arrivâmes dans un bas-fond assez rétréci, où la verdure des plantes contrastoit agréablement avec la tristesse des lieux que nous venions de parcourir, et nous annonçoit une terre végétale très-féconde. Nous y apperçûmes quelques cavités qui nous offrirent un peu d'eau douce; mais elle étoit trop éloignée du rivage pour pouvoir être utile à nos vaisseaux.

En continuant notre marche, je remarquai au milieu de ces sables quelques roches de nature calcaire, où je recueillis de belles plantes qui résistoient encore à l'aridité du sol. Je citerai parmi le grand nombre de celles de la famille des protées que j'y observai, deux nouvelles espèces de *banksia*. J'appelle l'une *banksia repens*, et l'autre *banksia nivea*; la *banksia* traçante et la *banksia* argentée.

La première a une tige traçante, couverte d'un duvet épais, rougeâtre, terminée par des fleurs réunies sous la forme d'un cône.

Les feuilles sont pinnatifides, et lorsqu'elles sont fort jeunes on les voit couvertes du même duvet que la tige, au point de faire prendre cette plante pour quelqu'espèce d'*acrostichum*; mais plus avancées en âge elles sont très-lisses.

1ᵉʳᵉ. année
de la rép.

Frimaire.

Explication des figures. Planche 23.

Figure 1. La plante de grandeur naturelle.

Figure 2. Fleur.

Figure 3. Corolle fendue latéralement , vue à la loupe.

Figure 4. Etamines grossies.

Figure 5. Ovaire avec le style et le stigmate.

L'espèce de *banksia,* que j'appelle *nivea,* est remarquable par ses longues feuilles dentées très-profondément et blanches en dessous.

Explication des figures. Planche 24.

Figure 1. La plante de grandeur naturelle.

Figure 2. Fleur.

Figure 3. Corolle développée.

Figure 4. Partie d'une des divisions de la corolle, vue à la loupe.

Figure 5. Etamine , vue à la loupe.

Figure 6. Ovaire surmonté de son style.

J'y trouvai encore l'*eucalyptus cornuta,* et beaucoup d'autres plantes de la famille des myrtes.

Nous arrivâmes au bout de quatre heures d'une marche assez rapide sur les bords d'un grand lac qui communique avec la mer.

Les naturels avoient récemment mis le feu dans plusieurs endroits où nous venions de passer.

Nous ne vîmes aucun kangourou, mais leurs excrémens que nous apperçûmes de toutes parts en grande abondance nous firent connoître que ce quadrupède est très-multiplié sur cette côte : nous y remarquâmes aussi d'autres excrémens qui ressembloient singulièrement à ceux de vache, mais nous n'apperçûmes pas l'animal à qui ils appartenoient ; on voyoit dans le sable les empreintes de pieds fourchus larges de plus de trois quarts de décimètre. Il n'y a aucun doute que cette terre ne nourrisse des quadrupèdes beaucoup plus gros que le kangourou : elle offre peu d'alimens pour les oiseaux ; aussi je n'en trouvai dans cette course que de deux espèces, un *muscicapa*, que je rencontrai par la suite dans les Moluques ; et la belle espèce de kakatoës à huppe rouge, *psittacus moluccensis*, qu'on y voyoit par bandes de plusieurs centaines. Quand j'essayois de les approcher, ils partoient toujours de fort loin, et voloient par élans avec rapidité en jetant des cris perçans et très-désagréables.

Les bords du lac que nous suivîmes pendant quelque tems en nous approchant de la mer, sont un peu marécageux ; il s'étend fort loin dans les terres, puisque la troupe qui se porta au nord-ouest arriva aussi sur ses

bords; quelques-uns d'entre d'eux vînrent à notre rencontre pour nous apprendre qu'ils avoient remarqué tout
près du lac, vers sa partie la plus éloignée de la mer,
des empreintes de souliers qui ne laissoient aucun doute
que Riche n'y fût passé; mais les marques de pieds nus
qui paroissoient tout près des siennes faisoient craindre
qu'il n'eût été entraîné par les Sauvages dans l'intérieur
des terres. Une circonstance qui augmenta encore les
probabilités de cette conjecture, c'est qu'on ne tarda pas
à trouver son mouchoir de poche sur le sable, et à quelques pas plus loin un de ses pistolets. A peu de distance
on voyoit s'élever la fumée d'un feu abandonné, autour
duquel on trouva quelques morceaux de papier où l'on
reconnut l'écriture de Riche. Le sable encore dans ce
lieu laissoit voir l'empreinte de quelqu'un qui s'y étoit
reposé.

1ere. année
de la rép.
Frimaire.

Nous retournions tous vers nos embarcations en pleu-
rant sur le sort de notre infortuné compagnon de voyage, lorsque prêts d'arriver au lieu du débarquement, et
ayant perdu absolument toute espérance, nous vîmes un
de ceux qui étoient restés pour veiller à la sûreté des
canots accourir au-devant de nous pour nous annoncer
que Riche vivoit encore, et qu'il venoit de se rendre au
débarcadaire exténué de faim et de fatigue. Il y avoit
plus de cinquante-quatre heures qu'il étoit à terre, et il
n'avoit emporté avec lui d'autres provisions que quelques morceaux de biscuit. L'état d'affaissement auquel

il étoit réduit ne permettoit pas à ses amis de le laisser se livrer à son appétit, et ce ne fut qu'en essayant par degrés les forces digestives de son estomac que nous lui donnâmes quelques alimens. Sa figure, d'abord entièrement décomposée, se ranima peu à peu. Lorsqu'il fut revenu de l'état de stupeur où l'avoit jeté une aussi longue privation de nourriture, il nous raconta qu'assez près du feu qu'on avoit trouvé encore allumé, il y avoit un petit courant d'eau douce où il avoit étanché sa soif; qu'à force de chercher parmi les plantes analogues à celles dont les fruits peuvent servir de nourriture à l'homme, il trouva un arbuste de la famille des plaque-miniers qui lui fournit quelques petits fruits, mais en trop foible quantité pour suffire à ses besoins. Dès le premier jour qu'il s'égara il trouva la fontaine près de laquelle on avoit rencontré quelques-uns de ses effets. Il y passa la nuit, et le lendemain il chercha pendant tout le jour le mouillage de nos vaisseaux, sans pouvoir le découvrir. Pendant toute cette marche pénible il ne trouva pas une seule goutte d'eau; mais le hasard le ramena heureusement le soir vers cette même fontaine, où il passa encore la seconde nuit.

Ayant apperçu de loin quelques Sauvages, il avoit essayé de communiquer avec eux, afin de connoître quelle étoit leur manière de se nourrir, et leur demander quelques alimens, car il étoit violemment tourmenté par la faim; mais ils avoient toujours pris la fuite à mesure qu'il

qu'il s'étoit avancé vers eux. (Dans ce climat les hommes ne sont pas dans la nécessité de se vêtir; tous étoient
absolument nus.) Ils mettoient souvent le feu aux herbes
sèches qui étoient répandues sur les sables.

Quelques kangouroux de la grande espèce et quelques cazoards fûrent les seuls animaux que Riche avoit
apperçu. Quoique dans un état d'abattement, il avoit
porté jusqu'au dernier jour une nombreuse collection de
productions très-intéressantes ; mais ses forces diminuèrent d'une manière si rapide, dans le courant de la dernière journée, qu'il avoit eu beaucoup de peine à se
traîner le long du rivage en cherchant nos vaisseaux ;
alors il avoit été obligé d'abandonner tout, même ce
qu'il avoit de plus précieux.

Dès qu'il fut revenu de son accablement, nous le ra-
menâmes à bord. Nous avions beau faire tous les signaux convenus pour annoncer que nous avions eu le
bonheur de le retrouver, on étoit tellement persuadé
d'avance de l'inutilité de nos recherches qu'on ne nous
comprit qu'au moment où notre embarcation fut tout
près des frégates, et qu'on put appercevoir Riche au
milieu de nous. La position horrible dans laquelle il se
fût trouvé, si l'opinion qu'on s'étoit formée à son égard
eût prévalu, doit inspirer le plus grand effroi et être un
terrible avertissement pour les capitaines et les naturalistes qui entreprennent un voyage lointain ; car si nous
eussions quitté ce mouillage dès la veille, il eût terminé

sa vie de la mort la plus affreuse et dans toutes les an-goisses du plus terrible désespoir.

Quoiqu'il fût démontré par ce fait qu'il étoit possible de se perdre pendant plus de deux jours sur cette terre, la plupart de nos marins ne voulûrent pourtant pas encore en convenir : quelques-uns aimèrent mieux croire et dire que Riche avoit eu le dessein de s'égarer ; comme si l'on pouvoit présumer qu'il fût allé de plein gré s'exposer à toutes les horreurs d'une faim cruelle.

Pendant tout le tems que nous restâmes dans ce mouil-lage on ne put pêcher à la seine ; mais sur les vaisseaux on prit à la ligne quelques poissons, parmi lesquels se trouva le *labrus cyprinoides*, et plusieurs espèces nou-velles du genre *perca*.

Nous avions mouillé par 33^d 55$'$ de latitude sud, et 119^d 32$'$ de longitude orientale.

La variation de l'aiguille aimantée fut trouvée de 6^d vers l'ouest.

Dès le soir toutes les embarcations fûrent mises à bord, et l'on attendit le lendemain pour lever l'ancre si les vents nous le permettoient. Ils varièrent de l'est-nord-est à l'est-sud-est, et à six heures du matin nous étions déja sous voiles.

Nous passâmes au nord de la petite île qui nous avoit servi d'abri, et nous nous avançâmes vers la plei-ne mer.

Etant à midi par 34^d 12$'$ 54$''$ de latitude sud, et

28.

119^d 21' de longitude orientale, les rochers les plus au sud nous restoient à l'est 2^d sud à environ deux tiers de myriamètre de distance, et les terres les plus vers le nord se relevoient au nord 1^d est.

Depuis quelques jours les vents d'est étoient dominans et nous faisoient craindre de grandes contrariétés dans la reconnoissance de cette côte. L'analogie donnoit encore beaucoup de vraisemblance à cette conjecture. En effet, au Cap de Bonne-Espérance, qui s'étend même quelques degrés plus au sud que cette partie de la Nouvelle-Hollande, les vents d'est sont aussi les vents régnans à cette même époque.

Nous n'étions encore parvenus le 3 de nivose vers le milieu du jour que par 34^d 24' de latitude sud, et 120^d 22' de longitude orientale, et nous n'avions pas encore perdu de vue les îlots du petit archipel où nous avions mouillé.

Les vents d'est avoient été assez frais dans l'après-midi, mais au commencement de la nuit ils soufflèrent de la côte et nous fîrent éprouver une chaleur étouffante. Bientôt nous nous vîmes au milieu d'une brume extraordinairement épaisse ; l'air s'étoit chargé d'une très-grande humidité qui pénétroit par-tout : je ne puis mieux la comparer qu'à celle qu'apportent les vents de sud sur la Méditerranée à une petite distance de la côte d'Afrique dans la saison des grandes chaleurs. Les sables échauffés par les rayons du soleil avoient augmenté la propriété qu'a l'air atmosphérique de dissoudre l'eau, et nous nous trouvions comme au milieu d'un bain de vapeurs d'une douce température.

L'obscurité de la nuit nous fît perdre de vue l'Espérance vers onze heures du soir, et elle ne répondit à nos signaux que trois heures après par un coup de canon que nous entendîmes de fort loin. Les vents étoient foibles. Nous courûmes des bordées au plus près, et dès que le jour parut nous apperçûmes cette frégate à peu de distance de nous; ils ne tardèrent pas à souffler avec force du sud-ouest et nous fîrent faire pendant quelque tems un fort grand sillage vers l'est.

Nous étions à midi par 34ᵈ 14′ de latitude sud, et 121ᵈ 2′ de longitude orientale, et deux heures après nous apperçûmes derrière quelques îlots un grand enfoncement qui parut nous offrir un excellent abri.

Des naturels nous fîrent connoître leur présence par des feux dont nous voyions la fumée s'élever, assez loin du rivage, de plusieurs points très-éloignés les uns des autres.

Le baromètre étant descendu encore plus bas que lorsque la tempête nous avoit forcés de mouiller dans la rade de Legrand, nous nous portâmes au large pour n'être pas affalés sur cette dangereuse côte; nous mîmes ensuite à la cape, et nous y restâmes toute la nuit le cap vers le sud-sud-est et le sud.

La mer fut très-grosse: les vents soufflèrent avec impétuosité du sud-ouest à l'ouest-sud-ouest ; après avoir augmenté graduellement ils se déchaînèrent avec la plus grande violence pendant presque toute la nuit, et élevèrent la vague à une hauteur prodigieuse. Nous n'avions point encore été si violemment balottés par la tempête.

1ere. année
de la rép.

Nivose.

Les vents de sud-ouest sont ici presque toujours impétueux et ajoutent beaucoup aux dangers auxquels on est exposé en longeant de l'ouest à l'est cette côte basse, souvent défendue par des écueils qu'il est à craindre de ne pas appercevoir assez à tems pour pouvoir les doubler.

Dès que le jour parut nous nous dirigeâmes vers la terre. Les vents s'étoient fixés à l'ouest - sud - ouest et avoient ramené le beau tems.

5.

Nous étions vers le milieu du jour par 33^d $42'$ de latitude sud, et 122^d $4'$ de longitude orientale, lorsque du haut des mâts on apperçut au-delà de plusieurs îlots une partie de la côte depuis l'ouest jusqu'au nord-ouest qui paroissoit toujours très-basse ; bientôt nous la vîmes former une digue élevée d'une manière assez uniforme qui se dirigeoit à l'est, et derrière laquelle on n'appercevoit aucune terre.

Aux approches de la nuit nous nous en éloignâmes et nous mîmes ensuite à la cape. Le lendemain nous continuâmes à la suivre, et vers trois heures après midi nous n'en étions éloignés que de deux kilomètres : elle

6.

nous avoit constamment présenté la même forme dans une longueur de plus de trois myriamètres. On y distinguoit parfaitement les couches minces et horizontales qui offroient absolument les mêmes formes que la pierre calcaire que j'avois trouvée dans la rade de Legrand.

Je suis porté à croire que cette coupure des montagnes dans une si grande étendue est l'ouvrage des eaux; car elles auront miné ces terres à leur base et la partie supérieure se sera affaissée en se précipitant dans la mer et en formant le rampart qui rend cette côte inaccessible. Nous y remarquâmes quelques petits éboulemens, mais par où il eût été cependant fort difficile de gravir; nous en étions tellement rapprochés qu'il nous fallut prendre la bordée du large; on trouva alors quarante mètres de profondeur sur un fond de sable calcaire.

7. Nous vîmes de grand matin la côte s'étendre vers le nord-est, et avec des vents de sud-ouest il nous fut facile d'en suivre les contours. Nous apperçûmes toujours ce même rampart escarpé qui, élevé assez uniformement d'environ quatre-vingt-dix mètres, montroit depuis sa partie supérieure jusqu'au niveau de la mer les couches parallèles dont il est composé.

La côte, vers le milieu du jour, changea d'aspect en se contournant un peu vers le sud-est; alors elle se montra entrecoupée de petites collines couvertes de sable,

qui, s'abaissant par une pente douce, aboutissoient à
une grève fort basse. La mer prit alors une teinte ver-
dâtre, même très au large, et nous indiqua un changement de fond; mais une ligne de vingt-huit mètres de
longueur ne put l'atteindre.

1ere. année
de la rép.

Nivose.

La brise ne tarda pas à souffler très-grand frais. Notre expérience nous avoit appris à craindre sur cette côte
les vents de sud-ouest qui étoient devenus presque toujours impétueux; c'est pourquoi nous prîmes la bordée
du sud-est quart est pour gagner le large.

Le manque d'eau se faisoit vivement sentir sur nos
deux vaisseaux, et si nous ne pouvions trouver inces-
samment à nous en approvisionner, nous allions être
en peu dans la nécessité d'abandonner la côte; mais
si nous l'eussions attaquée dans sa partie la plus orientale pour la longer de l'est à l'ouest, nous eussions
eu l'avantage de prendre au cap de Diemen une bonne
provision d'eau, au lieu que la nôtre étoit déja à moitié consommée lorsque nous commençâmes la reconnoissance de cette terre par sa pointe la plus occidentale. Cette considération et beaucoup d'autres doivent
engager à la suivre de l'est à l'ouest; d'ailleurs, l'impétuosité des vents d'ouest expose les bâtimens aux
plus grands dangers, tandis que les vents d'est, qui
sont les plus constans, ne soufflent jamais avec violence.

Nous n'étions qu'à deux kilomètres de la côte, et la 8.

sonde indiqua un fond tantôt de sable grossier et tantôt
de roche, dont la profondeur varia de dix-huit à vingt-
huit mètres.

Nous avions eu à midi pour latitude sud 32^d $19'$,
et 124^d $52'$ de longitude orientale, la côte la plus
proche étant à deux tiers de kilomètre au nord-nord-
ouest; on la relevoit depuis le nord 69^d ouest jusqu'à
l'est 20^d nord : bientôt elle se présenta sous la forme
d'un rempart, de même que celle que nous avions lon-
gée précédemment; mais elle en différoit en ce que sa
partie supérieure s'élevoit par une pente douce dans
l'intérieur des terres. On y remarquoit quelques arbustes qui sembloient moins souffrir que ceux que nous
avions apperçus jusqu'alors, le long de cette même
côte.

La mer étoit couverte de l'espèce de fucus appelé raisin de mer, *fucus natans*.

Contrariés par les vents d'est, nous n'étions encore
le 11 vers le milieu du jour que par 32^d $8'$ de latitude sud, et 126^d $42'$ de longitude orientale, lorsque
nous vîmes s'élever une brume qui nous représenta de
toutes parts une terre plate. L'illusion étoit si frappante que les personnes qui sortîrent de l'entrepont
crûrent que nous venions d'entrer dans un vaste bassin. Nous étions pourtant à deux myriamètres de la
côte, mais cette brume ne nous permettoit pas de la
distinguer.

Le

11

Le soir, le ciel s'obscurcit du côté de la terre, des
éclairs partîrent du nuage le plus épais; alors la brume
qui cernoit l'horizon se dissipa : le vent passa à l'ouest
et devint très-frais.

Le capitaine Huon fit part vers le soir au commandant de l'expédition du dommage qu'avoit éprouvé le
gouvernail de l'Espérance. Il nous apprit qu'à son bord
on étoit réduit depuis long-tems à trois quarts de bouteille d'eau par jour, qu'on avoit été obligé de supprimer la distribution des boissons anti-scorbutiques, etc.,
et que trente barriques d'eau formoient alors tout l'approvisionnement de sa frégate.

14.

Le lendemain matin vers dix heures et demie le général lui envoya une lettre pour le prévenir de la résolu-
tion qu'il avoit prise relativement à la position dans laquelle se trouvoient les deux vaisseaux.

15.

Nous avions à midi pour latitude sud 31 ^{d} 52 $'$ et pour
longitude orientale 129 ^{d} 10 $'$, et nous voyions les terres
depuis l'est jusqu'au nord 10 ^{d} ouest, étant à un myriamètre du rivage le plus voisin.

Dès que le canot fut hissé à bord, nous fîmes route
au plus près par un vent d'est-sud-est ayant les amures à bâbord, et nous nous dirigeâmes vers le cap de
Diemen, en abandonnant une côte extrêmement aride dont nous venions de longer plus de cent soixante
myriamètres, dans une direction générale de l'ouest
quart sud - ouest à l'est quart nord - est. Quinze mois

H h h

avant nous, Van Couver, contrarié également par les vents d'est, avoit été forcé de l'abandonner après n'en avoir pu reconnoître qu'environ soixante - dix myria-mètres.

Avant d'aborder à cette terre nous ne prévoyions pas y trouver aussi fréquemment des vents impétueux sur-tout à cette époque qui doit être celle de la belle saison de ces parages, le soleil étant déja depuis plus de deux mois dans l'hémisphère austral. Cette impétuosité des vents auroit-elle pour cause la différence prodigieuse qui existe entre le peu de chaleur de l'atmosphère à la mer et les ardeurs du soleil que concentroient les sables brû-lans de la grande terre ?

Les courans qui se firent sentir le long de cette côte suivîrent toujours la direction des vents.

L'Espérance étoit encore dans une plus grande dé-tresse que nous ; d'ailleurs, cette frégate avoit éprouvé au dernier mouillage plusieurs avaries ; il lui falloit un excellent abri pour faire toutes les réparations dont elle avoit besoin.

Dès quatre heures on cessa de voir la terre même du haut des mâts ; et au même instant une ligne de soixante mètres indiqua un fond de sable fin mélangé de débris de lytophites et de coquillages. On continua à jeter la sonde de deux heures en deux heures, et à chaque fois on trouva que la profondeur de la mer aug-mentoit de quatre à cinq mètres : elle s'étoit toujours

accrue d'une manière presque insensible à mesure que
nous nous étions éloignés de la côte, qui, le 16 vers
six heures du soir, nous restoit à vingt myriamètres de
distance ; alors une ligne de cent trente-trois mètres de
longueur indiqua un fond de sable assez fin mêlé de
gravier, et depuis ce moment on ne trouva plus de fond
quoiqu'on sondât à différentes reprises. Cette augmen-
tion lente de la profondeur des mers près de cette côte
en faisant connoître que les terres s'abaissent sous les
eaux par une pente peu sensible, me fait présumer que
celles qui s'avancent dans l'intérieur de l'île s'élèvent
par une pente également très - douce, de sorte que ses
hautes montagnes sont trop éloignées pour qu'on puisse
les appercevoir du rivage.

Nous avions été portés la veille de 23' à l'ouest, et
dans la journée du 18 nivose de 21' dans la même direction. Nous eûmes à midi 35ᵈ 3o' de latitude sud ;
la rapidité de ces courans vers l'ouest dépend peut-être
de quelque canal qui sépare les terres de la Nouvelle-
Hollande de celles du cap de Diemen entre la pointe
de Hick et les îles de Furneaux. Le capitaine Cook,
faisant la reconnoissance de la partie orientale de la
Nouvelle - Hollande, ne vit point de terres dans cet
espace, dont l'étendue est d'environ vingt myriamètres, et crut être à l'entrée d'un grand golfe. Peut-être
que c'est dans cette partie de la côte que commence
l'ouverture d'un canal qui, après avoir formé diffé-

rentes sinuosités, va s'ouvrir dans l'ouest par la même latitude que celle où nous éprouvâmes de si forts courans.

Nous n'eûmes les vents d'ouest que vers le 40^{me d} de latitude sud; ils nous portèrent jusqu'au cap de Diemen, en variant du sud-ouest au nord-ouest.

Vers dix heures nous vîmes passer à une petite distance de nous une grande quantité de cétacées d'une nouvelle espèce qui me parûrent être du genre *delphinus*. On les reconnoîtra facilement à une grande tache blanche qu'ils portent sur le dos derrière la nageoire dorsale; le dessus du corps est d'un brun noirâtre et le ventre blanc. Les plus grands avoient plus de trois mètres de longueur : ils fûrent précédés d'un grand nombre de dauphins, *delphinus delphis*, et ils nageoient en troupe comme eux, en exécutant avec une grande rapidité à peu près les mêmes mouvemens que ces cétacées.

Nous restâmes à la cape pendant la nuit, ayant le projet d'attaquer le lendemain la terre un degré au-dessous de la latitude du cap de Diemen. Nous espérions y découvrir un port qui eût pu offrir dorénavant de grands avantages aux navigateurs qui auroient le dessein de reconnoître la côte sud-ouest de la Nouvelle-Hollande à la faveur des vents d'est.

30. Dès quatre heures et demie du matin nous apperçûmes la terre depuis le nord-est quart nord jusqu'à l'est

quart sud-est, la côte la plus proche restant dans l'est-nord-est à trois myriamètres de distance.

1ère. année de la rép.
Nivose.

Le vent étoit au sud-ouest ; nous courûmes pendant quelque tems au plus près les amures à tribord. Deux heures après, comme nous n'étions plus qu'à un myriamètre et demi du rivage, une ligne de cent cinquante mètres de longueur nous fît connoître un fond de sable très-gros et de coquilles brisées.

Nous voyions une côte escarpée et à peu de distance une chaîne de montagnes d'élévation moyenne, qui suivoit à peu près la même direction : cette terre étoit presque par-tout couverte de grands arbres.

A midi nous étions par 42 ^{d} 51 ' de latitude sud, et 142 ^{d} 49 ' de longitude orientale ; les terres ne se laissoient voir au nord-est qu'au travers d'une brume dont l'horizon étoit fortement obscurci de toutes parts.

La variation de l'aiguille aimantée s'étoit accrue très-rapidement depuis qu'elle étoit devenue orientale, car on l'observa de 7 ^{d} est.

Pluviose.
1.

La côte ne nous offrit aucun enfoncement qui pût nous faire présumer d'y rencontrer quelque bon mouillage. Nous étions déja parvenus à midi par 43 ^{d} 22 ' de latitude sud et 143 ^{d} 28 ' de longitude orientale, nous n'étions qu'à un myriamètre de distance de la terre, et du nord 7 ^{d} ouest à l'est 23 ^{d} sud elle offroit toujours à nos regards des montagnes assez élevées.

A six heures du soir nous doublâmes le cap méri-
dional à deux myriamètres de distance. Il est remarquable que dans les différens contours de la côte que
nous venions de suivre, nous avions eu constamment
vent arrière. Il me semble que les hautes montagnes,
opposant une barrière aux vents, les force de longer
la côte.

Nous découvrions, au-dessus de toutes les autres
montagnes, celle que nous avions vue couverte de neiges l'année précédente à l'époque où nous avions mouillé
dans le port Dentrecasteaux ; mais comme nous étions
cette fois dans la saison des plus fortes chaleurs, nous
n'en apperçûmes plus que dans les grandes excavations
où elles étoient à l'abri des rayons du soleil pendant
une bonne partie du jour : cette montagne est remarquable par un petit pic en forme de cône qui termine
son sommet.

Aux approches de la nuit nous passâmes assez près
de Mew-Stone, et bientôt nous mîmes à la cape ayant
un vent d'ouest très-frais.

On sonda plusieurs fois avec une ligne de cent
soixante-six mètres sans trouver fond.

Comme nous étions affalés sur la côte par des vents
de sud-sud-ouest, nous fûmes forcés de courir des
bords.

Nous venions d'avoir à midi 43ᵈ 44′ de latitude
sud, et 144ᵈ 16′ de longitude orientale, lorsqu'on

2.

releva Mew-Stone à l'ouest 16 ^d 3o′ sud, Eddy-Stone
au sud-sud-est 1 ^d est. La côte la plus proche nous
restoit vers le nord-nord-ouest à trois kilomètres de
distance.

Nous étions de fort grand matin, le 3 de pluviose,
à l'entrée de la baie des Tempêtes. Le vent souffloit
de l'est-sud-est, et nous empêchoit de donner dans le
détroit Dentrecasteaux, où nous avions le projet d'aller mouiller dans une anse que nous avions reconnue
l'année précédente, et qui étoit extrêmement commode pour faire à nos vaisseaux toutes les réparations
dont ils avoient besoin ; mais il nous fallut prendre
le parti d'entrer dans la baie des Roches, que des
écueils presqu'à fleur d'eau, situés vers son milieu,
nous avoient déterminés à appeler ainsi ; c'est la première anse qu'on trouve à bâbord en entrant dans la
baie des Tempêtes, et dont la direction est du nord-
est au sud-ouest : l'Espérance y mouilla de fort bonne
heure.

Parvenus au tiers de cette baie nous trouvâmes fond
avec une ligne de cinq mètres de longueur ; il n'étoit
pas prudent de s'avancer plus loin sans faire sonder sur
la route que nous devions tenir, et cela étoit d'autant
plus facile que nous avions plusieurs embarcations à la
mer. Crétin, qui étoit venu sonder l'année précédente
dans cette rade, dit au général qu'on n'y trouveroit pas
moins de cinq mètres de profondeur ; ce qui empêcha

toutes recherches ultérieures. On ne devoit cependant pas adopter entièrement cette assertion, car outre que Crétin n'avoit pas employé assez de tems lorsqu'il avoit sondé, pour répondre à un demi-mètre près de la profondeur de la mer, il étoit douteux qu'il eût fait cette opération à la marée basse ; ce qui pouvoit produire une différence au moins d'un mètre et demi et nous faire toucher. Malgré ces considérations, on ne craignit pas de gouverner sur bâbord, en s'approchant encore davantage des terres basses ; aussi bientôt nous échouâmes, mais ce fut heureusement sur du sable. Il étoit neuf heures et demie. Le vent s'éleva par violentes rafales du haut des montagnes et nous poussa vers la côte, en nous enfonçant de plus en plus dans le sable.

L'Espérance nous envoya sur-le-champ sa chaloupe et son grand canot qui, réunis à nos embarcations, essayèrent en vain de faire abattre notre vaisseau sur tribord, en le remorquant. On sentit alors la nécessité de porter une ancre à jet dans l'ouest-nord-ouest pour fixer notre navire par un fort grélin qui l'empêchât d'être porté plus près de la côte ; puis pour l'alléger on fît couler dans la calle l'eau de mer dont la plupart de nos barriques étoient remplies, et l'on fît agir en même tems toutes les pompes pour la vider. Dès que nous fûmes délestés de ce poids, nous virâmes au cabestan sur une grosse ancre qui avoit été portée tout près de la première ;

mière ; mais ce ne fut que vers une heure après midi, après avoir fait les plus grands efforts que nous pûmes nous dégager de ce banc de sable et que notre vaisseau fut enfin mis à flot.

Iere. année de la rép. Pluviose.

FIN DU PREMIER VOLUME.

TABLE

DES CHAPITRES

CONTENUS DANS CE VOLUME.

Iii 2

CHAPITRE II.

CHAPITRE III.

CHAPITRE VI.

CHAPITRE VII.

CHAPITRE VIII.

C H A P I T R E   IX.

FIN DE LA TABLE DES CHAPITRES.

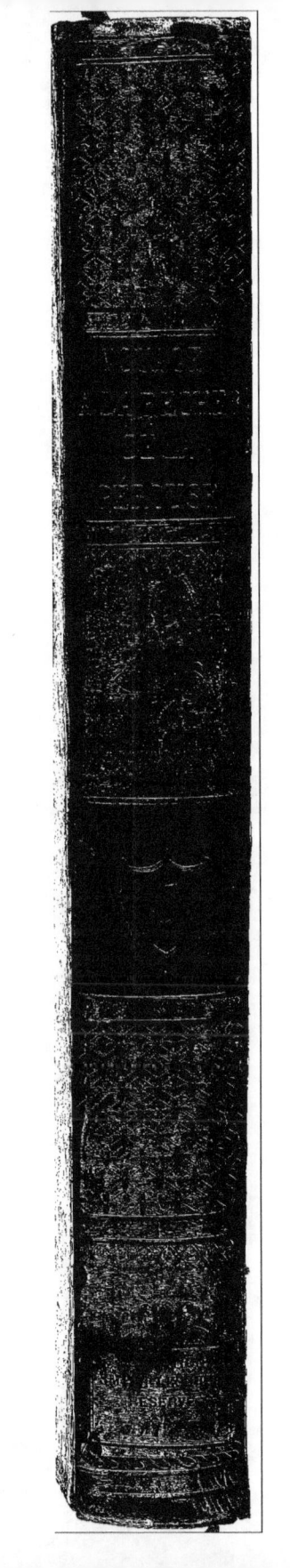

www.ingramcontent.com/pod-product-compliance
Lightning Source LLC
Chambersburg PA
CBHW070747030726
47504CB00003B/459